CHRISTIAN KLINGER

Eine Corsa in Triest

Gedruckt mit freundlicher Unterstützung von Stadt Wien Kultur.

Product footprint
CO_2 Neutral
PBN-CFMCP-015258
www.preferredbynature.org

MIX
Papier aus verantwortungsvollen Quellen
FSC
www.fsc.org
FSC® C014138

Grafische Gestaltung: Buntspecht, Wien
Umschlagabbildung: © akg images/Imagno
Druck und Verarbeitung:
FINIDR, s.r.o., Český Těšín
ISBN 978-3-7117-2123-5

Informationen über das aktuelle Programm
des Picus Verlags und Veranstaltungen unter
www.picus.at

CHRISTIAN KLINGER

Eine Corsa in Triest

Gaetano Lamprecht ermittelt

Kriminalroman

PICUS VERLAG WIEN

TEIL I

TRIEST, 25. DEZEMBER 1920

Die Kugel bohrte sich ihren Schusskanal ins Gemäuer. Mit einem gedämpften Knall durchschlug sie die Farbschicht, drang durch den Verputz und blieb im Ziegelstein stecken. Das deformierte Metallgeschoss steckte in das enge Loch gezwängt wie ein Ungeborenes im Geburtskanal.

Lamprecht drückte sich gegen die Wand. Wenige Zentimeter konnten über Leben oder Tod entscheiden, das wusste er. Weitere Einschläge trommelten gegen die Mauer. Von den Schützen war nichts zu sehen. Die sich hier gegenüberstanden, hatten im Krieg gekämpft. Jeder wagte sich mit dem nötigen Verstand in die Auseinandersetzung. Die Mutigen, die Draufgänger, die waren hochdekoriert auf den Schlachtfeldern geblieben.

Und wieder gingen Mitbürger gegen andere Mitbürger los. Wieder kämpften die, die das Recht auf ihrer Seite wähnten, gegen diejenigen, die dieses zu vertreten behaupteten. Abgesandte der staatlichen Macht, die nun keinen Widerstand mehr duldete.

Lamprecht war Vertreter eines Staates, der viel zu lange gezögert hatte. Er war sich fremd in dieser neuen Rolle, die schon seine alte gewesen war, allerdings für einen anderen Dienstherrn. Doch dieses Gefühl war wie ein weit entferntes Bild, das aus der Distanz nicht zu erkennen war. Zum Denken blieb jetzt keine Zeit. Und für Angst auch nicht.

Die nächsten Schüsse hallten durch die Gänge, gefolgt von wechselseitigen Schreien. Lamprecht streckte den Arm vor und zog den Abzug. Ein lauter Knall hämmerte gegen sein Trommelfell. Sein Atem war hektisch. Schritte, die von hinten kamen. Er drehte sich um, die Waffe im Anschlag. Als er die uniformierten Carabinieri erkannte, ließ er den Lauf sinken und gab sich ihnen als Kollege zu erkennen. Als neuer Kollege, und eigentlich als Fremdkörper in dem neuen Nationenblut, das nun durch Triest floss.

Doch sie nickten ihm zu. Sie akzeptierten ihn als einen der ihren. Im aktuellen Kampf waren die Fronten geklärt, in seinem Leben waren sie das noch lange nicht.

Der Gleichklang marschierender Stiefel hallte wenig später durch den Gang. Von hinten rückten Soldaten der königlichen Armee an, ihre Gewehre im Anschlag. Der Zugführer stoppte bei Lamprecht und deutete ihm, sich zu entfernen. Der Polizist nickte, verharrte aber an seinem Platz. Abziehen kam für ihn nicht infrage. Ihm ging es nicht um den Kampf, ihm war es darum, hier einen Verbrecher, einen Mörder zu stellen und zu verhaften. Abwarten vielleicht, aber nicht das Feld räumen. Wie hätte er vor wenigen Stunden ahnen können, dass sie die Questura überfallen würden, dass er hier in einen blutigen Kampf mit den Anhängern D'Annunzios geraten würde, der nicht einmal das Rathaus verschonte. Der Dichterfürst und Kriegsheld hatte sich bis zuletzt geweigert, das von ihm besetzte Fiume freizugeben. Vor über einem Jahr war er mit seinen Mannen im Morgengrauen von Ronchi aus aufgebrochen und hatte die Stadt im Handstreich übernommen. Doch im Vertrag von Rapallo war die Stadt im September als unabhängiger Freistaat unter internationale Verwaltung gestellt worden. Zuletzt hatte die Regierung in Rom das Militär geschickt, das vor wenigen Tagen vom Hafen aus mit dem Beschuss der Besatzer begonnen hatte.

Hier, in Triest, hatten viele kein Verständnis für die Position Roms, daher hatten seine Anhänger das Rathaus gestürmt und sich nun in den verschiedensten Winkeln des Gebäudes verschanzt. Da, wo sonst Stadträte, Amtsdiener oder Schreibkräfte über die Flure eilten, hatten sich die Aufwiegler um den Anwalt und Journalisten Francesco Giunta geschart und einige Zimmer besetzt, die sie nun mit Waffengewalt verteidigten. Die meisten von ihnen waren Mitglieder des Fascio di Combattimento Triestino, der auch viele Anhänger in den Reihen der Ordnungskräfte hatte, weswegen man lange gezögert hatte, gegen diese vorzurücken.

Wie so oft hatte ihn eine Verkettung eigentümlicher Ereignisse in die aktuelle Lage gebracht. Denn das Leben ließ sich trotz aller Vorbereitungen und Planung nicht so einfach ordnen, es passierte.

MÄRZ 1919

1.

»Da ist es! Also, was sagst du?«

Die Frau stellte den Koffer aus braunem Lederstein vor ihren Füßen ab und strich über das verblasste Namensschild, dessen gravierte Lettern den Namen »Zagaria« bildeten. Die Frau fuhr zärtlich mit der Fingerspitze die Konturen des »Z« nach. Der grüne Lack der Metalltür, die den Gartenzaun vor der Villa unterbrach, war abgeblättert oder hatte Blasen gebildet.

Der Mann hielt zwei bauchige Taschen, die er nun ebenfalls abstellte. Ihm war die wuchernde Hecke, die sich aus dem Zaun auf die Straße drängte, nicht entgangen. Ebenso wenig waren seinem Blick die angeschlagenen und zum Teil schiefen Dachschindeln am Vordach sowie die eingeschlagene Fensterscheibe am Zubau verborgen geblieben. Aber der Putz schien in Ordnung und der Gesamtzustand des Gebäudes war zufriedenstellend. Er wiegte den Kopf und sagte: »Aber ganz ohne Arbeit wird es nicht getan sein.«

»Gibt es da oben Gespenster?«, fragte die kleine Tochter und deutete auf das dreieckige Fenster des Dachgiebels, das vom Staub blind geworden war und aussah wie das ausgestochene Auge eines Zyklopen. Sie hatte das blonde Haar zu zwei halblangen Zöpfen gebunden und drückte eine Stoffpuppe gegen ihre Brust. Die Frau fasste das Kind an der Schulter und schüttelte den Kopf. »Nein, natürlich nicht.« Und zu ihrem Mann sagte sie: »Ich sehe neue Fensterläden und einen sauber gefegten Weg.«

Das Ehepaar Walter und Elvira Kinski stand mit seiner Tochter vor dem Haus in Gretta, das Elvira letzten Herbst von ihrer

Tante geerbt hatte. Sie waren heute Morgen mit dem Nachtzug aus Wien angekommen. Nach einem ausgiebigen Frühstück in einem Gasthaus gegenüber dem Bahnhof waren sie mit der Straßenbahn aufgebrochen und hatten das letzte Stück des Weges zu Fuß zurückgelegt, auch wenn die Tochter zu gerne eine der Kutschen bestiegen hätte, die allerorts Passagiere auflasen. Das Haus der Tante lag unweit der Strada di Prosecco. Die Luft an diesem Tag war mild und der leichte Nieselregen, der die Familie am Morgen begrüßt hatte, überzog nur mehr als feuchte Erinnerung den Straßenbelag und die Hausdächer. Elvira Kinski war eine geborene Zagaria und die einzige Verwandte der betagten Dame gewesen, die ihr das Haus in Triest und ein wenig Geld vererbt hatte.

Elviras Gesicht trug das Lächeln eines Kindes vor dem Weihnachtsbaum. Sie drückte die Schnalle nieder und betrat, den Kopf starr aufs Haus gerichtet, mit Elan die erste Stufe, die durch einen kleinen Vorgarten zum Haustor führte. Ihr Mann klemmte sich den Koffer unter die linke Achsel und hob beide Taschen auf. Mit einem Kopfnicken deutete er Philomena, der Mutter zu folgen. Die Kleine war auf den Namen von Kinskis Großmutter getauft worden, gerufen wurde sie aber meist nur Philo.

Kinski hatte bis Kriegsende in Wien für die Lohnerwerke gearbeitet. Er war Autokonstrukteur, hatte während des Krieges aber vor allem an der Entwicklung von Flugzeugmotoren mitgearbeitet. Doch nach der kapitalen Niederlage Österreich-Ungarns lag die Automobilindustrie darnieder und an Flugzeugen gab es auch wenig Bedarf. Die Fiatwerke in Aspern waren an Agnelli zurückgegeben worden. Bedrückend war aber vor allem die Wohnsituation geworden. Ohne ausreichendes Einkommen hatten sie die ehemalige Beletage in der Josefstadt schon während des letzten Kriegsjahres geräumt und waren in eine kleine Bassenawohnung in Ottakring gezogen, die für ein erfülltes Eheleben keinen Platz bot, da sie zu dritt in einem Bett schlafen mussten.

So gesehen war die Erbschaft von Elvira genau zur rechten Zeit gekommen, und der Beschluss, Wien den Rücken zu kehren und sich in Triest eine neue Existenz aufzubauen, war schnell gefasst worden, zumal die Liegenschaft über einen großzügigen Schuppen verfügte, in dem Walter seine Prototypen zu bauen gedachte. Denn anders als in dem kläglichen Rest, der vom Habsburgerreich übrig geblieben war, schien in Italien ein guter Autokonstrukteur gefragt, zumal einer, der so etwas wie eine Schatzkarte in seiner ledernen Aktentasche hatte.

Die Formalitäten der Erbschaft in Triest hatten sich aber unerwartet lange hingezogen, obwohl der Fall vom juristischen Gehalt ganz klar war. Elvira war die einzige Verwandte und sogar explizit in einem gültigen Testament neben der Haushälterin, die eine geringe Summe für ihre treuen Dienste erhalten hatte, angeführt. Doch die italienische Bürokratie, die nun in Triest Einzug gehalten und die Verwaltung der Österreicher abgelöst hatte, befand sich in einem Zustand der Orientierungslosigkeit. Es war unklar, welches Recht genau anzuwenden war, und auch wenn viele Rechtsdiener übernommen worden waren, fehlten klare Vorgaben, wie die Akten abzuarbeiten waren. Man behalf sich mit Untätigkeit.

Doch nun waren die stolzen Eigentümer da, um die Villa endlich in Besitz zu nehmen. Und während Philos Augen immer noch schreckgeweitet auf das Dachfenster gerichtet waren, klopfte Elvira mit dem sicheren Blick der Eroberin gegen die Eingangstür.

»Ist die Glocke denn kaputt?«, fragte eine grauhaarige Frau mit gebücktem Haupt, die nur unwesentlich größer als die

Tochter des Ehepaars aus Wien war. Sie hatte die Tür von innen geöffnet und umklammerte mit zittriger, faltiger Hand die Schnalle. Ein schnarrendes Klingeln übertönte für einen Moment die kurze Stille, die einen Polster zwischen die Menschen am Eingang geschoben hatte.

»Ich habe den Knopf jetzt erst gesehen«, sagte Walter Kinski und zog seinen Finger zurück, und es wurde wieder still.

»Sie müssen Anna sein«, sagte Elvira Kinski. »Ich glaube, ich kann mich sogar noch an Sie erinnern. Aber es ist lange her, dass ich das letzte Mal hier war.«

»Sie waren ein Kind, Ihre Tante hat Sie Elli gerufen. Sie sind jetzt die neue Herrin dieses schönen Hauses. Ich habe Sie schon erwartet, aber kommen Sie doch herein, wir haben einiges zu besprechen.«

Während die Familie Kinski im Begriff war, sich in Triest eine neue Existenz aufzubauen, versuchte noch jemand, der auch erst vor Kurzem in die Stadt zurückgekehrt war, hier wieder Fuß zu fassen.

2.

Lamprecht war vor fast drei Wochen zurückgekommen. Er hatte Monate gebraucht, um in seine Geburtsstadt zurückzukehren, die sich das italienische Königreich zwischenzeitig einverleibt hatte und neben anderen Gebieten der untergegangenen Habsburgermonarchie wohl auch zugesprochen bekommen würde.

Er trug seine zerschlissene Uniformjacke, darüber hatte er den Mantel eines deutschen Soldaten übergeworfen, den ihm ein Unterkunftgeber in der Nähe von Cilli geschenkt hatte, wie auch immer der dazu gekommen sein mochte. Sämtliche Abzeichen hatte Lamprecht heruntergetrennt, um nicht als feindlicher Soldat zu gelten, doch auf seinem Weg durch die Krain, die jetzt zu einem Staat der Serben, Kroaten und Slowenen gehörte, hatte ohnehin kaum jemand von ihm Notiz genommen. Die Straßen waren voll von Männern, die den Eindruck machten, als hätten sie sich auf ihrem Weg verlaufen.

Die Republik war von der neuen österreichischen Regierung noch kaum ausgerufen worden und Kaiser Karl hatte sein Exil in der Schweiz noch nicht erreicht, da wurden sämtliche Militärgefängnisse geöffnet. So kam Lamprecht wie die meisten der Häftlinge frei. Er hatte einige ehemalige Freunde aus seiner Gymnasialzeit aufgesucht, doch die meisten waren nicht erreichbar gewesen oder sie hatten sich verleugnen lassen. Und so war er bei seinem einzigen Freund, den er in Wien gehabt hatte, zu Cajetan Studeny, angekrochen gekommen, um den Mann, den er einst zum Krüppel geschossen hatte, um Hilfe zu bitten.

»Vielleicht müsste ich dir dankbar sein«, hatte der ehemalige Studienkollege, mittlerweile Rechtsanwalt, gesagt, nachdem er Gaetano nach dem gut zehnten Versuch, eine Vorsprache zu bekommen, endlich zu sich vorgelassen hatte. Er deutete auf sein trotz mehrerer Operationen immer noch steifes und verkümmertes Bein. »Denn damit habe ich mir wenigstens den Irrsinn des Hinschlachtens erspart. Aber ich bin es nicht.« Er schüttelte den Kopf. »Ich kann nichts für dich tun.«

Es war einer von Cajetans Dienern gewesen, der Lamprecht ein wenig ausgeholfen hatte. Mit dem Geld des Lakaien konnte er wenigstens die Fahrt bis nach Graz bezahlen.

Dort gab es jedoch keine Arbeit und auch die öffentliche Hilfe für Kriegsheimkehrer reichte gerade, um nicht sofort zu verhungern. Er schlug sich nach Wildon durch, wo er bei einem

Bauern unterkam, der zwei kräftige Hände brauchen konnte. So überstand er wenigstens im Stall auf Stroh halbwegs warm die kalte Jahreszeit. Und auf diese Art ging es weiter durch die ehemalige Untersteiermark, bis er zuletzt im Karst, ganz in der Nähe von Lipica, die letzten Februartage verbrachte, bevor er nach Triest aufbrach. Er erkannte die Stadt nicht wieder. Zwar lagen hier die Gebäude nicht in Schutt und Asche, wie mancherorts in den ehemaligen Kampfgebieten, doch die Stadt wirkte ausgestorben. Diejenigen, die weder der Krieg noch die Spanische Grippe geholt hatte, waren zum Teil von den Italienern vertrieben worden. Von den zweihundertdreißigtausend Einwohnern, die in Triest in seiner Blüte vor dem Krieg gelebt hatten, waren gerade noch hunderttausend geblieben.

In diesen drei Wochen seit seiner Rückkehr hatte Lamprecht sein Elternhaus bislang nicht besucht. Fast täglich schlich er bis zur Kathedrale, doch die Angst, seinen Eltern könnte etwas zugestoßen sein, oder seiner Schwester Adina, hatte ihn das Wohnhaus seiner Familie nur aus der Ferne betrachten lassen. Keuchend hatte er sich an den Campanile der Kirche gelehnt, wie einer, der im Vollrausch eine Verschnaufpause benötigt, weil er keinen Fuß mehr vor den anderen bekommt. Sogar in die Kirche war er gegangen und hatte in einer der hinteren Bänke für die Familie gebetet.

Er war wie ein Dieb durch die Stadt geschlichen, dabei hatte er nur die Stätten seines früheren Lebens aufsuchen wollen: die ehemalige Polizeidirektion in der Via della Caserma, die Cafés, in denen er sich mit Kollegen wie auch Freunden getroffen hatte. Doch ganz abgesehen vom fehlenden Geld – nirgends hätte er sich einzutreten getraut, überall wäre er sich wie ein Eindringling vorgekommen. Zu dem er ja auch geworden war, fremd in der eigenen Stadt, in Triest wie auch in Wien. Die einzige Tür, an die er geklopft hatte, war die von Alessia Pirona in San Giacomo gewesen. Jener Frau, mit der er eine Affäre gehabt hatte, bevor er zum Militär eingezogen worden war. Ein unbekannter Mann in schäbiger Kleidung hatte ihm geöffnet, sich während des Gesprächs den wahrscheinlich verlausten Kopf mit den zerzausten Haaren kratzend. Der Name Pirona sagte ihm nichts, obwohl er noch auf dem Türschild zu lesen war. Er schüttelte den Kopf und erklärte, er habe die Wohnung erst vor Kurzem übernommen, sie würden zu zehnt darin wohnen, er kenne weder den Vormieter noch eine Alessia oder Federica, deren kleine Tochter. Die musste nun auch schon ein junges Mädchen sein. Was der Krieg nicht zerstört hatte, vernichtete der Friede mit seiner Verzweiflung.

Mühsam schleppte Lamprecht sich in den abgetragenen Schuhen, die er notdürftig zusammengeschnürt hatte, damit er die abgelöste Sohle nicht verlor, wieder die Stufen durch die Città Vecchia, bis er vor dem Haus seiner Familie stand. Es dämmerte bereits und graue Wolken hingen schwer über dem Karst und dem Meer. Sogar die Möwen schienen mit eingezogenen Köpfen ihre Kreise in der Luft zu ziehen, da erstarrte Lamprecht. In einem der Fenster seiner Wohnung brannte eine Kerze, wie man sie im Gedenken an die Toten aufstellte.

»Stärken Sie sich einmal«, sagte die Haushälterin und schenkte dem Ehepaar Kinski Tee ein. Philomena versank in dem Ohrensessel, den sie als Platz gewählt hatte. Sie hatte die Beine angezogen und umklammerte ihre Puppe wie ein Schutzschild gegen die bösen Geister, die sie unter dem Dach des alten Hauses vermutete. Den Teller mit Keksen, in diesen Zeiten ein wahrer Luxus, den Anna auf den kleinen runden Holztisch vor ihr abgestellt hatte, beachtete sie nicht. Ihre Augen waren weiterhin groß und starr zur Decke gerichtet.

»Greif doch zu, filgliola mia«, versuchte die Haushälterin sie aufzumuntern, »wer weiß, wann deine Puppe zuletzt so etwas Feines bekommen hat.«

»Es ist sehr nett von Ihnen, wie Sie uns empfangen. La ringrazio«, ergriff Walter Kinski das Wort. Auch wenn das Haus de jure seiner Frau gehörte, war er der Ansicht, dass das Gespräch mit Domestiken der Mann zu führen hatte. Außerdem hatte er in den letzten Monaten die Zeit genutzt, etwas Italienisch zu lernen, selbst wenn das hier nicht notwendig war, da Anna wie die meisten Menschen auf dem ehemaligen Gebiet der Donaumonarchie ausreichend Deutsch und sogar etwas Slowenisch konnte. Aber es war eine versöhnliche Geste, wie er meinte, die Menschen in Triest in ihrer nunmehrigen Landessprache anzusprechen. Elvira, die neben ihrem Mann saß, stellte ihre Tasse ab und legte ihm ihre Hand auf den Handrücken. Das vereinbarte Zeichen. Als Anna in der Küche war, hatten sie sich flüsternd beraten. Kinski verstand.

»Übrigens, wieso stehen im Flur zwei Koffer?«

Anna wischte sich die Hände an der mit Spitzen eingefassten Schürze ab und drehte sich zum Ehepaar um. Mit einem bitteren Lächeln antwortete sie: »Das sind meine. Das Haus gehört Ihnen, mein Platz ist nun anderswo.«

Das Ehepaar tauschte Blicke aus, Kinski sprach weiter: »Haben Sie schon einer anderen Stelle zugesagt?«

Die Haushälterin schüttelte irritiert den Kopf und antwortete halblaut: »Nein, … wieso? … non capisco … also ich verstehe nicht … ich bin ja schon alt. Wer sollte mich noch nehmen?«

»Wenn das so ist, würden wir Sie einladen zu bleiben. Wir sind neu in der Stadt, das Haus ist uns fremd. Sie wären uns eine große Hilfe, um uns hier einzuleben. Und wegen der Bezahlung …« Kinski blickte zu seiner Frau, die bestätigend nickte, »… also wir legen zu dem, was Elviras Tante Ihnen als Lohn gewährt hat, die Hälfte drauf. Und für die schwere Haus- und Gartenarbeit holen wir einen Helfer.«

Der tränenfeuchte Blick der betagten weißhaarigen Frau erhellte sich. »Also, ich bin jetzt überrascht und weiß nicht …«

»Biiiiitte«, kam es nun von Philomena, die sich zum ersten Mal in dem Stuhl aufgerichtet hatte und nicht mehr wirkte, als würde sie jeden Augenblick von der weichen Plüschpolsterung verschluckt werden. »Bei dir habe ich hier weniger Angst, bitte bleib.«

Anna keuchte, von ihrer Emotion überwältigt. Mit belegter Stimme brachte sie gerade ein abgehacktes: »Ja – natürlich – volentieri« hervor. Sie sank vor Kinski auf die Knie und riss dessen Hand zu sich, um ihre Lippen daraufzupressen. Kinski, der bislang gern den Gönner mit dem Geld seiner Frau gespielt hatte, war peinlich berührt und entzog der Frau seine Hand. Er deutete ihr, sich zu erheben, doch ihr dabei in die Augen zu blicken, schaffte er nicht.

3.

Lamprecht wusste nicht, wie lange er den Hauseingang beobachtet hatte. Er hoffte, das Haustor würde aufgehen und ihm den Eingang in sein früheres Leben öffnen. Doch die Fahne Österreich-Ungarns flatterte nicht mehr im Wind, weder am Kastell noch unten an der Statthalterei und auch nicht am Rathaus. Der Sturm der Ereignisse, der sinnlose, mörderische Krieg und die nachfolgende Besetzung des Küstenlands durch das italienische Militär, obwohl doch im Waffenstillstandübereinkommen der Villa Giusti noch anderes vereinbart worden war, hatte sie zerfetzt und damit auch sein früheres Leben in Stücke gerissen.

So wie jetzt am Colle di San Giusto war er gestern vor der Polizeidirektion gestanden. Am Eck zur Via della Caserma mit der dem heiligen Antonius geweihten Kirche, deren Stufen fast bis zum Canal reichten, war alles so dagelegen wie vor vier Jahren, doch während er vor dem Amtsgebäude, das ihm mit den Jahren fast zu einem Heim geworden war, gewartet und erwartet hatte, dass alles wieder so werden würde wie früher, dass er die Kollegen mit einem Nicken, die Vorgesetzten mit einem Ziehen des Hutes grüßen würde, war ihm bewusst geworden, dass nichts mehr so war wie zuvor. Die Tafeln der Dienststelle waren entfernt, stattdessen wehte die Tricolore vom Balkon, und fast überall hatte der Doppeladler sein angestammtes Nest verlassen müssen. Einzig der Stuck über dem großen Holztor war noch nicht abgeschlagen und trug weiter das Emblem Habsburgs. Es würde nur eine Frage der Zeit sein, bis der italienische Stern auch hier die Insigne der einstigen Macht überstrahlen würde. Die Männer, die jetzt hier ein und aus gingen, trugen schwarze Uniformen und auf ihrer Kappe das Abzeichen der Carabinieri: eine Granate mit Flamme. Der Mann, der in abgetragener Kleidung mit dem alten Soldatenmantel die Polizeistation beobachtete, musste verdächtig erschienen sein, denn bald schon steuerte ein Uniformträger auf ihn zu.

»Si fermi! Controllo!«

Doch bevor er Lamprecht erreicht hatte, war der schon lang über alle Berge und versteckte sich in einer der hinteren Sitzreihen der Kirche. Als er die Schritte der Stiefel auf dem Kirchenboden hallen hörte, verschwand er in einem leeren Beichtstuhl und hoffte, dass der Carabiniere ein gläubiger Katholik war und niemandem beim Empfang des Sakraments stören würde. Nach wenigen Minuten, in denen er den Atem angehalten hatte wie früher, wenn er auf dem Meeresboden in Barcola seine

Tauchübungen machte, verschwand er über den Seitenausgang in den Nebengassen des Borgo Teresiano.

Jetzt! Die Tür zu seinem Wohnhaus öffnete sich. Ein Mann trat auf die Straße. Lamprechts Herz schlug bis in den Hals. Ein Pochen, als würde er die Steigung nach Prosecco im Wiegetritt emporklettern. Der Mann zog sich den Hut über die Stirn, dennoch war er mit dem üppigen Backenbart auch aus der Distanz sofort als sein Vater, Franz Lamprecht, zu erkennen. Der Sohn erschrak bei dessen Gang, der wirkte, als würde ein Lahmer sich über den Platz schleppen oder der Vater durch knietiefen Schnee waten, wie Gaetano ihn im Krieg in den Bergen erlebt hatte. Außerdem hing ihm der Mantel von den Schultern. Der Vater musste gut zwanzig Kilo verloren haben, mutmaßte Gaetano.

Er ließ ihn ziehen, blickte ihm nach und Schwermut drückte auf seine Brust. Er war noch nicht bereit, seinem strengen Vater gegenüberzutreten. Seine bisherige Welt war zerbrochen und lag in Stücken. Immerhin existierte sie noch in Scherben, die man mit viel Mühe und Zeit wieder zu etwas zusammenkleben konnte, das, auch wenn es nicht dem Zustand von zuvor entsprach, wieder etwas bilden könnte, an das man sich gewöhnen, mit dem man sich arrangieren konnte. Die Welt des Vaters aber existierte nicht mehr. Sie war ausgelöscht. Gänzlich. Der alte Kaiser war tot und der junge hatte abgedankt.

Als der Mann behäbig um die Ecke gebogen war und sich dabei an der Hausmauer hatte abstützen müssen, wagte sich Gaetano weiter vor. Er erreichte sein Elternhaus und dachte daran zurück, wie oft er an Wochenenden völlig erschöpft, doch glücklich von einer Radtour heimgekehrt war oder im Sommer mit Adina zu einem der Bäder aufgebrochen war. Und sogar die sonntäglichen Gottesdienste, zu denen seine

Mutter früher drängte, verloren im Rückblick ihren Schrecken und verkamen zu rührseliger Nostalgie. Er sah die von Bora und Regen zerfurchte Fassade empor und erblickte neuerlich das rote Licht der Kerze im Fenster, die auch untertags zum Gedenken an einen verstorbenen Menschen brannte. Er fasste sich ein Herz und betrat das Haus. Das Tor war nicht verschlossen. Er atmete durch und seufzte laut, als er daran dachte, dass hinten, auf dem Weg zum Keller, sein Bianchi auf ihn warten musste, doch er wagte es nicht nachzusehen, ob es noch da war. Hätte sein Vater es verkauft, um am Schwarzmarkt Fleisch oder Kohle zum Heizen zu bekommen, er hätte ihm keinen Vorwurf machen können.

Als er vor der Wohnungstür stand, kämmte er sich mit den Fingern durch sein Haar, ehe diese Finger die Bartspitzen suchten, um auch sie in Fasson zu bringen. Doch er griff ins Leere, der Oberlippenbart war das Erste gewesen, das er im Krieg geopfert hatte. Eine eitle Äußerlichkeit, zu nichts nutze. Respekt verschaffte man sich durch Handeln. Und er hatte gehandelt, auch wenn ihm das letztlich zum Verhängnis geworden war. Er wollte jetzt nicht daran denken, er war heimgekehrt, zu seiner Familie, so es sie noch gab.

Er presste die Beine zusammen und hob den rechten Arm, um an die Tür zu klopfen, als diese aufgerissen wurde. Er machte einen Schritt zurück, doch da hing die junge Frau schon an seinem Hals und drückte ihn fest an sich.

»Ich hab es dir doch gesagt, Mamma, Gaetano ist da! Er ist aus dem Krieg gekommen, Mamma! Komm! Schnell! Mein Bruder ist da, ich bin so glücklich.«

Lamprechts Wangen waren feucht und warm von den Tränen, die beide vor Freude vergossen. Adina küsste ihn ins Gesicht und Lamprecht hielt seine Schwester fest in den Armen, bis er einen öffnete, um seine ergraute Mutter, deren Gesicht die Entbehrungen und Sorgen der letzten Jahre verriet, an der Schulter fassen und zu sich und seiner Schwester ziehen konnte. Gaetano nahm den vertrauten Duft seiner Schwester und seiner Mutter wahr, den er vermisst hatte, seufzend zog er Luft ein und atmete Familie. Endlich! Jetzt schluchzte auch die Mutter auf. »Grazie, Signore! Es ist ein Wunder, du lebst! Und du bist in einem Stück von der Front zurückgekehrt.«

»Ti voglio così bene …«

4.

Der Tag wollte heute nicht erwachen. Wie schwere Lider hingen die Wolken am Himmel und trübten den Blick. Ein Frühlingsregen war niedergegangen und die Luft war feucht und kalt wie in einer der Tropfsteinhöhlen im Karst. Doch die Männer, die auf der Ladefläche des alten Lieferwagens hockten, fröstelte es nicht. Mehr laut als richtig sangen sie eines der Kampflieder der Arditi. Der Gesang gab ihnen Mut und der Mut wärmte sie.

Zusammengepfercht wie das Vieh, das man mit dem Lastwagen früher transportiert hatte, saßen sie Schulter an Schulter und stießen bei jeder Bodenunebenheit gegen ihre Nebenmänner, was aber der guten Stimmung keinen Abbruch tat. Der Diesel plagte sich mit der Steigung und spuckte nach der Kehre, aus der der Fahrer im ersten Gang beschleunigte, eine schwarze Rußwolke aus.

Der Transporter hatte zuerst Schweine und Kühe zur Schlachtbank gebracht, dann im Krieg die Soldaten zum Schlachtfeld und jetzt war er wieder bevölkert von jungen Männern, die ihren Schlachtgesang anstimmten und in ihrem einheitlichen Erscheinen wirkten, als trügen sie Uniform; mit Stiefeln, Reiterhosen und schwarzen Hemden, auf denen die meisten an der Brust Orden oder Tapferkeitsmedaillen angeheftet hatten.

Der Weg war steinig. Es holperte zwar, doch hier würden sie wenigstens nicht Gefahr laufen, wie gestern im Schlamm stecken zu bleiben. Die Antriebsräder hatten im Wald durchgedreht und die Männer hatten absteigen und gemeinsam anschieben müssen. Dabei waren ihre Stiefel schmutzig geworden. Sie hatten sie dann zwar am Gewand des sozialistischen Agrarkommissars abputzen können, als sie auf den am Boden liegenden Körper eingetreten hatten. Dennoch mussten die meisten von ihnen daheim nachpolieren.

Der Wagen kam vor einem Hof aus rohen Steinen zu stehen. In einem Fenster brannte Licht und aus dem Kamin stieg Rauch in den Himmel. Davor stand ein Mann Ende vierzig, der in sicherem Abstand zum Haus feuchtes Laub vom letzten Winter verbrannte, das nur widerwillig den Flammen gehorchte und sich mit beißendem weißem Rauch zur Wehr setzte. Der Mann war hager, dafür überragte er den anderen, der als Erster vom Auto abgestiegen war, um fast einen Kopf.

Der junge Faschist näherte sich dem Feuer mit dem Schlagstock in der Hand. Da der Rauch in seine Richtung wehte und ihn in den Augen brannte, musste er diese kurz schließen und seine Position wechseln. Damit war der Effekt des sicheren Auftritts einmal dahin. Dennoch sagte er nun die Worte, die er sich auf der Fahrt zurechtgelegt hatte, mit fester Stimme: »Uns ist zu Ohren gekommen, du bringst Unruhe unter die Pächter?«

Der Angesprochene verzog keine Miene. Er kratze sich an seinem struppigen, an den Kanten angegrauten Bart und fragte: »Ist das so?«

Das Schwarzhemd ging in seinem Text weiter: »Du wiegelst die Leute gegen die Eigentümer auf, sagt man.«

Die Männer auf der Ladefläche des Fiat 18 BL warteten auf das Kommando, endlich abspringen und dem Kerl eine ordentliche Abreibung verpassen zu können, doch Nicola zögerte noch. Der Anführer wusste, dass sie dann leichtes Spiel hatten, wenn der Gegner bereits durch ihr Erscheinen eingeschüchtert war. Doch der hier wirkte alles andere als ängstlich oder verstockt. Aus dem Haus war nun lautes Gebell zu vernehmen und eine Frau rief durch die geschlossene Tür etwas hinaus. Etwas, das sich wie eine Frage anhörte.

»Vse v redu!«, rief der Bauer zurück, dann drehte er sich zu Nicola und griff abschätzig nach einem der zwei Orden an dessen Brust. »Hör mal, du buffone«, sagte er mit kratzender Stimme, »von diesen Blechdingern hab ich drinnen auch ein gutes Dutzend in der Lade. Du und deine Spießgesellen, ihr jagt mir keine Angst ein.« Er hob seine Jacke an und brachte den Knauf einer Armeepistole zum Vorschein, dann beugte er sich wieder zu Nicola vor. »Drinnen ist meine Frau. Sie hat ein Gewehr und wahrscheinlich zielt sie damit schon auf deinen Kopf. Bei der Jagd schießt sie mehr Hasen als ich.« Er zwinkerte. Nicola drehte sich zum Fenster hin, konnte zwar nichts Genaues erkennen, war sich jedoch sicher, dass der Alte nicht bluffte.

»Was ist, Comandante?«, wurde einer aus der Mannschaft unruhig. Die anderen raunten. Sie hieben ihre Schlagstöcke donnernd gegen die Metallwand.

Nicola wich einen Schritt vom Feuer zurück und riss seinen Arm in die Höhe, um den anderen Einhalt zu gebieten. »Wir sind hier fertig!«, brüllte er, und zu dem Bauern sagte er leise: »Wir kommen wieder, verlass dich drauf.«

Als sie wenig später das nächste Gehöft ansteuerten, fragte der Fahrer, neben dem der Anführer Platz genommen hatte: »Warum so zögerlich, Capo? Das ist doch sonst nicht so deine Art?«

Nicola wischte die Frage mit einer Handbewegung weg, doch etwas später sagte er: »Das war ein guter Mann, ein Kriegsheld. Wir sollten ihn auf unsere Seite ziehen.«

Insgeheim fragte er sich jedoch, ob jemand den Bauern gewarnt haben könnte. Er hatte sie unzweifelhaft erwartet, sich auf ihr Kommen vorbereitet, und ohne die Gunst des Überraschungsmoments bissen sie bei einem harten Knochen wie ihm auf Granit. Jemand musste sie verraten haben.

5.

Philomena lag in ihrem neuen Zimmer im Bett und beobachtete die Schatten, die über die Wände liefen. Anna hatte eine kleine Kammer freigeräumt und das Bett in den niedrigen Raum unter der Dachschräge geschoben. Walter Kinski hatte ihr dabei halbherzig geholfen. Ursprünglich sollte das Bett im Schlafzimmer der Eltern stehen, doch Walter Kinski hatte dagegen protestiert. Nicht offen, doch nach der zuletzt beengten Wohnsituation in Wien hatte er seiner Frau treuherzig in die Augen geblickt und ihr zugeflüstert: »Ich hoffte, wenigstens jetzt, im eigenen Haus, würden wir ein Zimmer nur für uns haben, Liebling.«

Also war die Schlafstätte der Tochter verlegt worden, nachdem Elvira ihr hatte versprechen müssen, dass sie jederzeit zu ihnen ins Bett kommen könne, wenn sie Angst hätte.

»Wovor soll sie denn Angst haben?«, hatte Kinski gesagt und die Kleine zu sich gezogen und ihr fest in die Augen geblickt. »Sie ist ja schon ein großes Mädchen«, hatte er ihr suggeriert und sie hatte, nachdem er sie an der Schulter gedrückt hatte, mit zu Boden gerichteten Augen genickt und war mit ihrer Puppe abgezogen.

»Du verwöhnst das Kind zu sehr«, meinte er vorwurfsvoll.

»Sie ist erst acht und hat es in der neuen Umgebung schwer genug«, ließ Elvira Widerspruch aufblitzen, doch Kinski hatte seine Aktentasche unter den Arm geklemmt und war bereits auf dem Weg durch die Küche in den Garten. Er fragte die Haushälterin: »In dem Schuppen hinter dem Haus gibt es Strom? Und ist er offen?«

»Ja!«

»Was jetzt?«

»Es gibt Licht und das Tor ist unversperrt. Da drinnen steht nur altes Gerümpel herum.«

»Das zu beurteilen, ist wohl nicht Ihre Angelegenheit«, entgegnete Kinski und verschwand in der Nacht. Anna biss sich auf die Zunge, um nichts zu erwidern. Insgeheim sagte sie sich, dass sie es mit den neuen Herrschaften wohl nicht so leicht haben würde. Wenig später hörte man von draußen, wie eine Holztür zugeschlagen wurde.

Philomena erschrak. Nachdem draußen die Tür geknallt hatte, knackste es auch in ihrem Zimmer. Ein Schaben war zu hören, das aus der Mauer kam. Wieder tummelten sich die Gespenster an der Wand und unter ihrem Bett. Sie zog sich die Bettdecke über den Kopf. Wenn sie doch nur wieder in Wien wäre. In der kleinen Wohnung war es so gemütlich gewesen, sagte sie sich. Sie hatte im Bett ihrer Eltern geschlafen und meist hatte es überall gut nach dem Essen geduftet, das ihre Mutter auf dem kleinen Herd gekocht hatte. Hier roch es nicht gut. In diesem Haus roch es nach toter Katze. Sie wusste zwar nicht, wie tote Katzen rochen, aber so stellte sie sich den Geruch vor: süßlich, modrig und scharf, in den Augen brennend. Sie hatte bisher mit dem in Mottenkugeln enthaltenen Naphthalin noch keine Bekanntschaft gemacht. Anna hatte nach dem Tod der Tante in allen Räumen großzügig derartige

Kugeln verteilt und noch nicht alle wieder eingesammelt. Das Übersiedeln des Kindes in diese Kammer hatte sie vorhin am falschen Bein erwischt. Und ihre Beine waren müde und sollten eigentlich hochgelagert werden.

Walter Kinski hatte die nackte Glühbirne an der Decke angeknipst und blickte sich zufrieden um. Der Raum war groß, wenn auch im Moment mit einigen alten Möbeln und Gartenwerkzeug vollgeräumt. Eine alte Kommode und ein Kasten waren sicher gut genug erhalten, um noch einen Käufer zu finden. Die alten Türen und Bretter waren Heizmaterial zum Kochen oder im Winter für die Öfen. Nur die leeren Flaschen würde er von jemandem abholen lassen. Sollte der dann damit machen, was sich für ihn ergab.

Er legte seine Aktentasche auf die große Tischplatte, nachdem er zuvor den Staub etwas zur Seite gewischt hatte. Damit war auch ein geeigneter Arbeits- und Konstruktionstisch vorhanden. Er beugte sich darüber und blies weiteren Staub auf, ehe er die Papiere aus seiner Aktentasche ausbreitete. Er sah schon den Platz, wo er Werkbank, Schraubstock, Fräsen und dergleichen aufstellen würde. Die elektrische Leitung würde er sicher verstärken lassen müssen, wenn er all die nötigen Geräte in Betrieb nehmen wollte.

»Willkommen an Ihrem neuen Arbeitsplatz, Herr Ingenieur!«, sagte er laut zu sich und grinste, während er sich eine Zigarette anzündete. Hier konnte er rauchen, hier war sein neues Reich, wo er bald den Grundstock für den Wohlstand seiner Familie schaffen würde. Mit seinem Kopf, seinem Wissen, vor allem aber mit dem hier. Er zog die Pläne zu sich heran. Ganz hatte er es noch nicht entschlüsselt, aber er war überzeugt, das Rätsel hier mit der nötigen Ruhe lösen zu können. Jemand wie ein Ferdinand Porsche konnte sich nicht irren. Diese Technik würde den Elektroantrieb revolutionieren.

»Ich kann es immer noch nicht glauben, du bist zurück!«

Elodie Lamprecht nahm die Hand ihres Sohnes und drückte sie. Sie saßen auf dem Sofa im Salon, wo es kühl, beinahe frostig war und wo statt der elektrischen Kerzen im Luster ein paar Stumpen auf dem Kamin brannten, das Feuer im Kamin jedoch nicht. Die Damen hatten Gaetano in ihre Mitte genommen, der sie verstohlen aus den Augenwinkeln betrachtete. Adina war eine richtige Frau geworden. Hübsch war sie schon immer gewesen, doch jetzt hatte sich ihr Körper zur Gänze entwickelt und wartete darauf, einen Ehegemahl glücklich zu machen. Im selben Moment erschrak Gaetano ob dieser überkommenen konservativen Sichtweise. Seine Schwester würde natürlich studieren und als Frau Doktor alle ihre männlichen Kommilitonen an Schönheit *und* Intelligenz überstrahlen. Er wechselte den Blick zu seiner Mutter. Die Falten um Mund und Augen hatten sich tiefer gegraben und der Hunger hatte Gruben auf ihren Wangen hinterlassen. Er betrachtete ihre Hand. Sie war knöchern und die Haut darauf war fleckig geworden. Doch nichts fühlte sich ihm Moment so gut an wie ihr Griff.

»Dein Bart ist weg«, sagte seine Schwester.

Gaetano nickte. »Im Feld hatte ich die Zeit nicht, ihn zu pflegen, und irgendein Gestrüpp wollte ich mir nicht im Gesicht stehen lassen.«

In kurzen Worten schilderten Mutter und Schwester von den Entbehrungen, die sie wie die anderen hier hatten ertragen müssen. Seit 1916 war der Aquädukt bei Aurisina zerstört gewesen und die Bevölkerung hatte das Wasser wieder aus den Brunnen holen müssen. Mit Fortdauer des Krieges, berichtete Elodie Lamprecht weiter, waren die Restriktionen für die Bevölkerung immer absurder geworden. Abgesehen von den sonstigen Rationierungen galt am Samstag ein Verbot, mit

Fett, Butter oder Schmalz zu kochen. Als ob es überhaupt genug davon gegeben hätte, meinte sie bitter lächelnd. Gaetano schüttelte den Kopf. Elodie konnte noch immer nicht fassen, dass sie ihren Sohn wieder zurückhatte.

»Du musst uns alles erzählen«, drängte Adina nun Gaetano, und aus ihren Augen blitzte erneut das junge Mädchen hervor, das er vor vier Jahren in Triest zurückgelassen hatte. Er schüttelte den Kopf: »Da gibt es nichts zu erzählen, was es wert wäre …« Er blickte sich in dem Zimmer um und stellte fest, dass einige der Möbel fehlten, das Grammofon und der Flügel, und auch die Wände waren leer. Da, wo bei seiner Abreise Ölbilder hingen, waren nun blanke Wände. Er fragte: »Wieso ist die Wohnung so kalt und kahl?«

Adina und die Mutter tauschten Blicke aus und seufzten, als würde die Antwort mit dem Zuwarten leichter fallen. Da hörte man, wie das Schloss der Wohnungstür aufgesperrt und wie wenig später die Tür wieder zugeschlagen wurde.

»Das fragst du am besten deinen Vater.«

6.

»Mama! Schnell, da ist einer!«, schrillte es aus Philomenas Kammer. Sofort war Elvira zur Stelle und nahm ihre Tochter in den Arm. Das Kind atmete hektisch und starrte mit aufgerissenen Augen ins Leere. Die Mutter strich ihr über die nasse Stirn und drückte das zitternde Kind an ihren tröstenden Busen.

»Es war nur ein Traum, ein böser Traum«, flüsterte sie ihr ins Ohr, begann ein Kinderlied zu summen und wiegte dabei ihrer beider Körper vor und zurück.

Als Walter Kinski nach Mitternacht ins Schlafzimmer kam,

fand er seine Frau noch wach vor. »Du bist noch auf? Und warum ist Philo bei uns und nicht in ihrem Bett?«

Elvira legte ihr Buch auf das Nachtkästchen und sah ihn aus müden Augen an. Offenbar hatte sie auf ihn gewartet und sich zum Wachbleiben gezwungen, indem sie gelesen hatte. »Du kommst spät. Was hast du so lange gemacht?«

Walter Kinski lächelte. »Unsere Zukunft entworfen, du wirst staunen, wenn ich dir morgen zeige, was ich mir vorstelle. Aber jetzt bin ich müde und will auch zu Bett gehen. Also, was macht die Kleine in unserem Bett?«

Elvira legte die Hand auf die blasse Wange des Kindes, das gleichmäßig atmete und fest schlief. »Sie hat sich vorhin über etwas erschrocken. Offenbar hat sie so intensiv geträumt, dass sie sich eingebildet hat, einen Mann zu sehen, als sie kurz aufgewacht ist. Leider hat sie dabei ihr Bett eingenässt. Und Anna wollte ich um diese Zeit nicht mehr behelligen, außerdem habe ich Philo versprochen, dass sie erst wieder in ihrer Kammer schlafen muss, wenn du alles abgesucht hast. Vielleicht gibt es ja wirklich ein Mauseloch oder ein Mardernest unter dem Dach und das Kind hat sich die Geräusche nicht eingebildet. Es ist eben noch eine ungewohnte Umgebung. Für mich auch. Wenn du das nächste Mal so lange im Schuppen verschwindest, sag das bitte vorher.« Der Tonfall formte den Vorwurf wie eine Welle die Brandung.

Kinski schlüpfte stumm aus seiner Hose und verbiss sich einen Kommentar. Er hatte sich den Neuanfang in Triest einfacher vorgestellt. Wenn die Tochter hier begann, Gespenster zu sehen, und jeden Abend in ihr Ehebett wanderte, konnte er sich auch gleich eine zusätzliche Schlafstatt in der Werkstätte einrichten. Er hatte ein Nachthemd übergeworfen und wollte, nachdem er das Licht gelöscht hatte, unter die Decke schlüpfen. Doch seine Tochter verteidigte diese auch im Schlaf. Er musste sie ihr aus den Händen ziehen, so fest hatte sie sich darin eingewickelt. Er drehte sich weg von ihr, doch als sie ihre warme Hand auf seinen Oberarm legte, kam doch etwas väterliche Zuneigung in ihm auf und er lächelte. Er dachte daran, wie Elvira in Wien oft davon gesprochen hatte, wie schön eine Schwester oder ein Bruder für Philo wären. Der Gedanke erregte ihn wohlig. Aber bevor an eine Erweiterung der Familie zu denken war, musste er seine Werkstatt einrichten. Er überlegte, was er in den nächsten Wochen alles anschaffen musste. Einen Finanzplan benötigte er auch. Elvira hatte von ihrer Tante auch ein wenig Geld geerbt, doch das diente primär dazu, hier ihren gemeinsamen Lebensunterhalt zu sichern. Aber gute Erfinder hatten immer noch Geldgeber gefunden.

Mit diesen Gedanken schlief auch er ein.

»Die arme Luisa«, konstatierte Gaetano betroffen, als er erfuhr, wem die im Fenster flackernde Kerze galt. Zugleich schämte er sich für seine Erleichterung, dass die Spanische Grippe, die auch in Triest im letzten Winter im Anschluss an den Krieg gewütet hatte, den Rest seiner Familie verschont hatte. Diese Krankheit war über die vom Krieg ausgezehrte Bevölkerung gerauscht wie sonst die Bora über die Hänge bei Basovizza, und wer von Alten, Schwachen und Siechen nicht schon in den Wintern zuvor verhungert oder erfroren war, starb nun am Fieber.

Luisa, die als Haushälterin seit Jahren in den Diensten der Lamprechts gestanden war, hatte jeder zur Familie gezählt. Doch das von Mühsal geprägte Leben hatte wohl ihre Widerstandskraft aufgezehrt. Auch wenn sie in den letzten Jahren kaum mehr körperlich schwere Arbeiten zu verrichten gehabt hatte, war unübersehbar gewesen, wie sie immer mehr verfiel. Als sie dann hohes Fieber bekam, besiegelte das ihr Schicksal. Medikamente waren nicht zu bekommen gewesen.

»Und wie geht es dem Onkel?«, wollte Gaetano zaghaft von seinem Vater wissen. Die Befürchtung, der ältere Bruder seines Vaters könnte dem Krieg, der Krankheit oder sogar den neuen Herren im Land zum Opfer gefallen sein, hatte ihn in den Wochen, in denen er um das Haus geschlichen war, beschäftigt. Auch wenn ein älterer Mann in Frauenkleidern in Wien und dem Kaiserreich nicht alltäglich war, so hatte man, schon wegen der eigenen familiären Erfahrungen in derlei Dingen, unter den Habsburgern eine gewisse Toleranz walten lassen. Diese Toleranz konnte man von dem neu eingesetzten Militärgouvernement nicht unbedingt erwarten, das seit dem 4. November des Vorjahres die Geschicke der Stadt und der gesamten Region lenkte, nachdem am Tag zuvor der aus Venedig ausgelaufene Zerstörer »Audace« am Molo San Carlo angelegt hatte und die Stadt auf Einladung des Comitato di salute pubblica für Italien in Besitz genommen hatte.

»Der alte Depp geht kaum aus dem Haus, du kennst ihn ja, aber sonst ist alles in Ordnung bei ihm, halt das Übliche.« Franz Lamprecht untermalte seine Aussage mit einem an der Schläfe kreisenden Finger.

Die Anspannung, unter der diese erste Begegnung zwischen Vater und Sohn nach so vielen Jahren begonnen hatte, das Schweigen, in dem jeder von ihnen versucht hatte, seine Geschichte in den Augen des anderen abzulesen, löste sich. Dann fielen sie einander um den Hals.

»Ich bin so froh, Sie wiederzusehen, mein lieber Vater!«

»Was denkst du, wie es mir geht, lieber Sohn.«

Sie lösten sich aus der Umarmung, hielten sich gegenseitig an den Armen und sahen einander an, nun nicht mehr argwöhnisch, sondern mit einem Lächeln in den Augen. Franz Lamprecht sagte: »Wir wollten das mit dem Förmlichen doch sein lassen, hast du das im Krieg vergessen?«

»Wie könnte ich? Nein, lass dich nochmals drücken, Vater.«

Bei einer Flasche Stock Weinbrand, die der Vater noch im Fundus aufgetrieben hatte und die die von den Ereignissen gepeinigten Seelen weiter wärmte, wurden nun die Jahre der Trennung besprochen. Seine guten Beziehungen hatten es Franz Lamprecht immer wieder ermöglicht, an Extrarationen von Nahrungsmitteln heranzukommen und so den Rest der Familie einigermaßen über die Kriegsjahre zu bringen. Immer wieder musste er sich dafür von wertvollen Stücken trennen. Eine goldene Uhr gegen ein Suppenhuhn.

Sie saßen im Salon und Adina versuchte noch einmal, Gaetano wenigstens ein paar Geheimnisse zu entlocken.

»Was er im Krieg gemacht hat, will er uns nicht verraten«, beschwerte sie sich bei ihrem Vater, der Gaetano noch ein Glas einschenkte und die Hand hob. »Jetzt lass ihn doch endlich zur Ruhe kommen. Siehst du nicht, dass er müde ist. Du musst ihm Zeit geben, dann wird er schon berichten, wie es ihm ergangen ist.«

Gaetano nickte etwas hilflos. Bis zuletzt hatten andere über ihn bestimmt, hatten ihm Dinge befohlen und ihn dann doch fallen gelassen. Nein, darüber wollte er nichts erzählen, und schon gar nicht, dass sie ihn eingesperrt hatten. Für etwas, das vielleicht im Widerspruch zu seiner Pflicht gestanden, aber der Menschlichkeit geschuldet war.

»Dann sag wenigstens, seit wann du wieder in Triest bist?«, bohrte Adina weiter.

»Seit ein paar Tagen«, log Gaetano.

»Und wo warst du bis jetzt?«

»Bei Freunden«, flunkerte er weiter, da er nicht berichten wollte, dass er sich mit anderen gestrauchelten Typen in der Gegend der Magazine beim Hafen mehr schlecht als recht durchgeschlagen hatte. Er hatte gehofft, die erste Zeit bei Alessia unterzukommen. Doch als er sie nicht in ihrer alten Wohnung antraf, hatte er mit einem Unterschlupf unter einem Mauervorsprung vorliebnehmen müssen.

»Du hast noch Freunde in der Stadt?« Adina war tatsächlich erstaunt.

»Kollegen …«

»Das meinte ich ja. Die meisten Beamten mussten doch die Stadt verlassen.«

»Adina hat recht«, mischte sich Franz Lamprecht ein. »Kaum hatten die Italiener unsere Stadt besetzt, haben sie nach und nach alles Deutsche aus der Stadt entfernt. Auch ich habe meine Anstellung in der Bank verloren. Ich würde mich wundern, wenn du noch viele deiner alten Kollegen im Polizeiapparat vorfinden wirst. Da hat jetzt ein General von den Carabinieri das Sagen. Soviel ich gehört habe, mussten alle, die den Eid auf den Kaiser geleistet haben, ihren Schreibtisch räumen.«

Gaetano dachte an den Ispettore Capo Spetich, der so gern in den Krieg gezogen wäre, was ihm aber sein Gesundheitszustand versagt hatte: »Aber die können doch nicht alle weg sein?«

Lamprecht senior zog an seinem Bart, wie es Gaetanos Angewohnheit gewesen war. »Ich fürchte, so ist es aber.« Er blickte an die Decke. »Im Krieg haben wir ihnen alles verboten, was über die Grenze schielte: die Lega Nazionale, die Società Ginnastica, wenn du dich erinnerst. Doch nach dem Krieg, hätten wir ihn gewonnen, hätten wir den Italienern wieder ihre Identität gelassen. Aber nun hat man alles, was deutsch ist, aufgelöst oder verboten, egal, ob es sich um eine Schule, einen Gesangsverein oder einen Ruderklub handelte. Und unsere Kronen werden wir auch bald verlieren. Die sind dann nichts mehr wert, wenn die Lira eingeführt wird.« Franz Lamprecht schüttelte den Kopf.

Seine Frau legte ihm die Hand auf den Unterarm und versuchte, ihn zu beruhigen: »Reg dich doch bitte nicht wieder auf. Das ist wahrscheinlich nur jetzt so, in ein paar Wochen oder schlimmstenfalls Monaten wird das wieder anders, du wirst es schon sehen.«

»Ja, ja«, murmelte der Vater, der mit einem Schlag in sich zusammengesunken war. Die Last von Krieg und vor allem die der Niederlage seines Volkes hatten ihn gebeugt. Er wandte sich an Gaetano: »Wirst du wieder in dein altes Zimmer einziehen?«

Elodie Lamprecht zog abrupt die eben noch kosende Hand vom Arm ihres Mannes.

»Natürlich wird er das! Was denkst du denn?«

»Na ja«, setzte der Vater an, »jetzt, da Luisas Kammer frei geworden ist, könnte man sie mit dem Zimmer von Gaetano zu einer kleinen Wohneinheit verbinden, die man vermieten könnte. Ich habe heute schon mit einem Handwerker gesprochen. Wir brauchen dringend das Geld!«

»Ich suche mir eine Arbeit«, mischte sich Adina ein.

»Kommt nicht infrage!«, widersprachen Gaetano und seine Mutter.

»Lasst es für heute gut sein«, sagte Franz Lamprecht. »Ich überlege mir etwas.«

»Das wird meine Aufgabe sein. Und ich suche mir eine Arbeit. Das versteht sich von selbst.« Gaetano hatte sich erhoben. »Wenn ihr verzeiht, würde ich mich gern waschen und umziehen. Diese Montur kann ich nicht mehr sehen.«

Als er die Tür erreicht hatte, hielt er noch einmal inne und stellte die zweite Frage, vor deren Antwort ihm bang war: »Gibt es eigentlich noch …?«

Elodie Lamprecht grinste verschwörerisch. Dabei umspielte ein Glitzern ihre Augen, wie Gaetano es seiner Mutter gar nicht mehr zugetraut hätte. »Natürlich gibt es dein Bianchi noch. Schau gleich runter, beim Keller, unter dem dicken Tuch. Ich wollte nicht, dass es jeder sofort sehen kann. Heutzutage weiß man ja nie, wer einem so ins Haus kommt.« Sie verdrehte die Augen, doch das sah Gaetano nicht mehr, weil er schon losgestürmt war.

7.

Lamprecht hatte sich weder umgezogen noch frisch gemacht, er war nicht einmal in Richtung seines Zimmers gegangen, wo er am Weg auch den Onkel hätte besuchen können, um ihn zu begrüßen, nein, sofort war er losgestürmt aus der Wohnung, hatte die Tür mit einem Rumms zufallen lassen und war die Stiegen zum Kellerabgang hinuntergeeilt. Eine Leuchte am Eingang zum Kellergeschoß war ausgefallen und die zweite weiter hinten erhellte den vorderen Teil nur schlecht. Schatten bedeckten die Wände und die ausgetretenen Fliesen am Boden. Vom Untergeschoß her strömte feucht-modrige Luft in den Gang. Doch Gaetano hatte das Objekt seiner Begierde auch im Halbdunkel ausgemacht. Tatsächlich wirkte es mit dem dicken Tuch, mit dem es die Mutter abgedeckt hatte, fast wie eine alte Nähmaschine oder ein abgestelltes Möbelstück, das man zum Schutz gegen den Staub verpackt hatte. Einzig die hintere Ausbuchtung am Sattel war verräterisch. Wie bei einem Geschenk zu Weihnachten, wenn es darum ging, die Vorfreude durch langsames Entfernen des Geschenkpapiers noch zu steigern, packte er sein Bianchi ganz behutsam aus, hob den Stoff vorne an, bis das Vorderrad im schwachen Licht zum Vorschein kam, zupfte weiter, bis der gemuffte Lenker frei war, bis er die Abdeckung dann doch mit einem Ruck ganz abhob und damit den himmelblauen Rahmen samt Hinterrad endgültig befreite.

Er strich über den Ledersattel, auf dem sich trotz der Schutzhülle eine Staubschicht gebildet hatte, dann umklammerte er den Lenker und zog das Rennrad von seinem Lagerplatz zu sich, ins Licht. Sofort spürte er das schwammige Gefühl, als sich die Räder über den Boden drehten. Beide Reifen waren platt, der Gummi lief auf der Felge. Er seufzte. Auch wenn er erst vor nicht einmal zwei Stunden nach Hause zurückgekehrt war, hatte er begriffen, wie es um die finanziellen Verhältnisse seiner Familie stand, da war jeder Soldo für zwei neue Schläuche einer zu viel und unnötig vergeudet. Er konnte froh sein, dass sein Fahrrad den Krieg überlebt und nicht auf dem Schwarzmarkt gegen ein Stange Wurst oder ein paar Eier den Besitzer gewechselt hatte.

Er schob das Rad zurück und deckte es wieder zu. Irgendwo müsste er noch Flickzeug haben, um die Schläuche wenigstens für kurze Ausfahrten dicht zu bekommen. Zur Not musste er sich eben so etwas bei Giuseppe Mürer, dem Fahrradhändler in der Via di Chiozza, besorgen. Immer noch billiger als zwei neue Gummis. Sein Rad wieder in Händen gehalten zu haben, auch wenn er nicht einmal aufgestiegen war, löste in ihm ein Gefühl einer freudigen Erwartung aus, etwas, von dem er gedacht hatte, es für immer auf dem Schlachtfeld um den Isonzo gelassen zu haben. Doch wusste er wieder, wie es war, sich freuen, auf Zukünftiges hoffen zu dürfen. Der Krieg war vorbei, es musste wieder besser werden! Auch wenn er in der Armee der Verlierer gedient hatte, war Triest doch seine Heimat. Hier war er geboren. Seine Verwurzelung mit dem Boden war stärker als die Bindung an jene Nation, die bis vor Kurzem die Herrschaftsmacht gehabt hatte. Österreich-Ungarn hatte den Krieg verloren, aber es war nicht die erste Niederlage für die ehemalige Monarchie gewesen, und für die Menschen war es auf wechselnden Staatsgebieten immer weitergegangen. Es würde auch auf seine Familie hier eine Zukunft warten. So gnadenlos konnte das Schicksal nicht sein.

Als er wieder in der Wohnung zurück war, war es still geworden. Offenbar hatten sich alle in ihre Räume zurückgezogen, nur die Tür zu Adinas Zimmer war einen Spalt geöffnet und ein dünner Streifen gedämpftes Licht fiel auf den Gangboden. Gaetano klopfte sanft und betrat nach Einladung seiner Schwester den Raum. Adina trug ein Nachthemd, darüber eine kurze Weste und stand vor dem Fenster, durch das sie hinaus in die Dunkelheit blickte. Die Dunkelheit vor dem Haus verschluckte fast gänzlich die grauen Umrisse der Häuser und Dächer in der Città Vecchia. Lamprecht stach sofort die flackernde Kerze zwischen den Fenstern ins Auge. Noch ein Totengedenken. Er wagte gar nicht zu fragen, was aus dem galanten jungen Offizier, der Adina vor dem Krieg den Hof gemacht hatte, geworden war. Doch seine Schwester musste seine Gedanken erraten haben. Sie drehte sich zu ihm um und sagte: »Ja, die ist für Ferdinand.«

Gaetano schluckte, er wollte etwas sagen, doch er brachte keinen Laut heraus. Adinas Blick hingegen war fest. Sie hatte keine Tränen in den Augen und stand da wie jemand, der sich damit abgefunden hat, die erlittenen Verluste zu akzeptieren. Sie sprach mit gleichförmiger Stimme: »Er war eines der ersten Opfer der Frühjahrsoffensive.«

»Wann und wo?«

»Ist das nicht egal?«

Ja, es war egal, sagte sich Lamprecht später. Der Krieg hatte sie gefressen, egal ob Freund oder Feind. Im Sterben waren sie alle gleich und gleich war auch der Umstand, dass es meist die Jungen waren, die der Krieg verschluckt und nie wieder ausgespuckt hatte, die Jungen, die noch eine Zukunft gehabt hätten. Die Jungen, auf die ein Land aufbauen sollte. Nicht auf alte Männer, die solche Katastrophen heraufbeschworen hatten. Adina hatte den Tod Brunners in keinem ihrer Briefe erwähnt, ihre Korrespondenz war zudem mit Fortdauer der Kampfhandlungen immer zerrissener und spärlicher geworden und zuletzt ganz abgerissen. Doch nun kehrten die Bilder zurück. Die Bilder aus der Zeit, als all das Eingetroffene nicht einmal eine finstere Drohung war, weil es unmöglich schien. Er dachte an die Spaziergänge in den Parks und entlang der Rive zurück, an heitere Stunden, attraktive Frauen und elegante Männer, tollende Kinder, die lachten und spielten. Auch Alessia Pirona, die Witwe seines ehemaligen Kollegen, gehörte zu dieser fernen Vergangenheit. Wo war nur das Leben geblieben, das er hatte leben dürfen, das im Vergleich zu heute fast paradiesisch anmutete.

Mit solchen Gedanken begab er sich zu Bett. Er grübelte noch, wie er etwas über den Verbleib von Alessia Pirona und ihrer Tochter herausfinden konnte, doch die Erschöpfung ließ ihn in einen dunklen Schlaf fallen, der ihm keine Bilder für seine Träume schenkte.

»Und hier auch nicht!«

Walter Kinski zog den Kopf unter dem Bett hervor, nachdem er ihn zuvor mehr oder weniger in jeden Spalt, in dem er ausreichend Platz finden konnte, gesteckt hatte. Er trug einen Arbeitsanzug, denn seine Expedition durch das Kinderzimmer wie auch durch die anderen Räume im oberen Stock hatte immerhin die Erkenntnis hervorgebracht, wie staubig und schmutzig es überall war. Die Haushälterin war eben nicht mehr die Jüngste, wahrscheinlich machten es ihre Augen auch nicht mehr so. Jedenfalls hatte er außer Lurchwolken, Spinnennetzen und

Mäusekot nichts gefunden, was die kleine Philomena bedrohen oder ängstigen konnte. Sein Bett würde wieder ihm gehören. Außerdem hatte er noch einen Verbündeten dabei.

»Siehst du, mein Schatz? Der Papa hat alles durchsucht, aber da ist kein Mann.«

Philomena schien noch nicht überzeugt. »Aber ich höre ihn doch manchmal. Und einmal habe ich ihn auch gesehen. Er hat ganz lange Zähne und an den Fingern hat er Krallen.«

»Aber Kind, jetzt hör doch auf. Da ist nichts. Dein Vater hat alles abgesucht.« Elvira zwickte die Kleine sanft in die Wange und sandte einen hilflosen Blick zu ihrem Mann. Der grinste verschwörerisch und verschwand kurz auf dem Gang, ehe er mit schwerer Last zurückkehrte. Philomenas Augen wurden groß wie Pfauenräder. »Ui, ist der riesig! Ist der für mich?«

»Ja«, bestätigte ihr Vater und reichte Philomena den übergroßen Teddybären, den sie mit beiden Armen umklammerte und dennoch kaum halten konnte, da er annähernd so groß war wie sie. »Das ist dein neuer Beschützer. Der wird jetzt jede Nacht auf dich aufpassen und jeden auffressen, der in dein Zimmer kommt.«

»Euch auch?«

Kinski lachte. »Nein, uns natürlich nicht. Er weiß ja, dass wir zueinander gehören.«

Elvira lächelte ihren Mann verliebt an. Was für eine großartige Idee, die Kleine damit von ihrer Angst abzulenken und ihre Fantasie auf ein neues Objekt zu dirigieren. Sofort taufte Philomena den Plüschbären auf Salvatore, was die Eltern für einen passenden Namen für den Retter ihrer Nachtruhe hielten.

»Vieni, Salvatore, ich zeig dir mein Zimmer, also da ist … «

Und schon war der vermeintliche Besucher mit Klauen und Hauern vergessen und Philo widmete sich nur mehr ihrem neuen Freund.

Walter Kinski nickte seiner Frau zu und sie ließen die Tochter mit ihrer Begeisterung zurück und begaben sich hinunter. Nachdem die Temperaturen in den letzten Tagen kräftig gestiegen waren, beschlossen die Eheleute, den Tee auf der Terrasse zu nehmen, die im Bad der Sonnenstrahlen lag.

»Ich sehe«, setzte Kinski an, als er seine Tasse wieder abgestellt hatte, »unsere Tochter macht bereits schöne Fortschritte, was ihre Sprachkenntnisse anbelangt.«

»Natürlich. Auch ich gehe weiter in meinen Kurs, wie du es dir gewünscht hast. Wenn wir schon hier leben wollen, müssen wir auch die hiesige Sprache verstehen, auch wenn ich sicher mit der Vermutung nicht ganz falsch liege, dass die meisten Leute hier mein Deutsch besser verstehen als mein Italienisch.« Sie lächelte unschuldig, doch Kinskis Blick verfinsterte sich: »Darum geht es gar nicht. Ich will einfach nicht als Ausländer und schon gar nicht als ehemaliger Feind auffallen. Früher oder später wird hier das Italienisch alle anderen Sprachen verdrängen: Deutsch, Slowenisch, Kroatisch, Griechisch und was weiß ich noch.«

Er beugte sich vor und nahm zärtlich Elviras Hände: »Schau, ich will uns hier eine Existenz aufbauen. Dazu müssen wir uns an die Umstände anpassen. Und es ist notwendig, dass wir etwas investieren: in uns und unsere Sprachkenntnisse. Und in Geräte, die ich für meine Konstruktionen benötige.«

»Ja, ich weiß, der Schuppen. Was machst du dort, wenn du stundenlang verschwunden bist?«

Kinski schmunzelte. »Ich weiß nicht, was du dir vorstellst, aber ich arbeite. Verfasse Pläne, Korrespondenzen und stelle Berechnungen an.«

»Berechnungen?«

»Ja, über Anschaffungen, und das ist der Grund, warum ich dich um Geld bitten muss. Keine Sorge, es ist nur für den Anfang. Wenn es dann um die Entwicklung geht, werde ich mir Geschäftspartner suchen. Für eine Finanzierung und Beteiligung. Ich hab da schon meine Fühler ausgestreckt. Schau, das wäre die Summe für die ersten Erwerbungen!«

Elvira Kinski konnte mit der Liste und den angeführten Maschinen nichts anfangen, doch sie erfasste die dafür erforderliche Summe und überschlug, dass nach diesem ersten Schwung an Einkäufen fast die Hälfte ihrer Erbschaft aufgebraucht sein würde. Und dann fiel ihr am Ende doch noch eine Position auf, die ihr etwas sagte: »Ein Auto? Wozu brauchen wir ein Auto? Das ist doch viel zu teuer!«

Kinski zuckte mit den Schultern: »Wenn ich Autos konstruieren will, muss ich an die hiesigen Automobilisten herankönnen, und das geht nur, wenn wir selbst ein solches Gefährt besitzen. Du wirst sehen, das ist meine Eintrittskarte in diese Kreise.«

APRIL 1919

8.

Das Schicksal, das sich wie ein Maiskolben aus der trockenen Schale schälte, meinte es offensichtlich nicht gut mit Lamprecht. Es sah aus, als wäre den Lamprechts keine Zukunft in Triest beschieden. Nicht einmal Adina mit ihrer heiteren Art und ihrer Jugend konnte sich der Realität verweigern, die sie täglich spüren ließ, dass sie nicht nur Verlierer waren, sondern dass man sie hier nicht mehr wollte. Sogar beim Kirchgang wurden sie scheel angeschaut, als würden sie heidnischen Ritualen frönen und nicht zum selben Gott beten. Gaetano kam jetzt oft mit, wenn die Mutter oder der Vater in die Kathedrale von San Giusto gingen, um eine Kerze für Luisa und die anderen Opfer von Krieg und Seuchen zu spenden. Schon auf der Straße begegnete man ihnen verhalten, und Gaetano, der vor dem Krieg meist wie ein typischer Italiener aufgetreten war, erhielt oft nur ein stummes Nicken aus einem zu Boden gerichteten Blick als Erwiderung auf seine Grußworte. Man hatte nicht vergessen, dass der Vater glühender Monarchist gewesen war, für den Triest ebenso wie das Küstenland ein fixer Bestandteil einer gottgegebenen Ordnung war, der auf Erden der Kaiser in Wien vorzustehen hatte. Doch er hatte immer auch gute Kontakte zur italienischen Volksgruppe unterhalten und sich in seiner Funktion als leitender Angestellter der Bank genauso für deren Projekte eingesetzt. Diese einstigen Geschäftspartner hatten ihm viel zu verdanken, und das hatten sie nicht vergessen und machten sich für ihn stark. Doch es waren selten die einstigen Entscheidungsträger in Triest, die nun das letzte Wort hatten. Nach über einem halben Jahr der Aneignung begann sich das Königreich Italien nun auch in der Verwaltung mit den königlichen Beamten zu festigen, und es waren diese Beamten mit wenig Bezug zur Stadt und ihren Einwohnern, die die Schicksale von Familien wie den Lamprechts besiegelten.

»Sie haben heute den Wechselkurs festgesetzt. Für zehn Kronen bekommt man nur vier Lire. Wir werden beim Umtausch den Gutteil unseres verbliebenen Vermögens verlieren. Es ist aus.« Franz Lamprecht schüttelte den Kopf, der schlaffe Bart an den eingefallenen Wangen flatterte wie die weiße Fahne des Unterlegenen, der sich zu ergeben hat. Sie saßen in der Küche um den Tisch, da es dort beim Herd angenehm warm war. Die Öfen in den großen Räumen hatten sie schon länger nicht befeuert.

»Ich habe mich für drei Stellen beworben, doch bislang nur Absagen erhalten. Obwohl meine Qualifikation bestens ist, ziehen sie mir andere Bewerberinnen vor, die Italienerinnen sind.«

Mittlerweile erntete Adina keinen Protest mehr, wenn sie sich um eine Anstellung bemühte. Gaetano spürte, wie der Kloß in seinem Hals wuchs, er hatte auch keine Idee, wie die Familie aus dem Schlamassel kommen könnte. Die meisten Deutschen waren ja schon aus Triest weggezogen. Eine befreundete Familie aus Scorcola, die nach Wien übersiedelt war und mit der sie Briefkontakt hatten, berichtete nichts Gutes. Auch dort gab es wenig bis keine Perspektive für die Menschen. Hier in Triest hatten sie wenigstens das Haus, auch wenn der Vater in den letzten Wochen angedeutet hatte, es zur Not verkaufen zu wollen, um in dem Rest, der von Österreich geblieben war, einen Neuanfang zu versuchen. »Verhungern können wir da wie dort«, war seine Meinung zu dem Thema. Aber Adina und Gaetano waren sich darin einig, dass der Mutter eine Übersiedlung nach Wien unter diesen Umständen zu sehr zusetzen würde. Als sie seinerzeit in Wien gelebt hatten, waren seine Eltern nicht nur weit jünger, sie waren auch Teil der besseren Gesellschaft gewesen. Doch als Italienerin wäre sie nun für viele durch den Verrat des einstigen Bündnispartners an der Monarchie eine Mitschuldige am Niedergang.

»Ich werde mich nun intensiver um eine feste Anstellung bemühen. Eine, von der man eine Familie ernähren kann.« Mit seinen einunddreißig Jahren und als Mann war es selbstverständlich, dass Gaetano nun die Rolle des Ernährers zukam.

»Und was willst du tun? Was hast du, außer den wenigen Semestern Jus in Wien, gelernt?«

»Ich bin Polizist. Das kann ich und da hat mir mein Studium bislang immer geholfen«, antwortete Lamprecht trotzig und ballte die Hand zur Faust, als könnte er damit das Schicksal zwingen, etwas gnädiger mit ihnen zu sein.

Elodie Lamprecht legte ihrem Mann wieder einmal die Hand auf den Unterarm, diesmal war nicht ganz klar, ob sie ihn beruhigen oder nur bestätigen wollte. Die Diskussion um Gaetanos Karriere bei der Polizeidirektion schien mit dem Krieg obsolet, doch jetzt keimte sie neuerlich auf. Franz Lamprecht blieb gefasst und ruhig. Sein Kopfschütteln war nur als leichtes Vibrieren angedeutet, als er sagte: »Nein, du bist kein Polizist mehr, nicht bei der Polizei, die jetzt unsere Geschicke lenkt.«

»Da magst du recht haben, aber ich will es dennoch probieren.«

***

Spätnachts.

»Du bist zu laut, so geht das nicht.«

»Jetzt beruhige dich, es ist doch alles in Ordnung. Es hat sich doch schon länger keiner beschwert, oder?«

»Nein, das nicht, aber ich weiß, dass du da bist, und jedes Mal, wenn es irgendwo im Gebälk knackt, habe ich Angst, dass du plötzlich auftauchst.«

»Jetzt mach dich nicht verrückt, ich bin still wie ein Mäuschen.«

»Genau, und deswegen haben sie überall Mausefallen aufgestellt – weil Mäuse eben nicht still sind. Wie lange willst du außerdem noch abwarten?«

»Wir werden so lange abwarten, bis sich eine Chance für uns ergibt, das weißt du doch. Hör auf, unnötig kopfscheu zu werden. Ich hab dir gesagt, es wird sich irgendwann eine Gelegenheit für uns auftun. Wir müssen Geduld haben.«

»Pfaah! Geduld hatte ich mein ganzes Leben. Du siehst ja, was es mir eingebracht hat. Da ist dein Essen. Gehst du heute wieder aus?«

»Das weiß ich noch nicht.«

»Sei jedenfalls leise.«

»Wann immer ich gehe oder komme, schlafen hier alle. Auch du.«

»Ich hoffe, das bleibt auch so.«

***

Lamprecht hatte ein mulmiges Gefühl, als er abermals vor dem Gebäude stand, in dem sich bis vor wenigen Jahren im oberen Stock sein Büro befunden hatte. Er nahm sich ein Herz und trat ein. Sofort umfing ihn ein vertrauter Geruch. Das Rattern einer Schreibmaschine im Hintergrund erinnerte an die frühere Geschäftigkeit … Er schloss die Augen und atmete tief ein. Bilder blitzten in seiner Erinnerung auf, da war viel Vertrautes, da war …

»Che ci fa qui?«

Er riss die Augen auf und kam in der Realität an. Vorbei der Flug durch die Traumwelt. Er war im Nu auf dem Boden zerschellt, als sich ein Carabiniere vor ihm aufgebaut hatte und ihn fragte, was er hier wolle. Lamprecht betrachtete die schwarze Uniform, die so anders war als die Uniformen, die einst hier getragen wurden und die ihm freundlicher erschienen waren. Lamprecht setzte an und begann in breitestem Triestiner Dialekt: »Ich will in mein Büro, das mache ich hier.«

Der eher schmächtige Italiener, der gut einen halben Kopf kleiner als Lamprecht war und sein selbstsicheres Auftreten seiner Funktion verdankte, legte den Kopf schief und betrachtete Lamprecht wie einen sonderbaren Vogel, der einem bekannt vorkommt, den man aber nicht einordnen kann. Dann lächelte er schief und fragte: »Austriaco?«

Lamprecht gab sich geschlagen und nickte. Der Polizist klopfte ihm auf die Schulter und wirkte amüsiert, als er nun in fast akzentfreiem Deutsch sagte: »Tut mir leid, Kamerad, aber du kommst zu spät. Der Krieg ist aus und Österreich gibt es hier nicht mehr. Geh nach Hause.«

Lamprecht führte den Zeigefinger der Rechten an die Wange, doch da gab es keine Bartspitze mehr zwischen den Fingern zu drehen. »Das weiß ich doch, ich bin ja kein Idiot, aber ich war hier Ispettore bei der Polizei und will wieder als solcher arbeiten.«

Der Polizist grinste weiter, offenbar hatte er vor, sein Spiel mit Lamprecht zu treiben. Er boxte ihm sanft gegen die Brust. »Für die Langsamen, zu denen du zu gehören scheinst. Hier arbeiten keine österreichischen Beamten mehr, hier …«

»Vinciguerra!«, tönte es scharf von hinten und der Carabiniere erstarrte im selben Augenblick, als er laut seinen Namen hörte. Von hinten näherte sich ein anderer Uniformierter. Anhand des Kragenspiegels, ebenso wie an der Reaktion des kumpelhaften Polizisten konnte Lamprecht ableiten, dass es sich um einen Vorgesetzten handelte, der offenbar einen Teil des Geplänkels angehört hatte. Vinciguerra salutierte. Als der Offizier sie erreicht hatte, gab er dem Untergebenen den Befehl »Portalo dal comandante!«, und schon wurde Lamprecht in den ersten Stock geführt, an den Amtsräumen vorbei, in denen er früher ein und aus gegangen war. Sie wirkten bis auf die Schilder an den Türen unverändert. Auch das Rattern der Schreibmaschinen im großen Mannschaftszimmer hörte sich an wie immer. Die Typenhebel der Schreibmaschinen machten eben keinen Unterschied, ob ein Protokoll oder ein Bericht auf Deutsch oder Italienisch verfasst wurde. Auch früher wurden ja viele Schriftstücke, die nicht für Wien oder den Verwaltungssitz in Graz bestimmt gewesen waren, auf Italienisch verfasst. Selbst das Knirschen der Parkettdielen unter den Schritten klang wie immer. Der Geruch des abgegriffenen Papiers der Akten in den offenen Schränken, vermischt mit dem Tabak, der auch jetzt wieder in der Luft hing, umfingen Lamprecht wie ein wohlmeinender Überrest der alten Zeit.

»Aspetti!«, hieß ihn der Polizist förmlich warten und klopfte an die Tür, die früher ins Büro von Oberinspektor Spetich geführt hatte und jetzt, wie er neben dem Türstock lesen konnte, den Eingang in das Reich des Oberstleutnants der Carabinieri Celoria Candido bildete. Der Polizist ging vor und ließ Lamprecht vor der Tür warten, bis er kurz darauf wieder auf dem Gang erschien und ihn ins Amtszimmer eintreten ließ.

Tenente Colonello Celoria wies Lamprecht einen Stuhl, der bei Spetichs kleinem Besprechungstisch stand, an dem er sich früher oft mit dem Vorgesetzten niedergelassen hatte, wenn sie einen Fall besprachen. Spetich pflegte sich neben Lamprecht zu setzen, der Italiener hingegen verblieb hinter dem wuchtigen Eichenholzschreibtisch, so, als müsste er diesen als Barrikade gegen einen Kriegsgegner einsetzen.

»Sie wollen sich uns anschließen?«, fragte er, natürlich auf Italienisch.

»Ich will wieder als Polizist arbeiten.«

»Für den Staat, den Sie noch bis zum letzten Herbst als Ihren Feind betrachteten und gegen den Sie gekämpft haben?«

»Ich war zuletzt in Gefangenschaft und war meinem Eid verpflichtet. Auch als Soldat.«

Celorias Gesichtsausdruck wirkte wie versteinert, Lamprecht konnte aus seinen Zügen keine Information ableiten.

»Certo«, entgegnete er nur, bevor er hinzufügte: »Männer wie Sie gefallen mir. Männer, die Initiative zeigen und die auch bereit sind, ein Risiko einzugehen. Tauchen einfach so hier auf. Immerhin könnte ich Sie verhaften lassen. Sie haben sich als ehemaliges Mitglied einer feindlichen Streitmacht Zugang zu einer Dienststelle unseres öffentlichen Sicherheitsapparats verschafft. Das allein würde in Zeiten wie diesen reichen – aber keine Sorge, es liegt mir fern, Ihnen deswegen Schwierigkeiten machen zu wollen. Aber ich fürchte, ich kann Ihnen nicht helfen. Selbst wenn Sie mich überzeugten, gäbe es zu viele Ressentiments in der Mannschaft gegen Sie.«

»Und Galvani? Wenn ich mich nicht täusche, habe ich ihn vorhin auf dem Gang gesehen. Wir waren Kollegen.«

Celoria schüttelte den Kopf. Nach wie vor mit starren Gesichtszügen. »Sie waren keine Kollegen. Sie waren sein Vorgesetzter und er eine einfache Wache. Außerdem ist er so wie seine Eltern und auch schon seine Großeltern Italiener.«

»Meine Mutter ist auch Italienerin.«

»Ein halber Italiener reicht in diesen Zeiten nicht mehr. Ich hoffe, Sie verstehen das.«

»Ich schon, aber meine Familie hungert. Ich muss endlich wieder Geld verdienen.«

»Warum gehen Sie nicht nach Wien zurück?«

»Weil ich hier ... « Lamprecht beendete den Satz nicht, weil es nichts geändert hätte. Er erhob sich und flüchtete grußlos aus dem Raum. Er hatte den Italiener nicht überzeugen können. Dieser wollte ihm keine Chance geben. Man hatte nicht nur die alten Straßentafeln gegen neue getauscht und dabei etwa die Piazza Grande in Piazza Unità umgetauft, nein, man entfernte nach und nach weitgehend alles, was mit Österreich-Ungarn zu tun gehabt hatte. Offenbar gehörte er auch dazu, auch wenn er nur ein einfacher Ispettore gewesen war.

Als er aus der Questura, wie die ehemalige Sicherheitsdirektion nun hieß, auf die Straße trat, versuchte er es aufrechten Hauptes zu tun, auch wenn er sich fühlte, als reichte seine Kraft nur mehr zu einem Über-den-Boden-Kriechen.

Vor dem Gebäude blickte er zum Hügel von Scorcola, wo über der Stadt die Villa Geiringer thronte. Von dort oben betrachtet wäre er klein wie ein Fliegenschiss, und genauso war er eben auch behandelt worden. Hätte er ein paar Münzen eingesteckt gehabt, wäre er jetzt auf einen Terrano oder einen Malvasia eingekehrt, doch so völlig ohne einen Soldo in der Tasche konnte er nur tun, was viele Menschen in seiner Situation seit jeher gemacht hatten: zum Molo San Carlo pilgern und beim Anblick des Meeres Trost suchen.

Er stand auf den unebenen Steinquadern und sah den Möwen zu, wie sie auf den Wellen schaukelten. Er betrachtete den Horizont, dabei verlor sich sein Blick in der Weite, die unendlich schien, so unendlich wie das Meer. Viele Staaten beanspruchten es, erklärten es zum Teil ihres Staatsgebietes, doch das Meer ließ sich von keinem Herrn bändigen, egal ob Kaiser oder König. Das Meer war frei. Er wollte wie das Meer sein.

9.

Ein heiseres Tröten erfüllte die Straße. Es ertönte erneut, und dann noch einmal, beinahe schon fordernd. Auch die Abstände dazwischen waren kürzer geworden. Nun setzte es wieder ein.

»Was ist da los, Mamma?«, fragte Philomena, und Elvira Kinski ging zum Fenster, um die Vorhänge beiseitezuziehen und es zu öffnen.

»Ich weiß es nicht«, antwortete sie ihrer Tochter. Kaum war das Fenster offen, hielt sie sich die Hand vor den Mund: »Das glaube ich nicht, das kann nicht sein.« Philomena entging das Schmunzeln ihrer Mutter unter der vorgehaltenen Hand nicht. Sie konnte es an den Augen ablesen, die offenbar etwas ganz Wunderbares wahrnahmen. Sie trat an sie heran und zog sie an der Hand. »Sag schon, was ist da draußen?« Sie selbst war noch zu klein, um hinaussehen zu können.

Elvira packte die Hand ihrer Tochter und zog sie mit sich, zur Eingangstür. »Komm, das müssen wir uns ansehen.«

Erneutes Getröte begrüßte die beiden, und als Philomena das Gartentor im Schlepptau ihrer Mutter erreicht hatte, sah sie den roten Wagen mit tuckerndem Motor vor der Einfahrt stehen und ihr Papa saß hinter dem Steuer. Das Automobil war wunderschön. Der rote Lack glänzte in der Sonne und die Umgebung spiegelte sich darin. Der Wagen hatte ein schwarzes Verdeck, das zugezogen war, und obwohl er nur zwei Türen hatte, befand sich auch hinter den beiden Vordersitzen eine bequeme Ledersitzbank. Auf dem rechten Sitz saß Kinski, der das Gefährt steuerte. Jetzt trat auch Elvira Kinski näher heran und betrachtete die Karosse. Ihr Blick glitt über die runden Scheinwerfer, der Scheibenwischer fiel ihr auf, der am oberen Rand der steilen Schutzscheibe angebracht war, die den Fahrer vor Wind und Wetter schützte.

Die Kleine stürmte jetzt drauflos und wollte schon nach dem Türgriff langen, als ihre Mutter sie zurückhielt.

In scharfem Ton fragte sie: »Was machst du da? Was ist das?«

»Mah, Mamma dai, das sieht man doch, das ist ein Automobil. Schau, wie schön es glänzt.« Philomena beugte sich vor und betrachtete amüsiert ihr verzerrtes Spiegelbild. »Aber Papa, was machst du hinter dem Lenkrad? Bist du jetzt ein Chauffeur?«

Elvira staunte nicht schlecht, welche Fortschritte ihre Tochter in den letzten Monaten gemacht hatte. Für ein Kind ihres Alters war sie jedenfalls weit entwickelt, wenn sie derlei kannte. Walter Kinski lachte auf, bevor er sämtliche Fragen seiner beiden Damen beantwortete: »Das ist ein Fiat 501, der kommt gerade aus der Fabrik in Turin. Er hat dreiundzwanzig Pferdestärken, erreicht fast einhundert Kilometer pro Stunde und hat genug Platz für uns und unser Gepäck, wenn wir jetzt verreisen wollen.«

Elviras Blick wurde frostig wie der Schneesturm, den die Bora manchmal über eine blühende Osterwiese treibt. »Wieso ein Auto? Wieso gerade ein Auto aus Italien? Du baust doch selbst solche Vehikel. Willst du mich um mein Erbe bringen?«

Walter ließ den Motor absterben. Er stieg aus und zog seine Frau zur Seite. Philomena war so vom Wagen abgelenkt, dass der Disput außerhalb ihrer Wahrnehmung ablief. Dennoch zischte Walter Kinski nur, damit sie nicht doch noch Zeugin dieser Diskussion wurde: »Das haben wir doch in den letzten Wochen oft genug besprochen. Wir brauchen das Auto, damit wir Anschluss an die richtigen Kreise finden. Und ich habe nur eine Anzahlung leisten müssen. Mach dir keine Sorgen, ich werde mich bald um einen finanzkräftigen Investor umsehen.«

Elvira löste sich aus seinem Griff, zog die Lippen zu einem Schmollmund zusammen, ganz wie ihre Tochter, wenn sie einen Fehler oder etwas kaputt gemacht hatte. »Erst unlängst hast du wieder eine Lieferung von Maschinen erhalten. Nach der Schleifmaschine und der Drehbank auch noch einen Trafo. Wenn du so weitermachst, müssen wir das Haus belehnen oder sogar verkaufen.«

»Schatz, mach dir bitte keine Sorgen und vertrau mir. Ich brauche noch über den Sommer die Zeit, um in Ruhe arbeiten und experimentieren zu können, aber ab Herbst oder spätestens Winter werde ich so weit sein und mich auf die Suche nach einem Industriellen begeben, der meine Autos in Serie bauen und ein Vermögen damit machen will.« Er strich ihr sanft über die Schulter.

»Du willst also nicht das Auto zerlegen, um es zu verstehen, und dann nach Turin gehen, um dort solche Autos zu bauen?«

Kinski grinste spitzbübisch und schüttelte den Kopf: »Dieses Gefährt ist doch rückschrittlich. Ich will ein modernes Auto bauen, eines, das nicht stinkt und kaum Lärm macht.«

»Wozu hast du dann diesen noch dazu italienischen Wagen gekauft?«

»Erstens kann man nur das kaufen, was es gibt, und zweitens haben die Italiener sich nach dem Krieg viel schneller erholt. Bis die Deutschen oder Österreicher vergleichbare Autos bauen, wird es noch dauern. Dieser Wagen war vergleichsweise gar nicht so teuer. Wir sind jetzt in Italien, vergiss das nicht. Es ist besser, wenn wir auch nach außen hin wie Italiener auftreten.«

»Natürlich, deswegen lerne ich ja beständig die Sprache.«

»Ich auch, aber die Einzige von uns, die bald als Südländerin durchgehen wird, ist unsere Philo.«

»Stimmt! Sie spricht den Dialekt bald besser als Anna.«

Sie lachten beide, die Stimmung hatte wieder auf heiter gedreht.

»Lässt du den Wagen auf der Straße stehen?«

»Nein, du hast recht«, sagte Walter Kinski und öffnete die

beiden Flügel des Zaungitters, um den Wagen in die Einfahrt zu fahren.

Kurz darauf brüllte Philomena schrill auf. Die beiden Eltern stürzten sofort zu ihrer Tochter, die ihre Hand umklammerte und mit feuchten Wangen jammerte.

»Um Gottes willen, Kind! Du kannst doch nicht deine Hand auf die Motorhaube legen!«, donnerte der Vater.

»Warum hast du das gemacht?«, wollte die Mutter wissen.

Philomena schluckte und zog die Nase auf. Mit tränenerstickter Stimme sagte sie kleinlaut: »Ich wollte nachsehen, wie hier dreiundzwanzig Pferde Platz haben sollen.«

Walter Kinski musste lachen und Elvira nahm ihre Tochter in den Arm, um sie zu trösten. »Komm, lass uns reingehen und Anna fragen, ob noch etwas von der Brandsalbe von der Farmacia Seravallo im Haus ist.«

Lamprecht hatte den Rest des Tages am Meer verbracht. Er hatte den Schiffen beim Anlegen und beim Auslaufen zugesehen, dann war er über die Rive bis zur Fischhalle gegangen. Diese war kurz vor dem Krieg errichtet worden, wobei der Architekt sich bei Ausrichtung und Grundriss des Gebäudes von der Charakteristik einer Basilika hatte leiten lassen, was bei einem profanen Zweckbau durchaus für Kritik gesorgt hatte. Nicht ohne Grund hatten die Triester die Halle bald »Santa Maria del Guato« getauft, was sich von ghiozzo, der Grundel, ableitet, einem Fisch für Arme. Eine zweifelhafte Weihe also. Durch eine offen stehende Tür betrat er die Halle. Die wenigen Händler waren dabei, die Stände abzubauen und den Abfall an unverwertbaren Fischresten mit Wasser wegzuspülen. Hier traf man, wie an vielen anderen Plätzen, auf Frauen in zerlumpten Kleidern, die hofften, dass ihnen ein fetter Fischkopf in die Hände geriete, um daraus mit ein paar Wurzeln eine Suppe zu kochen. Doch meist wurden sie vertrieben. Auch wenn die italienische Bevölkerung den gleichen Hunger litt wie die slowenische oder die dezimierte deutsche – offiziell wollte man sich nicht eingestehen, dass der italienische Staat es nicht schaffte, in den befreiten Gebieten eine ausreichende Versorgung der Bevölkerung auf die Beine zu stellen. Soweit Lamprecht gehört hatte, betraf das die meisten Landstriche im Königreich am Stiefel ebenso. Es gab Unruhen, sowohl der Arbeiter wie auch der Bauern. Und da, wo der Staat dem tatenlos zusah – manchmal schickte er Militär oder Polizei in die Problemgebiete, doch das eher halbherzig –, da nutzte eine neue Gruppe selbst ernannter Ordnungshüter dieses Vakuum und riss die faktische Macht an sich. Als ihr Symbol hatten sie »fasces«, das Rutenbündel der Liktoren aus der Antike gewählt, das diese den Herrschern vorangetragen hatten, und nannten sich Faschisten. Die schwarzen Uniformen waren von denen der Arditi inspiriert, zudem kamen viele Mitglieder aus dieser ehemaligen Eliteeinheit, die im Krieg meist für Himmelfahrtskommandos eingesetzt worden war. Auch in Triest hatte sich so ein Fascio, eine Ortsgruppe, gebildet. Pietro Giusto Jacchia war in Mailand einer der vierundfünfzig Unterzeichner des Parteiprogramms von Mussolini gewesen und hatte bereits wenige Tage später, am 3. April 1919, den Fascio di Combattimento Triestino gegründet.

Als Gaetano durch die engen Gassen der Città Vecchia den Heimweg antrat, war es bereits dunkel und die Laternen streuten matte Lichtkegel auf die angegrauten Hausfassaden und Wege. Von der Kathedrale San Giusto hörte er Glockengeläut. Es rief die Gläubigen zur Abendmesse. Als er das Plateau vor dem Kastell erreicht hatte, blickte er zur Kirche hinüber. Offenbar hatten die Menschen in ihrer Not nicht nur den Glauben an Kaiser oder König, sondern auch den zu Gott verloren, denn nur wenige Menschen folgten dem Ruf der Glocken. Er überlegte, ob er hinübergehen und sich in einer der Holzbänke niederlassen sollte. Früher war er kein großer Kirchgänger gewesen, doch der Krieg und die Einsamkeit in der Zelle hatten ihn wieder zu Gott finden lassen, auch wenn es eine etwas eigenwillig definierte Beziehung zu seinem Schöpfer war, die sich nicht dem Diktat der katholischen Kirche beugte. So saß er in letzter Zeit oft in einer der Kirchen Triests. Seine Gebete waren nicht nur ein Weg, die viele Zeit sinnvoll zu überbrücken, die ihm neben den wenigen Aushilfstätigkeiten, etwa wenn er über Vermittlung des Vaters einem Händler am Kanal beim Umladen der Fracht in sein Magazzino half, blieb, sie gaben ihm auch die Kraft, nicht zu verzweifeln oder gar wahnsinnig zu werden wie so viele, die scheinbar unversehrt aus dem Krieg heimgekehrt, aber alles andere als unbeeinträchtigt waren.

Doch diesmal entschied er sich gegen den Kirchgang und betrat wenig später sein Haus. Er fand die Familie mit Ausnahme des Onkels, der sich nur wie ein Schattenwesen durch die Wohnung bewegte und noch konsequenter den Kontakt zu den andern einschränkte, im Salon, wo sie in Decken gehüllt um den Kamin saßen, in dem zwei kleine Scheite ärmlich loderten. Obwohl das Frühjahr bereits ins Land gezogen war, waren die Nächte noch kalt und der klamme Stein des Hauses zeigte sich von den spärlichen Flammen, die sie entfachen konnten, wenig beeindruckt.

»Wie ist es gelaufen, mein Sohn?«, fragte Lamprechts Vater.

»Ja, erzähl!«, drängte auch Adina.

Gaetano räusperte sich, ehe er gestand, dass er gescheitert war.

»Aber wieso?«, warf seine Mutter ein. »Du warst doch immer ein guter Polizist, der zuverlässig seine Pflicht erfüllt hat.«

»Eben, das ist es ja. Das Königreich misstraut den ehemaligen kaiserlichen Beamten. Offenbar ist es genau diese Loyalität dem Kaiserhaus gegenüber, die mir nun im Weg steht.«

»Aber du hast doch vor allem immer an Triest und seine Bevölkerung gedacht, und ein Polizist ist ein Polizist. Der kämpft gegen das Verbrechen und nicht für einen bestimmten Herrscher. Es ist doch egal, wer der jeweilige Herr in Triest ist, solange die Gauner die Menschen im Visier haben.«

Adinas Logik war überzeugend, fand Gaetano, doch dass es nicht so lief, hatte er heute erleben müssen. Er wusste jetzt keine Antwort darauf, doch sein Vater sprang für ihn ein: »Da hast du natürlich recht, meine Tochter. Aber das sehen die jetzigen Machthaber leider anders. Ich habe es am eigenen Leib erfahren, als man mich aus der Bank entfernt hat. Und das, obwohl ich einige einflussreiche Fürsprecher aus der italienischen Volksgruppe hatte. Doch einmal leccapiatti, immer ein Habsburgtreuer.« An Gaetano gerichtet: »Was wirst du jetzt tun?«

»Nicht aufgeben. Ich werde schon noch etwas Adäquates für mich finden.«

»Bravo, mein Sohn. So spricht ein Lamprecht.«

»Dir liegt doch noch etwas auf der Zunge?«, erkundigte sich nun seine Mutter, der nicht entgangen war, dass Gaetano noch etwas bewegte.

Gaetano wollte den Kopf schütteln, doch dann nahm er sich ein Herz: »Ja, ich habe beschlossen, mich auf die Suche nach Alessia Pirona zu machen.«

Gaetano war so auf die Suche nach passenden Worten konzentriert, dass er nicht bemerkte, wie sich der Blick seines Vaters bei diesem Namen verfinsterte.

»Ich weiß, dass ihr diese Beziehung nie gutgeheißen habt. Die Witwe eines Kollegen, an dessen Unfalltod ich nicht ganz unschuldig war. Ich weiß, was die Leute reden, und auch die, die nichts sagen, denken sich ihren Teil. Aber ich hatte viel Zeit, all das zu überdenken, auch was meine etwas schwierigen Beziehungen zu Frauen ganz allgemein betrifft, und bin zu dem Ergebnis gekommen, dass ich trotz all der Widerstände mit Alessia noch am glücklichsten gewesen bin. Ich weiß, ihr hättet euch eher gewünscht, dass ich mit Viola zusammenkomme, doch wie ich von Adina bald nach dem Einrücken über die Feldpost erfahren habe, hat sie schon damals jemand anderen gefunden, außerdem ist ihre Familie in Österreich geblieben. Ich hoffe, sie ist glücklich.« Er nickte seiner Schwester zu, die zu atmen vergessen hatte und leicht errötete, als die Eltern zu ihr blickten.

Die Episode mit dem Fräulein Sacher hatte er nicht einmal Adina in voller Länge erzählt. Sie war ihm im ersten Kriegsjahr als Sekretärin zugeteilt gewesen und ihre wohlhabende Mutter hatte Gaetano als Schwiegersohn einkaufen wollen, so wie man sich einen Hengst für ein Gestüt zulegt. Zumindest hatte er das hinter der damaligen Einladung vermutet, die vorgeblich nur der Bitte an ihn gedient hatte, ihre Tochter aus dem Polizeidienst zu jagen. So eine Anstellung passe nicht zu einer Tochter aus gutem Haus. Gaetano hat dieses Ansinnen zurückgewiesen, sehr zur Genugtuung seiner Bürogehilfin, mit der er sich nach anfänglichen Schwierigkeiten gut zusammengerauft hatte. Jetzt, nach seiner Rückkehr nach Triest, hatte er die Freifrau von Sacher besuchen und um eine Unterstützung bitten wollen, doch diese hatte bereits vor Kriegsende die Stadt verlassen und saß nun wohl auf einem der Güter ihres Mannes.

»Ich muss Alessia wiederfinden. Ich will wissen, wie es ihr und auch ihrer Tochter Federica ergangen ist. Egal, ob sie einen neuen Mann hat oder ob sie mich überhaupt noch will, ich werde sie suchen.«

Adina war bleich geworden und fixierte ihren Vater. Doch der tat, als hätte Gaetano eben nur einen belanglosen Bericht über das Wetter gemacht. »Vater!«, sagte sie nun mahnend.

»Warum siehst du mich so an? Was hab ich damit zu schaffen?«

»Du musst ihm die Briefe geben!«

»Welche Briefe?«, spielte ihr Vater den Ahnungslosen.

»Die von Alessia.«

»Wieso weißt du ...?«

»Ich habe einen sogar übernommen«, stellte Adina klar, dass es kein Entkommen mehr gab.

»Hast du sie gelesen?«, fragte der Vater.

»Ja, denn du hattest sie ja geöffnet. Ich habe sie beim Aufräumen gefunden. In deinem Schreibtisch.«

»Vater, gib mir bitte die Briefe.«

»Nein, mein Sohn, du darfst das nicht lesen. Ich verbiete es.«

Es war Elodie Lamprecht, die meist schwieg, wenn sich ein Disput zwischen Gaetano und ihrem Mann entsponnen hatte, aber beherzt eingriff, wenn es um die Grundfesten ihrer Beziehung und den Zusammenhalt in der Familie ging. »Franz Lamprecht«, sagte sie scharf. »Wir sind jetzt vielleicht arm und hier nur geduldet. Und auch wenn wir kaum zu essen und noch weniger zu heizen haben, so haben wir doch unsere Ehre. Ohne Vertrauen werden wir diese Zeit nicht überstehen. Gib daher Gaetano die Briefe seiner Geliebten, er wird wissen, was er damit zu machen hat.«

Gaetano wurde es flau im Magen. Obwohl er kaum gegessen hatte, dehnte sich ein Ballon in seinem Bauch aus, als der Vater sich mit eingezogenem Kopf von seinem Platz erhob, langsam zu seinem Schreibtisch ging, wo er einer Lade zwei Kuverts entnahm, die er ihm schweigend reichte.

Lamprecht erkannte Alessias Schrift sofort, auch wenn die Züge schwach und verändert wirkten.

»Ich muss jetzt allein sein«, sagte er. »Wenn ihr gestattet, gehe ich auf mein Zimmer.« Er verließ den Wohnraum. Was immer er lesen würde, er wollte sich seinen Emotionen ohne Zeugen stellen. Er fühlte sich wie ein zum Tode Verurteilter, der nun die Entscheidung über seine Berufung erhält. Nachdem er die Poststempel betrachtet hatte, nahm er den zuerst aufgegeben Brief aus dem Umschlag und faltete den Papierbogen auf.

***

»Du kannst nicht immer so spät hier aufkreuzen und dabei fast das halbe Haus wecken. Ich sterbe jedes Mal vor Angst, dass dich jemand entdecken könnte.«

»Komme ich früher, ist das halbe Haus ohnehin noch wach, um es mit deinen Worten zu sagen. Aber das ist auf Dauer kein Zustand, da gebe ich dir recht. Wenn uns nicht bald etwas einfällt … «

»Warum gehst du nicht in den Schuppen bei Zgonik?«

»Bist du verrückt, das ist oben im Karst, wo die Füchse sich Gute Nacht sagen. Was soll ich dort?«

»Dort bist du sicher und niemand wird dich dort finden.«

»Da kann ich mich gleich begraben lassen.«

»Red doch nicht so einen Unsinn. Die gnädige Frau hat damals sogar einen Anschluss an das elektrische Netz herstellen lassen. Dort hast du es sicher bequemer.«

»Das ist keine Lösung. Wir müssen handeln.«

»Untersteh dich. Wir müssen noch etwas warten. Unsere Geduld kann bald zum Ende kommen.«

»Wie meinst du das?«

»Ich denke, den Herrschaften geht bald das Geld aus. Stell dir vor, erst gestern hat mich der Herr gefragt, ob ich vielleicht jemanden kenne, der sein Geld in sein Unternehmen investieren möchte. Stell dir vor, die fragen mich, einen Dienstboten.«

»Das ist gut! Haha!«

»Psst, nicht so laut.«

Ein Name wurde geflüstert, zu dem man den Herrn schicken solle.

»Wurde der nicht hingerichtet? Das war doch noch vor dem Krieg.«

»Das war der Vater, ich meine den Sohn. Nachdem man den alten Herrn nun rehabilitiert hat, wurde sein Nachkomme mit allen Rechten in die ehemaligen Besitztümer eingesetzt. Der schwimmt bald im Geld. Außerdem spielt er sich jetzt bei diesen rüden Kerlen auf, die in schwarzen Hemden herumrennen.«

»Aber das würde doch unsere Pläne durchkreuzen, wenn der womöglich wirklich Geld lockermacht.«

»Das wird schon nicht reibungslos abgehen. Mit solchen Leuten lässt man sich besser nicht ein, wirst schon sehen. Der Sohn ist noch mehr Raubtier, als es der Vater war.«

»Ganz, wie du meinst.«

***

Gaetano standen die Tränen in den Augen und das Papier zitterte in seiner Hand. Wenn er das doch alles früher gewusst hätte.

10.

Die Frau, der Lamprecht gegenübersaß, hatte ihre grauen Haare zu einem Dutt gebunden, was ihr zusammen mit dem kantigen Gesicht eine ernsthafte und auch strenge Ausstrahlung verlieh. Sie schüttelte den Kopf.

»Es tut mir leid«, sagte sie, »aber in Ihrer Situation ist das völlig ausgeschlossen. Sie haben keine Anstellung und Sie sind kein Italiener.«

Wenn er das alles früher gewusst hätte …

… hätte er auch nichts auszurichten vermocht. Er war im Krieg gewesen, dann hatte man ihn in den Kerker gesteckt und in dieser Zeit war Alessia ein weiteres der vielen Opfer der Pandemie gewesen. Als sie spürte, dass sie es nicht mehr lange schaffen würde, hatte sie ihren Stolz über Bord geworfen und ihn um Verzeihung für ihren ungestümen Abschied gebeten. Sie hatte ihm geschrieben, dass sie sich wie eine bangende Ehefrau fühle, weil sie keine Nachricht habe, ob Gaetano noch am Leben sei. Federica frage oft nach ihm. Lamprechts Herz war schwer wie ein nasser Feldtornister. Der zweite Brief riss ihm schließlich das Herz aus der Brust. Alessia hatte ihn sichtlich mit letzter Kraft verfasst, wie die dünnen, verzogenen Buchstaben ahnen ließen. Sie könne nicht auf ihn warten, aber sie bitte ihn, sich Federicas anzunehmen, wenn er zurückkehre, und sie nicht als Waisenkind in einem Heim verkommen zu lassen.

Diese Bitte wollte er ihr jetzt postum erfüllen.

»Ich bin dagegen, ein weiteres hungriges Maul können wir nicht stopfen, es langt ja nicht einmal für uns!«, echauffierte sich der Vater, als Gaetano die Familie in sein Vorhaben, Alessias Tochter zu sich zu nehmen, eingeweiht hatte.

»Seht ihr? Deswegen habe ich ihm die Briefe vorenthalten. Was haben wir mit diesen Leuten zu schaffen? Was hast du mit diesem Kind zu schaffen? Es ist doch wohl nicht von dir?«

»Jetzt sei aber einmal still, du alter Griesgram!«, schnitt ihm die Mutter das Wort ab. Sie lächelte Gaetano an. Der schöpfte sofort etwas Zuversicht, umso mehr, als sie sagte: »Dein Vater hat schon recht, es reicht nicht einmal für uns, aber es ist doch schon egal, ob es für fünf nicht genug ist oder für sechs. Ich würde mich sehr freuen, wenn du dieses Kind zu uns holst, auch wenn ich mir Nonna zu werden doch etwas anders vorgestellt habe.«

Mit dem Sanctus der Mutter, dem der Vater nur ein Grollen

entgegenzusetzen hatte, machte sich Gaetano auf die Spur von Alessias Tochter Federica.

Früher war er dank seiner guten Kontakte zu Bürgermeister Valerio im Rathaus ein und aus gegangen. Er versuchte dort sein Glück und traf tatsächlich auf einige Kommunalbedienstete von früher, deren Namen ihm zwar in der Zwischenzeit entfallen waren, die ihn jedoch erkannten und ihm ohne große Rückfragen ihre Unterstützung zuteilwerden ließen. Nach wenigen Tagen hatte er einen ersten Hinweis auf Federicas Verbleib. Sie war im Orfanotrofio San Giuseppe, einem der Waisenhäuser der Stadt gelandet.

Doch als er jetzt in der Verwaltung vorstellig wurde, erntete er von der zuständigen Heimleiterin nur ein bedauerndes Kopfschütteln. Er holte die beiden anrührenden Briefe von Alessia aus der Tasche und hielt sie ihr hin. Sie setzte die an einer Kordel um den Hals hängende Brille auf und las die Zeilen, sichtlich mit ehrlicher Betroffenheit, sagte jedoch: »Ich glaube Ihnen, und ich verstehe Ihre Motive, die ehrlich und in solchen Zeiten auch edelmütig sein mögen, doch die Vorschriften lassen mir keine Möglichkeit. Es tut mir leid.«

Gesenkten Hauptes verließ Lamprecht die Einrichtung. Als er auf die Straße trat und die reine Luft, die der Wind vom Karst in die staubige Stadt getrieben hatte, ihm neuen Mut gab, schwor er sich, noch nicht klein beizugeben. Er würde sein Anliegen wiederholt bei den verschiedensten Stellen der Wohlfahrt vortragen.

Kinski gefielen die Augen seines Gegenübers nicht. Es wirkte listig und verschlagen wie ein Fuchs. Zu dieser Einschätzung passte die äußere Erscheinung. Der Mann hatte ein lang gezogenes Kinn, hervorstehende Backenknochen und eingefallene Wangen. Dadurch erschien das Gesicht schlank, während der sonstige Körper eher stämmig war. Dazu dunkle und undurchsichtige Augen. Die glatten schwarzen Haare hatte er auf einer Seite über die Stirn gescheitelt. Der junge Mann beugte sich vor und betrachtete die vor sich liegenden Unterlagen.

»Sie haben gut daran getan, zu uns zu kommen. Hier sind Sie richtig, wenn es um Neues geht.«

Kinski fragte sich, ob der junge Bursch neben einer großen Klappe auch eine große Geldbörse hatte. Er beugte sich nun seinerseits vor und deutete auf einen der Schaltkreise in der Skizze, der an ein Labyrinth aus vielen verschiedenen Strichen und Kästchen erinnerte. »In der Tat, es ist neu, auch wenn ich mich auf bereits erprobte Technologien beziehen muss.«

Der Fuchs, der ein schwarzes Hemd und ebensolche Reiterhosen trug, fragte nun: »Aber warum setzen Sie auf Elektrizität? Das hat sich doch nicht durchgesetzt, außer bei ein paar Autobussen vielleicht, aber da kommt es ja nicht auf Geschwindigkeit an. Ich habe da meine Zweifel.«

»Warum?«

»Petroleum erhalten Sie heutzutage in jeder Apotheke.«

»Ja, und Strom wird bald in jedem Haushalt fließen. Oder meinen Sie, jetzt, da die Österreicher weg sind, wird die Elektrifizierung nicht weiter vorangetrieben werden?«

Der Fuchs reckte das Kinn vor und posierte mit geplustertem Brustkorb wie ein Pfau auf der Balz. »Was denken denn Sie? Natürlich wird dem italienischen Volk jetzt endlich jeglicher Fortschritt zuteilwerden. Die Österreicher … Warum sind Sie eigentlich hier in Triest?«

Jetzt setzte sich Kinski gerade auf und grinste. »Weil ich Teil dieses Fortschritts sein will. Als Autokonstrukteur. Ich rechne hier mit einem schnelleren Aufschwung als in Österreich.«

»Das kostet aber eine Menge Geld.«

»Und genau deswegen bin ich hier bei Ihnen.«

»Da sind Sie nicht ganz falsch.« Der Fuchs grinste. Nicht nur, dass bei ihnen in letzter Zeit einige großzügige Spenden der alteingesessenen Patrizier gelandet waren, hatte er erst vor Kurzem auch den Zugriff darauf erhalten. Letztlich mussten die Einsätze der Kampfmannschaft finanziert werden. Er überlegte kurz, dann setzte er fort: »Also hören Sie ...«

23. MAI 1919

11.

Lamprecht drängte nach vorne. Die Polizisten hatten alle Hände voll zu tun, die Leute davon abzuhalten, die Absperrung zu durchbrechen und auf die Straße zu stürmen. Die Begeisterung, über die er seit der ersten Durchführung des Giro im Jahr 1909 in der *Gazzetta dello Sport* gelesen hatte, hatte Triest erreicht. In der siebten Ausgabe des Wettbewerbs hatten die Organisatoren beschlossen, die neu einverleibten Gebiete zu würdigen und die erste Etappe von Mailand nach Trient zu führen, von wo aus es am nächsten Tag nach Triest ging. Auf dem Weg dorthin mussten die mehr als sechzig Teilnehmer noch den Isonzo über eine vom Militär errichtete Behelfsbrücke überqueren.

Die Menschen am Straßenrand jubelten, sie schwenkten Taschentücher, Fahnen oder womit sie ihrer Begeisterung sonst Ausdruck verleihen konnten. Manche versuchten, neben den Athleten ein Stück mitzulaufen, doch meist wurde das von den Ordnungshütern unterbunden. Es hatte auch bei anderen Rennen bereits zu viele Unfälle gegeben. Stürze und Disqualifizierungen eingeschlossen. Lamprecht drängte wieder ein wenig aus dem Pulk heraus. Er hatte sein Bianchi dabei. Er brauchte Platz, den er sich etwas abseits der Massen suchte. Das Rad hatte immer noch keine neuen Reifen. Doch es gab ihm etwas von seinem Selbstwertgefühl zurück, wenn er einen persönlichen Bezug zu den Sportlern herstellen konnte. Der Erste, der in rasender Geschwindigkeit auftauchte, war Costante Girardengo, der diese Etappe und letztlich den Giro insgesamt gewinnen sollte. Lamprechts Namensvetter Gaetano Belloni, der Triest mit großem Rückstand erreichte, folgte nach, erst dann kamen die weiteren Rennfahrer. Was Lamprechts Fantasie anstachelte, war der Umstand, dass die Organisatoren gemeinsam mit der Militärführung auch einigen ehemaligen Kriegsteilnehmern des italienischen Heeres eine Teilnahme ermöglicht hatten. Diese Bersaglieri Ciclisti waren zwar ganz auf sich gestellt und erhielten, von einem Lastwagen, der ihr Gepäck übernahm, abgesehen, keine Unterstützung. Aber für jene, die das Rennen beenden würden, hatte die Armee eine Prämie ausgelobt.

Lamprecht dachte darüber nach, ob er jetzt dabei sein würde, hätte er sich damals, im Jahr 1915, so wie einige Kollegen für den Schritt über die Grenze ins Königreich Italien entschieden. Aber gegen die eigenen Leute kämpfen? Wie hätte er das vor sich und den Seinen verantworten können? Dem Vater gegenüber, der sich für den Kaiser von den Felsen bei Duino gestürzt hätte, wenn man es von ihm verlangt hätte?

Die Menge löste sich rasch auf, als die meisten Teilnehmer den Posten passiert hatten. Lamprecht hing weiterhin seinen Gedanken nach und schob sein Rennrad am Straßenrand entlang, als er von hinten angesprochen wurde.

»Salve, amico mio, du bist aber keiner der Teilnehmer, oder?«

Der Mann auf dem Fahrrad war einer der Isolati, also aus der Gruppe, die nicht zu den professionellen Fahrern zählte. Er war weit abgeschlagen und auf seinem Rad nur wenig schneller als Lamprecht zu Fuß.

»Wie denn?« Lamprecht deutete auf die Räder, die auf dem gequetschten Gummi rollten.

»Deswegen dachte ich ja …, egal.«

Er blieb stehen und nahm zwei Schläuche, die er sich wie die anderen Teilnehmer quer über den Brustkorb gehängt hatte, und hielt sie Lamprecht hin. Der blieb stehen und starrte das Geschenk an, ohne ein Wort herauszubekommen.

»Lascia stare, schon gut«, sagte der andere, nachdem er Lamprecht die beiden Gummis in die Hand gedrückt hatte, trat wieder fest in die Pedale und war im Nu aus Lamprechts Sichtfeld verschwunden. Gaetano strahlte fassungslos. Er würde wieder trainieren können. Endlich!

»Und? Wie war es?«, fragte in seinem Sessel der Vater, der nun wieder regelmäßig Zeitung las.

»Unglaublich«, antwortete Lamprecht, der noch immer im Bann der Radsportveranstaltung stand. Die Athleten, die an den Zuschauern vorbeigezogen waren wie ein beschleunigter Zug – einer nach dem anderen hatte ihn so zügig passiert, dass er kaum einen Blick auf Rad und Ausstattung hatte werfen können –, hatten ihn aufgeweckt und ihm zweierlei Entschlüsse beschert: »Ich werde auch wieder Rad fahren. Und ich will noch immer Polizist werden. Ich werde nicht aufgeben. Weder das Radfahren noch meinen Beruf.«

Bevor sein Vater darauf die passende Antwort gefunden hatte, war er bereits in Richtung Keller verschwunden, um die Laufräder fahrbereit zu machen. Rad fahren würde tatsächlich bald möglich sein, doch wie er sein zweites Ziel verwirklichen sollte, dafür wusste er im Moment noch keine Lösung.

Am nächsten Morgen wollte er gleich nach dem Frühstück zu einer Radtour aufbrechen. Wenn er die erste Anhöhe zum Karst hin überwunden hatte, würde er mit einem wunderbaren Blick über das Meer belohnt werden und könnte bei Sonne und kühler, den Geist erfrischender Luft seinen Gedanken nachhängen, und er war sich sicher, dass er dabei einen neuen Blick auf seine Situation und die seiner Familie gewinnen würde. Vielleicht käme ihm sogar eine Idee, wie sie künftig über die Runden kommen könnten und Adina vielleicht doch studieren könnte.

Er hatte ein dünnes Wolljersey angezogen, unter dem er ein Baumwollunterhemd trug, damit ihn der Stoff nicht am Rücken kratzte. Seit seiner Rückkehr hatte er darauf Bedacht genommen, dass niemand seinen entblößten Oberkörper zu Gesicht bekam. Früher hatte er sich oft mit Adina unterhalten, während er sich im Bad rasierte und nur eine Hose trug. Jetzt hielt er auch seine Schwester auf Distanz, dabei hatten sie so viel zu bereden. Doch niemand in der Familie wollte über die Jahre des Krieges sprechen. Er am wenigsten. So kam es, dass vieles, was in dieser Zeit passiert war, unausgesprochen blieb und jedes Familienmitglied durch diese Mauer des Schweigens von den anderen getrennt war. Einzig der Vater hatte ihn kurz nach seiner Heimkehr einmal gefragt, ob er denn einen Orden oder eine sonstige Auszeichnung für seinen Kampfeinsatz erhalten hätte. Lamprecht hatte nur den Kopf geschüttelt, damit war die Sache für beide beendet. Zumindest vorläufig, und Gaetano hoffte, dass der Vater nicht aus anderer Quelle erfahren würde, dass er mehr oder weniger unehrenhaft entlassen worden war und es nur dem Zusammenbruch der Mittelmächte zu danken war, dass ihm ein Prozess wegen Fahnenflucht erspart geblieben war.

Er traf in der Küche auf Adina, die ihrer Mutter half, Bettwäsche in einem großen Topf auf dem Ofen auszukochen. Die Frauen trugen Handschuhe, damit sie sich nicht die Hände verbrannten, und während die Mutter den Deckel vom Emailtopf anhob, rührte seine Schwester die Leinentücher mit einem massiven Holzlöffel um, damit sie nur ja sauber wurden. Zumindest gab es wieder ausreichend Holz, um Herd und Ofen zu heizen. Eine angenehme Wärme strömte durch den Raum. Die Fenster beschlugen vom Dampf. Gaetano entging nicht, wie viel Mühe die Mutter hatte, den Deckel anzuheben.

»Aspetta! Mamma, ich helfe dir«, sagte er und wollte ihr den Deckel abnehmen, doch die Mutter drängte ihn ab und herrschte ihn an: »Lass das, bitte. Der ist kochend heiß!« Sie deutete auf eine kleine Kanne. »Es ist noch etwas Kaffee da. Nimm dir was und lass uns Frauen bitte arbeiten.«

Lamprecht holte sich eine kleine Tasse und schenkte sich den Rest des schwarzen Getränks ein. Es gab in Triest Kaffee, sagte er sich. Auch wenn der Krieg Triests Bedeutung als Handelsplatz in Mitleidenschaft gezogen hatte, bescherte einem der Hafen doch Artikel, die woanders nicht erhältlich oder als purer Luxus mit Gold aufzuwiegen waren. Sogar in Wien hatten die meisten der traditionellen Kaffeehäuser fast nur Ersatzprodukte aus Zichorie oder Feigenkaffee im Angebot.

»Setz dich doch auch«, lud ihn der Vater ein, der die Küche betreten hatte und am Küchentisch Platz nahm. In letzter Zeit trug er den Bart an den Wangen wieder stärker gestutzt. Auch er hatte die Zeichen der Zeit erkannt und sich dem neuen Zeitalter gebeugt. »Machst du eine Ausfahrt?«, fragte er ohne den früher üblichen Unterton in seiner Stimme, mit dem er damals sein Missfallen über Gaetanos Freizeitbetätigung zum Ausdruck gebracht hatte. Offenbar hatte der Niedergang des Kaiserhauses auch Franz Lamprechts Sittenbild zum Einsturz gebracht. Es war nicht zu verkennen: Auch im Hause Lamprecht war ein neues Zeitalter angebrochen, selbst wenn im Moment niemand sonderlich glücklich damit war.

Gaetano schilderte seine geplante Route, doch der Vater nickte nur stumm und schien mit seinen Gedanken bereits wieder ganz woanders, als es an der Tür läutete. Lamprecht wollte aufstehen, um nachzusehen, da hatte Adina den Kochlöffel schon beiseitegelegt und schickte sich ihrerseits an, zum Eingang zu laufen. »Ich gehe öffnen!«, sagte sie, da hatte der Vater auch schon den Arm erhoben und »Stopp, junges Fräulein« gesagt.

»Ich sehe nach, wer da ist. Ich bin hier der Herr des Hauses.«

Gaetano und Adina warfen sich verstohlen fragende Blicke

zu, blieben aber stumm. Auch die Mutter ersparte sich einen Kommentar. Anders als die beiden Geschwister schien sie nicht überrascht. Sie schob den Topf von der Feuerstelle und sagte zu Gaetano: »Du kannst dann das heiße Wasser abgießen. Am besten in einen Eimer, dann kann ich es später noch zum Aufwaschen verwenden, wenn es lau ist, oder du kannst dich damit waschen, wenn du von deiner Ausfahrt zurückkehrst.« Von draußen war die Stimme eines Mannes zu vernehmen, der mit dem Vater diskutierte. Franz Lamprecht sprach zu leise, als dass Gaetano etwas verstanden hätte. Erst nachdem einige Worte gewechselt worden waren, hörte man den Vater sagen: »Ja, tut mir leid, wir brauchen es jetzt doch für uns selbst.«

Der Besucher verabschiedete sich.

»Wer war das?«, fragte Adina, als der Vater zurückkehrte.

»Hat sich nur im Haus geirrt, wollte offenbar zu einer anderen Familie«, kam beiläufig die Antwort.

Gaetano hatte seinen Kaffee schon lange beendet, den Topf hatte er auch bereits umgeleert, also wollte er endlich aufbrechen, als es abermals an der Wohnungstür läutete. Sofort war der Vater wieder auf den Beinen, kam aber nach wenigen Augenblicken mit einem Umschlag in der Hand zurück.

»Es war der Postbeamte, er hat einen Brief für dich gebracht.« Er reichte ihn Adina, die aufseufzte, als sie den Absender las.

»Was ist?«, fragte Gaetano, kaum hatte Adina den Umschlag geöffnet und die Zeilen mit großen Augen überflogen, wobei ein Strahlen ihr Gesicht zunehmend erhellte.

»Ich habe eine Stelle. Ist das nicht fantastisch? Arduino Berlam lädt mich für kommenden Montag in sein Büro.«

»Berlam?«, sinnierte der Vater. »Ist das nicht der Architekt, der vor dem Krieg die Synagoge gebaut hat?«

»Ja, zusammen mit seinem Vater Ruggero. Aber jetzt hat er einige Aufträge und sucht eine Aushilfe für die Büroarbeit. Er stellt mich zunächst zur Probe an, aber immerhin. Wenn ich mich bewähre, dann vielleicht auch fix und dann können wir uns wieder etwas mehr leisten.«

Die Mutter umarmte Adina und Gaetano sagte: »Aber nur, solange ich noch keine adäquate Anstellung gefunden habe. Sobald ich wieder eine ehrliche Arbeit habe, werde ich mein Scherflein für unsere Lebenskosten beitragen und dann kannst du endlich studieren.«

Einzig Franz Lamprecht hatte seine ernste Miene nicht abgelegt. Er brummte: »Was für eine Schande. Statt dass ich meine Tochter mit einer ordentlichen Mitgift gut verheiraten kann, muss diese niederer Lohnarbeit nachgehen.« Er schüttelte den Kopf.

»Jetzt lass es aber gut sein, Vater«, ergriff Gaetano das Wort. Sie wird ja nicht als Pancogola an der Piazza Ponterosso Brot verkaufen«, meinte er in Anspielung auf die vielen fliegenden Händlerinnen, die dort in Körben Waren feilboten und der Witterung trotzten.

»Sie beginnt bei einem angesehenen Architekten im Büro. Es wird jetzt überall viel gebaut.«

Doch der Vater war noch nicht überzeugt. »Mir haben die Neubauten schon in Wien nicht gefallen. Kahle Fassaden ohne jegliche Ästhetik. Und besser wird es wohl nicht werden, aber meinetwegen. Aber wehe, deine neuen Arbeitgeber verbauen uns hier die Aussicht aufs Meer.«

12.

Der Mann in ledernen Schaftstiefeln und schwarzen Reiterhosen bewegte sich langsam durch den Schuppen und betrachtete die Gerätschaften. Die Dielen ächzten unter seinen Schritten.

Er trat an einen Kasten aus dunklem Metall heran und betätigte einen Drehschalter, wodurch eine Kontrollleuchte am Bord darüber anging und eine hinter Glas gefasste Nadel signalisierte, dass der Apparat nun unter Spannung stand.

»Sie haben sich hier ja schön eingerichtet. Auf unsere Kosten.«

Kinski fixierte den abendlichen Besucher mit den Augen. Er fragte sich, warum der Fuchs gekommen war. Kinskis Unsicherheit war für den Faschisten unübersehbar und ließ dessen Überlegenheit wachsen. Er hatte ihn auf den Sessel neben dem Arbeitstisch gedrückt, auf dem Skizzen und Baupläne ausgebreitet lagen, und ihn zunächst zu schweigen geheißen, während er sich umblickte. »Das hat sicher ein Vermögen gekostet. Aber es war ja nicht Ihr Geld. Doch von einem Fortschritt kann ich nichts erkennen. Wo bleibt das versprochene Auto?«

Kinski hob das Kinn und setzte zu sprechen an, doch der Mann in Schwarz gebot ihm mit der erhobenen Hand Einhalt und setzte seinen Sermon fort: »Anstatt uns den versprochenen Wagen zu bauen, haben Sie sich ein eigenes Auto gekauft. Wozu? Doch wohl nicht um Werkspionage zu betreiben und es nachzubauen?«

Kinski seufzte, er schüttelte unmerklich den Kopf, als er am fordernden Blick erkannte, dass er nun antworten sollte.

»Das Auto habe ich bereits vor unserer Abmachung von den Ersparnissen meiner Frau gekauft und die Vereinbarung, die wir getroffen haben, besagt nicht, dass ich Ihnen oder Ihrer Partei ein Auto bauen soll. Sie sichert Ihnen nur die Option, durch Ihre Beteiligung die Ersten zu sein, die davon profitieren, sollte mein Vorhaben gelingen und meine Idee kommerziell erfolgreich sein.«

»Ma che schifezza dici … Man kann euch Österreichern nicht über den Weg trauen, das hätte ich gleich wissen müssen. Sie haben mir goldene Profite versprochen. Gewinne für die Parteikasse, aus der ich mir das Geld für Ihre Hirngespinste leihen musste. Sie waren es, der Druck gemacht hat. Sofort müsse das sein, sonst komme womöglich ein anderer zuvor, und ich war so dumm, Ihnen zu glauben. Ich konnte mir nicht einmal Rückendeckung für mein Handeln holen, weil ich die Gelegenheit nicht verpassen wollte, dass meine Organisation den Fortschritt für unser Land vorantreibt. Wenn Sie nicht bald ein Ergebnis bringen, das zumindest einen Teil des Geldes zurückbringt, dann werden Sie die Zinsen in Blut zahlen, und es wird nicht ihr eigenes sein, zuerst beginnen wir mit Ihrer Tochter, und wenn das nichts nützt, dann kommt Ihre Frau dran.«

Jetzt gab es kein Halten für Kinski. Er sprang von seinem Platz auf und griff nach einem Hammer, mit dem man schwere Eisenteile in Form klopfte. »Unterstehen Sie sich. Was kann denn ich dafür, dass Sie für unser gemeinsames Projekt offenbar in die Kasse Ihrer Partei gegriffen haben. Sie wurden mir als Investor empfohlen. Ich dachte, Sie wären selbst liquide. Woher sollte ich wissen, dass es nicht Ihr eigenes Geld war, und wie hätte ich ahnen können, dass Sie hier eigenmächtig …, aber das ist ja wohl Ihr Problem. Außerdem ist das Geld nicht verloren. Ich stehe knapp vor dem Durchbruch bei der Entwicklung. Aber wenn Sie irgendjemandem von meiner Familie auch nur ein Haar krümmen, dann …« Er holte mit dem Hammer aus, doch der andere fing ihn ohne viel Kraftaufwand ab und bemächtigte sich des Werkzeugs.

»Schon gut, ich vermute, bei uns beiden liegen die Nerven blank. Lassen Sie uns nichts überstürzen.« Der Fuchs lenkte ein, es half nichts, er musste sich gedulden, auch wenn die Zeit gegen ihn spielte. Er hatte erfahren, dass die Partei bald einen neuen Sekretär nach Triest schicken würde. All seine

Hoffnung, selbst zur Nummer eins aufzusteigen, war damit zunichtegemacht. Dieser Toskaner würde bestimmt einige seiner Leute mitbringen. Und dann würde er sich wegen der Verwendung der Parteimittel zu verantworten haben, wenn er den Betrag nicht rasch genug wieder zurückzahlen konnte. Er musste wohl etwas schärfer werden: »Sie haben recht, es geht um das Projekt. Sie haben mir ein Auto mit revolutionärem Antrieb versprochen, das nicht nur eine bessere Leistung als herkömmliche Motoren haben soll, sondern auch noch günstig in Anschaffung und Erhaltung ist. So etwas können wir unserem Volk und unserer Nation nicht vorenthalten. Die Konstruktion dieses Autos im faschistischen Auftrag soll dem italienischen Volk zeigen, wer auf seiner Seite steht und wer den Aufschwung und die Zukunft sichert. Sie haben mir Ihr Wort gegeben, dass es realistisch ist, so ein Gefährt zu bauen.«

»Und ich bin nach wie vor davon überzeugt. Sehen Sie!« Kinski zog den Mann an der Schulter hinüber zum Konstruktionstisch und zog aus einer Lade ein paar gefaltete Skizzen hervor, die er auf der Tischplatte ausbreitete. »Was ich Ihnen jetzt zeige, hat noch niemand zu Gesicht bekommen.«

Er erläuterte die aufgelisteten Formeln, erklärte die einzelnen Abbildungen und sprach mit solchem Feuer und solcher Leidenschaft, dass er den Faschisten wie bei ihrem allerersten Treffen wieder von seiner Gewissheit überzeugte: Er würde den Elektroantrieb revolutionieren und der Welt ein Auto bauen, das seiner Zeit um mindestens hundert Jahre voraus sein würde.

»Mein Hauptproblem ist im Moment, dass viele Rohstoffe und Substanzen, mit denen ich experimentieren muss, wegen der allgemeinen Lage schwer oder gar nicht zu bekommen sind. Aber ich hoffe, dass sich die Situation diesbezüglich in den nächsten sechs bis acht Monaten erheblich bessern wird.«

Als Kinski zwei Stunden später im Bett lag, starrte er im Halbdunkel an die Decke. Seine Frau hatte, als er zu Bett gegangen war, nochmals nach dem Besucher gefragt und was der gewollt habe, doch Kinski hatte ausweichend behauptet, es habe sich um einen Geschäftspartner gehandelt.

»Ich will nicht, dass du dich mit solchen Leuten einlässt. Der Mann hat mir Angst gemacht.«

Kinski hatte zur Antwort nur gebrummt. Er brauchte nun einmal diese Menschen, er brauchte Männer, die eine konkrete Vision von der Zukunft hatten, die diese aktiv gestalten wollten und auch bereit waren, dazu alle Mittel einzusetzen. Sein Versuch, mit dem neu angeschafften Wagen über den Automobile Club Trieste Anschluss an finanzkräftige Kreise zu finden, um sie von seiner Idee zu überzeugen, hatte ja nicht gefruchtet. Diese Männer aus der Banken- und Versicherungswelt waren so konservativ, dass sie das Auto nur als Statussymbol besaßen, aber nichts in die nötige Innovation dieses Fortbewegungsmittels investieren wollten, ohne eine Garantie für den Erfolg zu haben. Wer würde denn, jetzt nach dem Krieg, noch genügend Geld für ein Automobil haben, hatten sie ihn ihr Urteil wissen lassen. Das Auto sei für die Masse nicht geeignet, dafür gebe es die Eisenbahn. Mit solchen Leuten war der Fortschritt nicht zu schaffen, hatte er dieses Kapitel für sich abgeschlossen. Wohl war ihm bei seinem Hasardspiel mit diesem Faschisten natürlich auch nicht. Elvira hatte recht. Inzwischen war er schon so nervös, dass er sich einbildete, die Schritte der Schaftstiefel auf dem Holzboden zu hören, selbst wenn niemand da war. Er tastete nach den Zigaretten auf dem Nachtkästchen und ging damit hinaus auf den Flur. Dort, nach den ersten entspannenden Zügen, kam ihm eine Idee, wie er, sollte das nötig werden, noch Zeit gewinnen konnte.

Lamprecht glaubte, einer Sinnestäuschung erlegen zu sein, als er auf einer der sandigen Straßen oberhalb Longeras in einiger Entfernung vor sich einen Mann auf einem Rad ausmachte, der nach jedem Wendemanöver eine kleine Staubwolke nachzog. Kein Zweifel, hier war noch jemand mit dem Rennrad unterwegs, der Kleidung nach zu schließen in sportlicher Manier. Er wollte aufschließen, doch auch er musste vor den Kurven mit der Stempelbremse, die direkt auf den Vorderreifen einwirkte, abbremsen, wenn er nicht von der Straße abkommen und in der Natur landen wollte. Als es dann ein längeres Stück geradeaus ging, legte er seinen Oberkörper flach über den Lenker und schaffte es damit, einige Hundert Meter gutzumachen. Seit ihn der Krieg aus dem sozialen Gefüge der Stadt geworfen hatte, hatte Lamprecht bislang keinen einzigen seiner früheren Radpartner, mit denen er sporadisch seine Runden durch die nähere Umgebung gezogen hatte, wieder getroffen.

Nach der nächsten Kehre hatte sich der Abstand wieder vergrößert und Lamprecht hätte diese Verfolgung aufgegeben, wäre der andere nicht an einer Gabelung plötzlich stehen geblieben, um auf ihn zu warten.

»Salve! Entschuldigen Sie, mein Freund, aber ich muss zurück ins Zentrum und ich bin mir nicht sicher, welche Straße ich nehmen soll.«

Lamprecht hielt ebenfalls an und erwiderte den Gruß. Noch bevor er den Fahrer betrachtete, zog dessen Fahrrad seine Blicke an. Es war ein professionelles Legnano, mit dem das gleichnamige Team einige bedeutende Rennen für sich hatte entscheiden können. Als er nun zum Fahrer hochsah, durchzuckte es ihn für einen Moment. Es war der Polizist, der ihn unlängst in der vormaligen Polizeidirektion empfangen und zum Oberstleutnant der Carabinieri geführt hatte. Er versuchte, sich seine Verwunderung nicht anmerken zu lassen, doch als der andere ihn ganz offensichtlich nicht wiedererkannte, entspannte sich Lamprecht und beantwortete die Frage: »Grundsätzlich führen fast alle Straßen früher oder später ins Zentrum, doch ich würde die hier nehmen. Sie ist weniger holprig.« Er deutete auf die linke Abzweigung an der Kreuzung.

»Grazie«, sagte der Polizist. »Wollen Sie sich mir vielleicht anschließen?«

»Warum nicht«, antwortete Lamprecht, dem in der Zwischenzeit der Name seines Begleiters wieder eingefallen war: Vinciguerra hatte ihn der Vorgesetzte damals genannt.

Der Carabiniere und der ehemalige k. u. k. Polizist schwangen sich fast synchron in den Sattel, und das Duo setzte die Abfahrt im Konvoi fort, wobei Lamprecht als Ortskundiger die Führung übernommen hatte. Die Straßen Triests waren wie Bäche, die nach einem Wolkenbruch von der Anhöhe des Karsts dem Meer zuströmen. War man bei einer der am Meer entlangführenden Promenaden angelangt, landete man früher oder später auch im Zentrum.

Sie fuhren gesittet über die staubige Straße, keiner wollte den anderen zu einem Duell fordern. Nachdem sie einige vereinzelte Bauernhöfe passiert hatten, standen die Häuser nun dichter und sie mussten ständig mit Schweinen oder Hühnern rechnen, die völlig bedenkenlos die Straße querten. Vinciguerra fuhr nun neben Lamprecht.

»Sie sind aus Triest?«, fragte er.

»Ja, ich bin hier geboren.«

Vinciguerras Blick verriet, dass er etwas sagen wollte, das er dann aber doch zurückhielt. Lamprecht war irritiert – hatte der Italiener ihn wiedererkannt und würde ihm nun schnell den Rücken kehren? Also fragte er: »Ist noch etwas?«

Vinciguerra wich einer Mulde in der Fahrbahn aus und lächelte. »Nein, ich dachte nur, Ihr Akzent …«

»Ich bin in Wien aufgewachsen und dort haben wir nur Deutsch gesprochen, daher fehlen mir die Jahre im Gymnasium hier. Aber darf ich Sie fragen, woher Sie kommen?«

»Aus einem kleinen Nest ganz in der Nähe von Udine, Sie werden es nicht kennen. Und da haben Sie auch nichts versäumt. Bei uns zu Hause hat man vor allem Furlan gesprochen.«

Vinciguerras ehrliche Antwort vertrieb Lamprechts Sorge, der andere könnte ihn als ehemaligen Austriacante bloßstellen. Man war doch mehr als nur der Angehörige einer Volksgruppe! Einerseits, natürlich, war er der Bittsteller, der gern wieder Teil der bewaffneten Truppe geworden wäre, aber andererseits, in diesem konkreten Moment, verbanden ihn und sein Bianchi dieselben sportlichen Ambitionen mit diesem Italiener.

Mittlerweile begleitete sie eine durchgehende Häuserzeile, die mit jedem weiteren Straßenzug auch in die Höhe wuchs. Als sie das dicht besiedelte Gebiet am Hügel von Chiadino mit seinen vielen Villen erreicht hatten, stoppte Lamprecht, um sich zu verabschieden. »Ich biege hier ab, ich muss Richtung San Giusto, Sie fahren am besten hier geradeaus weiter und wenn sie den Giardino erreicht haben, müssen Sie links bis zur Via Carducci. Dort sind Sie schon so gut wie im Zentrum.« Lamprecht nahm an, dass der Carabiniere sich spätestens ab der Piazza San Giovanni würde orientieren können, denn dort sah man schon die Rückseite der Kirche von Sant'Antonio Taumaturgo und gleich daneben lag seine Dienststelle.

»La ringrazio«, bedankte sich der italienische Polizist höflich. »Und vielleicht sieht man sich ja wieder einmal«, schob er nach. Lamprechts Miene entgleiste für einen Moment, er fragte sich, ob ihn der andere nicht doch wiedererkannt hatte.

»Ich mache öfter am Sonntag Ausfahrten, manchmal kann ich auch einen halben Tag unter der Woche einschieben. Es kommt sogar vor, dass ich das Rad beruflich einsetze, wenn ich eine Nachricht auf direktem Wege übermitteln muss und es besonders dringend ist.« Vinciguerra grinste schelmisch, zum ersten Mal fiel Lamprecht auf, wie jung der Polizist war. Der Bursche hatte in etwa das Alter, mit dem auch er selbst seinerzeit in den Polizeidienst eingetreten war.

»Certo«, entspannte sich Lamprecht wieder. »A presto.«

Auch wenn Vinciguerra wahrscheinlich nur auf eine weitere Fahrt mit dem Rad angespielt hatte, mahnte Lamprecht sich weiterhin zur Vorsicht im Umgang mit den Repräsentanten der neuen Staatsmacht. Gemeinsames Interesse gebiert noch kein Vertrauen, zumindest kein bedingungsloses.

Daheim berichtete Gaetano nichts von dem zufälligen Treffen, aber er erzählte von einer Idee, die er Vinciguerra zu danken hatte und die das Haushaltsgeld etwas aufbessern sollte: »Bei meiner Ausfahrt ist mir heute in den Sinn gekommen, dass die Leute vielleicht Bedarf an einem Kurierdienst haben könnten.«

»So etwas gibt es doch schon, es nennt sich Post und war zu des Kaisers Zeiten äußerst zuverlässig«, sagte Franz Lamprecht und Adina kicherte leise im Hintergrund.

»Aber ich meinte doch mit dem Fahrrad«, entgegnete Gaetano. Der Vater legte sein Buch zur Seite und fuhr sich mit der Hand durch die Haare, während er eine Augenbraue hob.

»So ein Rad ist doch denkbar ungeeignet. Auf dem kannst du nicht einmal ein größeres Paket transportieren.«

»Ich dachte ja auch eher an Papiere oder Dokumente, die von einem Büro in eine Kanzlei oder Behörde gebracht werden müssen.«

»Aber ich bitte dich«, lächelte der Senior gönnerhaft, »dafür gibt es doch Botenjungen, die sich über ein paar Soldi freuen.«

»Sind aber langsamer als das Rad.« Es hatte sich ein Dialog wie eine Schachpartie gegen die Uhr entwickelt.

»Wenn ich es eilig habe, schicke ich ein Telegramm oder noch besser ich rufe an.« Der Vater deutete auf den Apparat und Gaetano schluckte seinen Einwand, dass das Telefon seit dem Kriegsende abgemeldet war, weil das Geld dafür fehlte, hinunter. Gewisse Grenzen sollte man nicht überschreiten.

»Und wenn es um einen Plan oder ein Bild geht?«

»Auch da werden sich unsere Techniker etwas einfallen lassen, wie man das übertragen kann, glaub mir, der Fortschritt ist unaufhaltbar.«

Franz Lamprecht war beizupflichten, musste Gaetano sich eingestehen. Schon vor fast zwanzig Jahren, im Dezember 1901, hatte Guglielmo Marconi es geschafft, ein Funksignal von England über den Atlantik bis nach Kanada zu schicken. Im Krieg waren dann mobile Funkstationen zum Einsatz gekommen und jetzt arbeitete man an einer zivilen Verwendung dieser Radiowellen. »Ich weiß, die Zukunft findet heute statt«, antwortete Lamprecht kleinlaut, weil er für seine Idee nun doch keine sah, wenn schon die eigene Familie derart skeptisch war.

»Aber ich habe etwas anderes erfahren, was für dich wichtig sein könnte«, lenkte sein Vater nun ab. »Wenn es stimmt, was ich gehört habe, soll Valerio bald wieder für die Geschicke der Stadt zuständig sein.«

21. JULI 1919

13.

Nie würde Lamprecht diesen Montag im Rathaus vergessen. Er war in einen seiner alten Anzüge aus luftigem Leinen geschlüpft, der auf seinen Schultern hing wie der Überwurf eines herrschaftlichen Doppelbetts über einem schmalen Canapé. Er hatte zwar in den letzten Monaten zu Hause wieder ein wenig zugelegt, doch in den Jahren im Feld und im Kerker hatte er gut ein Drittel seines Gewichts verloren. Die Mutter hatte gestern noch versucht, den Anzug enger zu machen, aber so viele Falten im Bund hatte sie gar nicht einnähen können, dass man je hätte vermuten können, dieses Kleidungsstück sei einmal auf Maß für ihn geschneidert worden. Ohne den Gürtel wäre er nach wenigen Schritten in Unterhosen dagestanden. In Triests Straßen fiel er damit nicht auf. Vielen Männern pluderten die Hosen oder Hemden, nicht wenige trugen geflicktes Schuhwerk oder gestopfte Röcke.

Als er beim Rathaus eintraf, betrat er die Stätte seines früheren Wirkens mit erhobenem Haupt. Valerio, der alte und zugleich neue Bürgermeister der Stadt Triest, war noch nicht einmal eine Woche im Amt und hatte seinem Ersuchen um einen Termin so rasch entsprochen, wie sich auch die übrigen Dinge in Triest und dem angeschlossenen Hinterland änderten. »Sindaco«, stand jetzt auf dem großen Messingschild, das an der Wand vor dem Eingang in das Sekretariat angebracht war. Alfonso Valerio hatte in diesen Amtsräumlichkeiten schon von 1909 bis 1915 residiert, damals aber unter dem Titel des »Podestà«. Mit der Kriegserklärung Italiens an das ehemals verbündete Österreich-Ungarn im Mai 1915 hatte die österreichische Oberverwaltung alle Italiener aus ihren Ämtern entfernt und durch linientreue Beamte ersetzt.

In den Jahren vor dem Krieg war Lamprecht wiederholt auf Valerio getroffen, der die Karriere des jungen Polizisten mit Wohlwollen betrachtet und, soweit es ihm möglich war, gefördert hatte. Es war auch in der Polizeidirektion ein offenes Geheimnis gewesen, wer seinen starken Arm schützend über Lamprecht hielt, und so wurde ihm manche kleine Abzweigung vom Amtsweg nachgesehen.

Doch dieses Treffen bescherte ihm keinen herzlichen Empfang wie früher. Wenn der Bürgermeister seinerzeit auch meist gönnerhaft getan hatte, so waren ihre Begegnungen jedenfalls immer von gegenseitigem Respekt getragen gewesen und die Gespräche auf Augenhöhe geführt worden. Doch nun behandelte Valerio Lamprecht, dem er einen Platz auf dem Stuhl vor seinem Arbeitstisch angeboten hatte, zwar nicht wie einen wildfremden Bittsteller, er ließ aber keinen Zweifel daran, dass dieses Treffen unter gänzlich veränderten Umständen stattfand. Er wirkte müde und gealtert. Sein Bart war grau, nur einzelne Sprenkel ließen das frühere Dunkel der Haare erahnen. Der Kopf kahl, der Blick traurig. Er sagte: »Wissen Sie, der Krieg hat einige Gräben aufgerissen, die sich nicht so leicht überbrücken lassen. Das trifft leider auch Sie. Sie waren keiner von uns und Sie sind keiner von uns.«

Bevor Lamprecht etwas erwidern und seine Meriten als Polizist, vor allem aber seine strikte Unparteilichkeit in ethnischen Fragen in der Ausübung seiner Pflichten erwähnen konnte, kam Valerio von sich aus darauf zu sprechen.

»Ich weiß, Sie haben sich nicht von nationalistischen Ideen leiten lassen, das spricht für Sie. Vor dem Krieg war ein halber Italiener bei der Polizei auch brauchbar für unsere Sache. Aber jetzt? Jetzt braucht es nur mehr ganze Italiener, halbe Sachen interessieren uns nicht mehr.« Er dozierte mit durch die Luft kreisendem Zeigefinger seiner rechten Hand. Lamprecht folgte dem Finger bereitwillig, half es ihm doch, Valerios Blick zu meiden, dem wohl aufgefallen wäre, wie sein Gegenüber innerlich vor Enttäuschung und Wut kochte, wie sich seine Kiefer aufeinanderpressten und wie er den Impuls, Valerio ins Wort zu fallen, mit letzter Mühe unterdrückte.

Valerio schien einzulenken: »Aber für Sie spricht, dass sie offenbar dem Kampf gegen die Feinde Österreich-Ungarns nicht mit demselben Eifer nachgekommen sind wie dem Kampf gegen das Verbrechen in unserer Stadt.«

»Lassen Sie mich erklären …«, platzte es aus Lamprecht heraus, der nun doch zu einer Rechtfertigung ansetzen wollte. Offenbar hatte die Sache mit dem Militärgericht, selbst wenn sie sich mit der Kapitulation der Mittelmächte erledigt hatte, ihren Weg nach Triest gefunden. Die Einstellung des Verfahrens hatte ihm damals auch die Möglichkeit genommen, sich von den Vorwürfen reinzuwaschen.

Valerio stieß den nach wie vor gestreckten Finger in die Luft. »Das interessiert hier keinen mehr.« Er hob die dunklen Brauen. »Ich habe Ihnen damals versprochen, mich immer bestmöglich für Sie einzusetzen. Also hören Sie mir zu: Ich habe bei Celoria interveniert. Der Oberstleutnant gibt Ihnen noch eine Chance und wird sie heute ein weiteres Mal empfangen, wenn wir hier fertig sind – und wir sind hier fertig.«

Valerio winkte in Richtung Tür und Lamprecht verstand. Er nickte und erhob sich. Als er dem Ausgang zustrebte, rief Valerio ihm nach: »Lamprecht! Ich hoffe, Sie können mich verstehen. Ich wünsche Ihnen dennoch alles Gute.«

Nochmaliges Nicken, dann war Lamprecht aus dem Büro des Bürgermeisters draußen, der Sekretär drängte sich sofort an ihm vorbei, da offenbar weitere Termine des Stadtvaters harrten. Lamprecht hoffte für den ehemaligen väterlichen Freund, dass es nicht ähnlich schwierige Petenten waren wie er. Zumindest hatte er sich bei der Zusammenkunft in diese Rolle gedrängt gefühlt.

»Warten Sie«, hielt ihn eine weibliche Stimme zurück, als er auf den Stiegenabgang zuhielt. Er drehte sich um und ihm entschlüpfte zum ersten Mal an diesem Tag ein Lächeln, als er in die freundlichen dunkelbraunen Augen blickte, die ihn kokett von unten angrinsten. Das Gesicht der jungen Frau mit der zarten Stupsnase kam ihm bekannt vor, vielleicht war es eine ehemalige Klassenkollegin seiner Schwester, die er früher einmal gesehen hatte. Viele Gedanken schossen ihm nun zeitgleich durch den Kopf, doch er wischte sie alle sofort wieder weg. Auch den, die Frau auf eine frühere Begegnung anzusprechen. Stattdessen sagte er nur: »Ja?«

Die Frau rutschte ein Stück vor und beugte ihren Oberkörper über den Tisch zu ihm hin, damit sie nicht so laut reden musste. Lamprecht erhaschte einen Blick auf ihre Rundungen, die sich unter dem hochgeschlossenen Kleid abzeichneten, mahnte sich dann aber selbst zur Ordnung, als sie ihm erklärte, dass der Tenente Colonello erst gegen dreizehn Uhr wieder in der Polizeidirektion erscheinen werde. Lamprecht hinterfragte gar nicht, wieso sie wusste, wohin ihn sein nächster Weg führen würde, und bedankte sich höflich mit einem angedeuteten Diener, bevor er sich entfernte. Die Frauen, überlegte er, die im Krieg gekommen sind, um die an die Front gerufenen Männer zu vertreten, werden wohl bleiben. Und das nicht nur in den Amtsstuben. Auch seine Schwester arbeitete nun schon seit einigen Wochen in dem Architekturbüro, nach ihrer Probezeit war sie übernommen worden. Ihr zusätzliches Einkommen entspannte die Situation im Haushalt der Lamprechts ein wenig.

Lamprecht verließ das Rathaus und ging in Richtung Corso und passierte das ehemalige Caffè Litke, das nun Municipio hieß und ein beliebter Treffpunkt von Künstlern und Intellektuellen war. Die Tische unter der beinah bis zum Boden reichenden Markise waren so gut wie alle besetzt, aber Lamprecht ließ die spontane Idee, sich bei einem Kaffee zu stärken, gleich wieder fallen. Stattdessen bog er vor der Piazza del Ponterosso in die Via San Nicolò ein und strebte dem Caffè Walther zu. Die Straße war um die Uhrzeit belebt. Die meisten Menschen trieb eine betriebsame Geschäftigkeit an, sie marschierten zielstrebig über das Pflaster, nur selten sah man jemanden, der zu einem Schwätzchen mit einem Bekannten Halt machte. Über die Köpfe der Menschen blies ein milder Scirocco landeinwärts. Manche hielten ihren Hut fest, den Damen ließ er die Kopftücher flattern. Vielleicht würde der warme Südwind auch noch etwas Regen bringen.

Er setzte sich an einen der auf dem Gehsteig aufgestellten Tische, bestellte einen Caffè Nero und griff nach der auf dem leeren Nebentisch im Lüftchen flatternden Zeitung. Er überflog den *Il Piccolo*, als sein Auge bei den Annoncen hängen blieb. Verwundert nahm er den Kaffee entgegen und leerte die kleine Tasse in einem Zug, obwohl er den Genuss eigentlich hinauszögern hatte wollen. Sein erster Impuls war, rasch zu Hause vorbeizuschauen, um das aufzuklären, aber er wollte nicht riskieren, abgehetzt bei dem Offizier anzukommen, der sein weiteres Schicksal in der Hand hatte. Er legte ein paar Münzen auf den Tisch. Seitdem im April des Jahres die ehemaligen Kronen als Währung ausgedient und durch die italienische Lira ersetzt worden waren, musste man fast überall in der neuen Währung zahlen, auch wenn noch immer einiges an Geld aus dem ehemaligen Kaiserreich im Umlauf war. War schon der offizielle Kurs von hundert Kronen für vierzig

Lire ein Wucher, gaben die privaten Händler meist noch weit schlechtere Umtauschraten.

Die letzten Meter bis zur ehemaligen Polizeidirektion marterte Lamprecht die Frage, wie er sich unerkannt an Vinciguerra vorbeischummeln konnte. Bislang hatte er das Geheimnis um seine Vergangenheit vor dem neuen Freund, mit dem er in den letzten Wochen unzählige Kilometer auf dem Rad abgespult hatte, erfolgreich verborgen. Es war zwar nicht sicher, dass Giulio genau heute Dienst und den Eingang zu kontrollieren hatte, aber man konnte nie wissen. An der Rückseite der Kirche des Sant'Antonio Taumaturgo mit den wuchtigen Säulen eines antiken griechischen Tempels Richtung Piazza San Giovanni, wo die beiden Kirchtürme versteckt waren, gab es eine Uhr, doch Lamprecht wollte sich diesen Umweg sparen, also fragte er einen Passanten nach der Uhrzeit. Es war bereits fast ein Uhr, Lamprecht musste sich in die Höhle des Löwen begeben. Trotzdem hielt er bei den Stufen der Kirche kurz inne und sah zu einer Taube, die vor dem Eingang der Kirche auf und ab stolzierte. Ob sie ähnliche Gedanken wälzte wie er? Wohl kaum … Eben verließ ein uniformierter Radfahrer das Amtsgebäude und fuhr Richtung Hauptpost davon. Das war also einer der Botengänge, von denen ihm Giulio erzählt hatte.

Er atmete tief durch, richtete sich den Kragen und stopfte nochmals das Hemd in den weiten Bund, bevor er beim Eingang, wo nun ein anderer Carabiniere die Aufsicht hatte, vermeldete, einen Termin bei Celoria zu haben.

Der Uniformierte brachte ihn zu dem Offizier in das bekannte Büro und Lamprecht kam der Gedanke, dass er froh sein musste, dieses Gesinnungsverhör nicht in seinem alten Dienstzimmer über sich ergehen lassen zu müssen. Celorias Blick blieb an den Unterlagen heften, die er auf dem Schreibtisch vor sich ausgebreitet hatte, beiläufig deutete er auf den davorstehenden Sessel, auf dem sich Lamprecht niederließ und zu reden ansetzte, doch der Tenente Colonello gebot mit erhobener Hand Einhalt und übernahm das Sprechen: »Ich weiß, warum Sie hier sind, ich bin informiert, ich bin über alles informiert. Das muss ich sein, das ist meine Aufgabe.«

»Ich wollte mich …«, startete Lamprecht einen neuen Versuch, doch der Carabiniere ließ sich nicht unterbrechen: »Ich muss sagen, Sie haben echt Mumm. Sie kommen hierher, zu mir in die Questura, und wollen als Polizist arbeiten, nachdem Sie meine Leute noch wenige Jahre zuvor von genau hier aus verfolgt haben.«

Also kommt jetzt doch eine Abrechnung, dachte Lamprecht, der die Spannung aus seinem Körper entweichen ließ, nachdem er so gut wie sicher erwartete, dass dies nun der Schlussstrich unter sein Bestreben um eine Aufnahme in das Sicherheitskorps von Triest sein würde.

»Das gefällt mir«, sagte Celoria und Lamprecht wurde wieder hellhörig. »Ihre Akte hat einiges, das für Sie spricht. Ich sehe, dass Sie damals, kurz nach dem Attentat von Sarajevo, sehr bedacht bei Ihren Ermittlungen vorgegangen sind und größere Verfolgungsaktionen gegen die italienische Bevölkerung verhindern konnten.« Celoria blätterte weiter. »Ich sehe auch, fragen Sie bitte nicht, wie wir an derartige Informationen gelangen, dass Ihr Kriegseifer nicht besonders ausgeprägt war, andernfalls hätte man Sie nicht ins Gefängnis gesteckt, weil Sie desertiert sind und Ihre Kameraden im Stich gelassen hatten.«

»Infam!«, entkam es nun Lamprecht in einer über dem Gebotenen liegenden Lautstärke. »Ich habe meine Truppe nicht im Stich gelassen. Nur wurde mir nach dem Ende des Krieges nicht mehr die Gelegenheit gegeben, meine Unschuld zu beweisen. Es kam nicht mehr zum Prozess.«

Celoria richtete sich auf und blickte Lamprecht aus dunklen, unergründlichen Augen an. Der Mann hatte den Blick eines Inquisitors, der jede sündige Seele durchleuchten konnte: »Seien Sie doch froh, womöglich wäre Ihnen der Beweis nicht geglückt und man hätte Sie füsiliert.«

»Besser sterben, als mit der Schande zu leben.«

»Diese Einstellung gefällt mir. Offenbar sind Sie ein aufrechter Kerl. Kein Wunder, dass Sie hier auch Fürsprecher gefunden haben.«

Lamprecht schlug die Augen nieder. »Ich weiß, Valerio habe ich viel zu verdanken, er …«

»Che stupidaggine! Vinciguerra hat sich für Sie verwendet, als er Wind von der Sache bekommen hat.«

»Sie meinen, der Polizist, der meist unten Dienst …«, stammelte Lamprecht, den zugleich ein Schauer durchlief. Giulio, sein neuer Radpartner, hatte ihn die ganze Zeit durchschaut, er musste ihn sofort wiedererkannt haben, hatte sich aber überzeugend verstellt.

»Esatto. Und das will etwas heißen. Der Arme hat bei eurer Offensive von Caporetto fast die ganze Familie verloren, als die deutsch-österreichischen Truppen, vor allem aber deren Giftgas in der Umgebung von Udine gewütet haben. Irgendwie scheint er zu glauben, dass in Ihnen ein ordentlicher Mann steckt, der für seine Ideale eintritt. Ich weiß, dass Sie auch privat Umgang haben.«

War Vinciguerra als Spitzel auf ihn angesetzt gewesen, ihr erstes Aufeinandertreffen arrangiert worden, nur um ihn aushorchen zu können? Danach hatte sich das eben nicht angehört. Wie auch immer, offenbar hatte das, was Giulio für ihn getan hatte, mehr geholfen als die Intervention Valerios.

Celoria klappte den Akt vor sich zu und nahm einen Bogen Papier zur Hand, auf dem auch für Lamprechts Auge erkennbar ein roter Stempel prangte, was wohl für eine gewisse Sicherheitsstufe stand oder einen beschränkten Kreis an zulässigen Wissensträgern, dann sagte er zu Lamprecht: »Noch ist es nicht offiziell, aber ich bin sicher, bald werden die Zeitungen darüber schreiben. Also, es geht um Folgendes …«

Als Lamprecht etwas später nach Hause kam, hatte er eine in braunes Papier eingeschlagene Flasche Spumante bei sich. Er hatte sie bei dem Lebensmittelhändler Antonio Bosco an der Piazza Goldoni erstanden. Bosco kannte die Lamprechts und er war tief betroffen, als er erfuhr, dass auch die frühere Haushälterin Luisa Opfer dieser schrecklichen Spanischen Grippe geworden war. Auch in seiner eigenen Verwandtschaft gab es Todesopfer zu beklagen. Als Bosco nachfragte, ob es einen Grund zum Feiern gebe, erzählte ihm Lamprecht, dass er demnächst wieder in seinem angestammten Beruf würde arbeiten können. Bosco gratulierte und versicherte ihm, seine Familie würde natürlich weiterhin Kredit bei ihm genießen. Genau genommen hatte er Lamprecht den Spumante also auf Pump verkauft.

Als er das Haus neben dem Kastell, auf dem jetzt die italienische Tricolore im Wind flatterte, erreicht hatte, stand ein Mann mit einer gefalteten Zeitung unter dem Arm vor dem Eingangstor, der wirkte, als suchte er etwas.

»Buongiorno, kann ich Ihnen behilflich sein?«, fragte Lamprecht den Mann, dessen abgetragener, locker sitzender Wollanzug sowie das etwas fleckige Hemd verrieten, dass er schon bessere Zeiten gesehen hatte.

Der Angesprochene, der nur wenig älter als Lamprecht war, zuckte zusammen, zog dann aber den Hut und sagte: »Ich komme wegen …«

»Ich weiß«, unterbrach ihn Lamprecht. »Sie kommen wegen des Zimmers, doch es handelt sich um einen Irrtum, hier ist kein Zimmer frei.«

Der Mann machte einen unterwürfigen Buckel, betrachtete Lamprecht dabei mit Argwohn und fragte: »Und wer sind Sie, wenn ich fragen darf?«

»Das Zimmer habe bereits ich gemietet«, antwortete er knapp. Der andere wandte sich ab, leise etwas vor sich hin murmelnd, vielleicht einen Fluch oder eine Verwünschung gegen den, der ihm das günstige Zimmer weggeschnappt hat.

»Vater!« Gaetano betonte das Wort besonders, als er die Flasche nicht minder laut am Tisch im Salon abgestellt hatte. Sofort hatte er die Aufmerksamkeit seiner Eltern. Sie betrachteten die Flasche und warfen dann ihrem Sohn fragende Blicke zu: Offenbar gab es ja etwas zu feiern, was sollte dann der forsche Ton?

»Warum hast du ein Zimmer in der Zeitung annonciert?«, kam Gaetano ohne Umschweife auf den Grund seiner Verstimmung zu sprechen.

Franz Lamprecht holte tief Luft, dann machte er einen langen Seufzer, der ihm Zeit geben sollte, seine Gedanken zu ordnen. »Du warst im Feld oder sonst wo und wir hatten immer weniger Geld. Das Haus ist zu groß für unsere finanziellen Verhältnisse, also dachte ich zunächst, ich könnte dein Zimmer vermieten. Dann ist Luisa gestorben und ihre Kammer wurde frei und …«

»Aber ich bin zurückgekehrt und die Kammer von Luisa ist viel zu klein, um dort einen Fremden aufzunehmen«, ereiferte sich Lamprecht.

Elodie Lamprecht entglitten die Gesichtszüge. Die Kummerfalten der letzten Jahre, gepflügt von Krieg und Pandemie, mutierten zu Zornesfalten. »Wie stellst du dir das überhaupt vor? Soll ein Fremder mit uns Küche und Bad teilen?«

Franz Lamprecht hob beschwichtigend die Hände: »Ich meine …, also ich weiß das doch. Aber es gibt, wie ihr wisst, ein weiteres Familienmitglied, das mehr oder weniger einen eigenen Trakt bewohnt. Wenn wir Ladislaus in Luisas Kammer legen, hätte ein Untermieter seinen eigenen Bereich.«

»Na toll, das kannst du deinem Bruder aber jetzt gleich selbst erklären.«

Das bleiche Gesicht von Lamprechts Onkel verschwand so schnell wieder, wie es kurz in der Tür aufgetaucht war.

»Ladi, warte doch«, rief Franz Lamprecht und eilte dem entflohenen Schreckgespenst, das der Onkel mit seinen gepuderten, kantigen Wangen nun einmal war, nach.

Von draußen hörte man die Tür ins Schloss fallen. Adina kam gerade von der Arbeit heim. Sie trug ein neues Kleid aus einer neuartigen Faser, die im Sommer besonders angenehm und leicht sein sollte. Trotz ihres Beitrags zu den Familienfinanzen konnte sie sich solche Anschaffungen jetzt aus Eigenem leisten. Sie kam in den Salon und küsste die Mutter und Gaetano auf die Wange. »Was ist denn hier los?«, fragte sie, und als sie die Flasche in der Tischmitte sah: »Gibt es gar etwas zu feiern?«

Gaetano schüttelte abwehrend den Kopf. »Ich erzähle euch die Neuigkeiten morgen Früh, jetzt ist mir die Lust vergangen.«

Mit diesen Worten zog er sich in sein eben verteidigtes Zimmer zurück und ließ sich auf das Bett fallen.

ENDE JULI 1919

14.

Ein groß gewachsener Mann in einem Staubmantel betrat das Etablissement, in dem es zuging wie am Ponterosso knapp vor Marktende, wenn jeder noch schnell etwas von seinen Waren loswerden oder günstig zum Zug kommen wollte. Die Waren hier waren die Mädchen, und die Dirnen zogen ihre Bahnen um die Männer auf den Canapés, lächelten sie an und beugten sich zu ihnen hinab, um ihnen sanft über die Wange zu streichen und ihnen einen verheißungsvollen Blick in ihren Ausschnitt zu schenken. Dabei flöteten sie den Burschen etwas ins Ohr, und an den Mienen der Angesprochenen konnte man ermessen, welche Botschaften hier die Runden machten. Manche machten kein Geheimnis daraus und riefen die ihnen zugeflüsterten Worte lauthals ihren Freunden in einem anderen Teil des Salons zu. Viele hatten ihre schwarzen Hemden weiter als üblich aufgeknöpft.

In einem Eck stand auf einem runden Wurzelholztisch ein Grammofon und spielte exotische Musik aus dem fernen Amerika, und diese animalisch anmutende Musik, die dort von den ehemaligen schwarzen Sklaven aus Afrika gespielt wurde, regte einige Damen an, ihre Hüften in einem sinnlich-erotischen Tanz zu bewegen, der dem Liebesspiel glich. Der Spumante ergoss sich in die Kehlen, gierige Hände griffen nach dem nächsten Stück nackten Fleisches in Reichweite. So primitiv das Ganze war, so anregend, so unterhaltsam war es auch, bis der lange Kerl, der um die Schläfen schon grau war, an das Grammofon herantrat und den Tonarm hob, was nicht nur die Musik sofort zum Verstummen brachte.

»Una vergogna! Eine Schande, diese Musik!«

Einer der noch übermütigen jungen Burschen wollte sich protestierend erheben, doch sein Freund drückte ihn wieder in den Sitz und deutete auf die Brust des Mannes mit der hässlichen Narbe im Gesicht, die von der Augenhöhle bis zum Kiefer reichte. Der Mann drehte sich schwunghaft um, an der Brust klimperten drei Orden, unter dem Mantel war ein Armeehemd zu erkennen. Ein Held des Krieges gegen Österreich-Ungarn, begriffen alle wortlos.

»Wo ist er?«, sagte der Mann, der den Respekt auf seiner Seite wusste, und der Heißsporn von vorhin, dem der Alkohol schon zu Kopf gestiegen war, fragte: »Wer?«

Sein Freund, der ihn schon zuvor vor einer Dummheit bewahrt hatte, deutete mit einem Nicken in ein Eck, das durch einen Mauervorsprung und einen Paravent vom Raum abgeschirmt war. Seinem Freund flüsterte er, kaum war die lange Bedrohung weitergeschritten, zu: »Er will zum Comandante, er sucht Nicola.« Seine Augen verfolgten den Mann, der sich nun am Paravent vorbeischob: »Das ist Ercole Delgrado, die rechte Hand von Giunta, dem Anwalt, der bald die starke Hand im Fascio in Triest sein wird. Besser, man kommt ihnen nicht in den Weg.«

»Wem?«

»Beiden.«

Nicola hielt Spielkarten in der Hand und dämpfte seine Zigarette im Aschenbecher aus. Er nahm einen kräftigen Schluck aus seinem Weinglas, denn die Bollicine hier trank er nie, davon, so meinte er, bekamen die guten Männer nur Kopfweh und Flausen, wollte sich gerade eine neue Zigarette anzünden, als sich Delgrado vor ihm aufbaute. Nicola schluckte kurz, dann schickte er die zwei Mädchen, die sich zu beiden Seiten an ihn drückten, mit einer wegwerfenden Handbewegung davon und rückte auf seinem Sessel zurecht. Mit einer schärferen Geste vertrieb er die zwei Mitspieler, die ohne Murren ihr Blatt auf den Tisch warfen und sich ebenfalls trollten.

»Was gibt es?«, fragte er gönnerhaft und bot Delgrado einen der frei gewordenen Stühle an. Nicola seufzte innerlich. Mit der bevorstehenden Ankunft von Giunta waren seine angenehmen Tage in Triest gezählt. Geschwunden die Hoffnung, selbst zum Anführer zu werden. Sämtliche seiner faktischen Vollmachten hatten sie mit einem Schlag zunichtegemacht und ihn wieder zum besseren Laufburschen degradiert. Zu einem, der sich sogar jetzt schon von einem Adlatus zurechtweisen lassen musste.

»Du spielst ein gefährliches Spiel, Nico. Dabei sind schon weit ältere Männer mit mehr Erfahrung draufgegangen.«

Delgrado betrachtete den überheblichen Burschen, der dem Alter nach sein Sohn hätte sein können. Während er das Milchgesicht mit den spitzen, glänzenden Wangen eingehender betrachtete, führte er sich vor Augen, welchen Blödsinn der bislang bewerkstelligt hatte, und war froh, dass ihm das Schicksal so einen Cretino als Sohn erspart hatte. Nicola fuhr sich durch die schwarzen Haare, die er gescheitelt über der Stirn länger trug, sodass ihm einzelne Strähnen jetzt fast in die Augen fielen.

»Ich verstehe nicht, was du meinst, mein Freund.«

Delgrado packte Nicolas Hand und drückte sie so fest zusammen, dass der Bursche vor Schmerzen schnaufen musste, auch wenn er sich sichtlich bemühte, sich nichts anmerken zu lassen. Delgrado zischte: »Ich bin nicht dein Freund, und ich finde, auch dein Ton sollte respektvoller sein.«

»Es tut mir leid, ich wollte Sie nicht beleidigen«, sagte Nicola und bewegte seine Finger wie schwimmende Tentakel, nachdem Delgrado seine Hand wieder freigegeben hatte.

Delgrado beugte sich vor und raunte ihm zu: »In die Parteikasse greift man nicht, es sein denn, man möchte sich als Leiche im Hafenbecken wiederfinden.«

»Warum sagt Giunta mir das nicht selbst?«

Delgrado grinste zum ersten Mal. Der Bursche hat Eier, sagte er zu sich. Er hatte sich wohl von dessen einfältigem Äußeren täuschen lassen, mit der provokanten Gegenfrage hatte er nicht gerechnet, auch nicht, dass der Stronzo so wenig eingeschüchtert war. Nicola setzte noch nach, Giunta als sein Anwalt wisse doch genau, dass es nur mehr eine Frage von wenigen Wochen sei, bis er endlich an das eingezogene Vermögen seines Vaters käme. »Mein Vater war ein Märtyrer für ein geeintes Italien«, spielte er die patriotische Karte. Doch die zog nicht bei dem dekorierten Kriegshelden. Delgrado meinte nur abschätzig: »Dein Vater war ein Märtyrer seiner Besitzfantasien.«

»Richten Sie dem Avvocato bitte aus, dass ich jede Lira umgehend an die Partei zurückzahlen werde, sobald er mir endlich den Zugriff auf die eingezogenen Gelder verschafft hat.«

Delgrado nickte, dann fragte er: »Was hast du damit eigentlich angestellt? Lädst du deine Männer hier regelmäßig zum Kopulieren ein? Oder«, er deutete auf die abgelegten Spielkarten, »verlierst du nur?«

Nicola schüttelte den Kopf. »Im Gegenteil. Ich gewinne, und mit mir der Kampfverband, denn ich habe das Geld investiert.«

Delgrado zog seinen Stuhl näher an den Tisch. »Investiert? Vielleicht wird der Abend doch noch interessant.«

Als Ercole Delgrado zu später Stunde das Etablissement verließ, war er zufrieden, wenn auch nicht ganz. Er fühlte sich, als hätte ihm einer den letzten Bissen des Desserts weggegessen. Der Abend war nicht ganz nach Plan verlaufen, doch die Wendung konnte ihm neue Möglichkeiten bieten. Er schlich durch die schummrigen Gassen des Ghettos wie ein Kater auf Brautschau und betrachtete die feuchten Mauern, an denen außen wie innen das Wasser hinaufkroch. Viele Menschen lebten hier in muffigen Kammern auf engstem Raum zusammengepfercht, Wasser musste vom Brunnen geholt werden, und wo man seine Notdurft verrichtete, wollte er sich besser nicht ausmalen. Da und dort dienten Trambäume als Stützen, um einen Einsturz der mürbe gewordenen Steine zu verhindern, die schiefen Häuser vermittelten den Eindruck, als hielten sie nur mehr die über den Köpfen der Passanten gespannten Wäscheleinen zusammen.

Wenn man das doch alles niederreißen würde, dachte er. Dieses Elend aus alten, verwitterten Ziegelknochen, dem Erdboden gleichmachen, und damit Platz schaffen für eine neue Architektur mit viel Raum und Luft. Er träumte von antiken Tempeln aus dem alten Rom, die meterhohe Säulengänge hatten und eine großzügige Quadratur.

Er bog um die Ecke und wanderte durch die Via Beccherie, als aus einer zwielichtigen Spelunke Licht und der Lärm einer alkoholgeschwängerten Konversation zu ihm auf die Straße drangen. Er blieb stehen und überlegte kurz. Das war das Lokal, in dem einige der Männer aus dem Fascio di Combattimento sich regelmäßig die Nächte um die Ohren schlugen und das wenige Geld, das ihnen als Zuwendung für ihre Einsätze gewährt wurde, verzechten. Delgrado, der dekorierte Weltkriegskämpfer, betrat das Lokal und kämpfte sich durch den Rauch, der wie ein Vorhang in dem Lokal hing, den man teilen musste, um vorwärtszukommen. An einem der hinteren groben Holztische fand er einige Männer, die schwarze Hemden trugen. Er baute sich vor ihnen auf und knallte die Hand auf die Tischplatte, was die Männer aber in ihrer weinseligen Unterhaltung nicht irritierte. Ihre glasigen Augen verrieten, dass hier weder der erste noch der zweite Weinkrug in ihrer Mitte stand. Delgrado griff in seinen Hosenbund und zog ein Messer, das er vor ihnen in den Tisch rammte, wo es zitternd stecken blieb. Erst jetzt nahmen sie Notiz von ihm. Als sie erkannten, wer vor ihnen stand, setzte sofortige Ernüchterung ein.

Er deutete auf zwei von ihnen, von denen die anderen sofort etwas abrückten. Fausto hieß der eine, wenn er sich nicht täuschte, und Aurelio der andere. Trunkenbolde und wenig zuverlässig, aber brutal und dumm genug, einen Auftrag nicht zu hinterfragen.

»Im Puff drei Straßen weiter sitzt Nicola. Den kennt ihr doch?«

Die beiden blickten einander fragend an, dann nickten sie zögerlich, Nicola war einer der Capos. Doch vor ihnen stand nun Delgrado und sie wussten auch, dass er die rechte Hand vom Obercapo war.

Ercole Delgrado erklärte seinen Auftrag: »Also, ihr Pfeifen: Ihr passt Nicola ab und verpasst ihm eine Abreibung. Aber nicht zu stark, ohne ihn wirklich zu verletzen. Ist das klar? Wehe, ihr krümmt ihm ein Haar zu viel, dann kümmere ich mich um euch.«

Er nahm das Messer wieder an sich und steckte es weg. Dann deutete er auf die beiden roten Stoffservietten, die hinter dem rotgesichtigen Wirt an der Theke hingen. »Nehmt die und verdeckt damit euer Gesicht, damit er euch nicht erkennt. Offiziell waren es die Roten, die ihm aufgelauert haben. Aber es schadet nicht, wenn er das hier sieht«, er zog an dem schwarzen Hemdsärmel des einen, »er soll ruhig wissen, mit wem er sich angelegt hat. Die Organisation kann nicht alles durchgehen lassen, selbst wenn wir in den eigenen Reihen etwas aufräumen müssen. Das muss ihm klar werden. Als letzte Warnung.«

15.

Walter Kinski schlich die Stiegen hinauf in sein Schlafzimmer, wie einer, der heimlich von einer ausgedehnten Zechtour kommt, dabei hatte er wieder die halbe Nacht gearbeitet. Obwohl er möglichst leise aus seinen Schuhen, Hose und Hemd schlüpfte, wachte seine Frau Elvira auf.

»Walter, bist du das?«

»Ja, schlaf weiter, mein Liebling, ich gehe auch ins Bett.«

Die Familie Kinski hatte in den letzten Wochen so richtig Fuß gefasst in ihrer neuen Heimat Triest. Beide sprachen bereits leidlich Italienisch, und so etwas wie ein Alltag war in ihrer beider Leben eingekehrt. Philomena war seit einiger Zeit entspannter. Dass sie nachts aufschreckte und Walter nach dem Rechten sehen musste, kam nur mehr gelegentlich vor. Offenbar hatte das Kind endlich verstanden, dass es in einem alten Haus eben seltsame Geräusche geben konnte und von diesem Knacken oder Kratzen keine Gefahr für sie ausging.

Walter war erst am Vortag von einer Geschäftsreise aus der Tschechoslowakei, wie der neue souveräne Staat hieß, zurückgekehrt. In den letzten Monaten war er häufig in diesen Gebieten auf der Suche nach Ideen und Bauteilen unterwegs gewesen, die ihm zu einem Durchbruch bei der Konstruktion eines ultramodernen Autos mit Elektromotor verhelfen sollten. Bislang vergeblich. Zuletzt war er bei Tatra in Kopřivnice gewesen, weil der Konstrukteur Hans Ledwinka aus Klosterneuburg dort erstaunliche Fortschritte mit der Rahmenkonstruktion mit nur einem Zentralrohr für die Karosserie erzielt hatte. Kinski hatte gehofft, dieses Prinzip mit den Plänen, die er bei Porsche an sich gebracht hatte, verknüpfen und damit eine entsprechend leichtere Konstruktion des Automobils verwirklichen zu können. Ihm hätte von Anfang an klar sein müssen, dass die Studie, die der geniale Konstrukteur für Lohner angefertigt hatte und die bislang nur auf dem Papier bestand, wohl nicht nur wegen des damals ausgebrochenen Krieges auf Eis gelegt worden war. Vielleicht war die Theorie gar nicht in die Praxis umzusetzen.

»Du kommst jetzt immer so spät«, stellte Elvira, frei von jeglichem Vorwurf, fest.

»Ich habe viel Arbeit, die Dinge laufen leider nicht ganz so, wie ich es erhofft hatte.«

Auf seinen bisherigen Reisen hatte er den Bau von Maschinen nach seinen Plänen in Auftrag gegeben, die ihm die Konstruktion seines Prototyps in der privaten Werkshalle ermöglichen sollten. Aus Gründen der Vorsicht, um nur ja keine schlafenden Hunde zu wecken, hatte er sich nicht an die großen Hersteller wie Siemens-Schuckert in Wien oder die Robert Bosch AG in Deutschland gewandt, sondern an kleine Feinmechanik- und Elektrotechnikfirmen.

Elvira war jetzt hellwach. Sie setzte sich auf, als Walter unter die Decke kroch. Sie knipste die kleine Nachttischlampe an. Walter kniff die Augen zusammen und murrte, als sie sagte: »Es waren Männer da, als du weg warst, und haben nach dir gefragt.«

Jetzt setzte Walter sich ebenfalls im Bett auf. »Männer, was für Männer?« Er betrachtete seine Frau, die ihre Haare zum Schlafen geöffnet hatte und ihre Stirn runzelte.

»Diese Schwarzhemden, die überall nur Ärger machen und Terror verbreiten. Ich hoffe, du hast dich mit denen nicht eingelassen. Wir haben schon darüber geredet. Die machen mir Angst.«

Walter schüttelte den Kopf, und in einem Ton, mit dem er sonst zu seiner verschreckten Tochter Philomena sprach, sagte er: »Mach dir keine Sorgen, ich habe alles im Griff.«

Doch damit erzielte er genau das Gegenteil der beabsichtigten Wirkung. Elvira war nun erst recht aufgebracht. Sie fasste nach seiner Hand und blickte ihm fest in die Augen: »Sag, du hältst dich doch von diesen Leuten fern?«

»Du darfst nicht alles glauben, was die Leute sagen. Außerdem, wenn du mich fragst, werden diese Männer bald die bestimmende Kraft in Italien werden, sie erhalten immer mehr Zulauf und ich habe gehört, auch so mancher Politiker baut auf die Stärke dieser Bewegung.«

»Aber das sind Schläger. Liest du nicht die Zeitung? Sie verprügeln ihre Gegner, und erst unlängst haben sie in der Po-Ebene einen Bezirkspolitiker umgebracht.«

»Das kann ja sein, aber denke dran, was die Roten angerichtet haben, nicht nur in Russland. Was schadet es da, wenn ein paar Bauernburschen einen Agrarkommissar, der sich anmaßt, über das Geschick der Menschen entscheiden zu wollen, zum Teufel schicken?«

Elviras Griff um seine Hand löste sich, sie schob sie von sich weg und schüttelte den Kopf. »Ich muss mich doch sehr wundern, so etwas aus deinem Mund zu hören. Wenn du wüsstest, wie bedrohlich die sich vor der Tür aufgebaut und nach dir verlangt haben. Als ich sagte, du seist verreist, hat einer doch allen Ernstes frech gefragt: ›Und wenn wir nachsehen und Ihren Mann doch finden?‹«

Walter Kinski hatte gleich am Morgen nach seiner gestrigen Rückkehr einen Termin im örtlichen Büro der Faschisten gehabt und mit einem Mann namens Delgrado gesprochen, der ihm als der nun Zuständige genannt worden war. Delgrado war erstaunlich gut über seine Forschung und seine Pläne informiert gewesen und hatte sich sehr interessiert daran gezeigt, dass Kinski seine Bestrebungen in den Dienst des Faschismus stellte. Natürlich waren auch seine Schulden ein Thema gewesen, doch Delgrado hatte ihm versichert, dass man ihm gern noch etwas Zeit gewähre, wenn er seine Forschungserfolge dafür umgehend mit der Partei teile. Man verfolge den Plan, durch eine zunehmende Ausstattung breiter Bevölkerungsschichten mit Kraftfahrzeugen das Land weg von der Agrarwirtschaft zu entwickeln, wo doch manche Grundbesitzer noch heute wie Feudalherren agierten.

»Glaub mir, wir haben nichts von denen zu befürchten. In nächster Zeit wird sich keiner mehr hier blicken lassen«, versicherte er seiner Frau. »Aber über eine Sache sollten wir ernsthaft nachdenken.«

»Und das wäre?«

»Wir sollten die italienische Staatsbürgerschaft annehmen, wenn wir uns hier eine neue Heimat aufbauen wollen. Sonst werden wir bald nur mehr Bürger zweiter Klasse sein.«

Die Flammen spiegelten sich in Nicolas Augen, ein rotes Flackern der Bösartigkeit tanzte auf seiner Netzhaut. Seine Nase schmerzte noch immer und im Widerschein des Feuers sah man auch die Hämatome auf seinen Armen und dem Hals. Die sonst freche Lippe war im gleichen Ausmaß angeschwollen wie seine Überheblichkeit, als er den Bauern weinend und sich wie ein Wurm krümmend auf dem Boden liegen sah, dessen Frau schluchzend über ihn gebeugt.

»Ihr Mörderbande!«, rief sie auf Slowenisch und erntete dafür gleich einen Hieb mit dem Stock ins Kreuz, dass ihr die Luft wegblieb.

Tage hatte es gedauert, bis Nicola nach der ihm verpassten Abreibung wieder allein aus dem Haus gehen konnte, zunächst nur im Schutz der Dunkelheit. Delgrado war ein kluger Mann, musste er sich eingestehen. Er wusste genau, dass er ihm diesen Denkzettel zu verdanken hatte, weniger genau jedoch, wer die beiden Schläger aus den eigenen Reihen gewesen waren, die ihn so zugerichtet hatten. Aber das würde er schon noch herausfinden, und dann wäre es an ihm, auszuteilen.

Er musste Delgrado Respekt zollen. Das Ganze nach einem Hinterhalt der Kommunisten aussehen zu lassen, war ein genialer Schachzug gewesen, jetzt stand seine Mannschaft noch stärker hinter ihm, wenn es darum ging, dem roten Gesindel eine Lehre zu erteilen. Jetzt brannte eben das Gehöft in Trebiciano. Der Pächter war für seine politische Gesinnung bekannt. Ein Träumer, der Grund und Boden auf alle aufteilen und die Besitzenden enteignen wollte.

»Da, du Kommunistenschlampe!« Einer hatte nochmals ausgeholt und der Bäuerin einen weiteren Schlag gegen den Kopf versetzt, der sie in die Knie gehen ließ.

»Meine Kinder«, stammelte der Bauer nun. Seine zittrigen Finger wanderten Richtung Haus, aus dem die Flammen schlugen, doch im nächsten Moment versetzte ihm wieder einer der Schergen Tritte in die Magengrube.

Kinder!, dachte Nicola, doch der kurze Anflug von Menschlichkeit verflog so schnell, wie er gekommen war. Besser, diese Brut wird vertilgt, bevor es noch mehr von dieser Sorte gibt, sagte er sich, dann rief er: »Abbiamo finito qui!«, humpelte zum Lastwagen, seine Männer ihm nach, und einer nach dem anderen saßen sie auf der Ladefläche auf, während er vorne in der Kabine neben dem Fahrer Platz nahm.

AUGUST 1919

16.

Im Hause Lamprecht herrschte eisernes Schweigen. Die Flasche Prosecco stand geöffnet auf dem Tisch, die Familie (wie immer ohne den Onkel) befand sich im Wohnraum versammelt, doch niemand hatte bislang sein Glas angerührt. Die wenigen verbliebenen Perlen kämpften sich schwach an die Oberfläche der langstieligen Gläser, die Gaetanos Mutter zur Feier des Tages aus dem Kasten geholt und poliert hatte.

Schade um den Glera, der hier in den Gläsern ausrauchte. Der Vater hatte den Kopf gesenkt und seine Lippen zitterten, während Gaetano die Spitzen seiner neuen Uniformschuhe betrachtete, die fast wie die Gläser glänzten. Weniger glänzend war die Stimmung. Gaetano hatte zur Feier des Tages anstoßen wollen, es war sein erster Tag bei der neuen Polizeibehörde, der Polizia di Stato, die erst einen Tag vor Ferragosto durch ein königliches Dekret errichtet worden war. Celoria hatte von der anstehenden Bildung dieser neuen Einheit natürlich schon vor dem Sommer gewusst, man war nicht unvorbereitet gewesen.

Adina war als Letzte zur Familie gestoßen und in helle Begeisterungsstürme verfallen, als sie ihren Bruder in der neuen Polizeiuniform sah. Wie gut sie ihm stehe, meinte sie, wobei sie bewusst überging, dass ihm immer noch ein paar Kilo auf den Rippen fehlten, um Hemd und Jacke ordentlich auszufüllen.

»Oft werde ich sie aber nicht tragen müssen«, erwiderte Gaetano. »Ich werde zu den Beamten gehören, die ihre Arbeit in Zivil verrichten, uns werden die Aufgaben und die Ermittlungen im Zusammenhang mit der Strafrechtspflege übertragen werden.«

Elodie Lamprecht strahlte vor Glück, als Gaetano die Flasche geöffnet und die Gläser befüllt hatte. In ihrem Überschwang wollte sie diesen Perlwein mit einem Brindisi, einem Trinkspruch, begleiten. Sie hob ihr Glas und rief in die Runde: »Jetzt geht es wieder aufwärts! Auch mit uns Österreichern!«

Gaetanos Miene gefror, auch Adina schien ihren Kopf einzuziehen, als Gaetano darauf sagte: »Etwas muss ich euch auch noch mitteilen.«

»Wie konntest du nur?«, brach Franz Lamprecht das Schweigen mit seinem grollenden Bariton (für den früheren Bass fehlte auch ihm die Stimmstütze eines wohlig gerundeten Bauches). »Wie konntest du nur deine Heimat verraten und Italiener werden?«

Gaetano öffnete den oberen Knopf seiner Uniformjacke und nahm die Mütze ab. »Weil ich, um das da tragen zu dürfen, eben Italiener sein muss.« Er deutete auf das in Gold gehaltene königliche Wappen darauf.

Der Vater murmelte etwas von »Abtrünniger« in seinen Bart, der an den schlaffen Backen hing, wie die Äste einer Trauerweide.

Adina fuhr ihrem Vater in die Parade, dass er die Augen erschrocken aufriss.

»Jetzt mach aber einen Punkt, Vater. Dein Kaiser ist tot, Wien weit weg und Ausland, ja Österreich ist jetzt für uns Ausland!«

»Kind, rede doch nicht so mit deinem Vater«, mischte sich Elodie Lamprecht ein und griff nach der Hand ihres Mannes, dem vor Wut die Lippen bebten, wobei die Empörung wohl vor allem dem Umstand geschuldet war, dass Adina recht hatte. Die setzte ihre Brandrede fort.

»Statt dass ihr froh seid«, sie bezog offenbar wegen der unterstützenden Geste der Mutter nun auch diese ein, »dass Gaetano endlich wieder seine Arbeit als Polizist hier in Triest aufnehmen kann, macht ihr ihm Vorhaltungen.«

»Man wechselt seine Nationalität nicht wie eine Unterhose«, kam es trotzig vom Vater. Gaetano huschte ein kurzes Lächeln über die Lippen, weil ihm aufging, dass der Vater keine weiteren Argumente hatte, und Adina wohl am Ende die Oberhand behalten würde.

»Wir haben hier keine Unterwäsche gewechselt, nein, die Regierungsgewalt hat gewechselt. Österreich-Ungarn hat den Krieg verloren und unser Triest, unsere Heimat, ist nun faktisch ein Teil des italienischen Königreichs geworden. Wir können nur hoffen, dass sich die Serben mit ihrer Forderung bei den Friedensverträgen nicht durchsetzen. Aber so wie es aussieht, bleibt zumindest der Großteil des Küstenlands bei Italien. Also ist es folgerichtig, dass wir nun Italiener werden. Ich habe die italienische Staatsangehörigkeit sogar schon länger als Gaetano.«

»Was, du bist auch Italienerin?«, kam es nun ungläubig aus den drei anderen Mündern.

»Ja, auch bei mir hat es mit meiner Anstellung zu tun. Auch ich musste auf Drängen meines Arbeitgebers Italienerin werden.«

Gaetano legte seiner Schwester die Hand auf die Schulter, der Vater hatte zwar sein Kopfschütteln noch nicht ganz eingestellt, doch es war nur mehr ein leichtes Wackeln.

»Und geht das so einfach? So einfach wie Unterwäsche wechseln?«, fragte die Mutter.

Gaetano schüttelte den Kopf. »Noch nicht. Bei mir waren die Kontakte, die ich ins Rathaus habe, hilfreich, und bei dir Adina?«

»So wie bei dir. Eine Ausnahme, die ich der Familie Berlam zu danken habe. Aber ich habe gehört, das wird einer der Punkte des Friedensvertrags mit den besiegten Ländern sein.«

»Was?«, nun hatte der Vater doch noch einmal ein Donnern

zustande gebracht. »Dass man uns nach dem Stolz auch noch unsere Nationalität nimmt?«

Gaetano blieb ruhig. »Darum geht es doch jetzt nicht mehr. Irgendwie müssen die Völker damit umgehen, dass es neue Grenzen und neue Staaten gibt oder dass manche Gebiete jetzt eben zu anderen Staaten gehören. Die Menschen, die nun in einem neuen Staat leben, sollen auch Zugang zur Nationalität dieses Staates haben. So wird es im Friedensvertrag einen Passus geben, der denjenigen, die hier geboren sind, einen Anspruch auf Zuerkennung der neuen Staatszugehörigkeit gewähren wird.«

Franz Lamprecht war zwar leiser geworden, aber nach wie vor uneinsichtig: »Nur gibt es diesen Vertrag noch nicht. Für mich ist das nach wie vor österreichisches Territorium, und wer weiß, ob es diesen Vertrag, von dem alle reden, in dieser Form überhaupt geben wird.«

Gaetano lächelte bitter. »Ganz, wie du meinst, aber glaub mir, wir werden nie wieder zu Österreich gehören, solange wir nicht nach Wien gehen.«

»Warum eigentlich nicht?«, sagte Franz Lamprecht, strich sich über den Bart, und bei dem Gedanken lächelte er zum ersten Mal an diesem Abend und wirkte fast zufrieden.

Die Mutter teilte diesen Optimismus nicht. Ihre Miene hatte sich verdüstert, als sie sich von ihrem Platz erhob und die Gläser in die Küche trug, wo sie den restlichen Schaumwein in den Ausguss leerte und der abfließenden Flüssigkeit nachsah, als würde das Schicksal hier ihr Leben in den Abfluss spülen.

Doch auch schlechte Zeiten schreiten fort …

Es waren über drei Monate vergangen, seit Walter Kinski versucht hatte, die Ängste seiner Frau vor den schwarz gekleideten

Männern zu zerstreuen. Wie er es prophezeit hatte, fanden die Schwarzhemden in Triest immer mehr Anhänger und Mitglieder, und dass sie ihre eigenen Regeln und Vorstellungen an den staatlichen Stellen vorbei oft mit Gewalt durchsetzten, war Alltag geworden.

Es war mitten in der Nacht und im Raum war es stockdunkel, so finster, dass die Kanten von Bett und Kasten sich im Nichts auflösten, als Walter Kinski sich aus dem Bett auf leisen Sohlen aus dem ehelichen Gemach über die Stiegen ins Erdgeschoß schlich. Unten angekommen, tastete er sich weiter zur Wäschekammer vor, immer darauf bedacht, kein Geräusch zu machen, um Anna, die Hausangestellte, nicht zu wecken. Anna war alt und alte Menschen hatten einen leichten Schlaf. Dem Korb mit der Schmutzwäsche entnahm er ein Hemd und eine seiner Arbeitshosen. Vorsichtig wie ein Dieb schloss er die Tür hinter sich und begab sich zum Hinterausgang, wo er den Schuppen im Garten ansteuerte. Durch das Glas in der Tür sah er, wie Lichtkegel durch den Raum irrten. Die Männer hatten ihre Taschenlampen eingeschaltet, vermieden aber auftragsgemäß jedes Flüstern. Er betrat seine Werkstatt.

»Ich muss in spätestens drei Stunden wieder zurück sein. Also gehen wir es an. Und wie beim letzten Mal: Kein Laut, bis wir mit dem Lastwagen außer Sichtweite sind!«

Er hoffte wie bei den letzten beiden Malen, dass ihn in der Zwischenzeit niemand im Haus vermissen würde.

TEIL II

JUNI 1920

17.

Der Wagen schlingerte um die Kurve, er hatte Mühe, das Lenkrad mit festem Griff zu führen. Jedes stärkere Lenkmanöver wirbelte gehörig Staub auf, für Anfang Juni war es dieses Jahr extrem trocken.

Jetzt hatte er die Gerade erreicht, die bis Santa Croce führte. Er beschleunigte den Wagen und stellte mit Genugtuung fest, dass die Modifikationen, die er am Auto vorgenommen hatte, ihre Wirkung nicht verfehlten. Der Wagen zog auf der Geraden ab wie ein Pfeil. Er riskierte einen längeren Blick nach hinten und registrierte, dass er die Verfolger, die ihm seit Contovello nachgefahren waren, offenbar abgehängt hatte. Er entspannte sich und hielt den Fiat am Straßenrand an. Der Motor brummte leise, man konnte die Grillen im wiegenden Gras zirpen hören, die aufgeregt von einem neuen sonnigen Tag kündeten. Hinter ihm war eine niedrige Mauer aus grobem Stein, die einen kleinen Garten mit ein paar Olivenbäumen begrenzte. Zwischen den Stämmen grasten ein paar Schafe. Sonst gedieh hier nur die für den trockenen Boden typische Macchia. Und ein paar Buschkolonien, die offenbar etwas üppigeren Boden gefunden hatten, alle paar Hundert Meter.

Er stand so knapp davor, war so nahe am Durchbruch, sagte er sich – doch diese Primitivlinge rückten ihm seit Tagen nicht mehr vom Leib und bedrohten nun auch allen Ernstes seine Familie. Delgrado hatte ihm zu verstehen gegeben, dass es ernsthafte Konsequenzen geben würde, sollte er kein Ergebnis liefern, ein weiterer Aufschub würde ihm nicht gewährt. Er hatte lange überlegt, hatte all seine Möglichkeiten abgewogen und war zu dem Schluss gekommen, dass es für ihn nur noch einen einzigen Ausweg gab. Er schaffte es einfach nicht, seiner Frau Elvira zu gestehen, dass er gescheitert war, dass er ihr Erbe mehr oder weniger durchgebracht und auch noch Schulden bei gefährlichen Leuten gemacht hatte. Da war es besser …

Nicola schlug dem Mann hinter dem Steuer mit der flachen Hand gegen den bulligen Nacken, dass es klatschte.

»Scemo, du hast ihn verloren!«

Der Fahrer zog im Reflex den Kopf ein und erwiderte: »Er kann uns nicht entkommen, er muss hier auf der Straße bleiben.«

»Und wenn er einen Feldweg oder eine Hofeinfahrt genommen hat und sich dort versteckt?« Nicola war wütend. Was seinen Ärger noch steigerte, war der Umstand, dass Andreotti, der Fahrer, ihm vorhin offen ins Gesicht gesagt hatte, dass es seine Schuld gewesen sei, dass sie den Konstrukteur verloren hatten, da er sich für den alten Fiat-Mannschaftswagen entschieden hatte, der auf der steilen und anfangs kurvigen Straße einfach nicht schnell genug vorankam.

Andreotti wiegte sein Haupt. »So trocken, wie es hier ist, hätten wir ihn sofort an der Staubwolke ausgemacht, die er aufgewirbelt hätte.«

Andreotti hatte nicht ganz unrecht, musste er sich eingestehen. Hätten sie seinen Lancia genommen, hätten sie ihn mit den über hundert Pferdestärken, die der Motor an Leistung brachte, wahrscheinlich schon eingeholt. Es hätte gereicht, wenn sie ihm zu viert nachgestellt hätten, und die anderen Männer, die nun auf den Sitzbänken der Ladefläche durchgeschüttelt wurden, zu Hause gelassen hätten. Aber er hatte die feine Polsterung des Wagens nicht in Gefahr bringen wollen. Sie hätten Kinski eine Abreibung verpasst und das Schwein hätte ihm vielleicht die Sitze vollgeblutet.

Sie befanden sich ein kurzes Stück vor der Abzweigung nach Nabresina, als der Wagen ruckelte, nachdem der Fahrer abrupt einen Gang zurückgeschaltet hatte. »Da, schau!« Andreotti rempelte seinen Capo an und deutete nach vorne. Auch ein paar Männer von hinten verdrehten ihre Köpfe und stimmten in das Raunen ein.

Da war sie, die Staubwolke. Und da war ein Knacken und da war ein Knirschen. Sie sahen, wie bei einer breiteren, von niedrigen Büschen bewachsenen Bucht neben der Straße Kinskis Fiat fünfhunderteins, den sie seit gut einer Viertelstunde verfolgten, langsam durch die Äste des niedrigen Gehölzes brach und über den Abhang in die Tiefe stürzte.

Andreotti hatte den Wagen angehalten, und ohne gesetztes Kommando waren die Männer hinten ebenso wie ihr Anführer Nicola und der Fahrer abgestiegen, drängten sich nun um das enge Plateau und blickten der zerbeulten Karosserie hinterher, die sich ächzend gut vierzig Meter tiefer in einem Gehölz gefangen hatte.

»Ist er tot? Was meint ihr?«, fragte einer, der sein Tuch zum Schutz vor dem Staub vor den Mund gebunden hatte: »Ich kann den Typen nirgends sehen! Glaubt ihr, er wurde aus dem Wagen geschleudert?«

»Das überlebt keiner«, konstatierte ein anderer und schüttelte den Kopf.

Nicola trat an die Kante und blickte den steilen Abhang hinab. Weiter unten verlief die Bahntrasse. Ein Gefühl des Bedauerns kam in ihm auf. Das Bedauern um einen Verlust, weniger eines Menschen als des Geldes. Bei der nunmehrigen Witwe würde wohl auch nichts mehr zu holen sein.

»Comandante«, sprach ihn einer aus der Squadra an, »soll da jemand runter?«

Nicola hatte genug gesehen und schüttelte den Kopf. Er wandte sich ab und überlegte, wie Delgrado die Nachricht vom Tod des Ingenieurs aus Wien aufnehmen würde. Er drehte sich zu den Männern um und brüllte: »Saubande, undisziplinierte! Wer hat euch angeschafft, euren Platz zu verlassen?«

Die Männer verstummten, manche zuckten sogar zusammen, doch alle liefen sofort zurück zum Lastwagen, um ihre Plätze einzunehmen. Im Führerhaus fragte Andreotti: »Sollen wir das melden?«

»Warum sollten wir? Nein, sicher nicht. Soll der Kerl da unten verrotten, bis man ihn irgendwann findet. Es ist gut, wie es ist, und gut, wenn man uns nicht damit in Zusammenhang bringt.«

»Aber es war doch auch ein echter Unfall?«

»Ja, aber wir brauchen trotzdem nicht damit in Zusammenhang gebracht werden.« Er zeigte die Zähne, als er grinste, dann drehte Nicola sich um: »Keiner hat etwas gesehen! Ist das klar?«

Ein Murren von hinten, in das die Enttäuschung eingemengt war, am Abend am Wirtshaustisch nicht mit diesem Vorfall (»Ich war dabei, ja, ich habe gesehen, wie sich der Wagen überschlagen hat«) angeben zu dürfen.

Während der Wind auf der Rückfahrt nach Triest Nicola die Haare zerzauste, fragte er sich, ob es so nicht ohnehin besser war. Kinski war ihnen zwar entkommen, wenn auch für einen hohen Preis. Dafür würde jetzt Gras über die Sache wachsen. Delgrado musste sich diese Idee mit einem faschistischen Wunderfahrzeug endgültig aus dem Kopf schlagen, was Nicola mit ein wenig Schadenfreude erfüllte, denn das war für den alten Kämpfer zu einer fixen Idee geworden. Dabei hatte

Nicola sie ursprünglich gehabt, nun würde nicht mehr der andere die Meriten für sich in Anspruch nehmen können. Keine Frage, das alles hätte eine eigene Dynamik bekommen, wenn er die Pläne an die Führung in Mailand weitergetragen hätte. Etwas, das seine eigene Karriere hätte gefährden können. Da war es ihm lieber, das von der Partei ursprünglich ausgeborgte Geld aus eigener Tasche zurückzuzahlen. Das konnte er sich jetzt leisten, nachdem man ihm endlich den Besitz seines Vaters rückübereignet hatte. Und Delgrado durfte für den Fehlschlag geradestehen.

18.

»Agente Lamprekt! C'è una signora per voi.« Die Wache vom Eingang war in das Dienstzimmer gekommen. Lamprecht wunderte sich, denn es war unüblich, dass jemand nach den niedrigen Chargen, wie er jetzt wieder eine war, verlangte. Meist wollten die Leute, die ein Anliegen zur Polizei führte, mit einem Offizier sprechen oder zumindest mit einem der Inspektoren. Seine Erfahrung als Teil der italienischen Ordnungskräfte war bislang nicht sonderlich groß, allerdings hatte er in seiner Zeit in der k. u. k. Polizeidirektion genügend Einblicke gewinnen können, die ihm nun als Orientierung in seinem neuen Umfeld dienlich waren. Und die Abläufe waren doch überall ähnlich. Man war ja immer noch in Triest; der Staat mochte sich geändert haben, nicht jedoch der Menschenschlag hier.

»Falla entrare!«, bat er den Kollegen, die Frau zu ihm zu bringen.

Der Posten führte eine Frau, Mitte dreißig, mit blondem Haar, das großteils von einem sommerlich dünnen gepunkteten

Seidentuch verdeckt war, in den Raum und deutete in Richtung Lamprecht. Die Frau kam zaghaft auf ihn zu. Er erhob sich von seinem Platz und deutete auf den Stuhl vor seinem Schreibpult. Er verordnete sich ein Lächeln, allerdings nicht zu breit, damit es nicht aufgesetzt wirkte.

»Buongiorno, signora, sono agente Lamprecht, si accomodi.«

»Es wäre mir recht, wenn wir Deutsch sprechen könnten. Ich habe gehört, Sie sind Österreicher. Deshalb wollte ich zu Ihnen.«

Lamprechts Lippen waren zu zwei Strichen geworden, auf seiner Stirn bildete sich eine Falte, und im Gehabe früherer Zeiten fuhr er sich an den Mundwinkel, wo es aber keinen Bart mehr zu zwirbeln gab: »Es tut mir leid, aber ich bin italienischer Reichsbürger. Sind etwa Sie Österreicherin, Signora … ?«

»Kinski, Elvira Kinski heiße ich. Nein, ich bin so wie alle, die hierbleiben wollen, auch Italienerin geworden, aber ich stamme aus Wien. Wir sind erst nach dem Krieg hierhergekommen. Also mein Mann und ich und unsere Tochter Philomena.« Bei der Nennung dieses Namens lächelte sie. Sie nahm das Tuch ab. Lamprecht fiel ihre helle, beinah weiße Haut auf, die sie nordisch erscheinen ließ, und ihr mit den strohblonden gewellten Haaren etwas Überirdisches, beinahe Elfenhaftes verliehen. Lamprecht nickte, die Kinski fuhr fort: »Die Kleine ist ein Phänomen, sie spricht mittlerweile besser Italienisch als Deutsch und wer es nicht weiß, würde meinen, sie wäre hier geboren.«

»Das ist alles sehr schön, Frau Kinski, aber was führt Sie zu mir?«

»Mein Mann, es geht um meinen Mann: Er ist verschwunden.«

Lamprecht entging nicht, wie die zwei italienischen Kollegen, mit denen er heute Dienst zu versehen hatte, neugierig zu ihnen schielten. Spada und Manzotti stammten nicht aus

Triest, sie waren aus einer der vielen italienischen Provinzen geschickt worden, denn die Verwaltung misstraute nicht nur den Deutschen, sondern auch allen Triestinern, die früher dem Habsburgerreich gedient hatten. Nach dem Krieg hatte man nicht nur die früheren Amtsträger entfernt, Offiziere und Militärs des Landes verwiesen, man hatte sogar einige Hundert Slowenen in ein Internierungslager gesteckt. Es hieß also, Vorsicht walten zu lassen. Lamprecht konnte nicht einschätzen, wie weit die beiden imstande waren, dem Gespräch mit der Frau zu folgen. Womöglich hatten sie den Auftrag, den Kollegen, der ein Relikt aus der Kaiserzeit war und von den meisten hier deshalb scheel angesehen wurde, zu bespitzeln. Unter besonderer Beobachtung stand er sicher. Daher wechselte er jetzt in Italienische.

»Es ist besser, wenn wir das Gespräch in der Amtssprache führen, wenn Sie verstehen …, also: Wie lange ist Ihr Mann abgängig?«

»Seit vierzehn Tagen«, antwortete die Kinski beharrlich auf Deutsch. Die beiden Polizisten hatten aufgeschnappt, dass es um ein Ehedrama ging und keine Verschwörung gegen Italien, also hatten sie ihr Interesse am weiteren Verlauf der Konversation verloren und widmeten sich ihren Akten. Lamprecht brummte nachdenklich, ehe er fragte: »Und da kommen Sie erst jetzt?«

»Nein, ich habe doch schon nach drei Tagen eine Anzeige beim Polizeiposten in Roiano gemacht, doch ich habe wenig Vertrauen, dass Ihre Kollegen dort die Sache mit dem notwendigen Ernst verfolgen.«

»Und was ist der Grund für diese Annahme?«

»Ich bin vielleicht noch nicht ganz firm in der neuen Sprache, doch dass die dortigen Polizisten sich über die Österreicherin, deren Mann abgehaut ist, lustig gemacht haben, das konnte ich sehr wohl verstehen.«

Lamprecht brummte erneut und vermisste seine Bartspitzen zum Zwirbeln. Stattdessen knetete er ein Blatt Papier, das vor ihm auf dem Schreibtisch lag, und sagte nachdenklich: »Hören Sie, das tut mir alles sehr leid, aber ich fürchte, Sie sind bei mir dennoch an der falschen Adresse. Eine Vermisstenanzeige fällt nicht in meinen Bereich. Ich bin nur für die Aufklärung von Verbrechen zuständig.«

»Aber es liegt bestimmt ein Verbrechen vor«, betonte die Kinski mit Nachdruck.

»Und wie kommen Sie zu dieser Annahme?«

»Erstens hätte mein Mann seine Familie niemals auf so eine Weise im Stich gelassen und zweitens ist da noch etwas Sonderbares, das ich mir nicht erklären kann.«

Lamprecht hob eine Augenbraue an. Die Kinski beugte sich zu ihm vor und sprach so leise, dass die zwei anderen Polizisten erkennbar ihre Tätigkeit einstellten und nun angestrengt versuchten, ihre Indiskretion zu verbergen. Die Kinski schickte ihnen einen Blick zur Seite, ehe sie auf Lamprechts Geste antwortete: »Das kann ich Ihnen hier nicht sagen, aber offenbar hat er bei den falschen Leuten Schulden gemacht.«

»Ich nehme an, Sie meinen damit, dass er sich Geld nicht von der Bank ausgeborgt hat?«

»Das schon auch. Wir haben mein Haus als Sicherheit, doch offenbar hat er für seine Arbeit noch zusätzliche Mittel benötigt.«

»Sie haben mir noch nicht gesagt, was Ihr Mann von Beruf ist.«

»Er ist Autokonstrukteur, sagte ich das nicht? Da ist nämlich noch etwas, das ich mir nicht erklären kann, aber dazu müssten Sie zu mir nach Hause kommen. Damit ich es Ihnen zeigen kann.«

Lamprecht reichte es mit den ungebetenen Zuhörern. Er nahm einen Akt mit festem Einband und knallte ihn auf den

Tisch. Spada zuckte zusammen, erhob sich und verließ den Raum, während Manzotti sich wieder seinem Bericht widmete. Lamprecht sagte: »Offiziell kann ich im Moment nicht viel für Sie tun, Gnädigste, aber ich komme heute Abend nach Dienstschluss bei Ihnen vorbei und Sie können mir das zeigen, was Sie als sonderbar erachten. Jetzt muss ich leider noch zu einem anderen Termin, den ich nicht verschieben kann. Arrivederla!«

»Warten Sie, ich muss Ihnen noch die Adresse geben. Wir wohnen in der Via Bonomea civico fünf.«

Lamprecht notierte sich die Adresse in ein kleines Heft, das er sich für Ermittlungen zugelegt hatte. Es war sein erster Eintrag.

Es war bereits nach drei Uhr, als Lamprecht das Haus in der Via Petronio, die noch ein gutes Stück weit hinter der Barriera Vecchia lag, erreichte. Eine niedrige Mauer mit einem spitz zulaufenden Metallzaun grenzte das Gebäude von der Straße ab. Er war zehn Minuten zu spät, was der Besprechung mit der Frau aus Wien geschuldet war. Denn den Weg kannte er gut. In den letzten Monaten war er die Strecke oft gegangen und auch manchmal mit dem Rad gefahren.

Die Dame mit dem strengen Haar, dem streng hochgeschlossenen Kleid und dem strengen Blick drückte den Stempel auf das Papier, das er vor zwei Tagen von der Behörde erhalten hatte.

»Und Sie nehmen das Kind heute mit?« Die Signora von der Verwaltung musterte Lamprecht, der sich zuvor in der Questura noch im Waschraum frisch gemacht und bei Betreten des Gebäudes seinen Krawattenknopf nachgezogen hatte, als müsste er sich bei ihr noch mal als würdig erweisen. Er nickte.

»Ja, deswegen habe ich gestern telefoniert und diesen Termin mit Ihrer Assistentin ausgemacht.«

»Ich weiß, ich lasse das Kind holen«, antwortete die Frau mit versteinerter Miene, die sie vermutlich nur zwischen ernst und streng variieren konnte. Sie deutete auf einen kleinen Koffer. »Wir haben bereits ihre Sachen hergerichtet. Wenn Sie hier den Empfang quittieren.«

Lamprecht beugte sich vor, um zu unterschreiben, als er Schritte hörte, die eilig über den Gang näher kamen. Er richtete sich auf und drehte sich zu dem Kind um, das da auf ihn zukam, eine der Erzieherinnen im Gefolge. Die letzten Meter legte Federica laufend zurück. Ihre blonden Zöpfe wippten im Takt ihrer Schritte. Dann fiel sie ihm um den Hals.

»Siehst du?«, sagte Lamprecht mit belegter Stimme, da etwas auf seine Kehle drückte, »Ich habe Wort gehalten.« Jetzt erst erkannte er das schmuddelige Ding, das das Mädchen in der Rechten umklammert hielt. Es war die Puppe, die er ihr damals zu San Nicolò geschenkt hatte, als ihm Alessia zum ersten Mal die Tür geöffnet hatte. Das war jetzt mehr als fünf Jahre her. Dazwischen lagen ein Krieg und der Tod der Witwe seines ehemaligen Kollegen Pirona. Die Umarmung von Alessias Tochter, die er nun aus dem Waisenhaus holte, katapultierte Lamprecht in eine Zeit zurück, als die Welt vordergründig noch in Ordnung schien. Mit geschlossenen Augen drückte er das Kind an sich. Das Mädchen schmiegte sich an ihn und er spürte, wie seine Knie weich wurden. Er öffnete wieder die Augen und das grelle, durch die Gangfenster flutende Licht dieses Julinachmittags sagte ihm, dass das nun das Jetzt, dass er nun in der Gegenwart war.

»Lass uns nach Hause gehen«, sagte er zu dem nun zwölfjährigen Mädchen, für das er aufgrund seiner Anstellung bei der Polizeibehörde nun endlich die Adoptionserlaubnis erhalten hatte.

19.

Als er das charakteristische Rondeau mit den die Fenster umgebenden Säulen entdeckt hatte, hielt Tommasini seinen Wagen in der Via Felice Venezian am Straßenrand an und stellte ihn ab. Er achtete darauf, dass genug Platz blieb, damit Fuhrwerke ungehindert daran vorbeifahren konnten, ohne den Lack seines Alfa Romeos zu zerkratzen. Er setzte die Schutzbrille ab, die seine Augen vor Insekten oder Staub und generell vor dem Fahrtwind schützen sollte, holte den Zettel aus seiner Jackentasche und versicherte sich, dass er an der richtigen Adresse läutete.

»Sind Sie Tommasini?«, fragte der junge Mann mit den glatten schwarzen Haaren, von denen eine pomadisierte Locke schwer über die eine Stirnseite hing. Tommasini stach sofort die Kleidung ins Auge, die einer Uniform nicht unähnlich war: Reiterhose, schwarze Stiefel, ebensolches Hemd, darüber ein Gurt quer über die Brust.

»Ja, ich komme zu …«

»Folgen Sie mir!«, wurde er von dem Burschen aufgefordert. Mit ausladenden Schritten trieb er die Stiefel über den aus groben Quadern gelegten Steinboden, Tommasini musste sich mühen, Schritt zu halten. Im Gehen richtete er sich noch sein Hemd, strich die Bügelfalte seiner Hose hastig nach und knöpfte das Jackett neu. Er hätte sich einen Spiegel gewünscht, um den Sitz seines Tweedanzugs prüfen zu können, doch zur Not musste es auch so gehen.

Der Mann vom Empfang trippelte trotz des plump anmutenden Schuhwerks mit Leichtigkeit die Treppe in den ersten Stock hinauf, der Besucher ihm nach. Als er am Gang oben endlich den erhofften Spiegel ausmachte, blieb er kurz davor stehen und riskierte einen letzten Kontrollblick, während der

Mann gegen eine kassettierte Holztür klopfte. Tommasini hatte feststellen müssen, dass ihm der Wind die Haare völlig durcheinandergebracht hatte. Oder die Schutzbrille beim Absetzen. Er holte aus einer der Innentaschen einen Hornkamm hervor und kämmte sich sein dünnes Haar nach hinten, ehe er einen Seitenscheitel zog.

Die Tür ging auf und der Mann, der ihn herbegleitet hatte, zur Seite, um ihm Platz zu machen.

»Signor Tommasini, entra! Si accomodi, per favore.«

Tommasini hatte Delgrado sofort an seiner langen Narbe im Gesicht erkannt. Der Mann war ein Hüne, überragte ihn um gut einen Kopf und hatte graue, leicht gewellte Haare. Außerdem den Blick eines Adlers.

Ein Glas Cognac und eine halbe Zigarre später waren die Höflichkeitsfloskeln aufgebraucht. Sie hatten sich auf einer Ledergruppe im Chesterfield-Stil niedergelassen, der Rauch hing in Wolken über ihren Köpfen. Nach zwei weiteren Schwenkern hatten sie ihr Thema so weit durchbesprochen.

»Ihre Gruppe hat hier ein wunderbares Gebäude als Zentrale gefunden«, bemerkte Tommasini.

»Sagen wir es so, ich kenne den Besitzer und er hat es uns bis auf Weiteres für unsere Zwecke überlassen.«

»Ich habe gehört, hier sollen die Freimaurer ihre Versammlungen abgehalten haben.«

Delgrado verzog nur abschätzig den Mund. »Haben Sie gehört? Sie sollten nichts auf das Gerede der Leute geben. Die sehen ein Symbol, das sie nicht verstehen, und reimen sich daraus weiß Gott was zusammen.«

Tommasini stellte sein Glas ab. Er faltete die Hände vor seiner Brust zu einem Dreieck und ein verschlagenes Lächeln verriet Delgrado, dass er ihm offenbar das passende Stichwort geliefert hatte: »Wenn wir dabei sind, dann habe ich auch gehört, dass Sie schon jemanden vor mir mit Ihrem Projekt betraut haben sollen?«

»Sie scheinen gut informiert«, sagte Delgrado. Tommasini war ihm von Anfang an unsympathisch gewesen, er hatte so etwas Widersprüchliches an sich. Im Auftreten schleimig und träge wie eine Schnecke, doch mit wachem Blick und einem Geist, der schnell und spitz sein konnte wie der Giftzahn einer Schlange. Wie entspannt waren dazu im Vergleich die vielen Gespräche und Diskussionen mit diesem Wiener, diesem Kinski, gewesen, doch der hatte versagt und sich, wie man ihm berichtet hatte, aus der Verantwortung gestohlen.

»Ich habe in Mailand meine Kontakte, Sie werden verstehen, dass hier in Ihrer Gruppe nichts ablaufen kann, ohne dass man es dort mitbekommt. Erzählen Sie mir von dem Mann, dann sparen wir uns beide Zeit und Ärger.«

Delgrado schenkte nach und bot Tommasini eine weitere Zigarre an. »Natürlich«, sagte er, »Sie haben recht.«

Tommasini drückte nach Delgrados Schilderung seine Zigarre im Aschenbecher aus, dabei betrachtete er die Maserung des Steins, dessen gedämpfte Farben ineinanderflossen und sich wie der blaue Dunst im Raum aufzulösen schienen.

»Und Kinski behauptete, er würde den Elektromotor revolutionieren?«

»Sie lachen? Wieso, was scheint Ihnen daran so unrealistisch?«

»Das Problem ist nicht der Motor, es ist die Versorgung mit der benötigten Energie für den Antrieb. Ich weiß, dass Kinski bis Kriegsende für die Lohnerwerke in Wien gearbeitet hat. Deren Chefkonstrukteur Porsche hatte schon vor dem Krieg kleine Erfolge mit Elektromotoren. Der Wirkungsgrad ist hoch, aber die Leistung ist begrenzt. Wollen Sie die Leistung steigern, müssen Sie mehr Energie zuführen. Doch die Akkumulatoren, die den Strom liefern, haben eine begrenzte Kapazität. Und sie sind groß und schwer. Je mehr Antriebsenergie sie speichern wollen, desto größer und schwerer wird die Batterie sein müssen, und entsprechend brauchen Sie wieder mehr Leistung, um das Fahrzeug zu bewegen. Ich sage Ihnen, die Zukunft gehört dem Verbrenner, diese Entwicklung ist nicht aufzuhalten. Mit mir haben Sie sich an den richtigen Mann gewandt.«

Tommasini war Ingenieur bei Alfa in der Abteilung für die technische Entwicklung von Sportwagen gewesen. Die Automobilschmiede aus Mailand hatte bereits vor dem Krieg einen Hochleistungsmotor mit oben liegenden Nockenwellen entwickelt. Doch noch im Krieg hatte der aus Neapel stammende Nicola Romeo, zunächst noch technischer Leiter des Betriebs, diesen auf die Produktion von Kriegsgerät umgestellt und bald das florierende Unternehmen übernommen. Dieses firmierte seit diesem Jahr unter der Marke Alfa-Romeo und Tommasini war auf dem Abstellgleis gelandet. Delgrado hatte sich genau informiert, als er sich nach einem Ersatz für Kinski umgehört hatte.

Er hatte verständig zu den Ausführungen des Konstrukteurs genickt, als dieser fragte: »Gehen wir davon aus, ich nehme Ihren Auftrag an, und es gelingt mir, Ihnen ein für die günstige Massenproduktion taugliches Automobil zu entwickeln, das die anderen gängigen Modelle an Geschwindigkeit übertrumpft und dennoch günstig in der Wartung ist. Letzteres wird wohl möglich sein, aber zulasten der Leistung gehen. Warum wollen Sie ein schnelles Auto?«

»Weil die Macht nur der haben wird, der schnell genug reagieren kann, und schnell genug reagieren kann nur der, der überall schnell sein kann.«

»Ich verstehe. Gut, dann lassen Sie uns doch über das Geld reden …«

20.

Federica drückte sich scheu an Lamprecht.

Er hatte ihr zuvor aufgetragen, kurz draußen vor der Wohnungstür zu warten, als sie das Haus seiner Familie erreicht hatten. Adina war noch in der Arbeit, doch dafür hatte sich Onkel Ladislaus zu seinen Eltern in den Salon gesellt, die sich auf seine Bitte hin dort versammelt hatten. Die drei hatten auf den verbliebenen Sitzmöbeln Platz genommen und sich dabei auf die Tücher gesetzt, mit denen diese abgedeckt waren, um den Bezug zu schonen. Eine neue Polsterung war im Moment nicht bezahlbar, und würde man gezwungen sein, ein weiteres Stück zu verkaufen, um eine anstehende Rechnung zu begleichen, erzielte man einen ordentlichen Preis nur, wenn der Stoff nicht durchgewetzt oder ausgebleicht war. Zwar war man mit den Beiträgen, die Adina und Gaetano von ihrem Gehalt in die Familienkasse leisteten, aus dem Gröbsten heraußen, doch die Preissteigerungen, die nun eingesetzt hatten, fraßen den Gutteil wieder weg, und manchmal gab es auch unvorhergesehene Ausgaben oder notwendige Reparaturen, und da war der Materialverschleiß von Gaetanos Rennrad noch gar nicht mit eingerechnet.

»Ich muss euch jemanden vorstellen«, hatte er der Familie eröffnet und Federica hereingeholt. Federica trug das Kleid, das er ihr vor drei Wochen gekauft und ins Waisenhaus gebracht hatte. Es war aus heller weißer Baumwolle mit roten Stickereien, die an Mohnblumen erinnerten, und so kurz, dass es nur knapp bis unter die Knie reichte. Daher trug sie Strümpfe, die zumindest die Waden bedeckten. Die blauen Schleifen in ihren blonden Zöpfen hatte er unten auf der Straße noch nachgebunden. Federica suchte Schutz hinter Gaetanos Rock und lugte nur zum Teil hinter ihm hervor. Sie hielt seine rechte Hand umklammert und widersetzte sich seinem Versuch, sie nach vorne zu ziehen.

»Das ist Federica, Alessias Tochter. Ich habe heute die Adoptionspapiere erhalten und konnte sie endlich zu uns holen.« Lamprecht merkte, wie die Aufregung gegen seinen Magen drückte. Nicht anders würde es sich wohl anfühlen, würde er seinen Eltern seine Braut vorstellen. Doch diesen Punkt hatte er bislang ausgelassen, dafür brachte er nun gleich ein Kind mit, und es handelte sich dabei nicht einmal um seine leibliche Tochter.

Der Blick des Vaters sprach Bände, ebenso wenig hielt er mit seiner Meinung hinter dem Berg: »Hatten wir das nicht schon besprochen? Ich verstehe dich nicht, warum du uns in dieser Situation noch jemanden anschleppst. Hast du eine Ahnung, was das kostet, ein Kind durchzufüttern, und da rede ich noch gar nicht von Kleidung oder dem Schulgeld. Das Kind ist ja dem Alter für die Elementarschule wohl schon entwachsen.«

»Lass bitte deinen Ärger nicht an dem unschuldigen Kind aus«, mischte sich die Mutter ein, diesmal mit erstaunlich scharfem Ton. Versöhnlicher setzte sie nach: »Für ein hungriges Kind wird es bei mir immer etwas auf dem Teller geben. Noch dazu, wenn es sich um ein so entzückendes Geschöpf handelt.« Sie erhob sich und beugte die Knie, damit ihre Augen sich mit jenen Federicas auf gleicher Höhe begegneten. Sie sprach mit sanfter Stimme zu dem Mädchen: »Sei mir willkommen. Ich freue mich sehr, dass du jetzt bei uns bist. Nenn mich bitte Nonna, Nonna Elodie kannst du zu mir sagen.«

Sie umfasste Federica und drückte ihr einen Kuss auf die Stirn. Das Mädchen errötete, dann riss es sich von Gaetanos Hand los und lief durch den Gang davon.

»Das fängt ja gut an«, bemerkte der Vater beinahe schadenfroh. Gaetano wollte Federica nacheilen, doch die Mutter hielt ihn zurück. »Lass nur, das ist Frauensache, das klären wir am besten selbst.«

Gaetano setzte sich auf den frei gewordenen Platz der Mutter. Seine Miene war versteinert, die Freude in seinem Herzen war vom Groll gegen den Vater verdrängt worden. Er musste sich die Krawatte lockern, sonst drohte ihm der Hals zu platzen.

»Das hast du ja toll hinbekommen«, sagte Ladislaus, noch bevor Gaetano einen ähnlichen Vorwurf gegen den Vater hatte anbringen können. Der Onkel trug jetzt nur mehr selten die Kleider seiner verstorbenen Frau. Heute trug er dunkle Hosen und ein weites graues Hemd. Gaetano bemerkte die hohlen Wangen, die ihm von der schweren Lungenentzündung im ersten Kriegswinter geblieben waren. Dafür stachen die Augen umso kräftiger hervor. Offenbar hatte er sie mit einem dunklen Stift nachgeschminkt. Er sah damit aus wie die Schauspieler, die man jetzt im Kino auf der Leinwand bewundern konnte. Dabei wirkte vieles überzeichnet, was Gaetano, der schon mehrere solcher Kinovorstellungen im Eden besucht hatte, nachvollziehbar erschien. Filme erzählten ihre Geschichte nur in schwarz-weißen Bildern, was kräftige, gesteigerte Kontraste verlangte, die Schauspieler hatten anstelle von Worten nur Gesten und Blicke zur Verfügung, die so unterstützt wurden.

Franz Lamprecht donnerte: »Ihr habt ja keine Ahnung, was das hier alles kostet. Ich habe hingegen bald keine Idee mehr, wie ich das weiterhin bezahlen soll. Ausgerechnet du willst mir jetzt einen Vorwurf machen, Ladislaus? Du hast doch schon lange alle deine Mittel aufgebraucht. Gäbe es nicht uns und diese Wohnung, säßest du doch schon längst im Armenhaus.« Er schnellte hoch und strebte dem Ausgang aus dem Wohnsalon zu, blieb jedoch abrupt stehen und drehte sich zu seinem Bruder um. »Oder sonst wo. Wo du vielleicht ohnehin besser aufgehoben wärst.« Bei diesen Worten fuhr er ihm mit dem Finger über die Augenpartie und verwischte die schwarze Schminke. Er setzte ein abfälliges Seufzen nach, dann war er verschwunden.

»Er meint das nicht so«, versuchte Gaetano die Situation wieder geradezurücken, doch der Onkel hob abwehrend die Hand.

»Doch, das meint er genau so. Und vielleicht hat er recht, dass mein Platz woanders wäre.« Er ballte die Hand zur Faust und drückte sie sich gegen die Brust. Nach einer Pause sagte er: »Aber bevor es so weit ist, kannst du gern mit deiner Tochter in meine Räume ziehen. Ihr werdet den Platz brauchen. Ein entzückendes Kind, übrigens.« Er lächelte wieder und blickte an einen unbestimmten Punkt an der Decke.

»Danke, aber Federica bekommt Luisas Kammer. Das Kind ist einen Schlafsaal mit fünfundzwanzig Betten gewohnt. Ein erster eigener Raum, und mag er noch so klein sein, ist für sie schon ein Geschenk, glaub mir. Aber danke für dein großherziges Angebot.«

Gaetano ging Federica suchen und fand sie mit seiner Mutter in der Küche, als sie beide dabei waren, mit Wolle ein Abnehmspiel zu spielen, bei dem man mit dem zwischen die Finger gespannten Wollfaden Figuren bilden musste.

Federica blickte zur Seite und strahlte Gaetano an.

»Die Nonna kann das sehr gut.«

Federica hatte das Spiel »Ripiglino« genannt. Sie sprach eigentlich nur Italienisch, fast kein Deutsch. Das war nicht verwunderlich. Die paar Brocken von früher hatte sie wohl vergessen, die Zeit im Waisenhaus hatte sie geprägt. Deutsch war passé und damit auch alles, was ehemals damit zu tun hatte. Man hatte dem alten Herrscherland nicht den Kopf abgeschlagen, nein, man hatte alle Gliedmaßen abgetrennt und die Blutzufuhr abgeschnitten. Der Rest Österreich-Ungarns bestand nur mehr aus dem Kopf und der lag schwer und unbeweglich in Wien.

Gaetano betrachtete seine Mutter, sah ihr ins Gesicht, dessen Teint bronzefarben mit einem Einschlag ins Olivgrün war, mit den nun tiefer gegrabenen Falten auf Stirn und um die Augen, obwohl sie mit dem dunklen Haar immer noch nicht alt wirkte, vielleicht gealtert, aber nicht alt.

Seine Mutter strahlte. Ihre Augen glänzten wie die Sonnenreflexionen auf den Wellenzipfeln in der Bucht bei Muggia, wo die See meist gekräuselt war. Das Eis war gebrochen. Elodie Lamprecht sagte: »Ich habe dich gehört. Wenn wir hier fertig sind, werde ich das Zimmer für meine Enkelin herrichten und das Bett überziehen. Du musst dich um nichts kümmern. Und sei bitte deinem Vater gegenüber nicht nachtragend. Er hat heute Nachricht aus Wien erhalten. Die Bank lehnt seine Pensionsansprüche ab, er solle das jetzt mit den neuen Eigentümern in Triest klären. Aber die haben ihm ja schon vor einem halben Jahr mitgeteilt, dass sie nicht für die altösterreichischen Verpflichtungen aufkommen können. Die Zentrale in Wien war seine letzte Hoffnung, du musst verstehen, dass er im Moment mit dem Rücken zur Wand steht.«

Gaetano blickte betreten zu Boden. Das waren tatsächlich keine guten Neuigkeiten. Er schwor sich, Federica auch etwas Deutsch beizubringen, sonst würde das mit dem Vater auf Dauer schwierig werden. »Ich werde euch weiter unterstützen, so gut ich kann, das verspreche ich dir.«

»Das ist lieb von dir, aber du hast jetzt eine Tochter, ihr bist du verpflichtet. Außerdem habe ich noch meine letzten Reserven.« Sie sagte das ohne besondere Betonung und er überhörte es, ebenso wie ihm der kurze Griff an die Halskette entging. Sie fragte: »Willst du heute noch mit Federica ausgehen? Vielleicht auf ein Eis?«

»Es tut mir leid, aber ich habe dienstlich noch einen Termin wahrzunehmen. Vielleicht könntest du …?«

Elodie lächelte verschmitzt. Denn sie wusste, dass nun die Nonna gefragt war. Und wahrscheinlich würde sie sich heute auch eine Kugel von dem Gefrorenen gönnen, was sie schon lange nicht mehr getan hatte.

21.

Lamprecht hatte den ehemaligen Südbahnhof hinter sich gelassen. Er blickte kurz über den weitläufigen Vorplatz. Verschwunden war mit dem Untergang des ehemaligen Herrscherhauses die 1912 zum Gedenken an die Kaiserin Elisabeth errichtete Statue des Wiener Bildhauers Franz Seifert, ebenso wie das 1889 eingeweihte Monument, mit dem man der fünfhundert Jahre der Übergabe der Stadt an die Habsburger im Jahr 1382 gedachte. Ebenso verschwunden der bisherige Name. Dabei trug doch die Bezeichnung Piazza della Stazione, der eben in vielen Städten geläufige Bahnhofsplatz, nichts Politisches oder Österreichisches in sich. Dennoch war er gleich nach dem Krieg in Piazza della Libertà, Platz der Freiheit, umgetauft worden.

In diese Gedanken versunken hatte er die Straße, die weiter zum Schloss Miramare führte, verlassen und war Richtung Roiano abgebogen. An der richtigen Adresse angelangt, lehnte er sein Bianchi-Rennrad gegen den Zaun, durch den sich die Triebe eines Lorbeerbusches drängten, der in der abendlichen Hitze seinen Duft verströmte, während im hohen Gras der umliegenden Wiesen die Zikaden zirpten. Eine leichte, milde Brise strich Lamprecht über die Haut. Er hatte einen karierten Pullunder über das Hemd gezogen und wirkte damit beinahe wie einer der englischen Touristen, die nun wieder öfter die Stadt besuchten. Schon die legere Kleidung brachte zum Ausdruck, dass sein Erscheinen inoffiziellen Charakter hatte. Für Vermisste war er nicht zuständig, das war Aufgabe der allgemeinen Polizeibehörden, dennoch wollte er die Frau aus Wien nicht mit ihren Sorgen allein lassen.

Er betrachtete das Haus. Es war mit den Holzvorsprüngen unter dem Dach im Stil der Jahrhundertwende errichtet worden und schien geräumig zu sein. Es wirkte nicht hochherrschaftlich, dem Putz wie auch dem Holz war anzusehen, dass da und dort einige Ausbesserungen nötig waren, wie auch dem Garten ein paar pflegende Hände nicht geschadet hätten. Er läutete und es dauerte nicht lang, bis eine ältere Frau die Eingangstür öffnete und ihm einen fragenden Blick entgegenwarf, in dem auch ein wenig Verachtung lag, als wäre er einer der Hausierer, die auf der Suche nach etwas Nahrung oder ein wenig Geld durch die Stadt zogen.

»Die Signora erwartet mich, melden Sie bitte Agente Lamprecht von der Polizei. Und ich wäre Ihnen verbunden, wenn ich mein Fahrrad beim Haus abstellen könnte.«

Lamprecht hatte gleich die Fronten geklärt und der Frau keine weitere Gelegenheit geboten, Mutmaßungen über ihn anzustellen. Sie nickte, diesmal mehr der gebotenen Art einer Hausangestellten entsprechend, auch wenn ein gewisses argwöhnisches Funkeln, das sich irgendwo zwischen Augenlid und Iris versteckte, nicht ganz aus ihrem Blick verschwunden war. Sie schloss die Tür und ließ ihn draußen auf der Straße warten.

Doch nach einem kurzen Moment war sie zurück und öffnete ihm die Gartentür. Hinter ihr erschien die Frau, die ihn heute Vormittag in der Questura aufgesucht hatte. Lamprecht nahm die Mütze ab, die er im Sommer beim Radfahren trug. Elvira Kinski streckte ihm ihre Hand entgegen.

»Vielen Dank, dass Sie gekommen sind. Entschuldigen Sie, aber seit mein Mann abgängig ist, versperren wir das Gartentor auch untertags. Ich bitte Sie um Nachsicht, dass ich Sie habe warten lassen. Ihr Fahrrad können Sie gern hier neben dem Eingang abstellen. So ein schönes Stück lässt man nicht unbeaufsichtigt auf der Straße.«

Lamprecht lächelte dankend. »Kein Problem, ich musste nicht lange warten.« Er betrat das Haus und fragte sich, ob mit der Hausherrin auch in anderen Dingen eine so einfache Übereinstimmung zu finden war. Elvira Kinski führte ihn ins Wohnzimmer, wo sie sich an einem Tisch niederließen. Das Angebot, sich mit einem Glas Limonade zu erfrischen, nahm er dankend an, als aus der Küche eine Kinderstimme zu vernehmen war: »Ich habe Anna geholfen. Ich habe die Zitronen ausgepresst.«

Philomena betrat den Raum, konzentriert und mit angestrengtem Blick brachte sie einen Krug mit gelblich trüber Flüssigkeit herein, den sie auf dem Tisch abstellte.

Elvira streichelte Philomena über den Hinterkopf.

»Danke, mein Schatz. Das hast du fein gemacht.« An Lamprecht gerichtet fragte sie: »Haben Sie Kinder?«

»Nein …, also doch, ja, eine Tochter«, korrigierte er sich sogleich. An diesen Gedanken musste er sich erst gewöhnen.

Elvira Kinski betrachtete ihn für einen Augenblick von der Seite, so, als würde sie am Markt ein Stück Handarbeit betrachten, ohne dabei zu viel Interesse durchschimmern zu lassen. Lamprecht wechselte das Thema: »Sie wollten mir etwas im Haus zeigen, deswegen sollte ich doch kommen?«

»Ja, natürlich. Sie haben sicher viel zu tun.«

Lamprecht nahm noch schnell einen Schluck von der Limonade, dann erhob auch er sich und folgte der Dame des Hauses durch die Küche und eine schmale Tür in den Garten hinter dem Haus.

Sie betraten einen großen Schuppen. Lamprecht stand nun neben ihr und betrachtete das leere, geräumige Gebäude. Jemand hatte die Glasfenster mit dunkler Farbe angestrichen, vielleicht um neugierige Blicke abzuhalten, jedenfalls schaltete Elvira Kinski das Licht an, das mit einem Brummen den Raum erhellte. Lamprecht sah Schrauben, die verstreut auf dem Boden lagen, dazwischen Kabelenden und Drahtreste, die zum Teil in einer Ecke oder auch mitten auf den Holzdielen lagen. Einzelne Gefäße, deren Funktion für Lamprecht nicht klar war, standen auf einem Regal, das ansonsten leer geräumt wirkte. Auf dem Boden erkannte man an den Einkerbungen im Holz, dass hier offenbar längere Zeit ein Gegenstand oder ein Möbel gestanden sein musste. In einer Ecke gab es noch ein wuchtiges Objekt aus schwarz lackiertem Eisen mit zwei Stangen, daneben einen Tank, und in der Mitte stand vor der Fensterfront ein langer Tisch, dessen übergroße, dicke Platte auf acht Eisenfüßen ruhte.

»Ist es da, was Sie mir zeigen wollten? Was hat das mit dem Verschwinden Ihres Gatten zu tun?«

»Hier war sein Labor. Es ist offenbar mit ihm verschwunden.«

Lamprecht fuhr sich an die Lippe. Es musste vielleicht doch wieder ein Bart her, dann hätte er jetzt wenigstens was zum Zwirbeln. Stattdessen nahm er nun sein Notizbuch. »Ein Labor? Hat Ihr Mann hier etwa Forschungen betrieben?«

»Er ist Autokonstrukteur. Nach allem, was er mir verraten hat und was ich verstanden habe, hat er sich mit einer revolutionären Antriebstechnik beschäftigt. Er hat damit schon begonnen, als wir hier in Triest angekommen sind, und zu diesem Zweck hat er eine Maschine nach der anderen angeschafft, um die nötigen Teile entwickeln und bauen zu können. All das ist aber aus dem Labor verschwunden.«

Und Elvira Kinski begann zu erzählen und Lamprecht machte sich Notizen. Er schritt zu dem wuchtigen Ding in der Ecke, legte seine Hand auf das kalte Metall und fuhr über den Lack. »Wissen Sie, was das ist?«

»Ich glaube, mein Mann hat erwähnt, dass es sich hierbei um einen Dieselgenerator handelt.«

»Ein Generator? Wozu denn das?«

»Um Strom zu erzeugen. Unser Haus ist zwar an die städtische Stromversorgung angeschlossen, doch Walter hat einmal erwähnt, dass die Leitung zu schwach ist. Oder die Spannung, das weiß ich jetzt nicht mehr.«

»Und hier waren also noch weitere Gerätschaften?«

»Ja, natürlich. Walter war in den letzten Monaten in halb Europa unterwegs, um irgendwelche Apparaturen einzukaufen.«

»Sie sagten zuvor, Ihr Mann habe Schulden gemacht, um all das anzuschaffen. Kann es sein, dass die Gläubiger die Gerätschaften und Maschinen wieder abgeholt haben, um ihre Forderungen einzutreiben?«

Elvira Kinski schüttelte den Kopf. »Nein, das kann ich mir nicht vorstellen. Die meisten Schulden hat er bei Banken, die sind aber mit dem Haus besichert.«

»Das heißt, Ihnen droht die Versteigerung?«

Elvira lächelte. Es war ein Blick, der auch ein wenig Stolz für den eigenen Weitblick ausstrahlte, als sie erklärte: »Zum Glück nicht. Es ist schon richtig, dass das meiste von meiner

Erbschaft für die Forschungen und Versuche meines Mannes verwendet wurde, aber als er mir eröffnet hat, er werde in Triest Autos bauen und mit einem innovativen Konzept in die Automobilindustrie einsteigen, war ich skeptisch, was einen raschen Erfolg dieses Unterfangens anbelangte. Daher habe ich ihm verschwiegen, dass ich aus der Zeit vor dem Krieg etwas zur Seite gelegt hatte. Wissen Sie, wir haben in Wien bescheiden gelebt, da konnte ich ein wenig vom Verdienst meines Mannes sparen. Dieses Geld war nicht für mich, sondern für den Notfall. Jetzt bin ich froh darüber. Damit konnte ich bei der Bank ein längerfristiges Moratorium erreichen. Aber in letzter Zeit wurde ich öfter von anderen Leuten bedrängt.«

»Was für andere Leute?«, wollte Lamprecht wissen.

»Die in diesen schwarzen Uniformen. Die sich aufführen, als gehörte ihnen Italien.«

»Ihr Mann hat sich mit den Faschisten eingelassen?«

Elvira Kinskis kurze Beschreibung des Auftretens der meist jungen Männer ließ keinen Zweifel zu, dass es sich um Angehörige der Kampfverbände, der »Squadristen«, handelte. Die Partei war im November des Vorjahres in einigen Wahlkreisen angetreten, hatte aber nirgends auch nur ein einziges Mandat gewonnen und war daher nicht in der Camera dei Deputati vertreten. Dennoch gebärdeten sie sich, als würden sie die Staatsmacht repräsentieren. Dies oft mit stillschweigender Duldung der lokalen Kommunalvertreter oder Sicherheitswachkörper, die tatenlos dabei zusahen, wie sie ihre Gegner terrorisierten, mit Lust verprügelten, ihnen das Dach über dem Kopf anzündeten oder sie umbrachten. Fasste man einmal einen der Schuldigen, kam er oft nach wenigen Tagen über Intervention wieder frei. Aus reiner Angst vor einem Bürgerkrieg oder gar einer Revolution der unteren Schichten wie in Russland – egal ob es die Tagelöhner in der Landwirtschaft oder die Arbeiter in den Fabriken waren – ließ man diese Kampfverbände gewähren, die gegen die Ausbeutung Aufbegehrende in Schach hielten. Dabei rekrutierten sich diese Ordnungshüter aus einem anderen Bodensatz der Gesellschaft: jenem der unzufriedenen Kriegsheimkehrer. Dazu gehörte auch Gabriele D'Annunzio. Der Dichter und Kriegsheld hatte im September mit seinen Arditi in einer Art Staatsstreich die eigentlich unter internationaler Verwaltung stehende Stadt Fiume mit seinen Gefolgsleuten eingenommen und dort seine eigene Verwaltung eingerichtet. Er erhielt nicht nur großen öffentlichen Zuspruch für diese Aktion, die Zukunftsverheißungen des als Weiberheld bekannten Aufwieglers, der vor allem in moralischer Hinsicht ein andersartiges Regime aufgezogen hatte. Freie Liebe, ausgelebte Homosexualität und Drogen bestimmten dort den Alltag und lockten nicht wenige an.

Offensichtlich hatte Lamprechts letzte Frage wie ein Vorwurf geklungen, denn Elvira Kinski presste die Kiefer aufeinander, ehe sie antwortete: »Ich kann es nicht sagen. Wir haben einmal bei einem Diskurs, keinem Streit, wir haben fast nie gestritten, also wir haben dieses Thema gestreift …« Sie stockte. Sie wollte dem Polizisten gegenüber nicht erwähnen, dass ihr Mann dieser Gruppe eine schillernde Zukunft prophezeit hatte. Sie beendete das Thema mit den Worten: »Ich glaube, er sollte für diese Leute arbeiten und sie haben ihm dafür einen Vorschuss gegeben, aber das ist nur eine Vermutung.«

»Gut, ich werde dieser Spur vielleicht nachgehen müssen. Würden Sie mir bitte nochmals beschreiben, wann Sie Ihren Mann das letzte Mal gesehen haben, was er gesagt hat, was er bei sich hatte. Bitte versuchen Sie, sich genau zu erinnern.«

»Das war vor zwei Wochen. Es war ein normaler Tag. Da Ferien sind, hat Philomena sicher noch geschlafen. Nach dem

Frühstück hat mein Mann sich verabschiedet und Anna auf deren Frage nach dem Mittagessen geantwortet, dass er erst am frühen Nachmittag zurückkehren würde.«

»Hat er etwas von einem Treffen erwähnt oder wohin er wollte?«

»Nein, er ist in sein Auto gestiegen …«

»Sie haben ein Auto?«, unterbrach sie Lamprecht.

»Ja, das hat mein Mann schon letztes Jahr angeschafft.«

»Wenn Sie mir bitte das Kennzeichen mitteilen würden«, forderte er in amtlichem Ton und notierte sich die Zeichenfolge in sein Heft. Das war immerhin ein Ansatz. Lamprecht konnte über die anderen Dienststellen nach dem Auto suchen lassen.

»Meinen Sie, man hat ihn entführt?«

»Wie kommen Sie denn darauf?« Lamprecht war erstaunt. Warum sollte man Kinski entführen? Wer sollte daraus einen Vorteil ziehen? Lamprecht hatte vielmehr den Eindruck, Kinski könnte einfach abgetaucht sein. Es wäre nicht das erste Mal, dass ein Mann sich morgens von seiner Ehefrau verabschiedet, einem gewohnten Ritual folgend das Haus verlässt, um schließlich nie wieder heimzukehren, weil er sich wegen Schulden oder einer Liebschaft abgesetzt hat. Er sprach den Verdacht aber nicht aus, sondern verabschiedete sich mit den Worten: »Ich werde sehen, was ich für Sie tun kann. Die zuständigen Kollegen vom Wachzimmer werde ich um ein nochmaliges Einschreiten bitten.«

22.

»Buonasera, famiglia!«, grüßte Gaetano, als er wenige Tage später von seinem Dienst heimkehrte. »Was gibt es denn?«

»Nur Gutes«, sagte Adina, nahm ihn an den Händen und zog

ihn zu einem Sitz. »Der Herr Architekt hat meinen Vertrag nicht nur verlängert, er hat auch mein Gehalt erhöht.«

»Das ist ja einmal eine gute Nachricht«, tönte der Vater, für den jeder weitere Soldo im Haus ein paar Minuten mehr Schlaf bedeutete.

Adina lächelte schelmisch: »Er hat es mir schon letzten Monat gesagt, ich wollte euch aber erst einweihen, wenn es definitiv ist. Und deshalb habe ich mir auch etwas zugelegt.« Sie sprang wie eine Metallfeder von ihrem Platz auf und rannte über den Flur. Nach wenigen Momenten kehrte sie zurück und Gaetano stand der Mund offen.

Er konnte es kaum glauben, aber seine Schwester schob ein Rennrad der Marke Atala über den Gang. Atala, die legendäre Marke, auf der Luigi Ganna den allerersten Giro d'Italia gewonnen hatte, wobei er das geschwungene Markenlogo auf seinem Trikot trug. Den bislang einzigen Mannschaftsbewerb beim Giro im Jahr 1912 hatte Atala mit der aus Ganna, Galetti, Pavesi und Michelotto bestehenden Squadra gewonnen. Das war das Jahr gewesen, in dem Eberardo Pavesi von Bianchi zu Atala-Dunlop gewechselt war.

Gaetano strahlte. Er beugte sich über das Oberrohr, zog seine Schwester zu sich und flüsterte ihr ins Ohr: »Vielen Dank, aber ich bin doch mit meinem Bianchi völlig zufrieden. Und das muss ja wahnsinnig teuer gewesen sein.«

Adina löste sich aus seiner Umklammerung und drückte ihn von sich. Sie hatte den Blick einer Lehrerin aufgesetzt, die sich über die unerwartete Unverschämtheit eines Schülers entrüstet.

»Wie kommst du auf die Idee, das sei ein Geschenk für dich? Das Fahrrad habe ich für mich gekauft.«

»Aber es ist ein Herrenmodell, da kannst du doch gar nicht mit einem Rock aufsitzen, also dachte ich ...«

»Es ist ein Rennrad, die gibt es nur in dieser Ausführung.

Und ich werde sicher nicht im Rock meine Touren fahren«, antwortete Adina.

Gaetano nickte. Er fuhr mit den Fingern den geschwungenen Lenker entlang. Der Vater brummte: »Na bravo. Jetzt haben wir die nächste Revolutionärin in unserer Familie. Fehlt grad noch, dass du auch noch das Wahlrecht für Frauen forderst.«

Adina schob das Kinn vor, ihre Augen wurden schmal wie die Schlitze bei einem Ritterhelm. Diesen Blick setzte sie seit ihrer Jugend auf, wenn sie auf Streit aus war. Es ging dann weniger um eine sachliche Diskussion, sondern um die reine Emotion.

»Warum auch nicht? Die Frauen in Österreich haben es schon, sie haben es sich erkämpft, nein, sie haben es sich geholt, als der Staat, der es ihnen bis dahin vorenthalten hatte, wie Staub zerfallen war und nur mehr aus einem Brösel bestand, auf das die Sieger keinen Appetit mehr hatten.«

Die Mutter zuckte zusammen und griff sich an die Stelle, wo sonst das Medaillon ihrer Halskette ruhte. Sie wusste, wie Adina den Vater mit diesen Worten provozierte. Doch ein aufflammender Streit könnte zu viel für das schwache Herz ihres Mannes sein. Auch Gaetano boxte seine Schwester sanft gegen den Unterarm, um sie zumindest zum Schweigen zu bringen und nicht noch eine weitere Tirade zu riskieren.

Doch der Vater bekam keinen roten Kopf wie üblich, wenn die Hitze in ihm aufstieg und der Hals zum Platzen gespannt schien, im Gegenteil: Er lächelte, lehnte sich völlig entspannt, ja beinah vergnügt zurück und sagte: »Das ist der einzige Vorteil daran, dass wir unsere Heimat verloren haben. Vergiss nicht, liebe Tochter, hier sind wir in einer Monarchie, es gibt einen König und Adelige, die den Ton angeben, wie sich das in der zivilisierten Welt gehört. Die Frauen werden hier so bald nicht wählen dürfen, und wenn ich mir dein Geschwätz so anhöre, dann muss ich sagen, finde ich das gut so, sehr gut sogar.«

Nun waren es Adinas Lippen, die bebten, und nicht wie sonst die des Vaters, wenn er vor Zorn kein Wort herausbrachte. Während ihr anzusehen war, wie sie um die nächste Wortkaskade rang, die sie wie ein Mörserfeuer auf die feindliche Stellung niedergehen lassen würde, drängte sich Federica, die offenbar wenig vom Inhalt des Disputs verstanden hatte, zwischen die beiden Erwachsenen und ließ sie mit wenigen Worten in gebrochenem Deutsch sofort den Streit vergessen: »Also … mir … gefallen … die Rad … sehr schön.«

Gaetano und Adina blickten zu dem Mädchen, das in seiner schüchternen Art die Stimmung im Raum gewendet hatte.

»Na sehr fein, die Kleine kann ja eh ein bissel Deutsch«, stellte der Vater freudig fest, während seine Frau glückselig lächelte. Gaetano begriff, dass dies das Werk der Mutter war, die sich offenbar bemüht hatte, sein Kind (ja, jetzt hatte er sich bald an den Gedanken gewöhnt) in die Grundzüge der deutschen Sprache einzuführen, die bis vor Kurzem in Triest für fast alle Bevölkerungsgruppen allgegenwärtig gewesen war, egal, in welcher Sprache man sich sonst im Privaten unterhielt.

Federica hielt den Lenker umklammert und Adina forderte sie auf, sich doch auf den Sattel zu setzen. Gaetano half dem Kind hinauf, und die sichere Art, in der sie sich im Sattel hielt, während Lamprecht das Rad gegen ein Umfallen sicherte, erweckte den Eindruck, sie hätte nie etwas anderes gemacht.

»Na, jetzt wirst du wohl uns beiden das Rennradfahren beibringen müssen.«

Erst da erinnerte sich Gaetano wieder an das Versprechen, das er Adina vor dem Krieg gegeben hatte. Er hatte ihr Interesse damals nicht ernst genommen, es für Grillen im Kopf einer Schülerin gehalten. Jetzt musste er einsehen, dass seine Schwester denselben Sturschädel hatte wie ihr Vater, und ja, wie er auch. Er nickte und strich Federica über den Kopf, ehe er ihr aus dem Sattel half.

Die drückende Stimmung war zwar ein wenig aufgeheitert wie die Schwüle nach einem Sommergewitter, doch der Boden dampfte noch. Elodie Lamprecht trat auf die drei um das Rennrad Versammelten zu.

»Warum nutzt ihr nicht den schönen Nachmittag und geht noch ins Bad? Federica würde ein Bad im Meer sicher Freude machen und euch beiden täte ein wenig Erfrischung sicher auch gut.«

»Ich weiß nicht«, zeigte sich Gaetano wenig überzeugt von dem Vorschlag, »es ist schon spät, die Sonne geht bald unter, und ich muss morgen früh raus.« Er hatte den Satz nicht zu Ende gesprochen, da hatten ihn Schwester und Tochter mit ihren Blicken bereits umgarnt. Ihre Augen waren groß und feucht wie die eines Hundes, der im Garten einer Osteria um ein Stück Fleisch vom Grill bettelte.

»Meinetwegen«, gab Gaetano sich geschlagen, »aber wenn, dann ins Alla Lanterna.«

»Da gibt es doch viel schönere Bäder. Wenn es dir nur um das Eintrittsgeld geht, steuere ich gern meinen Anteil dazu bei«, protestierte Adina.

»Die anderen Bäder haben keine getrennten Abteilungen für Frauen und Männer, und ich bin jetzt auch für die moralische Bildung meiner Tochter verantwortlich. Da du mitkommst, kann ich sie dir anvertrauen und muss keine Sorge haben, dass sie unsittlichen Belästigungen ausgesetzt ist. Immerhin geht man heutzutage fast nackt schwimmen.«

»Da hat Gaetano ausnahmsweise einmal recht«, befeuerte Franz Lamprecht den Disput. Tatsächlich hatte sich die Bademode stark gewandelt. Während Männer auch schon vor dem Krieg kurze Badehosen trugen, waren bei den Damen erst jetzt Badeanzüge aufgekommen, die nicht nur an Armen und Schultern nackte Haut zeigten, auch die Waden und vor allem die Oberschenkel waren nun der Sonne wie den Blicken der Herren ausgesetzt. Allerdings konnte man in diesen knappen Dingern auch besser schwimmen als in den langen Stoffbahnen der früheren Anzüge, die schwer am Körper klebten.

Adina gab also klein bei, die drei zogen mit gepackten Badetaschen ab und nahmen die Straßenbahn, die fast bis zum Leuchtturm beim ehemaligen Staatsbahnhof fuhr, der jetzt Stazione di Sant'Andrea hieß.

Sie erreichten das Bad und wurden beim Eingang getrennt. Da Männer, dort Frauen, die beiden Bereiche waren durch eine Mauer separiert, die bis ins Wasser reichte und die man nur überwinden konnte, wenn man ausreichend weit hinausschwamm. Erst im Wasser konnten sich die Geschlechter wieder treffen. Das Stabilimento balneare wurde im Volksmund Pedocin genannt, nach dem italienischen Wort für Laus, pidocchio. Im Krieg waren die in Triest ankommenden Soldaten dort zum Bad ins Meer geschickt worden.

Gaetano schlüpfte in der offenen Umkleide in die Badehose und hängte sein Gewand an die dafür vorgesehenen Haken an der Wand, die Schuhe stellte er parallel dazu ab. Es war lange her, dass er sich mit entblößtem Oberkörper in der Öffentlichkeit gezeigt hatte, doch hier fühlte er sich sicher, er wusste, dass er wohl kaum auf einen Bekannten treffen würde. Dennoch legte er sich ein Handtuch auf die Schultern, als er über den groben Schotter zum Meer und so weit hinein ging, bis ihm das Wasser zu den Knien reichte. Sanfte, angenehm kühle Wellen drückten gegen seine Beine. Er machte ein paar Schritte zurück, legte das Handtuch am Strand ab und ging weiter hinein, bis er losschwimmen konnte. Schon tauchten die Bilder auf, wie er früher mit seinem Kollegen und Freund Pietro Pirona, Federicas Vater, zum Meeresgrund abgetaucht war, wo sie beide so lange unter Wasser blieben, bis einer den Wettstreit aufgab und auftauchte. Er atmete tief ein und tauchte ab. Doch schon nach wenigen Augenblicken drückte es ihn wieder an die Oberfläche. Die Dunkelheit unter Wasser hatte Panik in ihm aufkommen lassen, er schaffte es nicht, tiefer zu gehen, und ruderte hektisch nach oben. An der in spätes Sonnenlicht getauchten Oberfläche fühlte er sich sicherer. Glitzernd liefen die goldenen Strahlen über die Wellenkämme. Er schwamm ein paar Tempi weiter und steuerte das Ende der Mauer an, bis er so weit draußen im Wasser war, dass er auch den Damenbereich einsehen konnte.

»Schau, da ist dein Vater!«, hörte er Adina Federica zurufen. Die beiden waren ebenfalls hinausgeschwommen. Adina zeigte in seine Richtung. Gaetano winkte, doch dann drehte er wieder ab und schwamm zurück zum Ufer. Als er aus dem Wasser stieg, nahm er sein Handtuch und legte es schnell über Schultern und Rücken. Er drehte sich zu Schwester und Tochter um, die ihm nachgeschwommen waren, und winkte ihnen zu. Sie erwiderten diese Geste und deuteten ihm, wieder ins Wasser zu ihnen zu kommen, doch Gaetano zeigte auf seine rechte Wade und deutete an, einen Krampf gehabt zu haben. Enttäuscht zogen die beiden wieder ab und kehrten in den ihnen vorbehaltenen Teil des Bades zurück.

Die Sonne war abgesunken und lag nun wie ein flirrender roter Lampion über der Lagune von Grado. Das Bad würde bald schließen. Gaetano stand in der Umkleide. Er hatte eben das Hemd übergezogen, als er aus einiger Entfernung die empörte Stimme eines älteren Mannes hörte, die sagte: »Du bist hier falsch, das ist nur für Männer!«

Schnell schlüpfte er in die Ärmel und knöpfte das Hemd zu, ehe er sich umdrehte und aus dem Augenwinkel sah, wie eine kleine Gestalt im Dunkel des Ausgangs verschwand.

Am nächsten Morgen stand Gaetano im Morgenmantel im Bad und rasierte sich. Er hatte zuletzt die Stelle zwischen Mund und Nase ausgespart, war aber mit dem dürftigen Ergebnis alles andere als zufrieden. Ein paar Borsten, die wild durcheinanderstanden und nicht einmal ansatzweise die Idee dessen aufkommen ließen, was hier früher als Oberlippenbart gethront hatte. Er verrührte den Schaum mit dem Pinsel, strich die Stelle damit ein und ließ das Messer dort seine Bahnen ziehen.

Im Spiegel erkannte er das Gesicht Federicas, die in der Tür auftauchte, auf ihn zukam und sich gegen seine Hüften drückte, ihn um die Mitte umarmend. Es war die Geste eines Kindes, das seine Eltern tröstet, wenn diese traurig sind.

»Cosa succede, amore?«, wollte Lamprecht den Grund wissen. Federica hatte Ferien und hätte auch ausschlafen können.

»Da dove ce l'hai, Papà?«

»Woher soll ich was haben, mein Schatz?«

»Le cicatrici!«

Lamprecht gab es einen Stich. Federica musste gestern seine Narben am Rücken gesehen haben. Die verbrannte Haut, die aussah wie das geschmolzene Wachs einer Kerze. Er musste an die unendlichen Schmerzen denken, die er anfangs gehabt hatte. Wenigstens hatten ihm die Ärzte eine gewisse Linderung verschaffen können. Die Spritzen setzte er sich selbst, wenn er es nicht mehr aushielt, aber manchmal auch, wenn er nur leichte Schmerzen hatte. Jetzt, mit dem Kind im Haus, musste er vorsichtig sein, sie durfte sie nicht in seiner Lade finden. Er würde sie unter einem dicken Buch verstecken.

Doch er hatte nicht nur sichtbare Wunden davongetragen.

Die Erinnerung kehrte zurück. Das brennende Feld, das Feuer, das überall um ihn herum tobte. Der Krieg!

Es war im Herbst 1917 gewesen. Kurz vor der späteren Niederlage des königlichen italienischen Militärs bei Karfreit im Oktober. Schon die letzten Monate hatte Cadorna, der Oberbefehlshaber der Italiener, nochmals alles ins Feld geworfen, um den Widerstand der österreichisch-ungarischen Armee am Isonzo zu brechen. Die Meldeeinheit, die unter dem Kommando Lamprechts stand, war im Hinterland von Görz, irgendwo am Bainsizza-Plateau, von zwei feindlichen Zügen eingekesselt worden. Sie hatten dort Schwierigkeiten, sich zu orientieren, da Strepich ausgefallen war, der das Kartenmaterial mit sich führte. Es war nicht ihre erste Feindberührung gewesen. Schon am Vortag war seine Truppe in eine Kampfhandlung gezogen worden, als sie einen Pass überqueren wollten. Sie radelten über den engen, steinigen Steig, als sie plötzlich unter Feuer lagen. Lamprecht war neben Strepich gewesen, als er sah, wie dessen Uniform plötzlich an der Schulter aufriss und das Loch dort sich blutrot färbte. Der Soldat kippte über den Lenker und kullerte über ein Steinfeld einige Dutzend Meter hinab, mit ihm der Tornister mit den Karten. Lamprecht hatte sofort Befehl zum Absitzen gegeben, seine Männer warfen sich neben ihren Rädern auf den Boden, wo ihnen die Kugeln um die Ohren pfiffen. Überall spritzten Steine oder Erde auf. Es erwischte zwei weitere von ihnen. Hellmer an der Wade und Stanič an der Hand. Ein Teil der Gruppe erwiderte das Feuer, um die Italiener in ihrer Stellung zu halten, der Rest robbte über den Boden zurück zur nächsten Kehre, wo sie etwas Deckung fanden. Die Räder zogen sie über den Boden nach.

Kaum hatten seine Leute die schützende Kurve, die im Schutz eines Hügels lag, erreicht, schwangen sie sich in die Sättel und jagten zurück über den Weg, den sie gekommen waren. Es war nicht einfach, sich im Sattel zu halten, um nicht selbst in einem Geröllfeld zu enden, während die Räder wie störrische Wildpferde über Steinbrocken und Wurzeln hüpften. Sie verloren auf ihrem Rückzug noch Immobile, den eine Kugel in den Hinterkopf traf, worauf er abrupt sein Rad stoppte, abstieg, eine Halbdrehung vollzog, um dann langsam mit seinem Gefährt zur Seite zu kippen. Valentin wurde in den Rücken getroffen. Als sie in Sicherheit waren, war seine Uniform von seinem Blut getränkt und Landini hatte ihn auf sein Rad gepackt, wo Valentin sich kaum halten konnte und mit seinem Oberkörper mehr über den Lenker gebeugt kauerte denn aufrecht saß.

Am Abend hatten sie Zuflucht in einem steinernen Karsthaus gefunden. Es war verlassen, wahrscheinlich waren seine Bewohner vor den Kämpfen geflüchtet und rechtzeitig mit ihrer Habe verschwunden, denn sie fanden keine Vorräte. Von seinen verbliebenen acht Leuten waren zwei gefallen und drei verwundet worden. Am wenigsten Sorge machte er sich um Stanič. Seine Hand war zwar völlig zerfetzt und blutete stark, doch diese Verwundung würde der Slowene wohl überleben. Schlimmer sah Hellmers Wade aus. Der Unterschenkel schillerte giftig graugrün, ohne Verband würde er wohl spätestens in zwei Tagen verbluten, ohne Jod ohnehin am Wundbrand sterben. Und bei Valentin war er sich sicher, dass dieser ohne Sanitäter und ärztliche Hilfe die Nacht nicht überleben würde.

»Ich gehe Hilfe holen oder zumindest Verbandszeug und Medikamente«, sagte er zu Landini, als sie gemeinsam vor die Hütte traten, um die Lage zu sondieren.

»Zu gefährlich«, antwortete dieser und deutete zu den Hügeln im Westen wie im Osten. Vom Norden waren sie heute geflohen. »Wir sind von allen Seiten eingekesselt.« Tatsächlich konnte man auf allen Erhebungen ringsum kleine rote Punkte erkennen. Soldaten, die in ihren Stellungen rauchten.

»Ich werde vor Tagesanbruch losfahren. Irgendwo in der Nähe werde ich eine Stadt und dort eine Apotheke finden. Ich hole Verbandszeug und Morphium. Unsere Kameraden sollen ihren Tod zumindest in Frieden finden.«

Sie nickten einander zu, dann durchsuchten sie nochmals das Haus. Sie fanden wenigstens Stoffreste einer alten Decke in einem Kasten und im Vorratsschrank eine halb leere Flasche mit Schnaps. Lamprecht wusch seine Hände damit, den Rest flößten sie Stanič und Hellmer ein, ehe er sich mit bloßen Fingern durch das offene Fleisch bohrte, um wenigstens die Kugeln zu entfernen. Bei Hellmer gelang ihm das. Obwohl er unbändige Schmerzensschreie von sich gegeben hatte, schlief er jetzt beinahe ruhig. Nur bei Valentin hatte er keine Chance. Die Kugel steckte zu tief oder sie hatte sich in einen Knochen gebohrt. Valentin war schon zuvor ohnmächtig geworden und bekam von der grässlichen Pein nicht viel mit. Doch am nächsten Morgen atmete er nur noch schwach.

»Ich breche auf«, verkündete Lamprecht und befahl Landini und Stekovich, die Verwundeten zu beobachten und nötigenfalls zu verteidigen, sollte der Feind die Gegend durchkämmen.

Er kehrte noch am selben Tag aus einem kleinen Dorf zurück, wo er zwar keine Apotheke gefunden hatte, aber eine Volksschule, in der er einen Medizinkoffer aufstöbern konnte. Jetzt hatte er wenigstens Mullbinden und Salicyltalg dabei. Mehr war beim besten Willen nicht aufzutreiben gewesen.

Als er das Haus endlich erreichte, ärgerte er sich über die Nachlässigkeit von Landini und Stekovich. Die Tür stand sperrangelweit offen. Es war wie eine unausgesprochene Einladung. Als er das Rad gegen die seitliche Hausmauer lehnte, die unter einem lang gezogenen Dach ein wenig vor Blicken geschützt war, stieg in der gespenstischen Stille, die ihn umgab, eine böse Vorahnung auf, die sich im Inneren bestätigte. Alle seine Männer waren tot, durchsiebt von feindlichen Kugeln. Verdammt! Er hätte bei ihnen bleiben und als ihr Kommandant mit ihnen kämpfen und sterben müssen. Die meisten waren durch eine Kugel in den Kopf gestorben. Hingerichtet, die Italiener mussten sie völlig überrascht haben. Er konnte sich das nicht erklären.

Plötzlich bebte die Erde und mit einem lauten Knall stürzte die Decke ein. Das Haus lag unter Granatenbeschuss. Er war in die Kampflinie geraten. Offenbar rückte eine österreichische Einheit an und hatte das Feuer auf die abziehenden Italiener eröffnet, was deren wütendes Granatfeuer erklärte. Er wollte sich umgehend seinen Leuten anschließen, doch dazu musste er erst am Leben bleiben.

Raus! Nur raus!

Er klopfte sich den Staub ab und rannte hustend zu seinem Fahrrad, schob es hinaus und sprang im Laufen in den Sattel. Links und rechts spritzte die Erde unter ohrenbetäubendem Lärm auf, der Rauch hüllte ihn ein, während das trockene Gras und das Feld neben ihm zu brennen begannen. Rauch und Gestank hüllten ihn ein, als in seinem Rücken das Dach des Hauses zusammenstürzte.

Einfach geradeaus, so schnell es geht!

Die Erde vor ihm tat sich auf, das Vorderrad stürzte in den Krater, er selbst wurde über den Lenker geschleudert, dorthin, wo die Erde brannte.

Als er aufwachte, wollte er tot sein. Die Schmerzen brachten ihn um den Verstand. Da, wo zuvor eine Uniform den Rücken bedeckt hatte, war der Stoff mit seiner Haut verschmolzen. Die kaiserlichen Soldaten fanden ihn schließlich und gaben ihn nicht auf, obwohl seine Atmung kaum mehr vorhanden gewesen war. Die Rettung verwundeter Kameraden war elementarer Bestandteil des soldatischen Kodex. Er verbrachte Monate im Militärspital in Graz, ehe er nach Wien überstellt wurde. Man machte ihm den Prozess wegen Desertion, weil er sich von der Truppe entfernt hatte. Der Vorfall war untersucht worden, und er hatte sich damit gerechtfertigt, seine Leute zurückgelassen zu haben, um Hilfe zu holen, doch das ließ sich nicht belegen und der blutdürstige Ankläger warf ihm Fahnenflucht vor.

»Sie müssen wissen, ich war ein guter Freund von Oberst von Waldenhoff, wir waren zusammen auf der Militärakademie. Es wird mir eine Freude sein, späte Rache für meinen Kameraden und Freund zu nehmen, Herr Inspektor!«

Der Rest war Geschichte. Nach einigen Wochen im Kerker gab es keine Monarchie mehr und er wurde wie die meisten begnadigt.

»Was ist, Papà, du bist plötzlich ganz bleich? Ist dir nicht gut?«

Federica rüttelte Gaetano an der Hand. Mit einer Bruchlandung schlug er in der Gegenwart auf.

»Ich schon gut, tesoro mio, era un incidente, nur ein schlimmer Unfall.«

Manchmal baute die Geschichte Unfälle, oder eigentlich baute sie diese mit erschreckender Regelmäßigkeit immer wieder von Neuem, kritisch betrachtet war die gesamte Menschheitsgeschichte eher ein dummer Unfall.

23.

In der Questura hatte Lamprecht das Kennzeichen von Kinski an die Dienststellen melden lassen und um sofortige Nachricht ersucht, sollte eine Spur des gesuchten Fiats auftauchen. Ein Fahrzeug über die Nummerntafel zu finden, war hierzulande keine Hexerei.

Österreich-Ungarn hatte eine Kennzeichenpflicht neben der verpflichtenden Fahrerlaubnis bereits 1905 eingeführt, hinkte damit aber, wie er nun hatte feststellen müssen, dem Nachbarn sogar nach, der die Pflicht bereits 1897 für Velozipede eingeführt hatte. Die ersten Nummerntafeln für Automobile führte im Jahr darauf Mailand ein, und als die Neuzulassungen unerwartet anzusteigen begannen, ergänzte man die Systematik der Tafeln im Jahr 1905 noch durch eine rote Nummer, die die jeweilige Provinz kennzeichnete.

Die Stenotypistinnen, die nun bei der Polizei arbeiteten, hatten eine ausreichende Zahl seiner Ausforschungsersuchen mit Blaupapier kopiert, um sie an die Dienststellen verteilen zu können. Offenbar war Adina keine Ausnahme mehr, was die Beschäftigung von Frauen in Büros betraf. Diese waren mit dem Krieg gekommen, um danach zu bleiben und damit ein wenig wirtschaftliche Selbständigkeit zu erringen, zumindest so lange, bis sie heirateten und dann ihrem Mann Kinder schenkten, für deren Erziehung und Pflege es natürlich notwendig war, den Beruf aufzugeben.

»Die Zettel werden wir nicht brauchen«, vermeldete Brisotto, einer seiner Kollegen. Sein Vorname Antonio wurde meist zu Toni abgekürzt, und wenn er dann mit Lamprecht unterwegs war, wurden die beiden oft als Toni und Tano belächelt. Gaetanos Kollegen hatten mit der Zeit ihre ersten Vorbehalte dem ehemaligen Polizisten der Habsburgermonarchie gegenüber abgelegt, wenngleich manche ihm weiterhin mit einer gewissen Skepsis begegneten, vor allem wenn er allein auftrat. Im Doppelpack mit Brisotto war das anders, da war er dann einigermaßen akzeptiert.

Lamprecht hob fragend die Augenbrauen, während Brisotto erläuterte: »Wir haben Meldung, dass man oberhalb der Bahnstrecke einen Unfallwagen entdeckt hat. Könnte der Beschreibung nach ein Fiat sein, vielleicht sogar der, den Sie suchen.«

Lamprecht nahm Sakko und Hut vom Kleiderständer und strebte dem Ausgang zu. »Andiamoci, besorgen Sie einen Wagen«, forderte er den Kollegen auf, doch der widersprach: »Mit dem Auto kommen wir dort nicht hin. Wir müssen den Zug nehmen, ihn auf offener Strecke zwischen Aurisina und Santa Croce anhalten lassen und dann über eine steile Böschung klettern.«

Lamprecht schüttelte den Kopf. »Wir wissen doch gar nicht, ob der Wagen mit dem Verschwinden von Kinski zu tun hat. Der ist schon seit über zwei Wochen abgängig, das Auto hat man aber erst heute entdeckt, obwohl dort jeden Tag mehrere Züge vorbeifahren.«

Brisotto schob Lamprecht zum Ausgang: »Wir sollten uns einfach selbst ein Bild davon machen, was da passiert sein könnte, bevor wir uns zu verfrühten Aussagen hinreißen lassen.«

Sie erreichten die Stelle gegen Mittag, als die Sonne bereits im Zenit stand. Brisotto holte ein Taschentuch aus seiner Hosentasche und feuchtete es an einem nahen Brunnen an, von dem ein Bauer wohl das Wasser für seine Olivenbäume holte, und legte es sich dann über den Kopf. Lamprecht fächelte sich mit seinem Hut Luft zu. Auf dem Hang kletterten zwei uniformierte Carabinieri herum, mussten aber ständig gegen das Abrutschen kämpfen.

»Wer sind die?«, fragte er den Kollegen.

»Die haben die Meldung gemacht. Fragen Sie mich nicht, woher die wussten, dass wir nach dem Fiat suchen.«

»Und warum sind sie dann auch hier?«

»Na, ist ihr Fall«, antwortete Brisotto und lächelte wie ein Spitzbub, der sein nächstes Ass ausspielt. Er deutete auf einen kleinen Hain, der am Steilhang neben der Bahnstrecke klebte, als würde er sich mit den Ästen gegen das Gefälle stemmen. Darin hing wie ein eingezwicktes Monokel die havarierte Karosserie eines Autos, an dem eines der Vorderräder fehlte. Lamprecht deutete hinauf: »Sie hatten vorhin vielleicht recht, dass der Augenschein vor Ort eine andere Erkenntnis zu bringen vermag. Sehen Sie den dichten Busch da oben?« Brisotto nickte.

»Könnte sein, dass das Auto von der Straße abgekommen ist und sich zunächst da oben verfangen hat. Irgendwann wurde das Gewicht zu viel oder es gab einen stärkeren Windstoß und das Auto hat sich gelöst und ist weiter abgestürzt, wo es sich weiter unten wieder im Geäst verfangen hat.«

»Das würde erklären, warum es dem Zugführer, der die Meldung gemacht hat, erst heute aufgefallen ist«, sagte Brisotto mit zustimmendem Nicken.

In der Zwischenzeit hatte sich ein anderer Uniformierter mit einem Seil über den steilen Abhang bis zu dem Unfallwrack abgeseilt. Um den Bauch hatte er ein weiteres Seil gewickelt, das er nun an einem der Stämme fixierte und seinen unterhalb wartenden Kollegen zuwarf. Der etwas Korpulentere der beiden ergriff das Ende und hantelte sich daran empor.

»Wenn das mal gut geht«, murmelte Lamprecht, der wie sein Kollege die Szene von unten mit zugekniffenen Augen verfolgte.

Tatsächlich krümmte sich der dünne Stamm unter dem Gewicht des Polizisten so stark, dass er gegen die anderen Äste drückte, die bislang die Karosserie gehalten hatten. Das Auto begann bedenklich zu wackeln.

»Attenzione, Fredo!«, rief der über dem Abhang verbliebene

Carabiniere und Lamprecht fragte sich, woher er diese Stimme kannte. Erst war ein Knacken von brechendem Holz zu hören, dann setzte ein Quietschen ein, als die verbliebenen Äste der niedrigen Büsche über die sich lösende Metallkarosserie kratzten, ohne das Auto zurückhalten zu können, das sich langsam, nach und nach, abwärts schob. Es gab ein Rumpeln, man hörte das Bersten von Glas und das Quietschen von gequetschtem Blech, der Wagen überschlug sich mehrmals, ehe er neben der Bahntrasse zu liegen kam. Lamprecht und Brisotto putzten sich den aufgewirbelten Staub von der Kleidung und hielten die Hände vor den Mund, bis die Wolke sich verzogen hatte.

Der feiste Polizist hing in seinem Seil und wollte immer noch nicht wahrhaben, was er hier angerichtet hatte. Sein Kollege versuchte, langsam zu Lamprecht und Brisotto abzusteigen.

»Immerhin können wir das Auto jetzt hier in Augenschein nehmen und ersparen uns die Kletterübungen«, meinte Brisotto, doch Lamprecht schüttelte den Kopf.

»Was immer da noch an Spuren vorhanden gewesen ist, jetzt werden wir nichts mehr finden. Man hätte das Auto mit einer Winde hochziehen oder besser mit einem Kran bergen lassen sollen, als diese Dilettanten werken zu lassen.«

»Das haben die Dilettanten auch angefordert, es wurde aber wegen der Kosten abgelehnt, daher mussten wir hier etwas improvisieren.«

Der Carabiniere sprach Deutsch. Er kam mit ausgestreckter Hand auf Lamprecht zu, der seinen Augen nicht trauen wollte. Also hatte er richtig gehört. »Weißkopf!«, rief er freudig aus. »Was machen Sie hier? In dieser Uniform?«

Weißkopf war der junge Kollege aus der Marburger Gegend, der im ersten Kriegsjahr frisch an der k. u. k. Polizeidirektion Triest angefangen hatte. Nachdem Lamprecht eingerückt war, hatte er sich oft gefragt, was wohl aus seinem Kollegen geworden war. Er war damals eher verschlossen gewesen und hatte ungern Italienisch gesprochen, auch wenn er es ausreichend beherrschte.

»Man könnte sagen, ich habe recht schnell die Seiten gewechselt. Nachdem Sie eingezogen waren und wir plötzlich die Front vor der Haustür hatten, habe ich erkannt, wie die Monarchie mit meinen slowenischen Landsleuten umgeht. Keiner hat tapferer das Küstenland verteidigt als wir. Doch wir waren nur Kanonenfutter und an eine Autonomie war nicht zu denken, da habe ich eines Nachts die Grenze überquert, all meine Vergangenheit zurückgelassen und in Italien ein neues Leben begonnen. Freiwillige aus Triest und dem Küstenland wurden mit offenen Armen empfangen, weil wir ja eine besondere Ortskenntnis der Kampfgebiete hatten. Man musste nur aufpassen, dass man nicht für einen Spion gehalten wurde, da war dann schnell der Kopf ab.«

»Der wäre aber auch ab gewesen, hätte man Sie bei der Desertion erwischt«, entgegnete Lamprecht mit ernster Stimme, da er Weißkopf diesen Verrat nicht zugetraut hätte.

»Und wenn schon. Wissen Sie, wie viele Leute man an die Wand gestellt hat ohne Prozess? Ich wollte die Freiheit. Und draufgehen kann man in einem Krieg immer.«

Die einstige Schüchternheit war verschwunden, stellte Lamprecht fest und erinnerte sich, wie er die Eigeninitiative des Untergebenen bewundert hatte, die ihn ein wenig an sich selbst erinnert hatte.

»Und jetzt sind Sie Italiener?«

»Wie Sie, Herr Inspektor.«

»Ich bin nur Agente, musste wieder ganz von vorne anfangen.«

»Di che parlate, non capisco un cazzo?«, mischte sich nun Brisotto ein, der so gut wie kein Wort Deutsch verstand. Er stammte nicht aus dem ehemaligen Küstenland. Lamprecht entschuldigte sich und erklärte, dass sie sich von früher kannten, ehe er Weißkopf vorstellte: »Antonio, das ist Anton Weißkopf«, und zum ehemaligen und neuen Landsmann: »Das ist mein Kollege Antonio Brisotto.«

Weißkopf lächelte: »Ich nenne mich jetzt auch Antonio. Piacere!« Die beiden Tonis schüttelten Hände. »Aber wir sind nicht zum Vergnügen hier«, sagte er und deutete auf das komplett verbeulte Auto, das aussah, als wäre eine Elefantenherde darübergetrampelt.

Zu dritt schritten sie auf das Auto zu. »Kommt eigentlich auch jemand, um Fotos zu machen?«

»Warum?«, fragte Weißkopf, »es scheint sich doch um einen Unfall und nicht um ein Verbrechen zu handeln.«

»Kommt es Ihnen nicht seltsam vor, dass wir keinen Fahrer gefunden haben?«

»Immerhin haben wir seinen Wagen gefunden«, sagte Lamprecht, der um die Havarie geschritten war und auf die Nummerntafel deutete.

Der korpulente Uniformierte war an seinem Seil jetzt fast bis zu ihnen heruntergelangt, die letzten Meter musste er jedoch ohne Abstieghilfe zurücklegen, was ihm Schwierigkeiten bereitete. Er taumelte über den Abhang, dann verfiel er in ein erzwungenes Laufen, um nicht kopfüber den Hang hinunterzupurzeln. Mit immer größeren Sätzen raste er auf die Gruppe zu und Lamprecht machte wie die anderen einen Schritt zur Seite, um ihm auszuweichen. Im letzten Moment kam der Polizist zum Stehen und begrüßte keuchend die Kollegen. »Das ist mein Kollege Fredo Savino«, erklärte Weißkopf, während der Vorgestellte kein Wort herausbrachte und um Atem rang.

Sie standen zu viert um den Wagen, beugten sich hinunter und suchten den Hang mit Blicken ab. »Keine Leiche«, stellten sie erstaunt fest. Vom Fahrer fehlte jede Spur. Immerhin würde Lamprecht Elvira Kinski noch nicht davon unterrichten müssen, dass sie nun Witwe war, aber das Verschwinden des Autokonstrukteurs war damit auch um nichts weniger rätselhaft.

»Ich möchte die Stelle, an der das Auto festgehangen ist, näher untersuchen«, erklärte Lamprecht und stieg den Hang hinauf, bis er das Seilende erreichte, an dem er sich über die steile Böschung hinaufhantelte.

Doch auch oben war nichts: keine Leiche, kein Schuh, kein Fetzen eines Kleidungsstücks, nichts von dem, was man sonst an Überresten von einem Unfallopfer finden konnte. Lamprecht blickte weiter hinauf zu der Stelle, an der der Wagen seiner Theorie nach zuvor eingepfercht gewesen sein musste. Der Abhang war hier so steil, dass es nahezu unmöglich war, ohne Sicherung und Aufstieghilfe hinaufzugelangen. Er griff nach einem der trockenen Grasbüschel und wollte sich daran hinaufziehen, doch es riss sofort ab und es gelang ihm gerade noch, sich an einem der dünnen Stämmchen festzuhalten, um nicht den gleichen Abgang zu machen wie der Wagen zuvor.

»Qualche novità?«, rief Brisotto von unten.

»Wir werden da irgendwie hinaufmüssen, am besten wir seilen uns von der Straße ab.«

Als Lamprecht verschwitzt wieder unten anlangte, sagte Savino: »Con permesso, aber ich glaube, Sie werden weder bei der Straße noch in dem oberen Buschwerk etwas finden, das Ihnen bei der Suche nach dem Fahrer weiterhelfen wird.«

»Und warum?«, wollte Lamprecht wissen.

»Hier wimmelt es von wilden Tieren. Die haben sich wahrscheinlich die Leiche des Fahrers geholt, sonst hätten wir ihn hier finden müssen.«

Lamprecht überzeugte das nicht. »Da hätten wir doch zumindest Blutspuren gefunden, auf den Sitzen, auf dem Boden, auf den Blättern, irgendwo. Und wenn sie ihn zerfleischt haben, wäre wenigstens etwas von seiner Kleidung übrig.«

»Oder wir hätten Knochen und Fleischreste finden müssen«, pflichtete Brisotto seinem Kollegen bei. Doch Savino gab sich nicht geschlagen. Er schüttelte den Kopf: »Secondo me, also wenn Sie mich fragen, ist der Fahrer aus dem Wagen geschleudert worden. Wie hätte er sich hier halten sollen? Er kam hier irgendwo«, er zog mit seinem rechten Arm einen Halbkreis über den Boden, wo die Böschung in die kurze Ebene überging, »zu liegen und die Tiere haben ihn, so wie er war, von hier weggezerrt und erst in ihrer Behausung zerlegt.«

Lamprecht fröstelte bei dem Gedanken an ein Rudel wilder Hunde, die sich so an Kinski zu schaffen gemacht hatten. Savino legte nach: »Wenn wir die Höhlen in der Gegend absuchen, finden wir vermutlich die entsprechenden Hinweise. Und wahrscheinlich auch noch weitere Opfer dieser Biester. Das kommt leider gar nicht so selten vor. Hier zumindest.«

Lamprecht nickte schließlich. »Vielleicht haben Sie recht. Kommen Sie«, sagte er zu Brisotto, »wir sind hier fertig.« Und an Weißkopf: »Schön, Sie wiedergesehen zu haben, Herr Kollege. Wissen Sie, ich habe sehr gerne mit Ihnen zusammengearbeitet.«

»Danke, Herr Inspektor, aber das tun wir ja jetzt wieder.«

Lamprecht deutete auf das Emblem der Carabinieri, die silberne Granate auf seiner Kappe: »Sie sind ja jetzt bei einem anderen Verein gelandet.«

Weißkopfs Augen wurden schmäler und er runzelte die Stirn. »Wie meinen Sie das? Wir stehen doch auf derselben Seite des Gesetzes?«

»Ja, aber ich meinte nur, so wie früher, als …« Lamprecht wollte die gemeinsame Vergangenheit nicht vor den neuen italienischen Kollegen ansprechen. »Buongiorno!«, grüßte er und zog mit Brisotto ab.

Als sie ein paar Schritte gegangen waren, zog Brisotto ihn zu sich und fragte: »Also ganz überzeugt bin ich noch nicht. Ich weiß nicht, wie es Ihnen geht, aber so recht will ich die Sache mit den wilden Tieren nicht glauben.«

Lamprecht grinste. »Ich auch nicht. Deswegen gehen wir jetzt hinauf zur Straße, wo das Auto abgekommen sein muss.«

Brisotto deutete nach vorne: »Ein Stück weiter zweigt ein Weg ab. Das wird aber dauern, bis wir oben angekommen sind.«

24.

Sie hatten die Anhöhe mit der Straße nach etwas über einer Stunde erreicht. Zwei Versuche, einen Zug zum Anhalten zu bringen, um wenigstens einen Teil der Strecke bequem zurücklegen zu können, waren gescheitert. Sie wurden vielmehr vom wütenden Pfeifsignal der Lokomotiven verscheucht. Kein Wunder: denn überall auf den Abschnitten, auf denen Züge ihre Geschwindigkeit drosseln mussten, versuchten Menschen, die sich nicht einmal eine Fahrkarte für die dritte oder vierte Klasse leisten konnten, wie Parasiten auf einen Wirt auf die Garnituren aufzuspringen. Nicht selten kam es dabei zu tödlichen Unfällen, die dann als Selbstmorde abgetan wurden. Dass diese armen Teufel Opfer ihrer Armut geworden waren, wollte offiziell niemand hören.

Lamprecht stellte diese Gedanken nur für sich an. Für eine echte Konversation fehlte ihm die Puste. Es war unerträglich heiß, sie hatten den Anstieg im Trab bewältigt wie zwei Maultiere, die auch erst auf ein festes Kommando wieder zum

Stillstand kommen. In der Hitze im Anzug zu marschieren, war doch etwas anderes, als sich bei ähnlichen klimatischen Bedingungen im Sporttrikot auf ein Rad zu setzen.

Entlang der Straße bestand die Vegetation aus der kargen Macchia, die den Karst vielerorts überzog. Gräser, die ihre Halme zwischen dem Felsen durch die harte Erde treiben konnten, Gestrüpp und einzelne, oft windschiefe Bäume. So karg die Landschaft aber wirken mochte, in der Luft lag der Duft unzähliger Kräuter und Blüten. Lamprecht nahm einen tiefen Atemzug und Brisotto streckte seinen Rücken durch, als sie die Straße erreichten. Das Buschwerk unterhalb einer sanften Kurve stach Lamprecht sofort ins Auge. Sie traten an die Kuppe heran.

»Es ist doch sonderbar, dass hier ein Fahrer von der Straße abkommt. Ich meine, der Wagen müsste mit der Geschwindigkeit eines dieser modernen Rennwagen unterwegs gewesen sein, um aus dieser Kurve fliegen zu können«, räsonierte Brisotto.

»Oder er wurde abgedrängt.« Lamprecht war in die Knie gegangen und hatte den staubigen Straßenbelag aus Sand und feinem Schotter näher in Beschau genommen. Es war schwierig, hier konkrete Spuren zu erkennen, Kinskis Verschwinden und damit sein Unfall lag ja schon mehr als zwei Wochen zurück. Damit konnte der Wagen innerhalb dieser Zeitspanne hier abgestürzt sein. Doch es hatte in der Zwischenzeit nicht geregnet und man erkannte immerhin Bremsspuren. Aber nicht an der Seite der Fahrbahn zur Böschung hin. Dafür war zu beiden Seiten das Gras niedergetrampelt. Lacksplitter oder sonstige Indizien für eine Kollision gab es nicht. Aber natürlich konnte man ein Auto auch ohne Havarie von der Straße drängen.

»Wir müssen hier runter«, erklärte Lamprecht und deutete auf das Seil, das sie von den Kollegen der Carabinieri ausgeborgt hatten.

Brisotto sicherte das um einen dünnen Stamm gewickelte Tau für Lamprechts Abstieg, der wenig später völlig verschwitzt zurückkehrte. Der Schweiß stand ihm auf der von der Sonne geröteten Stirn.

»Nichts?«, fragte Brisotto.

»Die Spuren des Wagens sind deutlich zu sehen, aber nichts, das auf Kinski hinweist. Das wundert mich nicht wirklich«, sagte Lamprecht, der sich aus dem Seil wickelte und das auf einem Stein abgelegte Sakko zusammenfaltete. Es war viel zu heiß, um es anzuziehen. »Ich habe da hinten ein Gehöft entdeckt. Vielleicht bekommen wir dort etwas zu trinken.«

»Gute Idee, ich sterbe vor Durst.«

Die beiden Männer hatten sich nicht einmal als Polizisten ausweisen müssen, um von der Bäuerin einen Platz an einem kleinen Tisch im Schatten einer Linde angeboten zu erhalten. Sie setzten sich. Leute, die aus der Stadt kamen (wer sonst würde bei der größten Hitze zu Mittag unterwegs sein?), wurden gelabt, so gehörte sich das. Vor ihnen standen ein Schoppen Wein und ein Krug mit kaltem Wasser. Nachdem jeder zwei Gläser von dem klaren Wasser getrunken hatte, kosteten sie den Wein, der zwar sauer, jedoch mit etwas Wasser verdünnt äußerst belebend war. Die Frau hatte es sich nicht nehmen lassen, ihnen auch Wurst und selbst gebackenes Brot zu kredenzen. Brisotto biss von einer der dünnen Stangen ab und gab ein zustimmendes Brummen von sich. Lamprecht kostete auch. Er hatte aber keinen großen Appetit und steckte den Rest in ein Taschentuch eingeschlagen in seine Hosentasche.

Mittlerweile hatten die Männer ihre Gläser geleert und die Bäuerin kam vom Wäscheaufhängen zu ihnen und fragte, ob sie noch etwas Wein bringen solle.

»No, grazie, Signora«, bedankte sich Lamprecht. »Meglio di no.«

Besser nicht, denn der Wein würde bei der Hitze zu Kopf steigen und ihnen für den Heimweg weiche Knie bescheren. Er trank nicht oft und dann nur mäßig Alkohol. Schon gar nicht beim Sport. Er hatte nie verstanden, wie manche Rennfahrer, deren Flaschen bei Bergetappen gegen die widrige Witterung mit Grappa gefüllt waren, die Abfahrt nach dem Gipfelsieg zustande brachten, ohne in der Vegetation zu enden.

»Aber darf ich Sie etwas anderes fragen? Hier gab es vor einigen Tagen mutmaßlich einen Unfall. Haben Sie davon etwas mitbekommen?«

Die Frau wich einen Schritt zurück und musterte Lamprecht kritisch. Bevor sie danach fragen konnte, zückte Lamprecht seine Marke und bestätigte damit den Verdacht der Frau.

»Wir kommen von der Questura aus Triest, das ist mein Kollege Agente Brisotto und ich bin Agente Lamprecht.«

Die Haltung der Frau entspannte sich: »Ich bin über Mittag meist auf dem Feld, meinem Mann das Essen bringen. Wir hatten zwei Söhne, doch die sind leider beide im Krieg geblieben. Eigentlich wissen wir gar nicht, warum wir das hier alles noch bewirtschaften, es gibt ja niemanden mehr, für den wir das tun.«

Lamprecht ließ diese Worte so stehen und bohrte auch nicht nach. Nach einer kurzen Pause kam die Bäuerin jedoch von sich aus auf seine Frage zurück. Sie schüttelte den Kopf. »Von einem Unfall weiß ich nichts, da habe ich nichts bemerkt, aber als ich letzte Woche, oder vorletzte Woche, ja, das muss weit über eine Woche her sein, ungefähr um dieselbe Zeit wie jetzt zum Haus zurück bin, habe ich gesehen, dass ein Lastwagen auf der Straße angehalten hat und einige Männer herumgestanden sind. Dort oben, von wo Sie vorhin gekommen sind.«

Lamprecht nickte Brisotto zu, der den Blick erwiderte. Die

Frau hatte ihre nähere Umgebung sehr wohl unter genauer Beobachtung. Er fragte: »Wie viele Männer? Und können Sie diese Männer beschreiben?« Er zückte sein Notizbüchlein.

»Ich weiß nicht, zehn, vielleicht zwölf. Sie waren zu weit weg, um ihre Gesichter erkennen zu können, wenn Sie das meinen, aber sie hatten alle diese schwarzen Uniformen an.«

Auf dem Rückweg, den sie auf der Straße zurücklegten, in der Hoffnung, ein Fahrzeug nach Triest anhalten zu können, diskutierten die beiden Polizisten das Wenige, das sie bislang hatten. Lamprecht resümierte: »Das Einzige, worin sich die beiden Aussagen bislang decken, ist, dass die Spur zum Triestiner Fascio führt. Elvira Kinski hat gesagt, dass ihr Mann zuletzt von dieser Gruppe gesucht wurde, und die Bäuerin behauptet auch, Männer vom Kampfverband gesehen zu haben.«

»Diese Leute sind gefährlich«, meinte Brisotto. Lamprecht schüttelte im Gehen den Kopf. Sie hatten beide die Röcke abgelegt und die Knöpfe ihrer Krawatten und Hemden gelockert. In diesem Aufzug wären sie wohl in keinem der Caffès in Triest bedient worden.

»Wir sind gefährlich für diese Leute, wenn sie mit dem Gesetz in Konflikt geraten«, korrigierte er.

Brisotto stieß ein bitteres Lachen hervor. Zu mehr reichte es in der Hitze nicht. Erst als sie ein Stück Schatten gefunden hatten, vertiefte er seine vorige Reaktion: »Sie dürfen diese Menschen nicht unterschätzen. Die haben viele Sympathisanten in der Stadtverwaltung und sogar in den höheren Polizeikreisen. Die können mehr oder weniger tun, was sie wollen. Und sollten wir doch einmal einen von diesen Kerlen verhaften, ist er garantiert nach wenigen Stunden, längstens einem Tag wieder frei. Wenn wir nicht aufpassen, erhalten wir unsere Order demnächst von denen.«

»Wir wollen den Teufel nicht an die Wand malen.«

»A proposito gefährlich …«, Brisotto blieb stehen und hielt Lamprecht am Oberarm fest. Vor ihnen hatte sich ein Hund aufgebaut, ein Köter mit grauem struppigem Fell, die Zähne aggressiv bis zu den Lefzen gefletscht. Die Rasse war schwer auszumachen, er hatte die Schnauze eines Jagdhunds. Auf jeden Fall war das Tier nicht zu unterschätzen, allein schon wegen seiner Größe. Die Schulter des Tieres reichte bis über die Knie der Polizisten.

Brisotto zog seine Waffe aus dem Holster und legte an.

»Das haben wir gleich erledigt.«

»Warten Sie«, gebot ihm Lamprecht Einhalt. Ihm war aufgefallen, dass der Hund den Kopf gesenkt hatte und sich der Blick in den dunklen Augen des Tieres gewandelt hatte. Er griff in seine Hose und wickelte die Wurst aus seinem Taschentuch. Das Knurren wurde unsicherer. Brisotto hatte das Tier immer noch im Visier, doch Lamprecht ging in die Knie und hielt dem Hund die halbierte Wurst hin. Mit ruhiger Stimme sagte er: »Vieni qui, komm her, du hast sicher nur Hunger.«

Der Hund zog seinen Schweif ein und schnappte Lamprecht die Wurst aus der Hand, die er hastig hinunterwürgte, als könnte sie ihm wieder genommen werden. Lamprecht gab dem Hund auch noch das zweite Stück und strich ihm über das borstige Fell. Der zuckte kurz zusammen, Brisotto umklammerte die Waffe immer noch fest, doch der Hund legte sich leise jaulend zu Boden und ließ sich weiter streicheln.

»Sehen Sie?«, sagte Lamprecht, als sie weitergingen. »Man muss nicht jede Kreatur gleich umbringen.«

Brisotto pfiff durch die Zähne. »Na ja, Sie werden deswegen vielleicht nicht gleich zu einem Francesco d'Assisi, aber lassen Sie mich sagen, Sie haben auf dem Weg die richtige Abzweigung genommen.«

»Übrigens, jetzt wo wir diese Gefahr überlebt haben, wollen wir nicht Du sagen?«, fragte Lamprecht. Brisotto nickte und klopfte dem Kollegen auf die Schulter. »Magari, nenn mich Toni, ich werde Tano zu dir sagen. So wie die anderen in der Questura auch.«

»Ciao, Toni, piacere.«

»Übrigens, Tano, vielleicht nenne ich dich doch besser Francesco.« Er deutete nach hinten auf den grauen Hund, der ihnen mit einigem Abstand folgte.

11. JULI 1920

25.

»Setzen Sie sich, Nicola.«

Der junge Anführer, in dem viele nur einen heißspornigen Aufrührer sahen, auch wenn er aus einer angesehenen Triestiner Familie stammte, folgte der Aufforderung der rechten Hand des Parteisekretärs und wunderte sich, wieso der Mann heute so förmlich war. Das letzte Mal hatte er ihn geduzt. Aber da waren sie auch in einer der Spelunken des Ghettos gewesen. Der Anlass jetzt schien offizieller. Dem Kriegsveteran war es gelungen, den Burschen, der sonst keinen Konflikt und noch weniger eine gewalttätige Auseinandersetzung scheute, einzuschüchtern. Es war weniger die lange Narbe, die das halbe Gesicht entstellte, es war der Blick, der Ercole Delgrado wie einen Adler erscheinen ließ, der auch aus größter Höhe oder Entfernung jedes noch so kleine Detail erkennt. Und bereit ist, pfeilschnell seine Beute zu packen und zu töten.

Nicola setzte sich auf den wackeligen Stuhl, den ihm Delgrado zugewiesen hatte, während dieser sich in einen weich gepolsterten Fauteuil fallen ließ und aus seiner Brusttasche eine Packung Zigaretten holte, aus der er eine herausklopfte.

»Darf ich fragen, was der Anlass für dieses Treffen ist? Also mit Verlaub, Ihre Männer waren nicht sonderlich freundlich, dabei stehen wir doch …«

Delgrado hob die Hand, seine Augen verengten sich. Nicola verstummte sofort. Delgrado lehnte sich wieder zurück, nahm einen tiefen Zug, legte den Kopf in den Nacken und folgte mit dem Blick dem aufsteigenden Rauch. »Sie sollten erst zu sprechen beginnen, wenn Sie etwas gefragt werden.«

Nicola begann auf dem Stuhl hin und her zu rutschen. Delgrado machte keine Anstalten, ihm den Grund dieser Vorladung zu nennen. Doch dann kam es wie aus der Pistole geschossen: »Sie sind möglicherweise ein Problem für uns geworden.«

»Wie soll ich das bitte verstehen?« Nicola sprang auf. Ihm war heiß und er nestelte am Hemdkragen, um Luft zu bekommen. Der Rauch waberte durch den Raum, im Licht des Fensters sahen die Schwaden aus wie Engelshaar, das durch die Luft tanzt.

»Setzen Sie sich wieder!«, herrschte ihn Delgrado an, der sich nun auch aufgerichtet hatte. Mit ruhiger Stimme setzte er fort: »Sie haben auf das falsche Pferd gesetzt, als Sie sich mit diesem Wiener eingelassen haben. Aber wir würden gern wissen, wo er ist. Haben Sie ihn verschwinden lassen?«

Nicola standen Schweißperlen auf der Stirn. »Nein, ich weiß auch nur, dass er verschwunden ist. Und ich habe doch schon alles zurückgezahlt.«

»Um das Geld geht es nicht. Es geht um Vertrauen. Haben Sie wirklich geglaubt, ich erfahre das nicht, wenn sie den Mann mit einigen Ihrer Leute jagen und von der Straße drängen?«

Nicola sackte zusammen. Leugnen war wohl sinnlos. »Wir haben ihn nicht von der Straße gedrängt«, merkte er kleinlaut an.

»Egal. Es geht um Ihre eigenmächtigen Aktionen. Passen Sie auf, manche Geschwüre muss man rechtzeitig entfernen.«

Nicola hatte sich wieder etwas gefasst. Alles in allem, so sagte er sich, hatte Delgrado nichts in der Hand, was er gegen ihn verwenden konnte. Seine Familie war in Triest vor dem Krieg gut vernetzt gewesen und jetzt sollten ihm doch einige dieser alten Kontakte nützlich sein können. Auch einige der Zuwendungen an die Partei waren ihm persönlich oder seinem Vater zu verdanken. Er wechselte in die Offensive. »Wollen Sie mir drohen?«

Delgrado dämpfte seine Zigarette aus und grinste zum ersten Mal an diesem Vormittag. »Ich fürchte, Sie haben mich völlig falsch verstanden. Aber deswegen sitzen wir jetzt zusammen. Ich will Sie nur auf den rechten Weg führen. Sie bekommen von mir eine letzte Chance, aber die sollten Sie nicht vertun. Wir müssen eine neue Aktion gegen die Slawen starten.«

Nicola reckte seine Brust vor. »Da reden Sie wohl mit dem Richtigen. Ich weiß nicht, ob Sie über alles so gut informiert sind, aber ich …«

Wieder reckte Delgrado seine Hand in die Luft. »Ich habe Ihnen das Wort noch nicht erteilt. Und wenn Sie auf die paar abgefackelten Gehöfte im Hinterland anspielen, so etwas meine ich nicht. Fakt ist, dass die Slowenen denken, sie könnten sich nach und nach das Umland von Triest unter den Nagel reißen. Das Königreich der Serben, Kroaten und Slowenen macht weiterhin Gebietsansprüche auf Triest geltend. Wir müssen nicht nur den Slawen, sondern auch den anderen Siegermächten zeigen, dass hier keiner diese Leute will. Also bedarf es einer entschiedenen Vorgehensweise. Wir brauchen eine Aktion mit mehr Symbolkraft als ein paar verprügelte Bauern. Halten Sie sich bereit, Sie werden zur rechten Zeit informiert, was zu tun ist. Sie dürfen gehen.«

Nicola schluckte seine Antwort hinunter. Er stand auf und entfernte sich mit einem Nicken aus dem Raum. Noch in der Tür hörte er, wie ihm Delgrado nachrief: »Dieses Mal sollten Sie sich bewähren!«

Als Nicola das Haus verließ und den Burschen sah, der ihm zuvor so unvermittelt die Hand hinter dem Rücken verdreht hatte, nachdem er sich geweigert hatte, das Caffè zu verlassen, dachte er sich, dass Delgrado und seine Mannen wegmussten.

Nein, Delgrado reichte. War der König tot, dann kapitulierten auch seine Soldaten und liefen zum Sieger über. Giunta konnte er sowieso einwickeln.

»Du kannst doch nicht jeden Streuner mit nach Hause nehmen? Glaubst du etwa, dass wir hungern, damit du diesen Köter durchfütterst?«

Lamprecht hatte den Hund die letzten Tage erfolgreich vor seinem Vater verbergen können, doch heute am Sonntag wollte Papà früher als sonst sein Frühstück einnehmen. Und während Gaetano gerade das Tier an seinem Zimmer vorbeischmuggeln wollte, öffnete sein Vater die Tür und stolperte direkt über Randa, wie der Hund nun gerufen wurde. Den Namen hatte er Adina zu verdanken. Gaetano hatte ihn in Anspielung auf die Bemerkung seines Kollegen Francesco taufen wollen, doch Adina hatte ihn davon abgebracht. »Du kannst ihn doch nicht wie Papà nennen, das wäre ein Affront.« Also waren sie auf Randa gekommen, von randagio, Streuner. Franz Lamprecht hatte mit seinem Vorwurf also den Nagel auf den Kopf getroffen. Gaetano hatte es satt, immer unter der Knute seines alten Herrn zu stehen. Schließlich trug er jetzt neben Adina mit seinem Gehalt zum Großteil der laufenden Aufwendungen für Haus, Kleidung und Nahrung bei, und auch für die Arztbesuche seines Vaters, der sich mit seinem schwachen Herzen besser jetzt nicht aufregen sollte. Also wechselte er zum Angriff über: »Wenn du sagst ›jeden Streuner‹ – dann meinst du doch nicht etwa auch Federica? Wenn dem so ist, erwarte ich umgehend deine Entschuldigung.«

Adina bog im Morgenmantel und mit offenen Haaren um die Ecke. »Per carità! Müsst ihr euch schon in der Früh streiten? Wenigstens am Sonntag könntet ihr euch wie brave Christenmenschen benehmen.«

»Wenn mein heidnischer Sohn sich einmal wieder in der Sonntagsmesse blicken ließe, könnte ich ihn wie einen Christen behandeln, aber er verbringt ja die Zeit der Andacht lieber im Sattel seines Fahrrads«, ätzte der Vater, dem Gaetanos Ausfahrten ein Dorn im Auge waren.

»Komm, du Griesgram, ich habe dir dein Frühstück gerichtet«, kam die Mutter beschwichtigend hinzu, einzig Onkel Ladislaus und Federica fehlten noch. »Die einen pflegen ihren Glauben, indem sie sich den Sakramenten widmen, die anderen, indem sie Akte der Nächstenliebe setzen. Sich um ein bedürftiges Wesen zu bemühen, ist doch auch eine Christenpflicht?«, beendete sie den Disput.

»Ist das aber ein herziges Tier, wie heißt er denn?« Ladislaus war nun aus seinem Zimmer gekommen, Federica hinterdrein, beide beugten sich zu dem Hund hinab, um ihn zu streicheln. Das Tier drehte sich augenblicklich genüsslich auf den Rücken.

»Randa«, antwortete Gaetano.

»Ein Mädchen also«, stellte der Onkel fest. Auf das Geschlecht hatte Gaetano gar nicht geachtet, aber es stimmte, Randa war ein Weibchen.

»Na toll«, murrte der Vater, »wenn du nicht aufpasst, haben wir das Haus bald voller Hunde. Ich gehe, mir ist hier zu viel Gedränge, außerdem müffelt es.«

»Ich gehe auch. In einer halben Stunde bin ich mit Vinciguerra verabredet. Er begleitet mich bei der Ausfahrt«, sagte Gaetano.

»Nicht nur der, heute kommt auch deine Schwester mit.«

Gaetano zuckte nur mit den Schultern, auf eine weitere Diskussion hatte er keine Lust mehr. Sollte seine Schwester schon sehen, wo sie blieb, er würde keine Rücksicht nehmen und sein Tempo fahren. Den Einwand der Mutter, sie sollten sich zuvor noch stärken, taten sie mit dem Argument ab, sie würden nach ihrer Runde in einer Osmiza einkehren.

Gaetano nahm tatsächlich keine Rücksicht auf Adinas Tempo, Giulio Vinciguerra jedoch schon. Sie hatten in den letzten Monaten bei wiederholten gemeinschaftlichen Ausfahrten Freundschaft geschlossen, auch wenn doch einiges dagegengesprochen hatte. Gaetano wusste von Celoria, dass Giulios Familie damals, bei der großen Gegenoffensive im Herbst 17, von den Truppen der Mittelmächte umgebracht, um nicht zu sagen von irrwitziger Raserei der deutschen und österreichischen Soldaten ausgelöscht worden war. Sein ursprüngliches Misstrauen, Giulio könnte von Celoria auf ihn angesetzt worden sein, hatte sich nicht bestätigt. Umgekehrt wusste er nicht, ob Giulio durch seinen Vorgesetzten die offizielle Version kannte, wonach er desertiert sei. Wahrscheinlich hatte Giulio einfach ein großes Herz und maß die Menschen nicht an ihrer Herkunft, sondern an ihren Taten, ihrem Umgang, an dem, wo sie jetzt standen, was und wie sie es machten, ohne auf ihre Vergangenheit zu schauen. Irgendwann würde Gaetano das Thema ansprechen, den Mut dazu hatte er jedoch bislang nicht gefunden.

Er betrachtete den um fast zehn Jahre jüngeren Burschen, wie er um Adina herumfuhr, ständig darauf bedacht, sie mit seinem Tempo nicht zu überfordern oder ihr den Rücken freizuhalten, sobald sich ein Automobil oder ein Lastwagen von hinten näherte. Dann ließ er sich hinter sie zurückfallen und fuhr mit geringem Abstand so weit links von ihr versetzt, dass die Kraftfahrzeuge Adina mit ausreichendem Abstand überholten, auch wenn einzelne Fahrer dabei wütend die Hupe betätigten, weil sie meinten, dass ihnen zu viel von der Fahrbahn abspenstig gemacht wurde. Dann spielte Lamprecht seine Autorität aus: »Avanti, signori, tranquillo c'è la polizia!«

Vinciguerra war von hagerer Statur, auch wenn seine Arme und Beine sehnig waren. Er trug ein eng anliegendes Trikot, das seine schlanke Figur betonte. Sein drahtiger Körper erinnerte an eine Ameise, die auch ein Vielfaches ihres Körpergewichts tragen kann. Ein Bild, das Lamprecht wohl nicht mehr loswerden würde. Beim Boxen wäre Vinciguerra wahrscheinlich Fliegengewicht gewesen. Doch Fliegengewichtler waren nicht zu unterschätzen, weil sie, wendig und schnell, einen schwerfälligen, trägeren Gegner rasch auf die Bretter zu schleudern vermochten. Er hatte dichtes dunkles Haar, das so kurz geschnitten war, dass die Spitzen sich nicht einwellen konnten, vom Nacken bis weit hinauf zum Hinterkopf war es abrasiert. Sein dichter Schnauzer war immer perfekt getrimmt. In dem schmalen, länglichen Gesicht stachen die dunklen Augen, schwarz wie zwei Knöpfe aus dunklem Obsidian, hervor. Sein Blick war fest und ehrlich. Doch diese Augen wollten heute nicht von Adina lassen, wie Gaetano feststellen musste. Auch Adina hatte zum Radfahren Hosen angezogen, sie reichten im Gegensatz zu jenen, die Giulio und er trugen, über die Knie.

Sie fuhren über die Straße bei Zaule und würden bald den Monte Castiglione erreichen. Den Großteil der zuletzt zurückgelegten Strecke waren sie die Bahntrasse nach Parenzo, die von Sant'Andrea, dem vormaligen Staatsbahnhof, abging, entlanggefahren. Die Parenzana, wie diese Linie nach dem Zielbahnhof hieß, hatte bis 1918 viele Abgeordnete zum istrianischen Landtag zurückgebracht, nachdem sie ihre Anliegen dem Statthalter in Triest vorgetragen hatten. Trotz weitestgehender Autonomie der Halbinsel lag in grundlegenden Fragen das letzte Wort bei der Statthalterei in der reichsunmittelbaren Stadt Triest, der in der Monarchie nicht nur eine besondere Bedeutung für den Handel, sondern auch eine eigene Rechtsstellung zugekommen war. Schon damals gab es die nun stärker denn je schwelenden Konflikte zwischen Italienern und der überwiegend slowenischen Bevölkerungsgruppe, die aufgrund des Censuswahlrechts im Vergleich zur italienischen Oberschicht weit unterrepräsentiert waren.

Wenn Gaetano an diese Zeit zurückdachte, kam es ihm erneut vor, als wäre das in einem anderen Leben passiert, so fern und irreal schien es ihm nun, wo das alles nicht mehr existierte, auch wenn manche Nationalisten nun noch radikaler waren, selbst nachdem Italien seine Kriegsziele fast völlig erreicht hatte. Zumindest faktisch, wenn man an Fiume dachte, das nun schon fast ein Jahr lang von D'Annunzio besetzt war, der sich dort mit seinen Truppen wie ein Monarch gerierte und der Stadt eine eigene Verfassung gegeben hatte.

»Gaetano, wo bleibst du denn?«

Er hatte gar nicht mitbekommen, dass er hinter die beiden anderen zurückgefallen war. Er trat in die Pedale und hatte schon wenig später wieder zu ihnen aufgeschlossen, die nach wie vor nebeneinander fuhren, wie bei einem Paarlauf.

»Wollen wir noch etwas zur Erfrischung trinken gehen?«, fragte Adina.

»Magari«, antwortete Vinciguerra und strahlte Adina an. »Lasst uns eine kleine Osteria suchen, in den Caffès in der Stadt werden wir in diesem Aufzug wohl kaum bedient werden«, schlug er vor.

»Wie ist es gelaufen, haben die Herren gut auf dich aufgepasst?«, wollte die Mutter wissen, als sie am frühen Nachmittag heimkehrten.

»Stupendo!«, flötete Adina. »Es war wunderbar, Giulio hat mir so vieles erklärt und beigebracht.«

Gaetano bemerke kaum hörbar, dass der Trainingswert der Fahrt dafür eher bescheiden war. Und es wunderte ihn nicht sonderlich, als Adina schwärmerisch hinzufügte, dass sie sich für die nächste Woche mit Giulio verabredet hatte.

»Wo ist eigentlich Randa?«, fragte Gaetano, er hatte kurz darauf vergessen, dass er nun auch noch Verantwortung für ein Tier hatte.

»Du kannst von Glück sagen, dass sich hier unter unserem Dach zwei einsame Herzen gefunden haben.« Die Mutter deutete aus dem Fenster auf die Straße vor dem Haus. Er trat an die Glasscheibe heran und sah, wie sein Onkel mit dem Hund herumtollte. Der Onkel wirkte gelöst, die Hündin schien jemanden gefunden zu haben, der wusste, wie es sich anfühlt, verstoßen und abgelehnt zu werden. Gaetano lächelte.

***

»Porca miseria! Was machst du denn hier? Du solltest dich doch von dem Haus fernhalten?«

»Non ti preoccupare. Alles in Ordnung. Ich war sehr leise und niemandem ist aufgefallen, dass ich wieder hier bin.«

»Endlich hat sich die Kleine in den letzten Wochen beruhigt. Dann ist plötzlich der Vater verschwunden. Wehe, sie hat wieder Angst und macht mir die Signora rebellisch.«

»Psst, jetzt bist du laut. Ich habe dir gesagt, keiner hat bislang etwas bemerkt, du ja auch nicht.«

»Schon gut. Aber warum bist du nicht in Zgonik geblieben?«

»Ganz einfach. Weil da plötzlich kein Platz mehr für mich war.«

»Kein Platz? Das musst du mir erklären.«

»Es hat schon vor ein paar Wochen begonnen …«

***

12. JULI 1920

26.

Lamprecht blickte der Frau, die er nun doch zur Witwe erklärt hatte, in die traurigen hellbraunen Augen. Ihre Lippen zitterten, doch sonst wirkte sie gefasst. Er hatte sich auf die Unterlippe gebissen, als er ihr mitteilte: »Ich fürchte, wir müssen davon ausgehen, dass Ihr Mann nicht mehr am Leben ist.« Er war darauf eingestellt, Elvira Kinski rechtzeitig auffangen zu können, wenn sie weiche Knie bekam.

»Wie können Sie sicher sein, wenn Sie seine Leiche nicht gefunden haben?«

Dieses Faktum hatte er eingangs eingestehen müssen, doch er hatte für sich entschieden, der Ehefrau keine falschen Hoffnungen zu machen. Sie hatte die Tochter in den Garten zum Spielen geschickt. Anna, die Haushälterin, sollte sich um sie kümmern. Die Frau war Lamprecht nicht geheuer. Schon bei seinem ersten Besuch war ihm aufgefallen, wie ihre Augen ihn musterten, und selbst jetzt, da sie draußen war, fühlte er sich ihren Blicken ausgesetzt. Sie hatte das drollige, rundliche Gesicht eines Frettchens, das nur darauf wartete, seine scharfen Zähne in den Finger des Ahnungslosen zu bohren, der es kosen will.

»Wir sind mitten in den Ermittlungen, doch es gibt für mich Gründe zur Annahme, dass er einer Racheaktion zum Opfer gefallen ist, oder die Männer, die ihn wiederholt und zuletzt Sie aufgesucht haben, ihn aus dem Weg geräumt haben.«

Jetzt wurden der Frau die Knie doch weich und er machte einen Satz nach vorne, um sie zu stützen. »Es tut mir leid, wenn ich das so unverhüllt ausgesprochen habe, aber das ist meine

Vermutung. Vielleicht können Sie mir ein bisschen mehr über diese Leute erzählen.«

Als er sich bald darauf verabschieden wollte, erkannte er an ihrem Blick, dass der Frau noch etwas auf dem Herzen lag, und er fragte: »Signora, bedrückt Sie noch etwas?«

Elvira Kinski seufzte. »Ich fürchte, mein Mann ist ein Dieb.«

Lamprecht runzelte die Stirn: »Was verleitet Sie zu dieser Annahme?«

»Eines Abends habe ich ihn spätabends in seiner Werkstatt aufsuchen wollen, obwohl er mir das immer verboten hat. Er behauptete, dass das gefährlich sei, da er mit verschiedenen Werkstoffen Experimente machte.« Sie blickte an die Decke. Der Motor der Beichte kam ins Stottern, Lamprecht musste antauchen.

»Und Sie sind dennoch hin?«

»Ja, Sie müssen wissen, unsere Tochter hat in der ersten Zeit, nachdem wir hierhergezogen sind, sehr schlecht geschlafen, offenbar hat sie in der neuen Umgebung überall Gespenster gesehen. Sie ließ sich am ehesten von meinem Mann beruhigen. Wenn sie ihn in seinem Bett nebenan wusste, schlief sie etwas ruhiger. Also bin ich runter zu ihm in die Werkstatt. Ich wollte ihn nur fragen, wann er endlich ins Bett kommt. Da habe ich es gesehen.«

Sie pausierte wieder, schien zu überlegen, ob sie dabei war, ihren Mann zu verraten. Lamprecht hakte ein: »Was haben Sie gesehen?«

»Da lag aufgebreitet ein Konstruktionsplan.«

»Ihr Mann ist Techniker.«

»Ja, aber rechts oben stand, dass es sich um das Eigentum der Lohnerwerke in Wien handelt. Mein Mann hat früher für diese Gesellschaft gearbeitet, müssen Sie wissen.«

»Sie meinen, er könnte seinem Arbeitgeber ein Patent gestohlen haben?«

»Ich glaube, es war nur eine Studie. Aber sie war nicht von ihm. Sie war von Ferdinand Porsche. Der war dort technischer Leiter und damit auch eine Art Vorgesetzter.«

Lamprecht machte sich Notizen.

»Müssen Sie das alles aufschreiben?«

»Warum fragen Sie?«

»Wenn ich mich täusche und mein Verdacht falsch ist? Ich will keine falschen Anschuldigungen gegen Walter erheben. Er ist mein Mann.«

Lamprecht riss die Seite aus dem Heft und zerknüllte sie. Er setzte seine Befragung fort: »Haben Sie gesehen, worum es sich gehandelt hat?«

»Ich verstehe von derlei Dingen nichts. Aber es muss etwas Neues gewesen sein. Offensichtlich etwas, an dem Porsche wegen des Krieges nicht weiterarbeiten konnte und von dem sich Walter Großes erwartet hat. Das war jedenfalls seine Hoffnung und sein Versprechen, als wir hier neu anfangen mussten. Er hat immer gesagt, wenn sein Projekt funktioniere, würden wir keine Sorgen mehr haben.«

Frau Kinski schluchzte los und Lamprecht überließ sie den tröstenden Schultern der Hausangestellten, die ihm einen giftigen Blick nachsandte, als er sein Fahrrad nahm und das Haus verließ.

Keine zwei Stunden später saß Lamprecht einem Mann namens Delgrado, in dessen Gesicht eine lange Narbe prangte, die von seiner restlichen Physiognomie ablenkte, gegenüber. Der, das hatte er schnell herausgefunden, galt als die rechte Hand von Francesco Giunta, des Anwalts, der neuerdings als Sekretär dem Fascio in Triest vorstand. Delgrado eilte der Ruf voraus, zwar besonnen, jedoch nicht zimperlich zu sein, wenn es galt, die ihm aufgetragenen Ziele zu erreichen. Er war Giuntas Mann fürs Grobe und so trat er auch auf.

»Ich suche einen Ihrer Männer«, erklärte Lamprecht sein Anliegen. Er hatte die Beschreibung und den Namen des Mannes, der wiederholt Druck auf Kinski ausgeübt haben soll, die Spur hatte direkt zum lokalen Fascio geführt. Dieser Nicola war immer wieder für Gewaltaktionen in der näheren Umgebung verantwortlich gemacht worden, doch selten länger als ein, zwei Stunden in Polizeigewahrsam verblieben. Lamprecht hatte vor, das jetzt zu ändern.

»Da müssten Sie mir schon weiterhelfen. Unsere Organisation erhält täglich regen Zulauf, da kenne ich nicht jeden. Haben Sie einen Namen?«

Lamprecht ließ sich von Delgrados Überheblichkeit nicht aus der Reserve locken. »Certo, ich suche nach einem Nicola.«

»Mehr als den Vornamen haben Sie nicht?«

»Ich denke, Sie wissen genau, wen ich meine. Ich wäre Ihnen sehr verbunden, wenn Sie sich kooperativ zeigen würden – auch wenn ich gehört habe, dass Sie nur bedingt an unsere Gesetze glauben.«

»Agente, wenn Gesetze sich gegen die Nation richten, muss man sie bekämpfen, genauso wie wir die Feinde aus der Fremde, die sich in unserer Heimat breitgemacht haben, bekämpft haben, selbst wenn das manchmal Opfer kostet.« Er fuhr sich langsam über die vernarbte Wange, als wollte er die damalige Wunde nachschneiden, wohl um seine Opferbereitschaft im Ringen um seine Ideale zu illustrieren. Dann grinste er, seine Züge entspannten sich: »Sie meinen vermutlich Nicola Trecciani. Ja, der steht einigen Leuten vor. Was wollen Sie von ihm?«

»Das kann ich Ihnen leider nicht mitteilen, solange die Ermittlungen nicht abgeschlossen sind.« Der Name kam Lamprecht bekannt vor, aber er wusste nicht, wo und wie er ihn einordnen sollte.

»Es geht doch wohl nicht um diesen Autokonstrukteur aus Wien?«

Lamprecht gab es einen Stich, er hoffte, Delgrado sah ihm sein Erstaunen, das er zu überspielen versuchte, nicht sofort an: »Wie kommen Sie denn darauf?«

»Nun, der feine Herr hat überall Schulden gemacht und unser guter Nicola ist etwas leichtfertig namens der Partei eine Kooperation mit ihm eingegangen. Signor Trecciani hat das voreilig gewährte Darlehen mittlerweile aus seiner eigenen Tasche beglichen. Ich hatte selbst mit diesem Kinski zu tun, ich musste mich ja vergewissern, ob man auf diesen Mann setzen kann!«

»Und zu welchem Schluss sind Sie gekommen?«

»Der Mann ist ein Scharlatan, verspricht Dinge, die er nicht einhalten kann. Wenn Sie mich fragen, dann hat er das Geld eingesteckt und sich abgesetzt.«

Das wäre auf den ersten Blick eine überzeugende Erklärung gewesen, doch Lamprecht wusste von Elvira Kinski, dass ihr Mann das Geld für unzählige Anschaffungen verwendet hat. Andererseits waren die ja ebenso verschwunden, womöglich hatte Kinski auch deren Kosten übertrieben, um seine Ausgaben zu rechtfertigen.

»Dann wissen Sie sicher auch, dass Signor Kinski seit einigen Wochen abgängig ist?«

Delgrado blickte auf seine neumodische Uhr, die er um das Handgelenk trug: »Wie gesagt, in meiner Position kommt mir mancherlei zu Ohren. Sie werden Signor Trecciani um diese Zeit übrigens im Caffè Urbanis antreffen.«

Kaum war der Agente gegangen, holte Delgrado den Burschen, der stramm vor seiner Tür Wache schob, zu sich und flüsterte ihm ins Ohr: »Du folgst ihm unauffällig. Und wenn er mit Nicola fertig ist, sag diesem, dass ich ihn umgehend sehen will.«

Lamprecht zog einen Stuhl heran und setzte sich an den kleinen Tisch, an dem er Nicola Trecciani ausgemacht hatte. Der Gesuchte war anhand der typischen Kleidung leicht zu erkennen gewesen. Er hatte den Tisch neben dem Eingang für sich allein und vor sich einen Caffè stehen. Im Hintergrund waren zwei von seinen Schlägern postiert. Lamprecht hatte sie überrumpelt, indem er sich unvermittelt hingesetzt hatte. Ehe sie einschreiten konnten, pfiff Nicola sie mit einer Geste zurück.

»Nehmen Sie ruhig Platz, Herr Inspektor! Darf ich Sie auf einen Caffè einladen?«

Trecciani hatte ihn mit dieser Anrede überrumpelt und ihm das Überraschungsmoment genommen.

»Kennen wir uns?«, fragte Lamprecht.

»Ich kenne Sie, aber Sie werden sich sicher nicht an jeden guten Mann erinnern können, den Sie für Habsburg an den Galgen gebracht haben.«

Lamprecht durchzuckte es. Natürlich! Trecciani, der italienische Verschwörer, den er vor dem Krieg überführt hatte.

»Sie sind …?«

»Sein Sohn. Was kann ich für Sie tun?«

Nicola lächelte siegessicher, und Lamprecht begriff, dass er einen neuen Feind hatte. Während Trecciani seine Fragen nach Kinski beantwortete, betrachtete er ihn eingehend. Sein Gegenüber hatte trotz der fahlen Wangen rundliche Gesichtszüge. Mit seinem weichen Kinn hätte man ihn für einen gemütlichen, beinahe sympathischen Zeitgenossen halten können. Aber er hatte die Augen eines trotzigen Kindes, das einem Insekt die Beine ausreißt, bevor es dieses zerquetscht, um sich selbst das Gefühl zu geben, Macht über Leben und Tod zu besitzen. Lamprechts Intuition sagte ihm, dass dieser Trecciani nicht unbedingt wohlüberlegt handelte, sondern eher der Typ war, der sich von Emotionen leiten ließ – und Hass war sein Antrieb. Ein nicht zu unterschätzender Zeitgenosse, den man aber auch nicht für größer halten sollte, als er war. Gaetano würde seine Schritte mit Bedacht setzen müssen.

»Wie gesagt. Dieser Kinski ist ein Gauner, der Luftschlösser verspricht und dabei leider auch mich reingelegt hat. Doch leider ist er mir entwischt«, Trecciani fuhr sich mit der Hand über den Hinterkopf. Er trug die Haare dort wie auch über den Ohren kurz rasiert, dass die Kopfhaut darunter hervorblitzte. »Wenn Sie ihn finden, erinnern Sie ihn bitte daran, seine Schulden bei mir zu begleichen. Mit seinem Verschwinden habe ich rein gar nichts zu tun, ganz im Gegenteil: Ich würde gern mein Geld von ihm zurückbekommen.«

Lamprecht erhob sich und verließ grußlos das Caffè.

»Wir sehen uns noch, Herr Inspektor!«, rief Nicola ihm nach.

27.

»Aus der Sache in Spalato werden wir etwas Großes machen. Gulli ist heute Nacht gestorben. Giunta hat schon einen Plan. Morgen wird er auf der Piazza Unità eine Rede halten. Ich brauche dich und deine Männer an vorderster Stelle.«

Einen Tag zuvor, an einem Sonntag, war es in der dalmatinischen Stadt Spalato zu Tumulten gekommen. Dabei waren die königlichen Truppen der Militärverwaltung mit kroatischen Demonstranten aneinandergeraten. Dalmatien war im Pakt von London dem Königreich Italien versprochen worden, nach dem Krieg hatte es der neue Staat der Serben, Kroaten und Slowenen für sich beansprucht. Doch Italien war schneller und hatte es besetzt. Die Friedensverhandlungen waren in dieser Frage abgebrochen worden. Zwischen den beiden Staaten kriselte es und zwischen den Fronten krachte es. An diesem Sonntag, dem 11. Juli 1920, wurde nicht nur ein kroatischer Zivilist getötet, im Zuge des Tumults wurde auch scharf geschossen. Dabei wurden der Kommandant des Torpedoboots »Puglia«, Tommaso Gulli, und ein Besatzungsmitglied, Aldo Rossi, erschossen. Sobald diese Nachricht sich bis nach Triest verbreitet hatte, verlangten alle national eingestellten Zeitungen, allen voran der *Il Piccolo*, scharfe Vergeltungsmaßnahmen. Zu denen war der Fascio di Combattimento offenbar mehr als bereit.

»Es wird mir eine Ehre sein, dem Sekretär zu Diensten zu sein«, sagte Nicola.

»Den Sekretär interessierst du mit deinen Bauern einen feuchten Dreck. Überschätze dich nicht, offenbar weißt du nicht, wo dein Platz ist«, wies ihn Delgrado zurecht. Offenbar war Trecciani in der Gunst wieder gesunken, wenn Delgrado ihn erneut duzte und ihm Aufträge wie einem Laufburschen erteilte. Nicola presste die Kiefer aufeinander, die Backen waren angespannt und seine Augen funkelten. Delgrado musste weg, und zwar bald, sagte er sich in Gedanken, was ihn wieder entspannte.

»Wo immer mich der Fascio braucht!«, gab er sich devot.

»Ihr kommt zu Mittag. In voller Montur, und gib den Männern vorher ausreichend zu trinken. Wir brauchen die richtige Stimmung.«

13. JULI 1920

28.

Am nächsten Morgen brach Lamprecht zeitig in der Früh auf. Am Vorabend hatte er noch einen Rundruf bei den umliegenden Wachzimmern gemacht. Fast überall hatte es in letzter Zeit Anzeigen wegen gewalttätiger Übergriffe gegen Nichtitaliener gegeben. Doch der Name Nicola Trecciani war dabei nirgends aufgetaucht. Dafür aber häufiger der Name Nicola Celani. Weitere Anrufe beim Einwohnerregister der Kommune bestätigten seinen Verdacht: Nach dem unrühmlichen Ende seines Vaters hatte die Mutter ihren Mädchennamen angenommen und Nicola tauchte zuletzt wiederholt mit diesem in den Protokollen auf. Erst vor Kurzem, nach der Italianisierung von Triest und Umland, hatte er wieder den alten Namen angenommen, nachdem die Familie unter dem Eindruck der neuen Siegermacht rehabilitiert und Nicola in die alten Rechte nach seinem Vater eingesetzt worden war.

Die Carabinieri in Contovello, wo Nicola mit seinem Trupp gegen die slowenische Belegschaft einer Fabrik vorgegangen war, weil diese gegen schlechte Löhne und Arbeitsbedingungen protestiert hatte, konnten ihm sogar mit einem Foto weiterhelfen.

Dieses trug er nun bei sich, als er erneut im Sattel seines Renners saß, um nochmals den Bauernhof hinter Santa Croce anzusteuern. Er hoffte, um diese frühe Stunde noch den Bauern anzutreffen.

Das Gehöft war von der Straße tatsächlich kaum einzusehen. Lamprecht und Brisotto hatten unlängst Glück gehabt, es zu entdecken. Weil der Morgen noch dämmerte, tauchte die Sonne nur die Spitzen der Hügel, der Bäume und der Gehöfte in ein warmes Licht. Der Wind trieb sein Spiel und schaukelte die Äste und Büsche in seinem Strom, während hinter den Abhängen das Meer mächtig gegen die Felsen der steilen Küste brandete. Die Luft roch frisch und rein.

Über eine schmale Zufahrt erreichte er das Gehöft, wo er in einem der Fenster Licht ausmachte. Er hatte auf seinem Weg keine Stromleitung gesehen, die Bauern hier erhellten ihre Räume wohl noch mit Petroleumlampen. Er versuchte sich zu erinnern, ob es hier einen Wachhund gab, doch keine knurrende Bestie versperrte ihm den Weg, als er gegen das Fenster klopfte. Er machte die Umrisse der Bäuerin am Herd aus und sah einen Schatten aus der Küche verschwinden.

»Mi scusi, Signora, Agente Lamprecht von der Questura di Trieste. Sie erinnern sich vielleicht an mich, ich war unlängst mit meinem Kollegen da. Kann ich reinkommen?«

Die Eingangstür wurde geöffnet. Die Bäuerin hielt eine Schüssel in Händen, ihre Schürze war verschmiert. »Was wollen Sie denn diesmal? Haben Sie wieder Durst?«

Sie musterte Lamprecht in seinen kurzen Hosen eher abfällig.

»Ich wollte mich kurz mit Ihrem Mann unterhalten.«

»Da kommen Sie leider zu spät, der ist heute schon früh raus.«

»Permesso«, sagte Lamprecht und zwängte sich an der Frau, deren Protest schnell erstarb, vorbei ins Haus. Er durchschritt energisch die Küche und öffnete die Tür zu der daran angeschlossenen Speisekammer.

»Legen Sie das bitte weg, ich bin von der Polizei«, sagte er zu dem Mann, der unsicher eine Schrotflinte umklammerte.

Wenig später hatte Lamprecht einen Teller mit gerührten Eiern vor sich stehen, die er mit frischem Weißbrot auftunkte.

Der Bauer betrachtete ihn nach wie vor wie einen Eindringling, von dem Gefahr ausging.

»Ich möchte doch nur wissen, ob Sie jemanden von den Leuten, die damals hier Halt gemacht haben, erkennen konnten?«, erklärte er zum wiederholten Male.

Der Bauer schüttelte den Kopf. Dann, nach einer Pause, sagte er: »Hören Sie, wir heißen zwar Tripolini, aber meine Frau ist eine geborene Salič. Sie verstehen, dass ich mit diesen Leuten keine Probleme bekommen möchte. Außerdem haben wir nichts gesehen.«

»Ihr Haus ist zwar ein wenig abgelegen, doch die Straße ist so nahe, dass man alles, was da passiert, hier bei Ihnen auch hören muss. Sie wohnen in der Einöde, es gibt keine Abwechslung, vielleicht einmal im Jahr im nächsten Ort eine Sagrada – also erzählen Sie mir nicht, dass Sie nicht neugierig wären, wenn hier etwas in unmittelbarer Umgebung passiert. Ich lasse Ihren Namen auch aus den Akten draußen. Das verspreche ich Ihnen.«

»Also gut«, sagte der Bauer zähneknirschend, »zeigen Sie mir noch mal das Foto.«

Lamprecht war sicher, dass das nicht notwendig war. An seinem Blick hatte er schon zuvor ablesen können, dass Tripolini Nicola erkannt hatte. Er nickte.

»Das war der Mann, der die Kommandos gab. Ich bin an diesem Tag früher vom Feld zurückgekehrt, da ich meine Sense an einem Stein ruiniert habe und keinen Hammer dabeihatte, um sie zu dengeln. Als ich das Haus erreichte, machte mich meine Frau auf den Tumult aufmerksam, der auf der Straße herrschte. Ich habe mich hingeschlichen und mich in einem Busch versteckt, aber ich konnte die Männer nur schlecht verstehen. Außer dem einen, weil der so gebrüllt hat. Das war eindeutig der Capo.« Tripolini betrachtete noch einmal das Foto.

»Dabei sieht der selbst aus wie ein halber Slowene, schauen Sie sich doch die slawischen, eingefallenen Backen an.«

Lamprecht hatte sich kerzengerade aufgesetzt, jetzt musste er lächeln. Ja, der Bauer hatte recht. Ihm war das bislang noch nicht aufgefallen.

»Von der Straße oben ist ein Auto abgekommen und den Abhang hinuntergestürzt. Haben Sie gesehen, ob die Männer das Auto verfolgt oder von der Straße gedrängt haben?«

Der Bauer schüttelte den Kopf. »Da war ein Lastwagen, auf dem die Männer waren. Die haben da vorne, in der Bucht neben der Straße, geparkt. Aber da war kein zweites Fahrzeug dabei. Der Typ vom Foto stand mit dem Fahrer und einem weiteren Mann an der Böschung, die anderen sind dann zögerlich nach.«

»Hatte dieser zweite Mann eine lange Narbe, so quer über das Gesicht?«

»Wäre mir nicht aufgefallen.«

»Haben Sie noch einen anderen Mann gesehen, einen, der keine Uniform trug?«

Wieder schüttelte der Bauer den Kopf.

»Haben Sie gesehen, wie das Auto von der Straße abgekommen ist?«

»Was für ein Auto? Ich habe nur den Auflauf mitbekommen. Von einem weiteren Auto habe ich nichts bemerkt, das habe ich doch schon gesagt.«

Lamprecht bedankte sich, nicht ohne Tripolini nochmals zu versichern, dass sein Name in keinem Akt auftauchen würde.

»Diese Leute haben Verbindungen überallhin, da muss man aufpassen, das gilt auch für Sie. Auch Sie sollten vorsichtig sein. Ihr Name klingt auch nicht nach glühendem Irredentismus.«

»Vielleicht sollten Sie sich einen Hund zulegen«, riet Lamprecht. »Hier draußen wäre das sicher von Vorteil. Sobald sich jemand Ihrem Haus nähert, schlägt der Hund an.«

»Hören Sie mir damit auf«, antwortete der Bauer zähneknirschend. »Ich hatte ja einen Köter, doch das Mistvieh war ein Herumtreiber und ist vor einigen Tagen offenbar endgültig abgehaut.«

Lamprecht hatte sich umgezogen und machte sich in seinem grauen Anzug auf den Weg durch die Altstadt in die Questura. Er hatte sich daheim gewaschen und nicht die Zeit gehabt, das Wasser dafür zu wärmen. Im Sommer erfrischte das und es war gesund. Als es ihn unter dem kalten Wasserstrahl leicht schauderte, fiel ihm ein, dass der Vater ihm erzählt hatte, dass in Wien eine Firma Viktoria einen neuartigen Gas-Badeofen mit Dusche entwickelt hatte. Das Wasser wurde in einem Boiler erwärmt und kam wohltemperiert aus dem Duschkopf. Das wäre was für die Damen, hatte der Vater damals gemeint, bevor er zur nächsten Meldung in der Zeitung übergegangen war. Wann immer er eine Zeitung aus Wien ergatterte, las er sie begierig, egal, wie alt sie sein mochte.

Schon auf dem Rückweg in die Stadt war Gaetano aufgefallen, dass an vielen Plätzen Militär aufmarschiert war. Auch jetzt sah er einzelne Formationen, die durch die Straßen der Innenstadt zogen oder hier, auf der Piazza Goldoni, wo die Redaktion des *Il Piccolo* neben der Galleria di Montuzza lag, Aufstellung bezogen hatten. Die Soldaten wiesen die Fuhrwerke an, die Straße zu räumen. Auch Lieferanten, die vor einem Geschäft angehalten hatten, um Waren zu bringen, wurden weggewiesen. Vor dem serbischen Konsulat in der Via Mazzini fand sich ein Sperrposten.

Der Wind hatte aufgefrischt und Lamprecht musste seinen Hut fester über den Kopf ziehen. Wie er dieses Ding hasste, aber ein Hut gehörte eben zur ordentlichen Garderobe eines Mannes. Ein weiterer Grund, warum er sich im Sattel seines

Fahrrads so frei fühlte. Hier schrieb ihm niemand eine Kopfbedeckung vor, gerade einmal die Sonne im Hochsommer zwang ihm eine Schirmkappe aus leichtem Ballonstoff auf, um einen Hitzschlag zu vermeiden.

Zusätzlich zum Militär patrouillierten vermehrt Carabinieri und Polizisten durch die Straßen des Zentrums, die seinen Gruß erwiderten, als er von der Via San Lazzaro kommend bei der Kirche Sant'Antonio Taumaturgo Richtung Questura einbog.

»Sie sollen sofort zum Commissario kommen«, fing ihn Salich, einer der uniformierten Polizisten, beim Eingang ab.

Lamprecht blickte auf die Uhr über dem Eingang, die wenige Minuten nach acht Uhr anzeigte. Dieses kleine Dienstvergehen würde ihm wohl keine Probleme bereiten, dachte er, als er den Weg in den ersten Stock antrat.

»Agente Lamprekt, wo treiben Sie sich immer rum?«

Lamprecht hatte den Hut auf seinem Schoß abgelegt, weil er ohne Umweg ins Dienstzimmer des leitenden Kommissars gegangen war. »Ich bin einer Spur in einem Fall, den ich gerade bearbeite, nachgegangen, deshalb komme ich erst jetzt.«

»Ich weiß, Sie sind an Ihrem verschwundenen Landsmann dran. Aber das ist kein Fall für die Polizia, darum sollen sich die Kollegen der Carabinieri kümmern. Außerdem, wenn Sie mich fragen, ist das einzige Verbrechen der Kreditbetrug, den der Mann begangen hat. Auf uns kommen jetzt wichtigere Aufgaben zu.«

Lamprecht war verwundert, wie genau Commissario Dizzioli über seine Schritte informiert war. »Mi scusi, aber ich vermute, dass hier sehr wohl ein Kapitalverbrechen stattgefunden hat. Wenn der Mann sich wegen der Schulden abgesetzt hätte, wäre er einfach verschwunden, ohne viel Staub aufzuwirbeln. Wir haben jedoch das Wrack seines Autos gefunden ohne jede Spur des Verunglückten. Der Wagen könnte in einen Unfall verwickelt worden sein und ich habe Grund zur Annahme, dass die Männer, die ihn verfolgt haben, etwas mit seinem Verschwinden zu tun haben. Brisotto teilt diese meine Ansicht übrigens auch.«

»Wer sollen diese Männer gewesen sein? Können Sie das konkretisieren?«

»Der Beschreibung nach Männer des örtlichen Fascio.«

Lorenzo Dizzioli nickte. Und er schwieg.

Durch das offene Fenster drangen Fetzen einer Unterhaltung von der Straße und das übliche Rumoren der Stadt, die langsam erwachte.

Lorenzo Dizzioli war ein umgänglicher Mensch, der meist Uniformhose und Polizeihemd trug, auch wenn seine Agenten fast alle in Zivil unterwegs waren. Er war Ende vierzig, stammte aus Mailand und war kurz nach dem Zusammenbruch Österreich-Ungarns nach Triest versetzt worden. Er war ledig, fühlte sich aber seinen Leuten gegenüber wie ein Vater. Seine umgängliche Art wurde nur kurzzeitig von unvorhersehbaren Wutausbrüchen gestört. Dann blitzte es gefährlich aus seinen kleinen Augen, die eng unter der Stirn saßen. Dann zog er sein Kinn ein und donnerte los. Lamprecht wartete, ob sein Widerspruch nun so einen Ausbruch auslöste, doch Dizzioli blieb gelassen. Im Tonfall des Seelsorgers sagte er, nachdem auch er den Zeitmesser an seinem Handgelenk betrachtet hatte: »Was Sie vor Dienstbeginn in Ihrer Freizeit machen, ist Ihre Sache, aber während der Dienstzeit beschäftigen Sie sich bitte künftig ausschließlich mit dem, was man Ihnen aufgetragen hat. Und binden Sie bitte nicht unnötig die Kräfte unserer Dienststelle. Mit Brisotto habe ich bereits dasselbe Gespräch geführt.«

»Was haben Sie für einen Auftrag?«

»Es sind heute einige Kundgebungen zu Ehren unserer Helden Gulli und Rossi zu erwarten. Alle Männer haben sich bereitzuhalten. Das gilt auch für Sie.«

»Meinen Sie, dass mit Tumulten zu rechnen ist?«

»Meine strikte Anweisung lautet: Halten Sie sich bereit und handeln Sie keinesfalls ohne ausdrückliche Anordnung. Ihr Ruf eilt Ihnen voraus, also seien Sie vorsichtig. Für die einen hier sind Sie nach wie vor der Büttel Habsburgs und für die anderen der Sturkopf, der sich nicht um Hierarchien kümmert, der um jeden Preis mit dem Kopf durch die Wand will. Und keinen davon kann ich hier brauchen.«

»Die Faschisten werden die angespannte Lage zu ihrem Vorteil nutzen wollen.«

»Sie werden ohne eindeutigen Befehl nicht eingreifen, egal, was passiert. Haben wir uns verstanden? Sie können wegtreten.«

Lamprecht salutierte und verließ das Büro des Vorgesetzten. Er hatte mit keiner Wimper gezuckt, doch innerlich ärgerte er sich, dass man ihm immer noch den Hitzkopf seiner Jugend vorhielt, auch wenn das jetzt Jahre her war und der Krieg ihn verändert hatte. Und letztlich war er nicht so oft danebengelegen, wenn er seiner Intuition vertraut hatte.

29.

»Der große Geist des barbarisch ermordeten Kommandanten Gulli verlangt nach Rache!«

Giunta, der ebenfalls ein Kriegsheld und Träger der silbernen Tapferkeitsmedaille war, setzte zur Rede an. Die Menge auf der Piazza Unità, der ehemaligen Piazza Grande, lauschte angestrengt, um kein Wort zu versäumen, das der Sekretär des lokalen Fascio mit Gesten unterstrich, damit auch die Männer in den hinteren Reihen zumindest einen optischen Eindruck der Bedeutung seiner Worte erhielten.

»Jetzt muss gehandelt werden. In unseren Häusern haben wir

die Dolche, gut geschärft und glänzend, die wir am Ende des Krieges friedlich abgelegt haben, und diese Dolche werden wir jetzt wieder an uns nehmen. Für das Wohl Italiens.« Der Anwalt mit den glatten Wangen trug eine in den Hemdkragen eingebundene Masche. In der Brusttasche seines langen Gehrocks steckte ein weißes Seidentuch. Er stand auf einem Podest, um aus dem Meer an Hüten und Köpfen herauszuragen. Einige der Zuhörer, es waren fast nur Männer, waren auf Sockel oder Laternenmasten geklettert, um eine bessere Sicht zu genießen und nur ja nichts zu versäumen.

Nicola stand mit seinen Männern am hinteren Ende des Platzes, wo die Menge weniger dicht war. Hier waren die Worte schlecht zu verstehen, aber jeder der hier Versammelten wusste ohnehin, worüber sich der Vorsitzende ausließ. Für die Sicherheit war durch ausreichend Polizei und Militär gesorgt, aber den Schutz benötigten nicht die hier Anwesenden, sondern ganz andere Gruppen, die Giunta nun offen ansprach: »Die jugoslawischen Intriganten, alle jene, die nicht mit uns sind, die werden uns kennenlernen!«

Nicola machte auch diesen Polizisten aus, der sich unter die Menge gemischt hatte. Von dem würde heute keine Gefahr ausgehen. Fabrizio kam soeben zurück und nickte ihm zu.

»Wie viele Kanister habt ihr?«, fragte er.

»Genug.«

»Es muss dann alles sehr schnell gehen. Wo ist Delgrado?«

»Sollte mit Mauro schon dort sein.«

»Bene«, sagte Nicola und wiederholte in Gedanken, dass nun alles sehr schnell gehen müsse.

»Der große Geist des barbarisch ermordeten Kommandanten Gulli verlangt nach Rache!«

Lamprecht bildete mit den Männern von der Polizei einen

lichten Cordon wenige Meter vor der Bühne. Neben ihm hatten Brisotto, daneben noch Salich und links von ihm Cressini Position bezogen. Sie sollten nur beobachten. Wesentlich war, dass die uniformierten Wachkörper die neuralgischen Punkte gesichert hatten, um die Menge zur Not, wenn die Situation eskalierte, am Weiterzug hindern zu können. Der Toskaner auf der Rednerbühne verteilte weitere Rundumschläge gegen die Feinde Italiens.

Bei den Worten Giuntas lief ihm ein Schauer über den vernarbten Rücken. Der Platz war voll mit Menschen, das Militär hatte die Zugänge besetzt und sorgte dort für Ordnung. Die Stimmung war aufgeladen, eine Spannung wie vor dem Ausbruch eines Sommergewitters lag in der Luft. Wenn Giunta die Leute noch weiter aufstachelte, dann würde heute noch ein Unglück passieren.

Weiter hinten hatte Lamprecht ein ihm bekanntes Gesicht entdeckt. Nicola Trecciani stand mit seiner Schlägertruppe etwas abseits, und so, wie er mit einem der Männer, die eben erst auf den Platz getreten waren, tuschelte, heckte er etwas aus. Gaetano gab Brisotto einen Rempler mit dem Ellenbogen.

»Da, schau, da machen sich ein paar dieser Spießgesellen vom Acker.«

Brisotto schüttete den Kopf. »Wir sollen unter allen Umständen auf unserem Posten bleiben.«

Die Zwischenrufe aus der Menge, die nach Rache verlangten und Gewalt forderten, wurden lauter und drängender. »Uccidiamoli tutti!« Erste Grüppchen lösten sich aus der Masse und verstreuten sich zunächst in verschiedene Richtungen. Doch bald bildete sich eine gemeinsame Stoßrichtung, vorbei am Theater und an der Börse. Dorthin waren auch zuvor Trecciani und sein Trupp aufgebrochen.

»Natürlich«, schoss es Lamprecht ein. »Die wollen zum Narodni dom!«

Der Narodni dom, das slowenische Volkshaus, war seit 1907 im Hotel Balkan an der Piazza della Caserma untergebracht. Das Gebäude war von Max Fabiani entworfen worden, dem Architekten der Urania-Sternwarte in Wien. Es diente der slowenischen Minderheit als Kulturzentrum und beherbergte neben einer Bank, einem Theater und einem Lesesaal auch die Redaktionsräume und die Druckerei der Tageszeitung *Edinost*. Einst war es Sinnbild des funktionierenden Neben- und Miteinanders der verschiedenen Kulturen in Triest im Vielvölkerstaat gewesen. Jetzt wurde es wiederholt zum Ziel der nationalistischen Angriffe der italienischen Führungsschicht. Schon im August 1919, nachdem bei Unruhen der streikenden, überwiegend slawischen Werftarbeiter ein Carabiniere getötet worden war, hatten die Nationalisten versucht, die Redaktionsräume der *Edinost* anzuzünden.

»Wir müssen auf unserem Platz bleiben«, zischte ihm Brisotto zu.

»Wir sollen auf die Kundgebung achten, hieß es. Und die Kundgebung scheint sich nun woanders hinzuverlagern. Vieni!«

Mario und Tullio trugen in jeder Hand einen Kanister. Voll befüllt hatten sie ein stattliches Gewicht. Nicola verscheuchte die wenigen Zaungäste, die das Erscheinen der Schwarzhemden an ihrem Zufluchtsort nicht glauben konnten und nun verschreckt in die oberen Stockwerke flüchteten.

»Du bist ein Idiot!«, herrschte Delgrado Trecciani an. »Ich hab dir aufgetragen, die Männer in Stimmung zu bringen und nicht, sie betrunken zu machen. Die zwei da sind ja besoffen!«

»Sie werden Ihre Aufgabe erfüllen, keine Sorge. Aber ich muss Ihnen noch etwas anderes zeigen. Folgen Sie mir bitte. Da, hinter dieser Tür ist es. Aber passen Sie auf.«

Er führte Delgrado ums Eck in einen der Gänge zu einer geschlossenen Tür.

»Was soll das?«, fragte der Kriegsveteran, der sich nicht leicht aus der Fassung bringen ließ.

»Sie werden es gleich merken beziehungsweise hören«, verkündete Nicola prophetisch, als Delgrado sein Ohr an das Türblatt hielt und die Schnalle drückte. Nicola nahm einen der massiven Kandelaber von einem der Tischchen und hob ihn an.

»Attenzione, ein Hinterhalt!«, rief er hinter Delgrado, dann schlug er ihm den Leuchter auf den Kopf.

Auf der Piazza Unità fielen Schüsse und die ersten Opfer gingen zu Boden. Lamprecht war mit dem Pulk und Brisotto im Schlepptau über die Via San Spiridione bis zu dem Platz weitergezogen. Der Himmel über dem Kulturzentrum hatte sich verdunkelt, der Kiosk auf dem Vorplatz war, nicht bloß wegen des drohenden Schlechtwetters, eilig geschlossen und mit Rollläden verbarrikadiert worden. Die Menge skandierte nationalistische Parolen. In einzelnen Fenstern erschienen Köpfe. Manche verschwanden schnell wieder, andere antworteten und reagierten auf die Provokation mit ebenso unfreundlich in die Menge geschleuderten Worten.

Der Platz war vom Militär umstellt, auch uniformierte Polizisten hatten einige Sperrposten errichtet. Dann ging alles sehr schnell: Aus einem der Fenster flog eine Granate, die in der Menge explodierte, worauf diese auseinanderstob. Menschen drängten in alle Richtungen, Einzelne stolperten und kamen zu Fall, andere trampelten über sie hinweg. Schreie wurden ausgestoßen, Schreie vor Wut, vor Zorn, vor Schmerz. Es gab die ersten Verwundeten. Das Militär erwiderte das Feuer und zielte auf das Gebäude. Und kaum eine Minute später loderten die ersten Flammen aus den Fenstern, aus denen gleichzeitig einzelne Menschen versuchten, sich in Sicherheit zu bringen.

Ein Paar suchte sein Heil im gemeinsamen Sprung in die Tiefe und prallte auf dem Gehsteig auf. Schwarzer Rauch drang aus jeder Ritze des Gebäudes und legte sich rasch über den Vorplatz.

»Wir müssen da sofort rein!«, sagte Lamprecht.

»Bist du verrückt?«

Brisotto versuchte vergeblich, seinen Kollegen zurückzuhalten, doch der hatte sich bereits von hinten eine Schneise durch die zurückweichende Menge gebahnt. Er duckte sich, bei jedem Schuss zog er den Kopf ein. Lamprecht suchte nach einem anderen Weg ins Gebäude. Er hoffte, dass die Kollegen die Feuerwehr gerufen hatten, damit eine schlimmere Katastrophe verhindert werden konnte. Die Ersten aus dem Mob drängten nun ebenfalls wieder zum Gebäude.

Lamprecht sah, wie eine der bis zum Boden reichenden Scheiben barst. Das erschien ihm eine Möglichkeit, in das brennende Gebäude zu gelangen.

Plötzlich wurde er an der Schulter zurückgehalten.

»Lass gut sein, wir haben drinnen schon Ordnung geschafft.« Lamprecht blickte in das grobschrotige Gesicht eines der Schwarzhemden, der ein Tuch über den Mund gebunden hatte. Seine Augen waren gerötet, der Aussprache nach vermutete Lamprecht, dass er betrunken war.

»Lasciagli passare, Tullio«, rief einer von hinten und Lamprecht vermeinte, die Stimme von Nicola erkannt zu haben. Er riss sich los und schlüpfte durch die zerbrochene Scheibe in das Gebäude. In der Empfangshalle war kaum etwas zu erkennen, da dichter Qualm jegliche Sicht über mehr als fünf Meter verunmöglichte. Er sah einen älteren Herrn mit verrußtem Gesicht, der die Orientierung verloren hatte, und zog ihn am Arm zu sich. »Hier, Signore, kommen Sie, da geht's raus, aber passen Sie auf, dass Sie sich nicht an den Scherben schneiden.«

Der Mann taumelte in die von Lamprecht gewiesene Richtung. Da knallte ein Schuss, das Projektil verfehlte Lamprecht nur knapp.

»Polizia!«, rief er laut, woraufhin eine weitere Salve in seine Richtung abgefeuert wurde. Lamprecht warf sich auf den Boden und entdeckte einen Gang, in den er robben konnte, um sich in Sicherheit zu bringen. Am Boden war der Rauch etwas weniger dicht und er sah in einer geöffneten Türe zwei Beine, die sich ihm entgegenstreckten. Er bewegte sich auf den Körper zu. Eine Wunde am Kopf verriet, dass er nicht wegen des Rauchs ohnmächtig geworden war. Er erkannte Delgrado sofort.

Keine Minute später, als das Volkshaus bereits vollends ein Raub der Flammen geworden war, hatte Lamprecht es über einen Seitenausgang geschafft, wieder ins Freie zu gelangen. Er hatte den Ohnmächtigen nicht seinem Schicksal überlassen und ihn nach draußen geschleppt. Inzwischen hatte die Feuerwehr den Platz erreicht, doch die Menge hielt die Pompieri davon ab, den Brand zu löschen. Sie ließen die Einsatzkräfte gar nicht an das Gebäude heran.

Lamprechts Gesicht war schwarz, an den Händen hatte er schmerzende Schwielen, weil er immer wieder brennende Teile der Einrichtung aus dem Weg hatte räumen müssen. Mit letzter Kraft rappelte er sich auf. »Fate largo!«, hieß er die aufgebrachten Demonstranten Platz zu schaffen, doch er erntete nur Lacher. Als er einen der Blockierer angreifen wollte, um ihn zur Seite zu schieben, spürte er einen Schlag gegen den Kopf. Dann ging er zu Boden.

30.

Eine Woche später war Lamprecht wieder so weit hergestellt, dass er seinen Dienst versehen konnte. Mit leichtem Brummschädel, aber frisch rasiert meldete er sich in der Questura und erhielt noch eine Standpauke vom Kommissar. Dizzioli hieß ihn alles Mögliche, wobei unvernünftiger Hitzkopf noch das Freundlichste war. Über die Ereignisse auf der Piazza Unità hatte er in der Zeitung gelesen, vor allem aber auch über die Opfer. Bei dem Mann, der sich mit der Frau aus dem Fenster gestürzt hatte, handelte es sich um einen Apotheker aus Bled, Hugo Roblek. Er war auf der Stelle tot, seine Frau überlebte den Sprung. Über Delgrado war keine Zeile zu lesen.

»Erzähl mir bitte, was noch alles passiert ist, nachdem ich das Bewusstsein verloren habe«, forderte er Brisotto auf, den er in der Pause zu einem Caffè traf.

»Ich nehme an, du hast dein Fett schon vom Chef wegbekommen. Aber das war wirklich der pure Wahnsinn, was du getan hast.«

»Verschone mich. Was ist mit Delgrado?«

»Ich habe mich nur um dich gekümmert und hatte alle Hände voll damit zu tun, den Mob daran zu hindern, dich totzuschlagen. Als ich dich mithilfe von Cressini endlich den Klauen des aufgebrachten Pöbels entrissen hatte, war der Typ, den du aus dem Haus geschleppt hast, nicht mehr da.«

»Haben ihn seine Leute geholt?«

»Das weiß ich leider nicht.«

Lamprecht nahm einen Schluck Kaffee und deutete Brisotto über den Rand der Tasse, etwas ausführlicher zu werden.

»Der Capo dieser Bande, der etwas untersetzte Typ, hat in die Menge gebrüllt: ›Sie haben Delgrado erschlagen, sie haben einen der Unseren ermordet!‹ Noch ehe du mit ihm aus dem Feuer bist.«

»Das ist aber interessant!«

Lamprecht nickte und stellte die Tasse ab. Was immer Delgrado im Narodni dom zugestoßen war, er war überzeugt, dass er in einen Hinterhalt geraten war. Und verdächtig war, dass Trecciani offenbar schon vorher wusste, dass Giuntas Assistent ohnmächtig im Volkshaus lag, und nichts unternommen hatte, ihn zu retten.

Er legte ein paar Lire auf den Tisch. »Ich muss sofort ins Büro des Fascio.«

»Was schauen Sie mich an, als säßen Sie einem Geist gegenüber?«

»Weil es sich genau danach anfühlt«, erwiderte Lamprecht auf Delgrados Frage und suchte nach den Spuren des Anschlags auf dessen Kopf, doch Delgrado trug einen Fez, der die fragliche Stelle bedeckte.

Lamprecht hatte sich gewundert, dass man ihn ohne große Probleme ins Büro des Fascio vorgelassen hatte, und noch mehr hatte es ihn erstaunt, dass man ihm, als er nach Delgrado fragte, mit freundlicher Geste beschied, der Stellvertreter des Sekretärs erwarte ihn.

»Wie kann ich Ihnen helfen?«, fragte Delgrado süffisant lächelnd.

»Sagen Sie mir, was passiert ist.«

»Ich denke, ich überschätze Sie nicht, wenn ich davon ausgehe, dass Sie sehr genau im Bilde sind, was passiert ist.«

»Wenn Sie von dem Feuer sprechen, das Sie und Ihre Kumpane gelegt haben, dann ja.«

»Erstens haben wir gar nichts gelegt, und zweitens sollten Sie aufpassen, wie Sie über Patrioten sprechen. Ich schulde Ihnen einen Gefallen, ja, ich schulde Ihnen Dank, weil ich von einem Vertrauensmann erfahren habe, dass Sie es waren, der mich gerettet hat, aber Sie sollten den Bogen des Möglichen nicht überspannen. Cognac?«

Lamprecht schüttelte den Kopf. »Ich will Trecciani. Bislang konnten wir ihm nichts nachweisen, weil er immer nur seine Handlanger die Drecksarbeit erledigen ließ, aber jetzt kann ich ihn kriegen. Wenn Sie gegen ihn aussagen.«

Delgrado verschränkte die Arme vor der Brust. Sein Teint war grau. Er schüttelte ebenfalls den Kopf. »Das werde ich nicht tun, ich regle das auf meine Weise. Besser, der Dummkopf wiegt sich in Sicherheit. Sie wissen ja, die Polizeihaft dauert für keinen von uns lange.«

»Dann verraten Sie mir wenigstens, wo er sich derzeit aufhält. Der Mann ist gefährlich und gehört hinter Schloss und Riegel.« Lamprecht würde nicht einfach tatenlos zusehen, wie in seiner Stadt Selbstjustiz um sich griff. Mochte der Staat das bei dieser Gruppe tolerieren, er würde es nicht tun.

»Ich habe gesagt, dass ich nichts für Sie tun kann. Aber ich habe ihn seit dem Vorfall selbst nicht mehr gesehen. Er hat sich nicht mehr blicken lassen. Angeblich hat er sich nach Fiume abgesetzt. Das würde zu ihm passen, und dort wäre er im Moment halbwegs sicher. Vor Ihnen und vor mir.« Delgrado öffnete eine Kassette, der er eine Zigarette entnahm, die er mit einem Streichholz anzündete: »Ich denke, für heute sind wir fertig. Ich werde schon einen Weg finden, Ihnen für mein Leben zu danken. Aber einen Freibrief erhalten Sie von mir nicht. Passen Sie also gut auf sich auf. Wir stehen nicht auf derselben Seite.«

Trecciani saß am Steuer eines offenen Fiat 510 und jauchzte, als er das sportliche Auto durch eine enge Kehre trieb. Die

Speichenräder griffen auf dem rutschigen Untergrund nicht gut. Tommasini saß auf dem Beifahrersitz und klammerte sich an einen der Haltegriffe an der Innenpolsterung der Tür.

»Achtung«, warnte er, »unterschätzen Sie nicht die Kraft, die bei diesem Motor unter der Haube steckt.«

Nicola Trecciani hatte beschlossen, das Autoprojekt wieder an sich zu reißen, und hatte von Tommasini Ergebnisse eingefordert. Der hatte triumphierend vermeldet, ihm sei tatsächlich ein bedeutender Fortschritt gelungen. Für die Testfahrt, die den Fortschritt bestätigen sollte, gab Nicola Fiume als Ziel vor.

Er wusste, dass er beim Triestiner Fascio derzeit nicht gut angeschrieben war, also suchte er Unterstützung bei D'Annunzio und seinem Freistaat. Der Dichter war der kommende Mann in der faschistischen Bewegung. Selbst Mussolini hatte ihm zuletzt wiederholt die Aufwartung gemacht, die italienische Regierung unter Ministerpräsident Giolitti sah dem Treiben in der »Città di Vita«, wo man Homosexualität und Drogenkonsum nach der eigens geschaffenen Verfassung offen leben durfte, ohnehin tatenlos zu. Mehr als eine halbherzige Blockade war nicht verhängt worden.

Nicola war es gelungen, seinen Kopf aus der Schlinge zu ziehen, was den Anschlag auf Delgrado betraf. Er hatte behauptet, sie seien im Narodni dom in einen Hinterhalt slowenischer Nationalisten geraten, die über sie hergefallen seien. Von einem Schlag benommen, habe er sein Heil in der Flucht gesucht und so vom weiteren Schicksal Delgrados nichts mitbekommen. Mario und Tullio hatten seine Version bestätigt. Delgrado war er mit diesem Lügengebäude jedoch nicht unter die Augen getreten, der alte Haudegen hätte ihn wohl schnell entlarvt. Vermutlich war ihm nicht entgangen, dass Nicola ihn hatte aus dem Weg räumen wollen.

Er wandte sich wieder dem Autoingenieur zu: »Aber das ist

doch ein Serienmodell, noch dazu ein Fiat. Ich verstehe nicht, wo Ihr Beitrag ist?«

Nicola musste scharf bremsen, weil der Sturm, der über diesen Teil Istriens gezogen war, am Nachmittag einen morschen Baum am Straßenrand geknickt hatte, der nun halb in die Fahrbahn ragte. Er schlug einen Haken und trat aufs Gaspedal. Es drückte die Männer in die Sitze, sofort erreichte der Wagen wieder die Reisegeschwindigkeit.

»Sie können mir glauben, an dem Motor ist wenig im Originalzustand geblieben. Das serienmäßige Chassis dieses Modells ist allerdings steif genug, um die Leistung des Motors auf die Räder zu bringen.«

Sie waren von Fiume bis nach Castua gefahren und hatten von dort die istrianische Halbinsel bis nach Hrpelje durchstochen. In wenigen Kilometern würden sie Basovizza erreicht haben. Von dort war es nicht mehr weit bis Triest. Der einsetzenden Dunkelheit konnte der Wagen kräftige Scheinwerfer entgegensetzen. Sie schnitten einen ausreichend hellen Kegel in die dunkelnde Nacht. Nicola musste die Geschwindigkeit kaum verringern.

»Und welcher Ihrer Innovationen ist die Leistungssteigerung nun konkret zu danken?«

Aus dem Augenwinkel konnte er sehen, wie Tommasini einen Mundwinkel hob. »Sagen wir, es ist eine Kombination aus Verdichtung des Treibstoffgemischs und einer neuen Art der Einspritzung. Aber nicht nur. Sie werden verstehen, dass es noch zu früh ist, mir in die Karten blicken zu lassen.«

Die ersten Lichter bei Basovizza tauchten hinter einer Kurve auf. Nicola nickte. Er würde dem Konstrukteur schon noch auf die Sprünge helfen, wenn es an der Zeit war. So wie er es auch gern bei Kinski getan hätte, um ihn zur Räson zu bringen. Er rätselte immer noch, wo der Kerl steckte. War ihm womöglich bei dem Unfall wirklich etwas zugestoßen? Solange er verschwunden blieb, war wenigstens der Polizist beschäftigt. Auch für den würde er sich bald etwas überlegen.

31.

Lamprecht kehrte am Abend enttäuscht in das Elternhaus auf dem Colle di San Giusto zurück. Er war überzeugt gewesen, dass Delgrado kooperieren und mit seiner Aussage Trecciani ans Messer liefern würde. Natürlich war es nicht schade um diesen Kerl, sollte Delgrado, der für seine Skrupellosigkeit bei Erreichung seiner Ziele bekannt war, diese »Angelegenheit« auf seine Weise lösen und ihn in einem Keller oder einer entlegenen Bucht verschwinden lassen. Es ging weniger um Treccianis Leben als um Lamprechts Hoffnung, er würde ihm etwas über den Verbleib Kinskis entlocken können, hätte er ihn einmal bei sich zum Verhör.

Seine Stimmung besserte sich auch nicht, als es zum Abendessen seit Langem wieder einmal Cotechino mit Kraut und Rösterdäpfeln gab. Normalerweise schaufelte Gaetano einen Berg an Kartoffeln auf seinen Teller, um für die nächste Ausfahrt ausreichend Kraft zu tanken, doch diesmal hielt er sich mehr als zurück. Sogar das kleine Häufchen auf dem Porzellan schwand nur unmerklich. Auch Adina und seine Mutter stocherten im Essen herum, einzig Franz Lamprecht schien bei Appetit zu sein und Federica war ohnehin nie satt zu kriegen. Dabei war das Mädel dünn wie eine Stricknadel. Schon die ganze Zeit, seit er aus dem Krankenhaus zurück war, wirkte seine Familie verstört, das sprach er nun direkt an: »Was ist denn los? Probleme? Ist etwas mit dem Onkel?«

Elodie Lamprecht schickte ihrer Tochter einen Blick über

den Tisch, doch die schüttelte unmerklich den Kopf. »Franz, sag doch du einmal etwas!«, forderte sie dann ihren Mann auf.

Der Vater legte mürrisch sein Besteck zur Seite und wischte sich den Mund mit der Serviette ab. Er nahm einen Schluck aus dem Weinglas und räusperte sich.

»Mein Sohn«, setzte er an und blickte nun ebenfalls unsicher zu seiner Frau, die ihm zunickte. »Also, es geht um deinen Rücken …«

Gaetano und Federica ließen zeitgleich das Besteck fallen.

»Was ist mit meinem Rücken?«, stellte sich Gaetano unwissend.

»Kind, die Narben, es sieht schrecklich aus. Du musst furchtbare Schmerzen gehabt haben. Was ist passiert?« Die Mutter hatte ihre Hand auf seine gelegt.

Gaetano blickte sich fragend um und der Vater klärte ihn auf: »Als sie dich nach zwei Tagen im Hospital zur häuslichen Pflege entlassen hatten, mussten deine Mutter und Adina dich waschen und deine Kleider wechseln. Dabei konnten ihnen die Narben auf deinem Rücken nicht entgehen. Wie auch? Du siehst aus wie ein ausgetrocknetes Bachbett im Sommer.«

»Du musst es uns natürlich nicht erzählen, nur wenn du möchtest«, sagte die Mutter. Ihre sanfte Stimme und die Tränen in ihren Augen brachten Gaetano dazu, die grauenvolle Episode aus dem Krieg, die er für immer hatte verdrängen wollen, zu erzählen.

Als er damit zu Ende gekommen war, herrschte betretenes Schweigen. Federica hatte leise wieder ihr Mahl aufgenommen, sie hatte die Narben ja längst gesehen, und mit der Schilderung des Krieges wusste sie zum Glück nicht viel anzufangen.

»Also, ich weiß nicht, wie es euch geht, aber ich brauche jetzt einen Cognac.« Mit diesen Worten beendete der Vater das Schweigen und erhob sich, um mit der bauchigen Flasche an den Tisch zurückzukehren. Er hatte zwei Likörgläser dabei, die er befüllte, eines davon schob er Gaetano hin.

»Weißt du, jetzt kann ich dich ein wenig besser verstehen. Als du Italiener wurdest, habe ich das als Verrat an deinem Heimatland angesehen, aber jetzt, da ich diese deine Geschichte kenne, kann ich nachvollziehen, dass du mit einem Staat, der dir das angetan hat und dich dafür sogar anklagen wollte, gebrochen hast. Auf dein Wohl, mein Sohn.«

»Denkst du jetzt um und bemühst dich auch um die neue Staatsangehörigkeit?«, fragte Adina.

Franz Lamprecht kippte den Weinbrand hinunter und schüttelte den Kopf. »Nein, aus mir wird im Lebtag kein Welscher mehr.«

Als gegen elf Uhr die Zeit der Nachtruhe gekommen und Gaetano Federica schon längst zu Bett gebracht hatte, schlüpfte Adina ins Zimmer ihres Bruders: »Tut es eigentlich noch weh?«

»Nur mehr in der Seele«, antwortete Gaetano. »Und wenn ich darüber reden muss. Und anfangs in den Wolltrikots beim Radfahren.«

»Es tut mir leid. Ich hätte dich auch nicht drängen wollen, darüber zu sprechen.«

»So ist es jetzt wenigstens raus und ich muss mich nicht mehr verstecken.« Gaetano stand am Fenster, blickte in die dunklen Gassen der Altstadt und dachte dabei an die Ermittlungen vor mittlerweile über fünf Jahren, als einer der Gauner Triests Adina nachgestellt hatte und sie von seltsamen Gestalten in Mönchskutten beobachtet worden waren. Damals war er nur dank Adinas Hilfe in dem verzwickten Fall um den seltsamen Tod einer zurückgezogen lebenden Frau weitergekommen.

»Kann ich dich etwas fragen?«

»Geht es um deine Arbeit?«

»Ja, du weißt, was das bedeutet.«

Adina überkreuzte Zeige- und Mittelfinger. »Als Hilfspolizistin bin ich zum Schweigen verdammt. Schieß los, wo steckst du dieses Mal fest?«

Lamprecht berichtete über das Verschwinden Kinskis, sparte aber Treccianis Involvierung aus, da er die Faschisten nicht einmal im Gespräch an Adina heranlassen wollte. Wie immer ergab sich ein Dialog, in dem Adina wie ein Advocatus Diaboli auftrat und die bei Gaetano vorhandenen Zweifel noch verfestigte: »Und wer sagt dir, dass dieser Kinski nicht wirklich das Weite gesucht hat?«

»Das glaube ich nicht, hätte dann seine Frau die Polizei eingeschaltet? Die will sich doch nicht lächerlich machen. Für mich klingt ihre Sorge überzeugend. Sie traut es ihm jedenfalls nicht zu.«

Adinas helles Lachen erfüllte den Raum, sie hielt sich die Hand vor, um es zu dämpfen. »Immerhin hat er das Vermögen seiner Frau durchgebracht. Womit eigentlich?«

»Ich habe keinen Hinweis darauf, dass er gespielt oder sich mit leichten Mädchen vergnügt hätte. In einer Stadt wie Triest ließe sich so etwas nicht lange verbergen.«

»Du vertraust also deiner Intuition, was sein Verschwinden betrifft?«

»Und meiner Erfahrung«, präzisierte Lamprecht. »Das Paar hat ein kleines Kind, ich denke, Kinski hätte seine Frau eingeweiht, wenn er sich abgesetzt hätte. Wenn dann Gras über die Sache gewachsen wäre, hätte er die beiden nachkommen lassen.«

»Und das Wachzimmer, das die Anzeige der Frau ursprünglich bearbeitet hat?«

»Hat in der Sache bislang gar nichts unternommen, wenn du mich fragst.«

»Und was sagen die Nachbarn?«

Gaetano blickte seine Schwester fragend an: »Daran habe ich anfangs ebenfalls gedacht, aber die werden auch nicht wissen, wo Kinsky steckt.«

Adina grinste. »Du solltest mehr lesen. Lesen bildet. Ich habe eben die Lektüre eines Buchs beendet, wo ein Nachbar die Menschen, die in seiner unmittelbaren Umgebung leben, beobachtet. Er kann nachts nicht schlafen und steht die meiste Zeit am Fenster. Am Ende weiß er mehr über seine Nachbarn als diese selbst.«

»Und wie geht das Buch aus?«

»Am Ende bringt er sich um, weil er seine Einsamkeit nicht mehr erträgt.«

»Und wie soll mir das jetzt weiterhelfen?«

»Hör dich in der Nachbarschaft um, die haben sicher mehr über das Ehepaar zu berichten, als du bisher herausgefunden hast.«

32.

Lamprecht stürmte ins Amtszimmer, wo sein Kollege Brisotto an einem der vielen Berichte über die Ausschreitungen rund um den Vorfall beim Narodni dom saß, der jetzt anderthalb Wochen zurücklag. Schon während der damaligen Kundgebung auf der Piazza Unità im Vorfeld der Erstürmung des Volkshauses hatte es ein Opfer zu beklagen gegeben, und daraufhin wurden viele von Triestiner Slowenen geführte Geschäfte gestürmt. Einzelne Schuldige an diesen Verbrechen waren praktisch nicht zu identifizieren, dafür jede Menge Papierkram zu erledigen. Auch Lamprecht würde noch einiges abzutippen haben. Die wenigen Schreibkräfte waren überlastet und Dizzioli hatte die verbleibenden Aufgaben auf seine Männer verteilt.

»Buongiorno, sag, haben wir damals, als wir die Finanzen des verschwundenen Konstrukteurs durchforstet haben, auch ein Grundbuchblatt des Hauses der Familie eingesehen?«

Brisotto hob den Kopf und erwiderte den Gruß. »Hat es nicht geheißen, wir sollen die Finger von der Sache lassen?«

»Ich weiß, aber ich habe heute einen neuen Hinweis erhalten, den ich verfolgen möchte.«

Dann berichtete er, wie er sich, der Anregung Adinas folgend (das gab er allerdings nicht so offen zu, sondern begründete es mit seinem Gespür), in der Nachbarschaft der Kinskis umgehört hatte. Das Haus stehe frei, aber die gegenüberliegende Straßenseite sei dichter verbaut. Als er frühmorgens mit dem Rad dort angekommen war, sei ihm sofort eine alte Frau aufgefallen, die ihn, kaum, dass er aus dem Sattel gestiegen war, aus dem Fenster eines niedrigen Steinhauses beobachtet habe. Sobald er sich zu ihr hingedreht hatte, habe er nur mehr den Stoff am Fenster leicht tanzen gesehen, weil sich die Frau wohl dahinter versteckt hatte. Genau nach so einer neugierigen Nachbarin habe er gesucht.

»Ich klopfte an der Tür, doch niemand hat geöffnet, was mich nicht überraschte. Doch ich hatte einen Plan. Bei einer Pasticceria erstand ich zuvor zwei noch warme Brioche. Das in Papier eingeschlagene Gebäck hängte ich an das unverschlossene Gartentor, schwang mich in den Sattel und tat so, als würde ich wegfahren.«

»Und?«

»Fünf Minuten musste ich hinter einem Busch ausharren, bis die Alte, von der Neugier getrieben, endlich aus dem Haus trat.«

»Weiter, was dann?«

»Dann kam ich hervor und wies mich aus. Die Alte, eine verwitwete Signora Lupinotti, faselte, noch bevor ich genauer nachfragen konnte, sie habe nichts gesehen. ›Und genau über dieses Nichts, Signora, würde ich mich bei einem Frühstück gern mit Ihnen unterhalten.‹ Und bei einem Caffè wurde sie dann redselig.«

Lamprecht genoss Brisottos staunende Aufmerksamkeit, als er die Aussage der Signora im Wortlaut wiedergab:

»Nach dem Tod der Signora Zagaria dauerte es länger, bis hier wieder jemand einzog. Ich habe gehört, die Abwicklung der Erbschaft hat sich länger hingezogen. Als ich sah, dass es eine junge Familie war, noch dazu eine aus Wien, habe ich mich anfangs gefreut. Mein verstorbener Mann und ich, wir sind zwar Italiener, aber unter dem alten Kaiser in Wien ist es uns nicht schlecht gegangen, allemal besser als jetzt. Doch dann hat das mit dem Lärm begonnen.«

Der Mann habe den Schuppen hinter dem Haus zu einer Art Werkstätte umgebaut, in die nach und nach immer seltsamer anmutende Apparaturen verfrachtet worden seien. Ständig sei eine Maschine am Laufen gewesen, die Ruß und Lärm verbreitet habe.

»Sie können sich vorstellen, wie froh ich war, als er all dieses Zeugs dann nach und nach wieder hat abholen lassen. Nachts, wie die Diebe, haben die Männer die Geräte verladen und dann war irgendwann – grazie a Dio – auch wieder Ruhe.«

Auf Lamprechts Frage, ob sie eine Ahnung habe, wohin Kinski die Sachen verbracht haben könnte, antwortete sie: »Na, ich nehme an, in eines der abgelegenen Wirtschaftsgebäude im Karst. Der Signora Zagaria gehörten neben dem Haus auch ein paar landwirtschaftliche Flächen. Äcker und auch Schuppen. Ich habe zufällig davon erfahren. Das ist schon lange her. Als mein Mann noch lebte, haben wir uns von einem der Bauern von dort eine größere Fuhre Wein liefern lassen. Der Winzer kannte unsere Straße. Seine Verpächterin wohne gegenüber, hat er uns erklärt und auf das Haus der Zagaria gedeutet.«

Brisotto pfiff anerkennend durch die Zähne. »Triest ist eben ein Dorf, hier passiert kaum etwas, ohne dass es die halbe Stadt erfährt.«

»Oder die neugierige Nachbarin«, ergänzte Lamprecht. Er dachte an das Ende von Adinas Buch und hoffte, dass die Signora Lupinotti nicht an ihrer Einsamkeit scheitern würde, auch wenn sie auf ihn einen ganz zufriedenen Eindruck gemacht hatte.

Die Signora Lupinotti hatte sich an den Namen des Bauern erinnert, weil er ihnen noch öfter etwas geliefert hatte. Und sie wusste auch, dass er aus Zgonik stammte.

Gaetano war die Strada Nuova per Opicina hinaufgefahren, wie schon sicher hundertmal, wenn er von dort aus seine Touren in das karstige Hinterland Triests startete. Von hier ging es über Prosecco weiter nach Gabrovica, wo er dann den Schienenstrang der ehemaligen Südbahn querte und kurz danach Zgonik erreichte.

Dort hatte man ihm mitgeteilt, dass der Mann schon vor einigen Jahren verstorben war. Den Hof führte nun sein Sohn, der ihm aber auch weiterhelfen konnte.

So hatte Lamprecht erfahren, wo diese Flächen lagen, die zum Besitz der Kinskis gehörten. Er musste umkehren, weil er sonst mit dem Rad in die Dunkelheit geraten wäre.

33.

Auf seinem Rückweg von Zgonik machte er der vermeintlichen Witwe noch seine Aufwartung. Als die Haushälterin ihn zu ihr führte, wirkte Frau Kinski im Vergleich zu seinem letzten Besuch erleichtert. »Ich glaube, nein, ich bin mir sicher, dass mein Mann noch lebt.« Dann zeigte sie ihm einen

Brief. Er sei heute gekommen. Aus Wien. Von einem Camillo Castiglioni.

»Und dieser Brief liefert den Beweis vom Wohlbefinden Ihres Gatten?«, fragte Lamprecht skeptisch.

»Nicht direkt, aber er bezieht sich auf eine persönliche Vorsprache meines Mannes bei ihm in Wien. Das Treffen hat vor fast zwei Wochen stattgefunden.«

Lamprecht nickte. Der Namen Castiglioni war ihm ein Begriff. Wem nicht? Der gebürtige Triestiner war in der Monarchie einer der Lieferanten des Kaisers gewesen, Chef einiger Rüstungsunternehmen, darunter auch die Lohnerwerke. Weil er nicht an den Sieg der Mittelmächte glaubte, transferierte er seine Devisen bald in die Schweiz und legte sie in Dollar an. Im vergangenen Jahr hatte er in Triest die italienische Staatsbürgerschaft angenommen. Die Hyperinflation in Österreich nutzend, hatte er ein marodes Unternehmen nach dem anderen erworben und trat nun in Italien als Financier der Faschisten auf. Kurz gesprochen, der Mann hatte ein erstaunliches Talent dafür, zu erkennen, wo etwas zu holen war.

Lamprecht überlegte. Er hatte sich von Elvira Kinski eine Fotografie ihres Mannes besorgt und sein Bild an die Polizisten beim Bahnhof und am Hafen weitergegeben. Aber wenn der Wiener es irgendwie geschafft hatte, bis Udine zu kommen, konnte er dort wahrscheinlich völlig unbehelligt einen Zug nach Norden besteigen.

Als Lamprecht Frau Kinski schließlich auf den Grund seines Besuchs ansprach und nach Grundstücken fragte, die zu ihrem Besitz gehörten, sagte die Frau nur: »Darum hat sich immer Walter gekümmert, dazu kann ich Ihnen leider keine Auskunft geben.«

Brisotto war begeistert von dieser neuen Entwicklung: »Wir sollten einen Wagen anfordern und gleich dorthin fahren. Warum schaust du plötzlich so drein?«

»Du weißt, was Dizzioli uns angeordnet hat. Ich möchte dich da nicht reinziehen, außerdem …«

Brisottos Grinsen wurde breiter. »Außerdem wäre es eine schöne Strecke und das Wetter ist gut. Pass nur auf, dass dich keiner sieht.«

Lamprecht nickte. Es war gut, wenn man einen Kollegen hatte, der auch ohne große Erklärungen verstand.

Lamprecht hatte die richtige Abzweigung gefunden. Ein Wegweiser aus Holz an einem alten Obstbaum, dessen knorriger Stamm sich über viele Jahre der Bora entgegengestemmt hatte, kündigte die Grotta Gigante an, die weltgrößte Schauhöhle, die Ende des vorigen Jahrhunderts vom Club Touristi Triestini erforscht worden war. Daneben gab es in dieser Gegend noch weitere kleine Grotten, wie ja fast der gesamte Karst von einem riesigen unterirdischen Höhlensystem durchzogen war.

Er passierte ein Bauernhaus, das leer wirkte. Die Bauersleute waren wahrscheinlich auf den Feldern. Jetzt im Sommer, mit seinen langen Tagen, hatten die Contadini die meiste Arbeit zu erledigen. Grün leuchtende Weinberge schlossen an die niedrigen Steinhäuser an, er freute sich auf den Jungwein im Herbst, der nicht nur erfrischend, sondern auch leicht war. Über die holprige Sandstraße dahinter hatte er sein Ziel nach wenigen Minuten erreicht. Der Wind brachte den Duft von Thymian und wildem Salbei. Dann sah er den Holzschuppen.

»Wer immer Sie geschickt hat, Sie können Ihren Leuten sagen, dass ich es geschafft habe.«

Kinski kam mit zur Abwehr vorgestreckten Armen auf ihn

zu. Offenbar rechnete er mit Schlimmerem als dem Auftauchen eines Polizisten in Radmontur. Kurz bevor er Lamprecht erreicht hatte, blieb er stehen und fragte: »Sie kommen allein?«

Lamprecht war amüsiert. Er hatte sich Kinski nach dem Foto und der Beschreibung, die er von seiner Ehefrau erhalten hatte, anders vorgestellt. Größer, sicherer im Auftreten.

»Nachdem ich kein Tandem fahre, musste mein Kollege in der Questura in Triest bleiben. Ich bin Agente Lamprecht.«

Zwar verschwand mit einem Schlag die Unsicherheit aus Kinskis Blick, doch das Abwehrende blieb darin, ebenso wie in seiner Körperhaltung. »Sie kommen von der Polizei? Ich habe nichts Unrechtes getan. Die Schulden werden alle bald beglichen.«

Jetzt reichte es Lamprecht. Da er einen Wiener vor sich hatte, wechselte er in dessen Idiom: »Sie Rindviech, was glauben Sie, was sich Ihre Familie für Sorgen um Sie macht? Sie sind seit Wochen abgängig, man hat das Wrack Ihres Autos gefunden und Sie fragen, warum die Polizei nach Ihnen sucht?«

Kinski erbleichte, zog einen Stuhl heran und ließ sich darauf fallen, bevor er sein dunkles dichtes Haar raufte.

»Ich dachte, ich hätte Elvira darauf vorbereitet. Ich habe ihr gegenüber immer wieder angedeutet, dass sie sich keine Sorgen zu machen braucht, wenn ich einmal unvorhergesehen weg bin. Aber aussprechen konnte ich es nicht direkt, ich wollte sie nicht hineinziehen.«

»Und Ihr Auto?«

»Das war nicht so geplant. Ich wollte es abseits der Straße verstecken, doch dann kam mir in den Sinn, dass mir das nicht genügend Zeit verschaffen würde. Meine Verfolger würden mich weiterhin suchen, aber nach einem Unfall … Nennen Sie es ein Bauernopfer. Ein teures Bauernopfer, aber offenbar hat es meine Verfolger überzeugt.«

»Hinter Ihnen waren die Faschisten her. Trecciani hat Sie zuvor schon unter Druck gesetzt, oder?«

Kinski nickte, das Gesicht zu Boden gerichtet.

»Sehen Sie mich bitte an. Was haben Sie geschafft?«

Lamprecht bezog sich auf die Worte, mit denen Kinski ihn empfangen hatte.

Der Konstrukteur begann zu erklären, woran er forschte, und dass er es sich zum Ziel gesetzt hatte, ein modernes Elektrofahrzeug zu entwickeln, das nicht nur eines der schnellsten, sondern auch einem Verbrennungsmotor an Effizienz überlegen sein würde.

»Aber Sie schmücken sich hier mit fremden Federn«, warf Lamprecht ein, der wusste, aus welchem Kanal Kinski den Bauplan hatte. Der schüttelte den Kopf.

»Wenn Sie auf den Entwurf Porsches anspielen: Leider hat der in der Praxis nicht annähernd gehalten, was er auf dem Papier versprochen hat. Das Ding wäre langsam wie eine Schnecke gewesen.«

»Warum?«

»Der Akkumulator war unbrauchbar. Zu schwer, viel zu wenig Leistung, das halbe Auto hätte er vom Platz her gebraucht, vom Gewicht ganz zu schweigen.«

»Und dieses Problem haben Sie gelöst?«

Kinski grinste. »Ja, anfangs kam ich gar nicht weiter und habe Unsummen in alternative Materialien investiert, die aber unbrauchbar waren. Doch dann …« Er machte eine Pause und blickte Lamprecht forschend in die Augen, ehe er fortsetzte. »Rekuperation heißt das Zauberwort. Mit einem eigenen Akku kann ich die Energie, die beim Bremsvorgang in Wärme umgewandelt wird, für den Antrieb nutzbar machen.«

»Ich verstehe von derlei Dingen wenig, aber ich habe mich Ihretwegen doch ein wenig schlaugemacht. Ich weiß, dass der

Nachteil dieses Motors bei der Energieversorgung liegt. Mit dem Bremsen allein werden Sie nicht weit kommen, nehme ich an.«

Kinski lächelte verschlossen. »Sie werden verstehen, dass ich dieses Geheimnis für mich behalten muss. Nur so viel: Ich habe mit Kohlenstoff erstaunliche Fortschritte erzielt, das Verfahren ist allerdings sehr teuer, daher wurden meine Mittel immer knapper, das hat den Fortschritt entsprechend verzögert. Ich habe meine Werkstatt so unauffällig wie möglich in diesen Schuppen verlegt, um ein wenig Zeit gegenüber meinen Geldgebern zu gewinnen. Woher wussten Sie, dass der zu unserem Haus gehört?«

»Ich bin Polizist, es ist mein Beruf, solche Dinge in Erfahrung zu bringen.«

»Wie geht es jetzt weiter?«

»Jetzt müssen Sie einmal mit mir in die Stadt kommen. Immerhin sind Sie als vermisst gemeldet, das muss alles entsprechend protokolliert werden, sonst beginnen womöglich noch die Carabinieri, aktiv zu werden. Wir werden versuchen, Sie vor Trecciani zu schützen. Aber wenn er eine Klage gegen Sie einbringt, ist das natürlich sein gutes Recht.«

Es gab für Lamprecht nur einen Weg, Kinskis Sicherheit zu gewährleisten: Er musste Trecciani drankriegen. Es musste ihm gelingen, ihn für den Brand im slowenischen Kulturhaus verantwortlich zu machen, unabhängig davon, wie viele Fürsprecher er in der Kommunalpolitik hatte. Delgrado hatte sich Trecciani jedenfalls zum Feind gemacht. Es wäre nicht überraschend, wenn der Kriegsveteran demnächst Rache an ihm nehmen würde. Dem musste er zuvorkommen, dem Recht zum Durchbruch verhelfen und Trecciani, wie schon seinen Vater, auf die Anklagebank bringen.

34.

Kinski hatte ein altes Waffenrad zur Verfügung und so fuhr Lamprecht mit ihm im Schlepptau in die Stadt zurück. Da es vor allem abwärts ging, konnte der Wiener Auswanderer sein Tempo spielend halten.

Sie unterhielten sich bald über Privates. Lamprecht erzählte von seiner Zeit am Gymnasium in der Wasagasse, das Kinski kannte, da die Lohnerwerke ihren Verwaltungssitz in der Porzellangasse, wenige Straßen davon entfernt, hatten.

Dann kam Lamprecht doch wieder auf Kinskis Aktivitäten zu sprechen:

»Wieso sind Sie so sicher, dass der Elektromotor für das Automobil eine Zukunft hat?«

»Schauen Sie«, hatte Kinski geantwortet, »natürlich war es im Krieg so gut wie unmöglich, elektrische Motoren einzusetzen, weil der Nachschub von Diesel oder Benzin an die Front einfacher zu bewerkstelligen war, als dort auf die Schnelle ein Kraftwerk hinzustellen. Aber das waren besondere Umstände. Letztlich geht es um Effizienz: Ein Verbrenner wandelt, seinem Namen gemäß, den Großteil der Energie in Wärme um. Daher braucht es auch eine Kühlung durch den Fahrtwind und zusätzlich einen Thermosiphon, der Kühlwasser im Umlauf hält, das beeinträchtigt alles die Effizienz. Wir sind ja erst am Anfang der Mobilität, und wir befinden uns nun im Frieden. Für Benzin müssen Sie zur nächsten Pharmazie fahren, Sie müssen zu Hause einige Kanister mit dem entzündlichen, hochexplosiven Treibstoff auf Vorrat halten, was doch ein beträchtliches Risiko bedeutet.«

»Ja, aber Strom gibt es doch auch nicht überall. Oder wollen Sie über jeder Straße eine Leitung führen, wie für die Tramway?«

»Strom wird es bald in jedem Haus geben, in den meisten

Städten in Italien ist das bereits so. Dann müssen Sie nirgends mehr hin, um zu tanken, und sind an keine Öffnungszeiten gebunden, weil das Stromnetz überall hinkommt. Verstehen Sie?«

Lamprecht nickte. Die weitere Elektrifizierung des Landes war wohl nur eine Frage von kurzer Zeit. In Triest waren bereits vor der Jahrhundertwende der Kernbereich des Stadtgebiets und der Hafen weitgehend an das Stromnetz angebunden worden, immer mehr Glühbirnen beleuchteten seither Büros und Straßen.

Kinski war bei seinem Thema: »Außerdem produziert so ein Elektromotor keine Abgase. Die Menschen werden es lieben, wenn meine Fahrzeuge ihnen nicht die Luft verpesten.«

Lamprecht schickte ihm einen fragenden Blick. Gut, er selbst ärgerte sich auch, wenn er am Rad einen Anstieg meisterte und dabei von einem Lastwagen überholt wurde, der ihn in eine qualmende Rußwolke hüllte, sodass er husten musste. Doch wenn man bedachte, was die Fabriksschlote und Hochseeschiffe so in die Luft spien oder auch die Lokomotiven der Tausenden Züge, die jede Woche in alle Richtungen abgingen oder ankamen und auf ihren Strecken Tunnels wie Hausfassaden schwärzten, war der Beitrag der wenigen Autos zu einer besseren Luftqualität doch unerheblich. Die Menschen reisten gern mit dem Schiff oder mit dem Zug, und ja, einige rauchten auch begeistert, daher würde sich wohl keiner an ein paar Abgasen mehr stören.

»Auf die paar Autos wird es wohl nicht ankommen«, erwiderte er, wofür er von Kinski ein Kopfschütteln erhielt.

Lamprecht brachte Kinski zunächst nicht zur Polizei, sondern sie fuhren, auch weil die mit Makadam befestigte Straße von Prosecco mehr oder weniger an Gretta vorbeiführte, zuerst zu dessen Haus. Er brachte es nicht fertig, die besorgte Ehefrau weiter auf die Folter zu spannen. Sie hatte eine baldige Erlösung von dieser Pein verdient.

Es war unübersehbar, wie Kinski das schlechte Gewissen seiner Frau gegenüber drückte. Je näher sie dem Haus kamen, umso einsilbiger wurde er. Als sie schließlich angekommen waren und er auf seine Frau zuging, die mit Tränen und vor den Mund gehaltener Hand vor das Haus trat, hatte er sichtlich weiche Knie. Hinter Frau Kinski baute sich die Figur der Haushälterin auf, wie ein Hohepriester, der darüber wacht, dass ein Zeremoniell eingehalten wird. Schließlich tauchten hinter ihr noch die Zöpfe eines Mädchens auf.

Frau Kinski löste sich dann rasch aus der Schockstarre, erst klatschte eine Ohrfeige auf die Wange des Vermissten, dann fiel sie ihrem Mann schluchzend um den Hals.

»Es tut mir so leid. Aber ich kann dir alles erklären, mein Liebling«, flüsterte er ihr ins Ohr.

Wenig später hatten sie sich im Wohnzimmer eingefunden und Lamprecht wurde Zeuge, wie Kinski seiner Frau eine umfassende Beichte ablegte, ihr von den heimlichen Krediten, von den Schulden beim Fascio erzählte und begründete, warum er deswegen für eine gewisse Zeit abtauchen hatte müssen.

»Und wieso meinst du, dass wir jetzt aus diesem Schlamassel, den du uns eingebrockt hast, plötzlich draußen wären?«

»Ich habe einen Financier gefunden.«

»Noch einen? Du solltest besser die Schulden zahlen, als neue aufnehmen.«

»Ich habe Herrn Castiglioni gleich in der ersten Woche nach meinem fingierten Unfall in Wien aufgesucht, und, um es kurz zu machen, er ist von meinem Konzept überzeugt und wird sich freuen, wenn ich ihm telegrafiere, dass ich das letzte Problem gelöst habe. Sie kennen den Signore?«

Lamprecht bedeutete ihm, dass ihm der Finanzmagnat durchaus ein Begriff war. Der gebürtige Triestiner hatte sich mit gewagten Flugmanövern vor dem Krieg beim Kaiser in Wien einen Namen und als Lieferant einer vollständigen Luftflotte an Österreich-Ungarn ein Vermögen gemacht.

Kinski fuhr fort: »Ich hatte das Vergnügen, Herrn Castiglioni hier, in Triest, kennenzulernen, als er im Herbst des Vorjahres gekommen war, um Italiener zu werden, wie wir auch. Da wusste ich allerdings noch nicht, wer der Mann war, und als es mir dann klar geworden ist, war es zu spät. Dieses Jahr war ich schon einmal in Wien, habe ihn aber verpasst. Daraufhin habe ich ihm geschrieben und ihm erklärt, dass ich bis Kriegsende Motoringenieur der Lohnerwerke in Wien gewesen bin. Das war meine Eintrittskarte, daraufhin hat er mich kurzfristig in Wien empfangen. Das ist jetzt zwei Wochen her.«

»Warte bitte«, sagte Elvira Kinski und kehrte nach wenigen Augenblicken mit einem weißen Kuvert aus dem Wohnzimmer zurück. »Von diesem Herrn ist ein Brief an dich gekommen. Ich habe ihn in deiner Abwesenheit geöffnet und auch gelesen, weil ich hoffte, irgendetwas darin zu finden, was dein Verschwinden erklärt hätte.«

»Gut, ist schon in Ordnung. Wahrscheinlich ist es seine Finanzierungszusage für die gesamte Produktion einschließlich der Entwicklungskosten.«

In freudiger Erwartung holte Kinski das Schreiben aus dem Umschlag und überflog mit siegessicherem Lächeln die Zeilen, wobei seine Mimik mit fortschreitender Lektüre gefror. Er zog einen neben der Kommode postierten Stuhl heran und ließ sich darauf fallen, wobei er einen Pfeiflaut von sich gab.

»Was hast du?«, wollte Elvira wissen.

»Schlechte Nachrichten?«, erkundigte sich auch Lamprecht.

Kinski richtete sich auf, er schien sich gefasst zu haben: »Wie man es nimmt. Ich habe Konkurrenz bekommen. Der Fascio hat sein Vertrauen offenbar in einen anderen Ingenieur, Tommasini, gesetzt, der wohl dieselbe Idee wie ich hatte, dass man für so ein Projekt einen potenten Partner braucht. Die haben sich ebenfalls an Castiglioni gewandt. Der schreibt mir nun, dass er beide Ideen für interessant hält, und um eine Entscheidungshilfe zu haben, schlägt er ein Wettrennen zwischen unseren Prototypen vor. Ihm schwebt eine Wettfahrt nach Vorbild des 1911 abgehaltenen Rennens nach Opicina vor. Eine Corsa Trieste–Opicina. Den siegreichen Wagen will Castiglioni dann produzieren.«

35.

Es war spät geworden, als Lamprecht nach Hause kam. Die Kollegen vom Wachposten der Carabinieri hatte er durch einen der Amtsdiener von Kinskis Rückkehr verständigen lassen. Er selbst war gar nicht mehr ins Büro gefahren. In seinem Aufzug war das auch besser so. Nachdem die Kollegen der Sache bislang ohnehin kaum Aufmerksamkeit geschenkt hatten, würden sie zufrieden den Aktendeckel schließen und auch die Erhebungen bezüglich des verunfallten Wagens einstellen. Er hatte Verständnis dafür, dass Kinski nun einiges mit seiner Familie zu besprechen hatte, also hatte er sich von ihm versprechen lassen, dass er am nächsten Morgen für ein Protokoll erscheinen würde.

Als Lamprecht sein Fahrrad ins Haus schieben wollte, standen zwei Männer im Weg, die er ersuchen musste, zur Seite zu treten.

»Aspetta il tuo turno!«, sagte einer der Männer, der einen verbeulten Hut auf dem Kopf trug, sonst jedoch einen frisch gebürsteten Anzug. Er erfrechte sich, ihn an der Schulter zurückzuhalten. Warum sollte er warten, bis er dran sei, fragte sich Lamprecht und streifte die Hand des Mannes von seinem Körper.

Dann fuhr er ihn etwas schärfer an, aber noch im Privat- und nicht im Polizeiton: »Scusi, Signore, aber ich wohne hier und lasse mich von Ihnen sicher nicht am Betreten meines Hauses hindern.« Ein grimmiger Blick ließ den Mann zusammenzucken.

»Dottore, chiedo scusa, non sapevo … ich wusste nicht, dass das Ihr Haus ist. Ich bitte vielmals um Verzeihung, ich …« Der Mann gab sofort den Weg frei, machte einen Bückling und Lamprecht musste grinsen, so unbeholfen, wie der Rüpel nun versuchte, höflich zu sein. Auch der zweite Mann, der eine Weste über seinem Leinenhemd trug und kurzes, pomadisiertes Haar hatte, grinste. Allerdings schelmisch, beinahe schadenfroh, als ob er dem anderen den Fauxpas gönnte.

»Es ist nicht mein Haus, es ist das Haus meiner Familie. Zu wem möchten Sie?«

Der Mann in der Weste zog einen Zeitungsausschnitt hervor: »Hier steht nur die Adresse, und dass man sich heute um neunzehn Uhr hier vorstellen könne.«

»Vorstellen? Wofür?«

»Für die Miete eines Wohntrakts, aber Sie sind offenbar der falsche Ansprechpartner, wenn Sie keine Ahnung haben«, ereiferte sich nun wieder der Erste, der seine Fassung und auch seine Unverfrorenheit zurückgewonnen hatte.

Lamprecht baute sich vor dem Tor auf und versperrte mit seinem Rad den Eingang. »Vattene!«, fuhr er den ungehobelten Kerl an. »Und Sie sollten besser auch gleich gehen. Hier gibt es kein Zimmer zu mieten.«

Der zweite Mann murrte zwar, steckte aber die Zeitungsseite wieder ein und zog kopfschüttelnd ab. Dem Rohling musste er noch eine drohende Geste nachschicken, bis auch der klein beigab.

»Wir hören uns noch, das wird ein Nachspiel haben!«, drohte er im Umdrehen.

»Gerne, am besten bei mir auf der Questura, wenn Sie möchten«, rief Lamprecht ihm nach und erntete dafür eine in die Höhe gestreckte Faust, die aber weniger bedrohlich als vielmehr Ausdruck der zugestandenen Niederlage war.

Immerhin, die Typen waren weg und er würde mit dem Vater ein ernstes Wort reden müssen. Die finanzielle Situation hatte sich doch gebessert, seit neben Adina auch er zu den Kosten der Haushaltsführung beisteuerte. Warum der Vater nicht von der Idee abrückte, einen Teil der Wohnung zu vermieten, wollte ihm nicht einleuchten.

»Auf ein Wort, Vater. Darf ich dich etwas fragen?«

Gaetano traf Franz Lamprecht im Wohnsalon an. Das Abendessen, das aus einem großen Teller frittierter Sardellen, die sogar der Vater, zunächst mit gerümpfter Nase, dann aber mit großem Appetit gegessen hatte, und einer nachfolgenden Minestra bestanden hatte, die die Mutter nach toskanischer Rezeptur mit hiesigen Kräutern verfeinert gekocht hatte, war schon eine Zeit lang beendet und der Vater wollte sich gerade mit einem Buch in den Armstuhl setzen und die Ruhe genießen. Die Damen waren spazieren gegangen, also außer Haus, und Federica hatte auch Randa mitgenommen, damit sie ein wenig Auslauf bekam.

Für Gaetano schien es der geeignete Moment, den Vater auf seine Pläne mit der Wohnung anzusprechen. Der Vater klappte das Buch zu, ein Seufzer verriet, dass ihm die nun kommende Unterredung unangenehm sein würde.

»Ihr müsst das bitte verstehen, du und deine Schwester. Ich weiß, mit eurer beider Einkommen können wir unsere Lebenshaltungskosten decken. Aber es geht auch um meine Selbständigkeit.«

Gaetano begriff nicht genau und fragte, was der Vater damit meinte.

»Ich habe kein Einkommen und meine Ersparnisse sind aufgebraucht. Die Wohnung ist das Letzte, was mir geblieben ist.«

»Die natürlich auch einen Wert darstellt.«

»Und Erträgnisse aus einer Vermietung abwerfen könnte. Mir geht es darum, dass ich nicht wegen jedem Kaffee oder Cognac, den ich im Caffè bestellen möchte, vorher zu eurer Mutter pilgern muss, damit sie mir vom Haushaltsgeld ein Taschengeld zusteckt wie einem Pennäler. Ich habe doch auch meinen Stolz.«

Gaetano hatte das so nicht bedacht. Er musste an das letzte Jahr denken, als er ohne einen Heller aus dem Krieg heimgekehrt war und sich keinerlei Vergnügen hätte leisten können, wenn ihm die Mutter, die damals wohl ihren Schmuck versilbert hatte, nicht ein paar Münzen zugesteckt hätte. Das Land lag noch immer darnieder und Italien hatte mit den Folgen des Krieges jetzt beinahe mehr zu kämpfen als Triest während des Krieges, obwohl auch damals die Versorgungslage alles andere als rosig war.

»Es kommen sicher bald bessere Zeiten«, merkte Gaetano an, was seinem Vater nur ein bitteres Lächeln entlockte. Er erwiderte: »Ewig werde ich nicht warten können.«

»Ja, aber wir haben das doch schon diskutiert. Außerdem: Was willst du überhaupt vermieten?«

Franz Lamprecht setzte eine entschlossene Miene auf.

»Nach wie vor den Trakt deines Onkels. Und bevor du schon wieder opponierst, hör mir zu. Das mit ihm kann so nicht weitergehen. Ich habe deiner Mutter verboten, dir davon zu erzählen. Aber unlängst hat er sich ein Badekostüm besorgt und ist ins Lanterna gegangen. Du kannst dir vorstellen, dass es ein Badekostüm für Frauen war, das er angezogen hat. Und dann ist er in den ausschließlich Damen vorbehaltenen Teil gegangen, was für einen Skandal gesorgt hat, der noch größer geworden wäre, wenn deine Mutter ihm nicht heimlich gefolgt und rechtzeitig eingeschritten wäre. Stell dir vor, dein Onkel als Sittenstrolch verhaftet, unser Name stigmatisiert, wo wir es als Deutsche hier doch eh schon schwer genug haben.«

»Ja, aber was hat das mit seinen Räumen zu tun? Das klingt doch eher, als müsste man ihn dort wieder öfter einsperren, um ihn zu schützen.«

Franz Lamprecht schüttelte den Kopf und ein fast maliziöses Lächeln lag auf seinen Lippen. »Nicht hier, in San Giovanni.«

Gaetano war entsetzt, das Manicomio di San Giovanni hatte nicht den besten Ruf, was den Umgang mit geistig Kranken betraf. Sein Vater sah ihm diese Bedenken an und versuchte, seinen Plan zu rechtfertigen.

»Ich habe einen wunderbaren Irrenarzt gefunden, er heißt Edoardo Weiss. Hat vor dem Krieg in Wien studiert und wendet nun auch hier die neuesten wissenschaftlichen Methoden an. Also mach dir keine Sorgen. Im Gegenteil, ich glaube, Ladislaus wird es in diesem Irrenhaus besser gehen als in der Welt da draußen. Stell dir vor, er läuft irgendwelchen Squadristen in die Hände, die würden ihn totschlagen wie einen tollwütigen Hund.«

Gaetano biss sich auf die Lippen. Dem Argument war tatsächlich einiges abzugewinnen. Wenn er sich den Hass dieser Männer beim Brand des Narodni dom in Erinnerung rief und daraus ableitete, was passieren würde, sollte der Onkel bei so einer Gewaltaktion auftauchen, da war es zu seinem Schutz wohl tatsächlich das Beste, ihn aus der Gefahrenzone und von der Straße wegzubekommen.

»Ich fürchte, ich muss dir diesmal wirklich recht geben, zumindest was die Sicherheit des Onkels betrifft. Hast du schon mit ihm darüber gesprochen?«

»Das wird nicht notwendig sein.«

»Wieso? Du kannst doch niemanden gegen seinen Willen in ein Irrenhaus sperren, solange er keinen Schaden anrichtet!«, gab sich Gaetano empört, doch der Vater hielt seinem Blick siegessicher stand und entgegnete: »Ich habe bei Gericht die Übertragung der Vormundschaft auf mich beantragt. Ich habe beim zuständigen Richter vorgesprochen und der hat mir zu verstehen gegeben, dass ich in den nächsten Tagen den positiven Beschluss erhalten würde.«

Ein Geräusch ließ die beiden aufschrecken. Es kam vom Flur. Jemand musste gegen das Ecktischchen in der Nische, auf dem meist ein Krug mit Wasser bereitstand, gestoßen sein und das Gefäß umgeworfen haben. Jetzt war weiter entfernt zu hören, wie eine Tür zugeschlagen wurde.

Hatte die einzige Person, die besser nie Zeuge des Gesprächs hätte werden dürfen, sie belauscht?

Gaetano stürmte los und klopfte an die Tür des Onkels. Sie war versperrt, der Onkel öffnete auch auf wiederholte Bitte hin nicht. Durch die Tür drang leises Schluchzen. Er drückte sein Ohr gegen das Türblatt. Seltsam, dachte er, es klang, als würde eine Frau weinen.

AUGUST 1920

36.

Am Wochenende hatte Gaetano endlich wieder Zeit gefunden, eine Ausfahrt zu unternehmen, und da Adina diesen Sonntag ins Büro hatte müssen, konnte er endlich wieder allein mit Giulio Vinciguerra seine Runden drehen und dabei normale Männergespräche führen. Nicht, dass ihn seine Schwester bei der Ausübung des Radsports einschränkte, nein, sie war mittlerweile durchaus in der Lage, die meiste Zeit mit den Männern mitzuhalten, aber für manche Gespräche war es einfacher, wenn man unter seinesgleichen war.

Adina hatte sich bereits am Freitagabend entschuldigt, weil ein wichtiges Projekt der beiden Architekten fertiggestellt werden sollte. Die Bierbrauerfamilie Moretti aus Udine ließ sich in Tarcento eine Villa von den Berlams errichten und in der Endphase der Planung war der Druck besonders groß.

Sie hatten einen der steilen Anstiege auf den Hügel von Chiadino erkämpft und hatten schon vor einiger Zeit das ehemalige Hotel-Restaurant Ferdinandeo sowie die kleine Siedlung bei Cattinara hinter sich gelassen. Sie strebten Richtung Basovizza zu, wo die Firma Škoda vor dem Krieg in einer Foibe einen Mineralsteinbruch gegraben hatte, der aber bald aufgegeben worden war und der jetzt, nach dem Krieg, als Endlager von Kriegsgerät wie Kanonen und Munition diente.

Es war Anfang August, und obwohl sie früh losgefahren waren, brannte die Sonne schon vor Mittag gnadenlos vom Himmel. Giulio schlug vor, das Tempo zu reduzieren oder in einer Osteria eine Einkehr zu halten.

Gaetano war amüsiert: »Und dabei bin ich der an Jahren

Ältere. Und? Jammere ich? Nein, bald wird uns der Fahrtwind kühlen.« Doch auch ihm klebte die Zunge am Gaumen. In diesem Moment verwünschte er den Entschluss, seine Feldflasche der Fratelli Strukel zu Hause gelassen zu haben. Aber er hatte das sperrige Ding nicht einmal in den Krieg mitgenommen.

Mit einem Grinsen bestätigte Giulio den Altersunterschied zwischen ihnen. Er war unwesentlich älter als Adina, Gaetanos immer noch kleine Schwester. Der Jüngere kam auf ein Thema, das Gaetano meist gern aussparte: »Hast du eigentlich vor, als Hagestolz zu enden? Ich meine, du bist längst in dem Alter, wo ein Mann sich binden sollte.«

Lamprecht trat nun wieder fester in die Pedale. Diese Belehrung hatte er gebraucht. Wie er denn eine Frau hätte kennenlernen sollen, bei all dem Trubel, der nach dem Krieg geherrscht hatte, und das in seiner Situation, fragte er etwas ungehalten, doch dann riss er sich zusammen. Immerhin hatte er seine Anstellung bei der Polizei auch Vinciguerra zu verdanken. Er sagte: »Die Frau, die ich liebte, die hat mir die Spanische Grippe genommen, und jetzt habe ich eine Tochter, um die ich mich kümmern muss. Außerdem, caro mio, du bist ja auch im besten Alter, um dich zu binden.«

»Vielleicht ist es ja bei mir wirklich bald so weit«, antwortete Vinciguerra, versiegelte jedoch augenblicklich den Mund, als er sah, dass Gaetano die Züge entgleisten. Dass Giulio kein Weiberheld war, der jedem Rock nachstieg, wusste er nur zu gut, was allerdings bedeuten musste, dass …

… dass es um Adina ging.

Diese Vorstellung löste eine ganze Kette von Gedanken und Befürchtungen in ihm aus. Er malte sich aus, wie die beiden Hochzeitspläne ausgeheckt hatten, und fragte sich, wann sie die Familie hatten einweihen wollen, vor allem, wann Giulio förmlich beim Vater um ihre Hand anhalten würde. Damit bahnte sich die nächste Katastrophe für seinen alten Herrn an. Ein Italiener in der Familie! Natürlich, auch Franz Lamprecht hatte eine Italienerin geheiratet. Doch das war in der Zeit weit vor dem Krieg gewesen, als es normal war, dass die Völker der Monarchie sich untereinander austauschten und sich deren Angehörige verbanden. Jetzt, nachdem der Nationalismus viele kleine Staaten geschaffen hatte, war das anders. Andererseits, das würde auch der Vater einsehen müssen, war die Auswahl an Männern aus der verbliebenen deutschen Volksgruppe in Triest sehr gering geworden, nachdem viele Familien nach dem Krieg das Küstenland verlassen hatten. Lamprecht schüttelte den Kopf. Wieso hatte Adina nicht einmal ihm etwas davon erzählt?

»Was ist mit dir?«, fragte Giulio. »Brauchst du eine Pause? Du bist weiß wie der Marmor aus Sistiana.«

»Geht schon, aber bitte, du hast recht, es ist heute einfach zu heiß, lass uns bitte umkehren.«

Weil ihr Papà so rasch von seinem Training zurückgekehrt war, durfte sich Federica über einen Nachmittag freuen, der gänzlich ihr gewidmet war. Den Wunsch nach einem Bad erfüllte er ihr zwar nicht, doch der Ausflug mit der Tram nach Opicina, wo sie im Garten des Hotels Obelisco eine Erfrischung einnahmen, freute sie mindestens ebenso. Und auch wenn Gaetano das kurze Stück zum Hotel humpeln musste, wurde es ein schöner Nachmittag.

Auch tags darauf, als Lamprecht im Büro saß, schmerzte sein Bein immer noch, weil er bei der Abfahrt Richtung San Dorligo in einer Kurve unachtsam gewesen war und mit dem Rad gestürzt war. Die linke Seite war noch dazu aufgeschürft.

Brisotto betrat das Büro und wünschte allseits einen guten

Morgen. Dann sah er Schrammen in Lamprechts Gesicht: »Offenbar ist dir der freie Tag nicht so gut bekommen?«

»Manchmal ist man froh, wieder im Büro zu sitzen.«

»Un tipico austriaco, sempre il lavoro«, vermeldete einer der italienischen Kollegen und alle lachten über die Plattitüde, wonach der typische Österreicher nur die Arbeit im Kopf habe. »Es wäre manches Mal besser, wenn das auf die Italiener auch zuträfe«, erteilte Lamprecht eine Retourkutsche.

Brisotto ging darauf nicht weiter ein und wandte sich der Arbeit zu.

»Hast du etwas Neues zur Brandstiftung beim slowenischen Kulturhaus?«, wollte Lamprecht wissen.

Brisotto zuckte mit den Schultern. »Alle waren sie da, doch keiner hat etwas gesehen und keiner kann sich an irgendetwas erinnern. Außerdem weißt du so gut wie ich, dass eine Kommission die Untersuchung über den Schusswechsel zwischen Militär und Aufwieglern leitet.«

»Nur dass diese sogenannten Aufwiegler sich eher verteidigen wollten und das Militär und auch unsere Leute tatenlos zugesehen haben, wie der Mob hemmungslos gewütet hat. Mir geht es um die Brandschatzung im Gebäude. Das ist nach Artikel 300 des Codice Penale ein strafbares Delikt, und ich habe vor, die Betreffenden dafür zur Verantwortung zu ziehen.«

»Du weißt doch so gut wie ich, wer da dahintersteckt, und dass es sinnlos ist, in diese Richtung zu ermitteln.«

Brisotto hatte natürlich recht, das wusste Lamprecht auch, ließ sich aber nicht beirren. Auch den gut gemeinten Einwand, er solle sich in seiner Position nicht zu weit hinauslehnen, wischte er weg. »Na und?«

»Denk an deine Familie. Wenn sie dich rausschmeißen, was wird aus deinen Verwandten?« Brisotto hatte seinen wunden Punkt getroffen. Er senkte den Blick und nickte einsichtig wie einer, den man gerade vor einer großen Dummheit bewahrt hatte. Es war zugleich ein störrisches Nicken, denn alles in ihm widerstrebte der Notwendigkeit, sich zu fügen.

»Also gut, mi arrendo. Was haben wir sonst zu tun?«

Brisotto trat zu Lamprecht vor und knallte einen Stapel Papier auf seinen Tisch. »Hier, das sind die Anzeigen unserer braven Mitbürger gegen die slowenischen Aufrührer.«

»Das ist jetzt nicht dein Ernst? Die waren doch zumeist die Opfer und nicht umgekehrt.«

»Sieht unser Präfekt nicht so. Wir sollen jedem einzelnen Fall nachgehen, hat auch Dizzioli bestätigt, auch wenn er nicht sonderlich überzeugt wirkte, aber der hat ja nichts mit dem Papierkram zu schaffen.«

Lamprecht blätterte durch den Stapel. »Wir machen halbe-halbe.«

Brisotto nickte genervt. »Meinetwegen, auch wenn ich schon einen Teil durchgeackert habe, während du deinen Wiener Automenschen gesucht hast.«

Lamprechts Plan, die Anzeiger am Telefon zu erreichen und zu überzeugen, dass die Suppe zu dünn war für weitere Erhebungen und sie besser ihre Anzeigen zurückzögen, scheiterte daran, dass die meisten von ihnen keinen Telefonanschluss besaßen. Also machte er sich am Nachmittag auf, sie persönlich aufzusuchen. Jeder zweite ließ sich von dem Agente, der persönlich erschienen war und mit einem freundlichen Lächeln erklärte, dass bei solch einem Aufruhr die Täter so gut wie nie auszuforschen seien, überzeugen, die Angelegenheit fallen zu lassen, und unterschrieb ihm, dass er die Anzeige zurückzog. Die anderen verweigerten, forderten volle Aufklärung und vor allem den Einsatz der Polizei, was er mit dem Stehsatz quittierte: »Wir tun, was in unserer Macht steht.«

Es war bereits dunkel geworden, als er endlich wieder in seine Dienststelle zurückkehrte. Es war ein lauer Abend und die Tische vor den Lokalen waren voll mit Menschen, die ihr Abendessen oder vielleicht nur ein Glas Wein oder Bier genossen. Er wollte die Papiere, die er mit sich führte, ins Büro bringen und sich dann auf dem Heimweg auch eine Erfrischung gönnen.

An einer der Ecken zischte ihm ein Schatten entgegen. »Psst, Ispettore. Keinen Schritt näher, ich habe eine Waffe auf Sie gerichtet.«

Lamprecht unterdrückte den Impuls, in den Angriff überzugehen, und blieb stehen.

»Wer sind Sie?«

»Das tut nichts zur Sache. Ich habe etwas für Sie.«

»Etwa eine Kugel?« Lamprecht hatte seinen Sarkasmus nicht ganz verloren. Das Vortäuschen von Überlegenheit hatte ihn schon oft gerettet.

»Wenn Sie bleiben, wo Sie sind, habe ich etwas für Sie, das Sie sicher haben wollen. Ich kann Ihnen Trecciani auf dem Silbertablett servieren.«

Jetzt wurde er hellhörig. Er forderte den Mann auf, sich zu zeigen und ihm in die Questura zu folgen, um eine Anzeige aufzunehmen.

»Nichts da! Sie werden schön nach meinen Regeln spielen.«

»Kommt darauf an, was Sie zu bieten haben.«

»Ich kann Ihnen den Beweis liefern, dass er unzählige Kanister mit Benzin gekauft hat. Aber nur, wenn das Ganze zu meinen Bedingungen abläuft.«

Das war tatsächlich ein vielversprechender Ansatz. Misstrauisch fragte Lamprecht den Unbekannten nach seinem Motiv. Als der seine Antwort flüsterte, brach eine Runde an einem nahen Tisch einer Osteria in lautstarkes Lachen aus und Lamprecht verstand bloß einzelne Fetzen, die keinen Sinn ergaben.

»Kommen Sie am Donnerstag um zehn Uhr in die Androna di Campo Marzio. Und jetzt gehen Sie unauffällig weiter.«

Lamprechts Frage, warum das Treffen ausgerechnet dort stattfinden solle, blieb ohne Antwort. Als er sich umdrehte, war die Ecke, in der sich der Mann gegen die Mauer gedrückt hatte, leer.

Delgrado blickte sich nach allen Richtungen um. Als er sich vergewissert hatte, dass ihm niemand gefolgt war, sperrte er das schäbige Haustor auf. Über die ausgetretenen Stufen stieg er in den zweiten Stock, wo er schnell in einer der Wohnungen verschwand, bevor ihn jemand hätte sehen können.

»Ciao!«, rief er aus dem Vorzimmer, ehe er den kleinen Salon betrat. Ausgestreckt auf einem Diwan lag ein junger Mann in einem Morgenmantel aus Seide, der ihn zu sich winkte.

Delgrado beugte sich hinab, die beiden umarmten sich kurz, dann schlüpfte auch er aus seinem Rock.

Als sie wenig später am Tisch saßen, fragte der junge Mann: »Und du musst da jetzt wirklich hin?«

»Ich bin sicher, sie wollen den Polizisten heute endgültig aus dem Verkehr ziehen.«

»Aber was kümmert dich der Mann?«

»Du weißt, dass ich in seiner Schuld stehe.«

Der junge Mann nickte. »Du solltest Trecciani endlich beseitigen.« Nach einer Pause: »Oder du nagelst ihn fest. Jetzt. Genau, liefere ihn doch der Polizei aus.«

»Vielleicht hast du recht. Mir kommt da eine Idee. Warte, ich bin gleich fertig«, versprach Delgrado und setzte sich an den kleinen Tisch, auf dem eine Schreibmaschine bereitstand.

37.

»Das ist eine Falle«, warnte ihn Brisotto, als er ihm von der sonderbaren Begegnung eben berichtet hatte.

»Natürlich ist es eine Falle«, stimmte ihm Lamprecht zunächst zu. »Aber ist es nicht viel zu plump, um wirklich eine Falle zu sein? Ich denke, ich werde hingehen.«

Es war naheliegend, dass dieser Informant selbst ein Hühnchen mit Trecciani zu rupfen hatte, aber zu sehr selbst in die Sache oder in den Fascio involviert war und daher nur mit äußerster Vorsicht agieren konnte.

»Wo genau ist der Treffpunkt?«, fragte Brisotto. Lamprecht nannte ihm eine falsche Adresse, er wollte verhindern, dass Toni sich einschaltete und die Sache womöglich zum Platzen brachte. Er würde allein in der Nähe des ehemaligen Staatsbahnhofs aufkreuzen. Sicherheitshalber steckte er diesmal den Revolver ein, als er die Dienststelle verließ.

Als Gaetano am Donnerstagabend zur Verwunderung seiner Familie nochmals das Haus verließ, dämmerte es bereits. Dem ängstlichen Blick der Mutter begegnete er mit der Erklärung, dass es sich um keine Frauengeschichte handle, sondern er dienstlich nochmals wegmüsse, um einen Informanten zu treffen.

»Das beruhigt mich jetzt aber noch weniger. Da wäre mir ein Rendezvous lieber«, sagte sie. Der Vater saß wie in den letzten Tagen auf der Terrasse und starrte auf den Hafen. An niemanden konkret adressiert sinniert er: »Wo ist nur unsere Armee geblieben? Warum kommt keiner den Südtirolern zu Hilfe?«

Lamprechts Blick fiel auf die Zeitung, die der Vater zerknüllt auf den Boden geworfen hatte. Es war die Schlagzeile, die den Vater verstört hatte: Der Friedensvertrag von Saint-Germainen-Laye war in Kraft getreten und damit nicht nur Triest, sondern auch Südtirol offiziell Teil Italiens.

Er ging zu Fuß durch die verwinkelten Gässchen der Altstadt, bis er kurz vor den Rive die Richtung San Vito führenden Gassen erreicht hatte. Nach etwas über fünfzehn Minuten war er fast an seinem Ziel angelangt, einem finsteren Viertel, in dem die Straßen fast ausgestorben waren. Er tastete nach seinem Revolver und überlegte kurz, ob es nicht doch zu leichtsinnig gewesen war, hier allein zu erscheinen. Früher wäre ihm das egal gewesen. Doch jetzt trug er Verantwortung, er hatte eine Tochter zu versorgen und auch seine Eltern, die der neuen Zeit allein hilflos ausgeliefert waren. Aber er hatte ja auch früher schon so manchen heiklen Einsatz unbeschadet überstanden und so manches Raubein im Hafen hatte von ihm abgelassen, wenn er seine Polizeikokarde vorgewiesen hatte.

Er bog um die Ecke und betrat die dunkle Gasse, die einst Klein-Liverpool genannt worden war, da sich hier zu Anfang des vorigen Jahrhunderts englische Kaufleute und Spediteure in der Nähe des Lloyd-Arsenals angesiedelt und Industriebauten wie auch Lagerhallen errichtet hatten. Die Bauten erinnerten tatsächlich an englische Hafenstädte. Doch bald wurde der Platz zu eng und man erschloss neue Gründe, während hier ein Haus nach dem andern dem Verfall preisgegeben war. Es war keine gute Gegend, um nachts allein durch die Straßen zu streichen. Lamprecht drückte sich gegen einen der heruntergelassenen Rollbalken, als ihn ein Scheppern in seinem Rücken zusammenzucken ließ. Sofort zog er den Revolver und duckte sich. Doch hinter ihm war niemand. Nur eine Katze, die über eine eingefallene Mauer sprang und das Weite suchte.

Er richtete sich wieder auf und ging weiter. Der Kerl hatte keine Nummer oder ein bestimmtes Gebäude genannt.

»Stehen bleiben!«, hörte er plötzlich. Aus dem Dunkel eines Mauervorsprungs trat ein Mann in die Straßenmitte.

»Die Waffe weg!«

Er wollte den Revolver in sein Holster zurückstecken, doch der Mann war eindeutig: »Wegwerfen hab ich gemeint. Hierher, zu mir.«

Lamprecht blickte sich um. Niemand zu sehen. Er war mit dem Mann allein hier. Dennoch zögerte er.

»Wenn Sie mir nicht trauen, warum sind Sie dann gekommen? Dann gehe ich wieder.«

Er überlegte und spielte im Geiste seine Möglichkeiten durch, wenn es zum Kampf mit dem Mann kommen sollte. Er rief ihm zu. »Ich will Sie erst einmal sehen. Treten Sie in das Licht der Hauslaterne und heben Sie die Arme hoch!« Der Mann tat wie ihm geheißen. »Und jetzt drehen Sie sich einmal herum!« Auch dieser Aufforderung entsprach der andere. Lamprecht konnte keine Schusswaffe erkennen.

»Geben Sie mir, was Sie mir versprochen haben, dann trennen sich unsere Wege«, verlangte Lamprecht.

»Was er dir versprochen hat, weiß ich nicht, aber du bekommst jetzt das, was du verdienst.«

Die Stimme war von hinten gekommen. Er spürte einen spitzen Gegenstand in seinem Rücken.

»Die Waffe weg!«

Lamprecht meinte, Treccianis Stimme erkannt zu haben. Er beugte sich der Gewalt, entspannte den Hahn seines Revolvers und ließ die Waffe über den Boden rutschen. Dann bekam er einen Stoß in den Rücken und wankte ein paar Schritte vor. Der Polizist wandte sich um. Die Physiognomie passte zu Trecciani, doch der Mann hatte ein Tuch über sein Gesicht gebunden, das nur die Augen freiließ. Hinter ihm tauchten zwei weitere Männer auf, die den Weg versperrten und langsam auf

Lamprecht zukamen. Auch sie hatten die Gesichter verdeckt und waren mit Stöcken bewaffnet.

Ihm blieb nur die Flucht nach vorne. Wenn er schnell genug war, konnte er vielleicht noch an seine Waffe gelangen. Doch der Kerl, der ihn zu diesem Treffen gelockt hatte, war ebenfalls losgesprintet, und bevor Lamprecht nach dem Revolver hatte greifen können, hatte er ihn schnell mit dem Fuß weggekickt. Hinter diesem Kerl wuchs ein weiterer Schatten aus der Wand. Zu zweit kamen sie von vorne auf ihn zu, zu dritt von hinten, wobei der, den er für Trecciani hielt, einen Schritt zur Seite trat und im Hintergrund wartete.

Fünf gegen einen hieß es nun.

Lamprecht musste bluffen. »Glaubt ihr, ich bin wirklich so blöd und falle auf so einen Trick herein? Die ganze Gegend hier ist umstellt, sobald ich nach Verstärkung rufe, wimmelt es hier von Polizisten!«

Er erntete Gelächter. Die Männer kamen langsam näher. Eilig hatten sie es nicht, im Gegenteil, sie wollten den Moment auskosten und hofften wohl, dass Lamprecht um sein Leben flehen würde. Doch der hatte nicht vor, sich kampflos in sein Schicksal zu ergeben. Zu seiner Linken befand sich der Rollbalken eines verlassenen Magazins. Er drosch gegen das verrostete Metall. Seine Hoffnung, dass es sich der Gewalt fügen und ihm einen möglichen Fluchtweg eröffnen würde, bestätigte sich nicht. Dafür schreckte das Scheppern seine Angreifer auf. So viel Lärm konnte Aufmerksamkeit auf sie ziehen. Lamprecht rüttelte weiter, doch das Tor blieb geschlossen. Er ergriff einen der Metallstäbe, die von einem Zaunüberrest oder etwas Ähnlichem im Boden steckten. So hatte er wenigstens etwas, mit dem er die Stöcke der Angreifer abwehren konnte.

»Worauf wartet ihr, ihr Pfeifen? Soll der noch das ganze Viertel aufwecken? Erteilt ihm seine Lektion!«

Es war eindeutig die Stimme Treccianis. Lamprecht war sich nun sicher. Er spannte seine Muskeln, nahm mit breiten Beinen eine stabile Position ein und umklammerte die rostige Metallstange fest mit beiden Händen. Hoffentlich brach sie nicht zu schnell. Ihm war klar, dass Trecciani ihn nicht davonkommen lassen würde, doch er wollte seine Haut wenigstens so teuer wie möglich verkaufen.

»Basta!«, tönte es plötzlich durch die finstere Gasse. »Sofort aufhören!« Die Männer, die fast schon bei Lamprecht waren, rissen die Köpfe nach hinten, da rempelte sie ein Mann, der trotz der milden Temperaturen eine Lederjacke trug, so fest an, dass sie einer nach dem anderen ins Taumeln gerieten eh sie sich's versahen. Im fahlen Licht einer Laterne stach Lamprecht die lange Narbe im Gesicht des Mannes ins Auge. Delgrado!

Der Kriegsveteran hatte die passende Gelegenheit gefunden, seine Schuld bei ihm zu begleichen. Er steuerte direkt den Winkel an, in dem Trecciani sich im Hintergrund gehalten hatte, und zerrte den Anführer an seinem Kragen hervor, ins Licht einer der schwachen Straßenlampen. »Was seid ihr für erbärmliche Feiglinge! Vigliacchi tutti quanti! Zu fünft gegen einen Mann, stellt ihr euch so den Kampf um Italien vor? Aus dem Hinterhalt, verkleidet, damit man euch ja nicht erkennt? Nein, wir werden wie die Legionäre erhobenen Hauptes marschieren, wie einst schon Julius Cäsar.«

Er holte sein Messer hervor. »Und ich werde euch zeigen, was wir mit Abtrünnigen und Verrätern machen.«

Doch bevor er Trecciani für immer unschädlich machen konnte, knallte ein Schuss durch die Straße und Delgrado sank auf die Knie und kippte zur Seite.

Lamprecht sprintete los zu dem Sterbenden. Die anderen schienen kurz in einer Schockstarre und ließen ihn gewähren. Er beugte sich zu Delgrado hinab und fasste ihm unter den

Kopf, um ihn zu stützen. Blut lief ihm aus dem Mund, er hustete, als er mühsam ein paar Worte herauspresste: »Sie hatten dieses Mal recht, ich hätte mich Ihnen anvertrauen sollen. Aber …« Er deutete ihm, sich näher zu ihm herabzubeugen, damit er ihm etwas ins Ohr flüstern konnte.

Der Polizist hörte aufmerksam zu, nickte und griff vorsichtig in Delgrados Jacke, wo er den erwähnten Briefumschlag ertastete und diesen vorsichtig, damit die anderen es nicht bemerkten, an sich nahm und einsteckte. In diesem Moment wich jegliche Spannung aus Delgrados Körper. Behutsam legte Lamprecht den Kopf des Toten ab und stand auf. Trecciani stand noch immer wie angewurzelt da und starrte auf den leblosen Körper vor sich auf dem Boden.

»Für diesen Mord werde ich Sie an den Henker übergeben.«

Da löste Trecciani sich aus seiner Starre, warf den Revolver auf den Leichnam und sagte: »Ihr Revolver, Agente.«

Die anderen fuhr er im Kasernenton an: »Allora, signori, vollenden Sie, wofür wir gekommen sind.«

Unvorbereitet traf der erste Schlag Lamprechts Schläfe, er taumelte zurück, wo ihn ein anderer Mann auffing und ihm die Arme hielt, damit ein weiterer ihm einen Schlag in die Magengrube versetzen konnte.

Es dauerte nicht lange, bis Lamprecht das Bewusstsein verloren hatte. Im Wegdämmern bekam er noch mit, wie er an Armen und Beinen hochgehoben und davongetragen wurde.

38.

Wenn Lamprecht als Kind träumte, dass er fliegen konnte, dann aber plötzlich abstürzte, wachte er immer mit dem Gefühl auf, auf seine Matratze geschleudert worden zu sein.

Er erwachte, aber dieses Mal fing ihn nicht seine weiche Matratze auf, er war auf eine Wasseroberfläche geklatscht. Seine Angreifer hatten ihn offenbar zum nahen Hafenbecken getragen und dort ins Meer geworfen, irgendwo zwischen Molo Sartorio und Molo Santa Teresa.

Das Wasser umschmeichelte ihn wie eine Sirene, die ihn dazu verführen wollte, sich in sein Schicksal zu ergeben. Lass die Luft aus deinen Lungen und gleite zu mir herab, mein Schatz, flüsterte sie ihm ins Ohr, ihm erschien ein Glitzern und das Wasser löschte mit einem Schlag all die Schmerzen, die eben noch eine unerträgliche Pein gewesen waren. Er lächelte, das Glück der Ewigkeit schien zum Greifen nahe. Wenn da nicht dieser Teufel auf seiner Schulter gesessen wäre: Wehr dich doch, du Trottel, sonst stirbst du! Denk an deine Familie, denk an Federica.

Lamprecht erwachte aus der Trance. Die Schmerzen setzten wieder ein, das Wasser war kalt und finster. Das Wasser war sein Feind. Ein Feind, den es zu bezwingen galt, den er schon oft bezwungen hatte. Er musste mit der wenigen Luft in seinen Lungen haushalten.

Gaetano war fast am Grund angelangt, da versuchte er, langsam wieder an die Oberfläche zu gelangen, doch etwas hielt ihn zurück. Die Sirene umfasste seinen Fuß, wollte ihn nicht gehen lassen. Er trat nach ihr, doch sie ließ ihn nicht los.

Er tastete sein Bein ab. Ein Seil war darumgebunden. Offenbar hatte man ihn für tot gehalten und seine Leiche mit einem Stein oder einem anderen Gewicht beschweren wollen, damit diese nicht zu schnell an der Oberfläche auftauchte. Er versuchte, den Knoten zu lösen, doch er saß zu fest. Wenn er ein Messer hätte, um das Seil zu durchschneiden, dann …

Er musste schnell überlegen, schnell musste ihm etwas einfallen, wollte er nicht tatsächlich als Kadaver im Meer von

Triest enden. Sollte er hinabtauchen, um nach einer scharfen Muschel zu suchen, mit der er versuchen konnte, das Seil durchzuwetzen? Sinnlos. Entweder er fände keine oder wenn doch, dann würde er sich womöglich seine eigene Hand zerschneiden, und außerdem würde das viel zu lange dauern.

Ein Stück Metall streifte seine Schulter. Eine Kette! Hatten sie ihn auch noch mit einer Kette gefesselt?

Doch die Metallglieder bewegten sich. Sofort begriff Lamprecht, dass dies seine Rettung sein konnte. Er umklammerte die Ankerkette mit aller Kraft und spürte, wie er trotz des an seinem Fuß ziehenden Gewichts immer weiter hinauf in Richtung Oberfläche gezogen wurde.

Mit jedem Ruck wurde es schwieriger, sich festzuhalten, doch die Hoffnung, seine Lungen bald mit Luft füllen zu können, gab ihm Kraft, sich fester an die Kette zu klammern.

Schon tauchte sein Kopf auf. Er nahm einen tiefen Atemzug, ehe er brüllte: »Aiuto! Hilfe!«

Ein Lichtschein von dem Boot, an dessen Ankerkette er hing, traf ihn, und sofort setzte eine aufgeregte Diskussion unter den Seeleuten der auslaufenden Barke ein, die vermutlich begriffen, wieso sich der Anker kaum hatte lichten lassen.

Wenig später war Lamprecht aus seiner misslichen Lage befreit und an Deck gebracht, wo er in ein Tuch gehüllt mit etwas Käse und Schnaps versorgt wurde.

Eine weitere Stunde später nahmen ihn Sanitäter am Molo della Sanità in Empfang, wo auch ein Polizist der Stadtguardia erschien, dem sich Lamprecht als Kollege zu erkennen geben musste, um zu verhindern, dass er in ein Ospedale eingeliefert wurde. Trecciani hatte nicht vor einem Mord an einem der eigenen Männer zurückgeschreckt, er würde auch nicht zögern, Lamprecht in einem Krankenhaus aufzustöbern und auszuschalten, wenn er erfuhr, dass der Polizist das Attentat überlebt hatte. Es gab nur einen Ort, an dem er halbwegs sicher war.

»Bringen Sie mich nach Hause. Ich übernehme die Verantwortung.«

Gaetanos Gesicht hatte die Farbe einer reifen Aubergine, wie sie am Gemüsemarkt auf der Piazza Ponterosso um diese Jahreszeit angeboten wurden, und sein Schädel brummte. Wenigstens hatten sie ihm keine Stichwunden zugefügt. An Delgrados Schicksal wollte er jetzt besser nicht denken. Erstaunlich leicht war ihm nach seiner Errettung das Gehen gefallen, er hatte sogar die letzten Meter zum Hauseingang ohne fremde Hilfe zurücklegen können. Daheim war er aber ins Bett gefallen und heilfroh, keinen Schritt mehr machen zu müssen. Sein ganzer Körper fühlte sich an den nach den Tritten und Schlägen geschwollenen Stellen an, als würde er platzen. Die Mutter hatte feuchte Tücher gebracht, um die Stellen etwas zu kühlen, wohingegen der Vater riet, eine Heilsalbe aufzutragen. Die würde ebenfalls kühlen und auch die Schmerzen lindern. Gaetano hatte eine Vorstellung davon, was die Schmerzen lindern würde, doch darum konnte er weder seine Eltern und schon gar nicht Federica bitten. Er lauschte den Diskussionen, die vor seinem Zimmer stattfanden, halb vor sich hindämmernd und wartete jetzt nur darauf, dass Adina endlich nach Hause kam.

Hoffentlich musste sie heute nicht länger im Büro bleiben und hoffentlich hatte sie kein Rendezvous mit Vinciguerra. Davon hätte sie aber wohl zuvor wenigstens den Eltern erzählt, Giulio hätte sie auch nicht von der Arbeit, sondern von zu Hause abgeholt und dafür deren Zustimmung eingeholt.

Er hatte einen Auftrag für seine Schwester, sie musste für morgen, Freitag, einen Urlaubsschein für ihn abgeben.

Nach dem Wochenende würde er ausreichend wiederhergestellt zum Dienst erscheinen, und dann wollte er sich Trecciani vorknöpfen. Aus der Sache würde der nicht mehr rauskommen.

Von fern hörte man den Glockenturm von San Giusto schlagen. Mit dem letzten Schlag betrat er den Gerichtssaal, wo er auf die Urteilsverkündung wartete. Der Richter in der langen Robe aus schwarzen Rabenfedern verdonnerte ihn zu lebenslangem Kerker, als er ihm das Gesicht zuwandte, erkannte er das grinsende Gesicht Treccianis …

Lamprecht schreckte auf, als die Schergen ihn aus dem Saal zerren wollten, da bereitete eine Stimme aus der realen Welt dem Albtraum ein Ende: »Povero fratellone!« Adina umarmte ihn und aus den bedrohlichen Wachen, die ihn seiner Freiheit beraubten, wurde seine Schwester, die seine Wange mit Küssen bedeckte. »Darf man dich wirklich nie allein lassen?«

»Au!«, fuhr Gaetano in die Höhe, als sie ihn zu fest an einer der verletzten Stellen berührte. »Pass doch ein wenig auf.«

»Denselben Rat wollte ich dir eben erteilen. Erzähl, was ist dir passiert? Ein Sturz?«

Nachdem Gaetano seine Schwester so weit wie nötig in die Vorkommnisse des Vorabends eingeweiht hatte, fiel ihm der Brief ein, den ihm der sterbende Delgrado zugesteckt hatte. Adina suchte im Anzug, den die Mutter zum Trocknen aufgehängt hatte, danach und brachte ihn an sein Bett. Der Umschlag war immer noch triefend nass und Adina schlug vor, sie könnte vorsichtig versuchen, ihn aufzubügeln, auch wenn sie nicht versprechen könne, dass das Papier dabei keinen Schaden nähme. Er nickte kurz.

»Kannst du bitte die Tür schließen?«, bat er und deutete auf eine Lade in der Kommode. »Mach sie auf. Und jetzt schieb bitte die Bibel zur Seite.«

Während Adina sich noch wunderte, dass ihr agnostischer Bruder eine Bibel in der Lade hatte, zuckte sie zusammen, als sie die kleine Schatulle darunter öffnete, in der eine Spritze lag.

»Du musst sie mir geben. Bitte!«, insistierte Gaetano.

Widerwillig betrachtete Adina die Spritze mit dem Morphium, das Gaetano heimlich nahm, wenn er das Gefühl hatte, dass die Narben am Rücken seinen Körper zerrissen.

Adina stach die Nadel in seine Vene und verzog dabei das Gesicht, als würde sie selbst von unzähligen Nadeln gestochen werden. »Du weißt, dass das Gift ist?«

»Ich erkläre es dir morgen. Bitte kein Wort zu Mamma oder Papà«, brachte Lamprecht noch schwach hervor, ehe ihn Morpheus, der Gott des Schlafes, zu sich holte.

39.

Am Ende des Wochenendes war Lamprecht einigermaßen wiederhergestellt. Es war erstaunlich, wie schnell er nach der Attacke der Faschistenhorde wieder auf die Beine kam, es grenzte ja bereits an ein Wunder, dass er diese Sache überhaupt überlebt hatte.

Das Gespräch mit Adina verlief dann auch weniger schlimm, als er befürchtet hatte.

»Ich habe dich immer bewundert, habe mir immer gedacht, mein fratellone, mein großer Bruder, sei praktisch unverwundbar, wenn du nach einem Sturz sofort weitergemacht hast. Aber du hast uns alle getäuscht, du hast deine Schmerzen nur betäubt, du hast dich betäubt, aber eigentlich hast du damit nur dich selbst betrogen.«

Lamprecht zeigte ihr die Verordnung, die ihm ein Arzt in Wien ausgestellt hatte, doch sie schüttelte nur den Kopf. Erst als er ihr erklärte, dass er das Morphium nur nahm, wenn er die Schmerzen gar nicht mehr ertrug, hatte sie ein Einsehen. Das Narbengewebe am Rücken würde ihn manchmal immer noch verrückt machen, wenn es sich anfühlte, als saugten sich hundert Egel daran fest. Er versprach, es in Zukunft bleiben zu lassen.

Adina wechselte das Thema: »Übrigens, hier ist der Brief. Du hast Glück, er war mit Maschine geschrieben, daher kann man die Schrift noch entziffern, auch wenn sie sehr blass ist.«

Er überflog ungeduldig die Zeilen, mit denen Delgrado Trecciani ans Messer lieferte, indem er ihn sowohl der Brandstiftung im slowenischen Volkshaus wie auch des feigen Anschlags gegen ihn selbst bezichtigte.

»Leider fehlt die Unterschrift«, stellte er am Ende bedrückt fest.

»Kein Wunder«, vermeinte Adina, »die Tinte hat das Bad nicht überlebt. Aber es ist doch immerhin eine eindeutige Anklage.«

Mit dieser Anklage war er jetzt in der Questura erschienen und hatte seinen Bericht über die Ereignisse vom vergangenen Donnerstag begonnen, als in der Tür Commissario Dizzioli gefolgt von zwei uniformierten Beamten erschien.

Lamprecht hoffte, dass das Puder, mit dem Adina die verbliebenen blauen Flecken in seinem Gesicht abgedeckt hatte, seinen Zweck erfüllte und Dizzioli nicht sofort auf sein Äußeres zu sprechen kam.

Er erhob sich, salutierte, zeigte auf das Protokoll vor sich und setzte zu reden an: »Es haben sich letzte Woche einige Vorkommnisse zugetragen, die einer näheren polizeilichen Untersuchung bedürfen. Es gibt eine verdächtige Person, die …«

»Agente Lamprekt, ich muss Sie auffordern, mir Ihre Waffe

und Ihren Dienstausweis umgehend auszuhändigen.« Die beiden Polizisten an Dizziolis Seite wirkten angespannt. Lamprecht verstand die Anordnung, nicht aber den Grund dafür. Als er die Kokarde vor sich auf den Tisch legte, erwiderte er mit leiser Stimme: »Mit Verlaub, ich verstehe den Grund dafür nicht.«

»Ihren Revolver.«

»Der wurde mir letzte Woche gestohlen. Das können Sie alles hier in diesem Bericht nachlesen, Commissario.«

»In der Androna di Campo Marzio ist letzten Donnerstag ein Mann namens Delgrado erschossen worden. Es wurde Anzeige gegen Sie erstattet. Ihre Dienstwaffe haben wir am Tatort gefunden. So weit zum angeblichen Diebstahl. Ich muss Sie auffordern, mich in mein Büro zu begleiten, ohne Widerstand zu leisten.«

Lamprecht stand langsam auf und hob beschwichtigend die Hände, als die beiden uniformierten Polizisten, die er nicht kannte, vortraten, die Hände an ihren Waffen.

»Non si preoccupi! Ich beuge mich, auch wenn es sich um ein Komplott gegen mich handelt.«

Trecciani drückte es in den Sitz, als Tommasini beschleunigte. Sie machten eine weitere Testfahrt. Dieses Mal überließ er Tommasini das Steuer. Der ehrgeizige Faschist fuhr sich durch die Haare. Obwohl er sie mit Pomade auf den Schädel gezwungen hatte, brachte der Fahrtwind, der ihm über den Kopf fuhr, die glänzend fetten Strähnen zum Zittern und Wirbeln. Trecciani war diesmal nicht unvorbereitet in den weiter modifizierten Wagen, den ihm der Autoingenieur heute stolz präsentiert hatte, gestiegen. Er holte aus seiner Jackentasche ein Barett hervor, das er stramm über den Kopf zog.

Sie fuhren über eine der ersten Straßen, die man nach dem Krieg asphaltiert hatte, in Richtung Guardiella. Trecciani hatte seinen Arm über die Lehne hinter den Fahrersitz gelegt, doch bei der ersten Kurve musste er an der Türpolsterung Halt suchen, da Tommasini den Wagen ungebremst durch die Kehre trieb.

»Attenzione!«, brüllte Trecciani, der sich schon im Graben landen sah, doch der Wagen hielt den Fliehkräften stand und die Spur.

»Sehen Sie«, sagte Tommasini am Volant, »der Wagen hat eine unglaubliche Bodenhaftung. Es kommt gar nicht so sehr darauf an, dass wir das Auto mit hundert Pferdestärken oder mehr beschleunigen können, wesentlich ist für mich ein stabiles Fahrwerk, mit dem man die erreichte Geschwindigkeit auch überall halten kann.«

Trecciani stieg sein Frühstück hoch und er suchte nach einem Taschentuch, um sich den Mund zu säubern. In dem Moment kam ihm der Gedanke, diesen Großkotz von Techniker einfach aus dem Wagen zu treten. Stattdessen sagte er: »Das ist gut, denn wir haben uns auf die Suche nach einem weiteren Geldgeber gemacht und diesen auch gefunden. Camillo Castiglioni wird demnächst wieder nach Triest kommen. Sie kennen Signor Castiglioni?«

»Wer kennt ihn nicht? Besucht er nur seine Geburtsstadt oder will er verhandeln? Wenn Sie möchten, könnte ich Ihnen assistieren, sollte er spezielle Fragen zur Technik haben. Der Cavaliere ist ein ausgewiesener Spezialist in derlei Dingen.«

»Er will nicht verhandeln. Er will einen Wettkampf. Ein Rennen gegen Ihren Konkurrenten Kinski, also vielmehr Ihr Wagen gegen seinen. Ich habe gehört, er hat Fortschritte mit seinem Elektroantrieb gemacht.«

Trecciani erklärte Tommasini, wie das Rennen ablaufen sollte, und hielt sich dabei an die Ausführungen im Brief Castiglionis an die Faschisten, der die Bedingungen diktierte, genauso, wie sie Kinski schon erhalten hatte.

»Wenn Sie meinen, dass das eine gute Idee ist, warum nicht?«, sagte Tommasini, auch wenn ihm Zweifel kamen.

Auch Trecciani war nicht völlig überzeugt von dem Plan. Weniger wegen des Rennens oder der Leistungsfähigkeit des von Tommasini entwickelten Gefährts. Zuletzt hatte Delgrado den Plan an sich gerissen, streng genommen könnte man es als seine Idee darstellen, wenn etwas schiefging. Jetzt war er diesen Wichtigtuer endlich losgeworden, wollte er sich wirklich weiter um dessen Hinterlassenschaften kümmern? Andererseits, sollte womöglich Kinski das Rennen machen, käme der verschuldete Kerl endlich zu ausreichend Geld, um seine Schulden bei Trecciani zurückzuzahlen. Vielleicht sollte er das Pferd wechseln …

Er fletschte die Zähne zu einem falschen Lächeln und klopfte jetzt, da Tommasini wieder zivilisierter unterwegs war, diesem jovial auf die Schulter. »Natürlich ist das eine gute Idee, und wir werden gewinnen!«

In Dizziolis Büro fiel Lamprecht auf, dass der Vorgesetzte plötzlich weit gelassener wirkte als zuvor und auch weniger förmlich.

»Potete andare!«, sagte er zu den zwei Polizisten, die einander zunächst verwundert anblickten, dann aber der Aufforderung, das Zimmer zu verlassen, Folge leisteten. Dizzioli wies Lamprecht einen Stuhl, dieser setzte sich und betrachtete den vollen Schreibtisch seines Vorgesetzten, auf dem sich Akten über Akten türmten. Im Vergleich zu Spetich, der immer eine penible Ordnung in seinem Büro gehalten hatte, war Dizzioli entweder unorganisiert, oder er hatte tatsächlich mehr zu arbeiten als ein leitender Kriminalbeamter der ehemaligen k. u. k. Polizeidirektion. Auch ein Teil der Möbel war neu, der Aktenschrank allerdings war immer noch mehr funktionell als schön. Der

Raum wirkte irgendwie kleiner als zuvor, entweder waren die Möbel wuchtiger oder ihr Holz dunkler. Dizzioli ging zu Tür und Fenster und schloss beides.

Lamprecht streckte den aus seiner Innentasche gezogenen Bogen Papier vor, doch Dizzioli winkte ab.

»Lassen Sie es gut sein, ich weiß, dass die Anschuldigungen gegen Sie falsch sind, so weit reicht meine Menschenkenntnis und auch mein Vertrauen. Aber die Beweislage spricht leider gegen Sie.«

»Lassen Sie mich bitte zuvor erklären, Commissario.«

Und Lamprecht berichtete, wie er in den Hinterhalt, der so offensichtlich war, dass er es nicht hatte sehen wollen, hineingeraten war.

»Das wissen wir. Das hat Ihr Kollege bestätigt, aber die Fakten sprechen eine andere Sprache.«

»Warten Sie bitte mit voreiligen Schlussfolgerungen. Ich habe hier eine umfassende Darstellung des Opfers. Delgrado führt darin aus, wie Trecciani ihn schon im Zuge seiner Brandstiftung im Hotel Balkan wahrscheinlich hatte ermorden wollen. Damit bekommen wir den Kerl wegen beider Delikte dran.«

Dizzioli nahm nun doch den zerknitterten Brief an sich, der durch das Bad im Wasser gelitten hatte. Er las Zeile für Zeile, wendete das Blatt, am Ende murrte er: »Es fehlt aber eine Unterschrift. Ohne diese mangelt es dem Schreiben an Authentizität. Jeder könnte das auf seiner Maschine geschrieben haben, auch Sie selbst. Ich glaube Ihnen, aber das wird nicht reichen. Ich muss Sie zumindest suspendieren. Mehr kann ich nicht für Sie tun, und selbst das wird mir Probleme einbringen. Sie haben sich mächtige Feinde gemacht.«

Lamprecht erklärte, wie es dazu gekommen war, dass der Brief nass geworden war. Dann fragte er: »Wollen Sie mir helfen?«

Dizzioli machte einen langen Seufzer, dann erhob er sich, schritt zum Fenster und blickte hinaus. »Wissen Sie, ich bin Monarchist. Ich mache kein Hehl daraus, dass ich im Krieg dafür gekämpft habe, dass Triest und das gesamte Küstenland mit meinem Italien vereint werden. Aber ich erkenne einen guten, aufrichtigen Mann. Ich vertraue auch darauf, dass unsere Ordnungskräfte hier für Ruhe und Ordnung sorgen können. Ich brauche hier keinen, der meint, über dem Gesetz zu stehen. Solche Leute widern mich an, auch wenn ich offiziell nichts gegen ihn unternehmen kann, weil er von höchster Stelle geschützt wird. Hoffen wir, dass die Politik nicht auf diese Unruhestifter hereinfällt. Ich wünsche Ihnen alles Gute, und hoffe, dass sich die gegen Sie erhobenen Anschuldigungen tatsächlich als falsch erweisen.«

»Was soll ich Ihrer Ansicht nach tun?«

»Entweder Sie verlassen das Land oder Sie beweisen Ihre Unschuld.«

Lamprecht nickte und ersparte sich den Widerspruch, wonach doch umgekehrt seine Schuld bewiesen werden müsste.

Im Dienstzimmer holte er ein paar persönliche Sachen aus seinem Spind, als Brisotto angeschossen kam: »Ich habe gehört, du seist verhaftet worden? Was ist denn los?«

»Ich bin suspendiert, die Haft erspart mir unser Capo. Zum Glück.« Dann schlug er Antonio vor, sich nach Dienstschluss im Caffè Nueva York zu treffen, wo er ihm die weiteren Hintergründe schildern wollte. Das Caffè wurde selten von Polizisten besucht und schien ihm daher ein passender Ort.

Als Brisotto nach einigen Gläsern Bier im Bilde war, ereiferte er sich: »Das ist doch unerhört, insopportabile, dich so hängen zu lassen! Unser gesamter Apparat müsste sich hinter dich stellen.«

Lamprecht nickte und drehte das geschliffene Glas auf seinem Platz. Der Satz des Bitterlikörs schillerte dunkel darin. Im Hintergrund herrschte ein Gewirr aus Gesprächsfetzen, dem Klacken der Billardkugeln und dem Straßenlärm, der durch die zur Seite geklappten Fenster zu ihnen drang. Es war ein tönendes Durcheinander wie von einem Orchester, das seine Instrumente stimmt.

Brisotto sprang von seinem Platz auf. Er wankte leicht, doch seine Stimme quoll über vor Pathos: »Wenn die das von offizieller Seite nicht tun, dann werde ich es tun!«

40.

Kinski stand im Bad und betrachtete sein müdes Gesicht im Spiegel. Philomena hatte ihn diese Nacht wieder dreimal aufgeweckt, weil sie offenbar böse geträumt hatte. Er brachte die Rasierseife zum Schäumen und strich sich mit dem Pinsel Hals und Wangen ein.

Seltsam, dass dieses Kind jetzt wieder dermaßen unruhig war. Ob er seine Anspannung auf sie übertragen hatte, dass sie jetzt wieder Gespenster hörte? Sie hatte dem Rumoren, das sie zu hören vermeinte und das sie heute Nacht angeblich aufgeweckt hatte, einen Namen gegeben. Mutschi-Mautschi. »Der Mutschi-Mautschi ist wiedergekommen«, hatte sie verschreckt gesagt, als sie das erste Mal im elterlichen Schlafzimmer erschienen war. Dabei hatte das Kind zuletzt so glücklich gewirkt. Sie hatte das Schuljahr mit guten Noten beendet und auch einige Freundinnen gefunden, mit denen sie jetzt in den Ferien noch Kontakt hatte.

Er beugte sich näher zum Spiegel, spannte seine Haut am Hals und fuhr mit der Klinge in sicheren Zügen über den

Schaum, den er dann unter dem laufenden Wasserhahn vom Messer wusch.

Er machte sich Vorwürfe. Wahrscheinlich hatte sein Verschwinden Philomena mehr verstört, als er angenommen hatte. Aber die Tarnung war unvermeidlich gewesen, sie hatte ihm die nötige Zeit verschafft, um endlich den erhofften Durchbruch zu erzielen. Er hatte öfter daran gedacht, Elvira ein Lebenszeichen zu geben, doch genau ihr besorgtes Einschreiten war die beste Tarnung für ihn gewesen. Hätte er sie eingeweiht, wäre sie nicht in der Lage gewesen, bei der Polizei glaubwürdig besorgt zu sein. Seine Frau war keine gute Schauspielerin.

Er klappte das Messer zu und wusch sich den verbliebenen Schaum ab. Dieses Mal würde er Elvira einweihen, außerdem hatte er am Wochenende in der Zeitung gelesen, dass Delgrado erschossen worden sei. Die Männer um Trecciani hatten jetzt wohl andere Sorgen, als ihm nachzustellen. Verdächtigt wurde ein Mitglied der Polizei. Aber das war nicht sein Problem.

Sein Problem war die Zeit. Das Rennen sollte in drei bis sechs Wochen stattfinden. Der genaue Termin würde noch bekannt gegeben werden. Castiglioni hatte sein Erscheinen zugesichert und die Regeln für den Wettkampf festgelegt. Die Konstrukteure mussten die von ihnen entwickelten Fahrzeuge persönlich lenken.

»Was, du willst uns schon wieder allein lassen?«

Er blickte seiner Frau tief in die Augen, doch sie wich seinem Blick aus. Ihn drückte das schlechte Gewissen. Er hatte nicht nur ihre Erbschaft zum Großteil durchgebracht, er hatte sie belogen, ihr Dinge verschwiegen und sie zu guter Letzt im Stich gelassen. Doch er tat das nur aus einem Grund: Er wollte ihr und der gemeinsamen Tochter eine Zukunft sichern. In einem fremden Land, von dem er sich jetzt einen schnelleren wirtschaftlichen Aufschwung nach dem Krieg als in Österreich erhoffte. Zumindest stand das Vorantreiben einer weiteren Industrialisierung des in großen Teilen von Agrarwirtschaft dominierten Italien auf dem Plan des alten, neuen Ministerpräsidenten Giolitti. Und er war überzeugt, dass er es schaffen konnte, dass er alle seine Ziele erreichen konnte.

»Es ist nicht für lange, nur bis kurz vor dem Rennen. Aber die Zeit ist zu knapp, ich schaffe es nicht mehr, die nötigen Teile anfertigen zu lassen. Selbst wenn ich einzelne Blöcke in der Ferriera hier in Triest gießen lassen könnte, würde es sich nicht ausgehen. Ich muss improvisieren. Ich kann es hinbekommen, aber ich muss in die Werkstatt in Zgonik, dort sind alle Gerätschaften.«

Den Einwand Elviras, dass er doch die Geräte alle wieder in den Schuppen im Garten verbringen könnte, tat er damit ab, dass er damit wertvolle Zeit vergeuden würde. »Wann immer es möglich ist, werde ich abends zu euch kommen«, versprach er.

»Wach auf, du kommst noch zu spät in den Dienst!«

Gaetano schlug mürrisch ein Auge auf und nahm verschwommen Adina wahr, die ihn an der Schulter rüttelte. Sie hatte sich zu ihm auf die Bettkante gesetzt.

»Hör auf damit!«, entkam es ihm grantig. In derselben Sekunde reute ihn diese rüde Art. »Entschuldige, ich hatte gestern einen schrecklichen Tag.«

Adina rümpfte die Nase. Er hatte sein Gewand schlampig über die Stuhllehne geworfen, der Geruch von Tabak und Fusel haftete noch daran. Auch seine Ausdünstungen erzählten von dem durchzechten Abend. »Ich denke, dein Zustand rührt eher von einem abendlichen Besäufnis.« Sie klatschte ihm frech auf den Bauch.

Gaetano erzählte ihr, dass er am Vortag vom Dienst suspendiert worden war, »weil ich jetzt als des Mordes verdächtig gelte«.

»Was?«, ereiferte sich Adina und riss die Augen fassungslos auf. »Du wurdest doch in eine Falle gelockt und dabei selbst fast umgebracht! Hast du nicht Delgrados Brief, der Trecciani belastet?«

»Ja, aber ohne Unterschrift ist der nichts wert, den könnte jeder geschrieben haben. An Trecciani will keiner anstreifen, der hat mächtige Beschützer. Da war es fast leichter, seinen Vater an den Galgen zu bringen.«

»Vergiss nicht, wie vielen Mordanschlägen du damals nur knapp entkommen bist«, korrigierte ihn Adina. Sie erhob sich und trat an den Schreibtisch, der vor dem Fenster stand. Sie schaute hinaus. Über den verwitterten Dächern der Altstadt spannte sich ein indigoblauer Himmel, der sich am Horizont mit dem blaugrünen Wasser der Adria traf und eine klare Linie bildete, als ob ein Maler den Strich mit einem Lineal ausgeführt hätte. »Ich muss jetzt ins Büro, und am Abend komme ich heute erst später. Was für ein schöner Tag!«

Sie drehte sich um, wollte los, als sie plötzlich etwas zurückhielt. »Was ist denn das? Sag nicht das, wofür ich es halte.« Der Tonfall war bis zum Rand mit Vorwurf gefüllt. Gaetano entdeckte, was seine Schwester irritierte: Er hatte die Kassette mit den Ampullen und der Spritze offen auf seinem Tisch vergessen.

»Ich dachte, du hast es im Griff und wirst es bleiben lassen?« Adina nahm die letzten beiden Ampullen aus der Verpackung an sich.

»Ich wollte gestern einfach nur die Welt hinter mir lassen.«

»Pass auf, bald hast du alles hinter dir, wenn du so weitertust.«

Er wollte das unangenehme Thema wechseln. »Es wird Zeit, dass du heiratest, dann kannst du deinen Ehegemahl bevormunden.«

»Vielleicht werde ich ja bald heiraten.«

»Wie bitte? Erzähl!«, fragte Gaetano neugierig. Er setzte sich auf, auch wenn ihm der Kopf schwirrte. War das eine Bestätigung für die Andeutungen von Vinciguerra bei ihrem letzten Ausflug? Adina winkte ab: »Ich muss jetzt los. Du solltest dich waschen, und vielleicht Rad fahren gehen, um auf andere Gedanken zu kommen. Jetzt hast du ja Zeit dafür.«

Sie verließ eilig das Zimmer und ließ hinter sich die Tür laut ins Schloss fallen. Gaetano zuckte zusammen, sein Kopf fühlte sich an, als wäre er in der Tür eingeklemmt gewesen.

Für eine Radtour fühlte er sich zu zerstört. Er wollte nochmals eine Runde schlafen und danach seine Eltern ins Vertrauen ziehen. Er wog die Chancen für seine Rehabilitierung ab. Trecciani belastete ihn, und Trecciani hatte offenbar einflussreiche Freunde – die ihm fehlten. Zu Valerio wollte er nicht mehr gehen. Ohne konkreten Entlastungsbeweis würde kaum jemand an seine Unschuld glauben. Die Indizien sprachen gegen ihn. Er war am Tatort gewesen, Delgrado war mit seiner Waffe erschossen worden.

Er dämmerte über diesen Gedanken langsam weg, als seine Mutter die Tür aufriss.

»Schnell! Der Onkel ist verschwunden!«

»Der ist doch schon öfter mal weggeblieben.«

»Ja, aber diesmal hat er einen Abschiedsbrief hinterlassen.«

41.

Kinski zog die Schutzbrille über den Kopf und brachte die Flamme zum Erlöschen. Er war froh, dass er sich rechtzeitig einen dieser modernen Schneidbrenner besorgt hatte. Damit konnte er die notwendigen Umbauten selbst erledigen. Er trat einen Schritt zurück und betrachtete den Wagen, an dem er nun schon seit einigen Tagen herumwerkte. Es handelte sich um einen Ford, der den Krieg über in einer Scheune gestanden war. Der Bauer war gestorben und die Frau hatte das Auto nicht benötigt und günstig abgegeben. Leider hatte er bei seiner Flucht den eigenen Wagen, der ein moderneres Fahrwerk hatte, opfern müssen. Er betrachtete den ausgebauten Motorblock, der noch an einer Seilwinde vom Dach hing. Der Balken war zum Glück massiv genug und konnte diese Last tragen. Er zündete sich eine Zigarette an und trat vor den Schuppen. Die Sonne war mittlerweile von dichten Wolken verdeckt, doch in dem fensterlosen Holzgebäude war das nicht zu spüren gewesen, dort gab es keine Zeit. Diese Nicht-Zeit war allerdings viel zu knapp bemessen. An einen Tagesablauf mit den üblichen Ritualen war nicht zu denken. Wenn er Hunger hatte, aß er eine Kleinigkeit, wenn er nicht mehr konnte, ruhte er für ein, zwei Stunden, egal, ob draußen die Sonne schien oder der Mond. Das war auch der Grund gewesen, warum er entgegen seinem Versprechen bislang nicht nach Hause zu seiner Familie gefahren war. Auch heute würde er es nicht schaffen. In der Nähe gab es ein Weingut, das im Sommer ein paar Tische im Garten stehen hatte und Wein ausschenkte. Obwohl es kein Österreich-Ungarn mehr gab, hängten die meisten Osmize noch immer den Reisigbuschen an ihre Tür, der seit Josef II. anzeigte, dass hier selbst gekelterter Wein ausgeschenkt wurde.

Er trat die Zigarette aus und versperrte die Eisenkette mit einem Vorhängeschloss. Zur Weinschenke war es nicht weit, und der Rückweg war auch im Dunkeln gut zu finden.

Lamprecht war mit einem Schlag nüchtern. Ohne lange nachzudenken schlüpfte er in den Anzug vom Vortag, nachdem er ein frisches Hemd aus dem Kasten genommen hatte.

»Hast du den Brief gelesen? Was schreibt er darin?«

»Er wird zu seiner geliebten Frau gehen, teilt er darin mit, bei Miramare will er sie treffen. Das ergibt doch keinen Sinn?«

»Leider schon. Erinnere dich an unseren Ausflug im Frühjahr dorthin. Wir gingen durch den Park spazieren und er blickte über das Steingeländer aufs Meer. Dabei bemerkte er, dass dies ein wunderbarer Ort sei, der schönste Ort vielleicht, um zu sterben.«

Die Mutter gab vor Schreck einen Laut von sich und hielt sich die Hand vor den offenen Mund.

Der Vater erschien in Gaetanos Zimmer. »Komm, ich habe eine Droschke, sie wartet vor dem Haus.«

»Das ist alles deine Schuld, weil du ihn loswerden wolltest. Siehst du? Jetzt hast du dein Ziel erreicht.«

»Basta! Lasst uns besser keine Zeit verlieren, das ist doch jetzt egal, lasst uns den Onkel nach Hause bringen, bitte«, sagte die Mutter und Gaetano nickte. Umgehend verließ er die Wohnung und schwang sich auf der Straße in den Sattel seines Bianchi. Hinter ihm folgten seine Eltern in der Kutsche.

Er hatte den direkten Weg zu den Rive gewählt. Der Himmel war wolkenverhangen und die Stadt dampfte unter dieser sommerlichen Decke, die jegliche Bewegung sofort in Schweißperlen verwandelte. Als er zwischen Molo San Carlo und dem Einlass zum Canal Grande seine Kollegen Salich und Cressini am Pier ausmachte, stoppte er kurz und fragte sie, ob sie einen Mann in Frauenkleidern gesehen hätten.

Die beiden starrten ihn ungläubig an und erst jetzt wurde Lamprecht das Groteske seiner Frage bewusst. Außerdem war er sich sicher, dass sie Ladislaus erfolgreich eingebläut hatten, das Haus nur mehr in Männerkleidung zu verlassen, andernfalls liefe er Gefahr, von einem Mob erschlagen zu werden.

»Vergesst es, ich suche einen Mann Anfang sechzig, hager, nicht allzu groß, eingefallene Wangen und trauriger Blick.« Eine bessere Beschreibung war ihm nicht eingefallen.

Salich antwortete. »Gesehen haben wir ihn nicht, aber ein Fischer hat uns gerufen, weil jemand, auf den die Beschreibung passen könnte, ihm sein Boot vor den Augen entwendet hat und aufs offene Meer gerudert ist. Bei sich trug er tatsächlich ein Kleid.«

Lamprecht gab es einen Stich. »Wann war das?«

»Muss gut eine halbe Stunde her sein.«

Lamprecht trat wie ein Verrückter in die Pedale. Um Zeit zu sparen, schlug er den Weg ein, der ihn durch das Hafengelände führte, ehe er kurz vor Barcola wieder auf die Zufahrtsstraße zum Schloss einbog. Zu seiner Rechten der Viadukt der ehemaligen Südbahnstrecke, dahinter ein paar Industriebauten aus rotem Ziegelstein. Die Sonne brach jetzt durch und die Schornsteine warfen ihren Schatten auf seinen Weg.

Vorbei an der kleinen Kirche, vorbei an den vielen Bädern, tat sich ihm bald der Anblick auf das Märchenschloss Maximilians auf. Bei der Einfahrt musste die Kutsche, die seine Eltern genommen hatten, am Tor stehen bleiben. Sie waren wohl direkt gekommen und hatten so einen kleinen Vorsprung erzielen können. Lamprecht zog nun aber an ihnen vorbei. Er rief ihnen zu: »Schnell, viel Zeit bleibt uns nicht. Der Onkel ist nicht zu Fuß gekommen, er hat ein Boot.«

Lamprecht fuhr zum Eingang des Kastells. Das Schloss war versperrt, keine Menschenseele zu sehen. Er lehnte sein Rad gegen die Mauer und lief vor zu den Stiegen, die hinunter zum kleinen Becken führten, wo früher die Aristokraten ihre Barken bestiegen, um nach Triest zu schippern.

Er hatte den Kai erreicht, wo hinter einem kleinen Wellenbrecher Stufen bis zum Meer hinabführten. Etwa zweihundert Meter vor sich sah er ein Boot auf dem Meer treiben. Die Wolken waren nun beinahe restlos verschwunden. Eine Gestalt in einem silbernen Paillettenkleid, das in der Sonne glitzerte, stand aufrecht in dem Boot und glich die sanften Wellenbewegungen aus.

»Onkel Ladislaus! Warte bitte, ich bin gleich bei dir!«

Er riss die Arme in die Höh und winkte.

Der Onkel hob einen Arm nur halb, um den Gruß zu erwidern, doch ganz offensichtlich war das ein Abschiedsgruß, denn Ladislaus Lamprecht machte einen Schritt vor und sprang ins Wasser. Das Boot schaukelte wild und wäre beinahe umgekippt, ehe es zitternd abtrieb.

»Nein!«, brüllte Gaetano, riss sich das Sakko vom Leib, knöpfte seine Schuhe auf und schlüpfte aus der Hose, ehe er ins Wasser sprang und auf das Boot zuschwamm, wo erste Luftblasen an die Oberfläche drangen. Er hatte zwar wertvolle Sekunden verloren, als er sich entkleidet hatte, dafür war er jetzt im Wasser entsprechend schneller unterwegs.

Aber nicht schnell genug. Je weiter er sich vom Ufer entfernte, umso schwerer fiel es ihm, sich zu orientieren und die Stelle zu finden, an der sein Onkel untergetaucht war. Immer wieder tauchte er zwischendurch kurz unter Wasser, in der Hoffnung, den Onkel zu sehen. Das glitzernde Kleid müsste doch auch unter Wasser auffällig sein, dachte er. Als er das Boot erreichte, war das Wasser dort still und dunkel. Da rief jemand seinen Namen.

Seine Eltern hatten nun auch den Kai unterhalb des Schlosses erreicht und fuchtelten mit den Armen in der Luft. Gaetano schwamm zu dem Boot und hielt sich an der Holzwand fest, damit er besser Luft holen konnte, um zu rufen.

»Seht ihr es irgendwo unter Wasser glitzern?«

Die Eltern ruderten weiterhin aufgeregt mit den Armen durch die Luft und deuteten zu einer Stelle gut dreißig Meter vom Boot entfernt. Er nahm einen tiefen Atemzug, stieß sich ab und tauchte hinunter.

Tatsächlich, auf dem Grund vor sich sah er etwas im gebrochenen Sonnenlicht funkeln. Er tauchte tiefer hinab, bis er den Grund erreicht hatte.

Nach einer halben Minute durchstieß sein Kopf wieder die Wasseroberfläche. In der Hand hielt er das Kleid hoch und schüttelte den Kopf. Der Onkel musste es unter Wasser ausgezogen oder verloren haben, von ihm selbst fehlte jede Spur.

***

»Wieso bist du schon wieder da? Du sollst doch nicht herkommen!«

»Und wohin soll ich sonst?«

»Geh wieder in den Karst.«

»Geht nicht.«

»Hier kannst du nicht bleiben.«

»Er muss weg, anders wird es nicht gehen. Ist er erst weg, werden die anderen auch gehen.«

»Weg war er ja schon. Zuerst hat es geheißen, er hat einen Unfall gehabt, dann hat sich herausgestellt, dass er sich nur versteckt hat.«

»Ich weiß, deswegen musste ich ja wiederkommen.«

»Aber sie haben keine Anstalten gemacht zu gehen, im Gegenteil, sie scheinen sich durch nichts vertreiben zu lassen.«

»Jeder lässt sich vertreiben.«

»Darum wirst du dich kümmern müssen. Vielleicht solltest du dir Hilfe holen.«

***

Kinski hatte mit Einbruch der Dunkelheit seine Werkstatt erreicht. Der Wein, dem er zusammen mit dem Karstschinken reichlich zugesprochen hatte, war ihm in die Beine gefahren und hatte seine Schritte immer schwerer werden lassen. Unmöglich, jetzt noch an ein Weiterarbeiten an seinem Auto zu denken. Er ließ sich auf die Matratze fallen, die ihm seit einigen Tagen als Lager diente, um ein paar Stunden zu schlafen. Er löschte die Petroleumlampe und streckte sich auf der harten und kratzigen Unterlage aus. Müdigkeit und Wein ließen seine Gedanken durch einen Trichter fallen, aus dem sie so klein herauskamen, dass er ihnen nicht weiter folgen konnte und einschlief.

Doch seine Ruhe währte nicht lange. Bald wurde er wieder wach, weil ihn seltsame Geräusche aus dem Schlaf geholt hatten. Er setzte sich auf und wartete, bis sich seine Augen an die Finsternis gewöhnt hatten. Langsam nahm er die Umrisse von Werkbank und Maschinen wahr. Er lauschte. Jetzt vernahm er ein Kratzen, dann wieder dieses sanfte Poltern, das von der Tür kam. Er war sich sicher, dass jemand davorstand und versuchte, in den Schuppen zu gelangen. Er hatte den massiven Balken vorgelegt. Solange dieser Jemand nicht mit der Axt das Holz spaltete, würde die Tür den Eindringling aufhalten.

Er griff unter die Matratze, wo es eine kleine Ausbuchtung im Boden gab, und holte seinen Revolver hervor. Er hatte ihn sich schon im Krieg zugelegt und mit nach Triest geschmuggelt und bis dato immer erfolgreich vor Elvira versteckt. Seit den letzten Vorfällen hatte er ihn aber an sich genommen und trug ihn meist bei sich, wenn er unterwegs war. Er war klein und ließ sich gut in einer Innentasche verbergen. Er spannte den Hahn, dann rief er:

»Chi è? Che cosa vuole?«

Er spitzte die Ohren, doch eine Antwort blieb aus. Er vermeinte zu hören, wie sich jemand auf leisen Sohlen wieder davonschlich.

Er lehnte sich mit dem Rücken gegen die Wand und hielt, den Revolver nach wie vor umklammert, eine Zeit lang Wache, ehe er wieder der Müdigkeit unterlag und einschlief.

Als er am Morgen die Augen aufschlug, fragte er sich, ob der Alkohol ihm nicht einen Streich gespielt und den nächtlichen Besuch nur vorgegaukelt hatte. Er öffnete mit der Waffe im Anschlag die Tür und trat ins Freie. Das Gras auf der Seite war niedergetreten und hatte sich noch nicht mit dem morgendlichen Tau aufgerichtet. Möglicherweise war das Versteck, das er bei seinem ersten Abtauchen verwendet hatte, nicht mehr sicher. Er fasste einen Entschluss.

42.

Die Familie Lamprecht hatte eine Beerdigung und eine Hochzeit auszurichten. Doch eines nach dem anderen.

Nachdem Gaetano nochmals alles im Umkreis erfolglos abgetaucht hatte, war er erschöpft und niedergeschlagen an Land gekommen, wo seine Eltern ihn erwarteten. Der Vater legte ihm sein Jackett um die nassen Schultern und sah betreten zu Boden, als Gaetano enttäuscht den Kopf schüttelte. Seine Mutter seufzte, doch sie wirkte gefasst. »Ich bete zu

Gott, dass die Küstenwache mehr Erfolg hat«, sagte sie und deutete auf das Schiff der Hafenkommandantur, das hinter dem Schloss auftauchte. Die Eltern hatten zuvor dem Kutscher aufgetragen, die Polizei zu verständigen, und über die Zufahrtsstraße näherten sich ein Einsatzfahrzeug und auch ein Sanitätswagen.

Nach einer Stunde des Bangens wurde die Familie nach Hause geschickt, viel Hoffnung bestehe nicht, wurde ihnen beschieden.

»Damit habe ich nicht gerechnet, damit konnte keiner rechnen«, sagte Franz Lamprecht mit belegter Stimme, als sie sich später im Salon zusammengefunden hatten. Sie tranken Tee und klammerten sich an die Vorstellung, ein Wunder könnte geschehen. Niemand machte dem Vater Vorwürfe, auch wenn alle wussten, dass sein Vorhaben, Ladislaus Lamprecht ins Irrenhaus zu stecken, wohl der Auslöser der Verzweiflungstat gewesen war. Doch mit Schuldzuweisungen ließ sich ein Unglück nicht aus der Welt schaffen.

Federica hatten sie nach ihrer Rückkehr mit Randa spazieren geschickt, ohne ihr die Wahrheit zu sagen. Der Onkel sei nur verreist, hatten sie das Kind belogen. Doch Gaetano war sich sicher, dass sie schon ahnte, was gespielt wurde. Ein Kind, das seine Mutter verloren hatte, wusste die hilflosen Blicke der Erwachsenen, die Zuversicht vortäuschen sollten, richtig zu deuten.

Als Adina am späten Nachmittag, weit früher als üblich, nach Hause kam, strahlte sie bis über beide Ohren. Sie war der Sonnenstrahl, der durch einen schwarzen Himmel aus Gewitterwolken brach und einen kleinen Flecken erhellte. Ein Flecken, der das Gefühl von Geborgenheit und Zuversicht in einer ringsum untergehenden Welt vermittelte.

»Ich habe euch eine Mitteilung zu machen, eine sehr erfreuliche sogar, ihr werdet staunen«, sagte sie mit den leuchtenden Augen eines Kindes, das eben den ersten Platz bei einem Schulwettbewerb errungen hat. Sie war so in ihrer Begeisterung gefangen, dass ihr die getrübte Stimmung der anderen nicht einmal ansatzweise auffiel.

»Ich werde heiraten«, ließ sie die anderen wissen und klatschte dabei in die Hände. »Na, was sagt ihr?«

Gaetano war es, der die Nadel nahm und den Ballon der Freude zum Platzen brachte. »Das ist jetzt leider kein günstiger Moment. Der Onkel ist heute ins Wasser gegangen.«

Adina erstarrte. »Um Gottes willen, das ist ja furchtbar.«

Von Hochzeit wurde darauf nicht mehr gesprochen. Adina ließ sich das Geschehene berichten. »Vielleicht wollte euch der Onkel nur einen Schreck einjagen. Darum hat er das Kleid ausgezogen und ist woanders an Land gegangen.«

Gaetano schüttelte den Kopf und wollte eben widersprechen, als Federica mit dem Hund zurückkehrte. Er wusste, dass der Onkel diese Strecke bis zum Ufer niemals hätte tauchen können, er selbst hätte das kaum geschafft, und er war jünger und auch besser trainiert.

Bis zum Abend hatten sie immer noch keine Gewissheit. Adinas Theorie, der Onkel habe sein Ertrinken unter Umständen vorgetäuscht, war zwar nicht plausibel, aber ein willkommener Hoffnungsschimmer. Federica war während des Abendessens ungewöhnlich schweigsam, auch als die anderen versuchten, die Stimmung mit Plänen für das nächste Wochenende zu heben. Lamprechts Suspendierung war angesichts all dieser Turbulenzen in den Hintergrund gerückt.

Nachdem sich mit der Abenddämmerung alle in ihr Zimmer zurückgezogen hatten, lag Gaetano auf dem Bett und starrte an die Decke, die langsam mit der Dunkelheit verschmolz. Der aufkommende Wind drückte gegen die Fenster. Wahrscheinlich brachte der Scirocco Regen mit sich. Schwere Wolken verdunkelten den Himmel endgültig und er musste die kleine Lampe über dem Betthaupt anschalten. Entfernte Blitze über dem Golf warfen die Schatten der Bäume vor dem Haus an die Wand.

Er fragte sich, ob er nicht rascher handeln, ob er den Onkel bei beherzterem Einschreiten nicht doch hätte retten können, und wie er die Beschuldigungen rund um den Mord an Delgrado würde entkräften können. Ein zaghaftes Klopfen riss ihn aus seinen Gedanken.

Die Tür ging langsam auf, Federica schob ihren Kopf durch den Spalt und fragte: »Darf ich zu dir unter die Decke kriechen, Papà? Mich fröstelt.«

Gaetano nickte und hob die Decke an, damit seine Tochter sich an ihm wärmen konnte. Das hatten beide nötig.

Kurz darauf klopfte es erneut. Es war Adina.

»Möchtest du auch unter die Decke?«

»Ich will euch nicht stören. Ich wollte dich nur etwas fragen: Als ich von den Hochzeitsplänen berichtet habe, waren Vater und Mutter erstaunt, du jedoch nicht.«

Gaetano entkam nun doch ein flüchtiges Lächeln. »Du hast unlängst etwas in diese Richtung gesagt. Ich kann eins und eins zusammenzählen. Giulio hat mir gegenüber schon etwas angedeutet. Und ich bin ja nicht blind. Meinen Segen habt ihr jedenfalls. Giulio ist sicher ein guter Mann für dich.«

»Wie kommst du auf Giulio? Was für Pläne? Ich heirate doch nicht Vinciguerra! Mein Verlobter heißt Amilcare Zoffi. Er ist einer der jungen Architekten bei Berlam.«

Gaetano war perplex: »Aber Giulio hat mir doch erzählt, dass er bald heiraten möchte.«

»Tatsächlich? Na, das wundert mich jetzt nicht.«

»Weißt du etwas, was ich nicht weiß?«

»Das soll er dir selbst erzählen.« Sie gab ihm einen Nasenstüber und schlich sich aus dem Zimmer.

Der nächste Tag brachte traurige Gewissheit. Die Leiche von Ladislaus Lamprecht wurde in Grignano an die Klippen gespült, der nächtliche Sturm hatte sie aus dem nassen Grab befreit. Fischer hatten den nackten Mann entdeckt, dessen besondere Auffälligkeit ein Damenohrring am rechten Ohrläppchen war.

Eine Woche später versammelte sich die Familie am Friedhof von Sant'Anna, der kommunalen Nekropole, die vor gut einhundert Jahren außerhalb der damaligen Stadt angelegt worden war, nachdem die Stadt immer mehr Einwohner zählte, die einen Ort für ihre letzte Ruhe brauchten. Unter Josef II. wurde per Dekret die Bestattung innerhalb von Kirchen in den habsburgischen Besitzungen verboten und die Friedhöfe um diese herum wurden zu eng. Hier in Valmaura hatte man ein weitläufiges Areal für die vielen Toten gefunden.

Das Geld reichte nur für eine einfache Urnenbestattung, Onkel Ladislaus Lamprecht bekam eine kleine Nische in einer Mauer, sehr bescheiden und nicht zu vergleichen mit den prunkvollen, von Monumenten bedeutender Bildhauer geschmückten Grabmälern im Kreuzgang, der Galleria di prima Classe, wo alteingesessene Triestiner Familien wie die Sartorio, Parisi oder Capuano ihre letzte Ruhestätte hatten.

Die Familie blieb unter sich, es hatte sich kein Pfarrer bereit erklärt, den Abschied des Onkels zu segnen, für die Kirche war der Freitod eine der schlimmsten Sünden. Zwar war es Gaetano gelungen, den Suizid offiziell als seltsamen Badeunfall zu verschleiern, weshalb überhaupt nach katholischem Ritus bestattet werden konnte, dennoch hatten alle Pfarrer diplomatisch wegen anderweitiger Verpflichtungen abgesagt.

Adina hatte allerdings ihren Verlobten mitgebracht. Amilcare Zoffi war groß gewachsen und breitschultrig und damit von der Statur genau das Gegenteil des drahtigen, aber schmächtigen Vinciguerra. Er ging auf die dreißig zu, war also ein paar Jahre älter als Adina, die mit ihren dreiundzwanzig Jahren im besten Heiratsalter war. Gaetano betrachtete das Paar von der Seite. Zoffi überragte seine Schwester um einen Kopf, und es war ihm vorhin bei der Begrüßung vorgekommen, dass er sogar ein wenig größer als er selbst zu sein schien. Er hatte helle Haut und brünette, gewellte Haare, sein Gesicht war gleichmäßig, ohne besondere Auffälligkeiten. Gaetano fielen auch seine guten Umgangsformen auf, selbst wenn ihm der Händedruck eine Spur zu lasch vorkam.

Nach einer kurzen Diskussion, die Adina mit ihrer Ankündigung ausgelöst hatte, mit ihrem Verlobten beim Begräbnis zu erscheinen, hatte der Vater bald eingelenkt und gemeint: »Wenn der junge Mann in die Familie will, ist das vielleicht ein guter Anlass, ihn bei uns einzuführen und zu beobachten, wie er sich in so einer Situation tut. Bei Schönwetter ist leicht segeln. Bewähren muss sich ein Seemann bei Sturm. Das gilt auch für Ehemänner.«

Die Mutter bestand darauf, den Verlobten ihrer einzigen Tochter vorher kennenzulernen, und hatte ihn vor wenigen Tagen zum Tee geladen. Amilcare Zoffi bestand den Test, denn er war ein sympathischer Kerl, der Adina auf Händen zu tragen schien und wusste, was er im Leben erreichen wollte.

Gaetano betrachtete seine Schwester. Sie stand mit dem Rücken zu ihm, er musste sie nicht ansehen, um sie beschreiben zu können. Sie war der Mensch, der ihm am nächsten stand, wahrscheinlich war er ihr noch mehr verbunden als seiner Mutter oder Federica, seiner Adoptivtochter. Adina hatte eine natürliche Schönheit, weil ihr Gesicht ebenmäßige Züge aufwies. Und auch wenn ihre Lippen eher schmal waren, schien auf ihnen fast unablässig ein Lächeln zu liegen. Ihre hellen, klaren Augen strahlten Freude und Zuversicht aus, und es war ein Wunder, dass die Verehrer nicht schon länger Schlange gestanden waren.

Gaetano dachte einen Schritt weiter. Wahrscheinlich würde sich nach der Hochzeit bald Nachwuchs einstellen und Adina müsste ihren Beruf aufgeben, um daheim die Kinder (er dachte schon in der Mehrzahl) großzuziehen und so das Weltbild des Vaters wieder zurechtzurücken, der sich nicht damit abgefunden hatte, dass seine Tochter einer Erwerbsarbeit nachging.

»Gehen wir?«

Adina hatte sich umgedreht und ihn aus seinen Gedanken gerissen. Die karge Zeremonie war zu Ende und der Mann von der Friedhofsverwaltung schloss die Nische, in die der Vater die Urne mit der Asche seines Bruders gestellt hatte.

Für die Trauerfeier wählte man eine kleine, eher einfache Osteria, die direkt an der Strada per l'Istria gelegen war. Eine Reservierung war nicht nötig gewesen, die sechs Trauergäste waren problemlos an einem Tisch unterzubringen. Das Mahl war dann so schmucklos wie der wuchtige Holztisch drinnen und wie der ganze Abschied.

43.

»Che bastardo!«

Als Brisotto in die Gesichter seiner Kollegen im Wachzimmer blickte, merkte er, dass sein Zornausbruch wenig goutiert wurde. Womöglich hatte er sich tatsächlich im Ton vergriffen und würde deswegen Probleme bekommen, doch Trecciani war einfach ein Arschloch. Er hatte ihn zu sich gebeten – vorladen ließen sich diese arroganten Typen, die glaubten, das Recht des Stärkeren für sich in Anspruch nehmen zu können, nicht –, Trecciani war auch erschienen, hatte aber gleich erklärt: »Ich lasse mich doch nicht von einer niedrigen Charge einvernehmen!«, dann hatte er Salich geschnippt wie einem Piccolo im Caffè, den man um die Zeitung schickt, und sich zum Commissario führen lassen.

Dort ließ er nun den Gönner heraushängen, einen Gönner allerdings, der selbst von der Gunst anderer abhängig ist. Dizzioli wusste das, er war klug und auch erfahren genug, auf das Spiel einzugehen.

»Signor Trecciani, was für eine Freude, Sie als unseren Gast zu begrüßen, auch wenn Ihr Besuch einen Schatten auf unsere strahlende Einheit wirft.«

»Sie wissen also, warum ich zugegen bin?«

»Es geht um den feigen Mord an Ercole Delgrado.«

»Genau, und ich frage mich, wieso der Mörder angesichts dieser eindeutigen Sachlage noch immer auf freiem Fuß ist?«

Dizzioli schob Trecciani seine Zigarettenschatulle aus dunklem gemasertem Holz hin, dieser nahm die Einladung an und zündete sich eine Zigarette an. Dieser Moment hatte Dizzioli genügt, sich eine passende Strategie zurechtzulegen. Er mimte den Ahnungslosen. »Was führt Sie zu dieser Annahme?«

»Hören Sie, ich habe Ihnen doch genau beschrieben, wie dieser deutsche Polizist kommt, seine Waffe zückt und Delgrado kaltblütig erschießt. Und statt dass so ein Schwerverbrecher in der Zelle sitzt, sieht man ihn durch die Stadt spazieren oder, noch schlimmer, mit seinem Fahrrad durch die Gegend rollen.«

»Ich nehme an, Sie meinen Agente Lamprecht?«

»Wen sonst?«

»Übrigens, Cavaliere. Was haben Sie und Delgrado eigentlich in dieser finsteren Ecke der Stadt gemacht?«

Trecciani trieb die Zigarette in den Aschenbecher wie einen Pfahl in das Herz eines Vampirs und dämpfte sie aus. »Was soll diese Frage? Was habe ich damit zu tun? Ich kann mich doch aufhalten, wo ich will.«

»Etwa auch im Hotel Balkan, knapp bevor es niedergebrannt wird.«

»Vorsicht! Sie lehnen sich jetzt aber weit aus dem Fenster. Da fällt man schnell in die Tiefe.« Trecciani fuchtelte mit dem Zeigefinger vor Dizziolis Gesicht.

Innerlich grinste der Commissario, er hatte Trecciani aus der Reserve gelockt. Er gab sich konziliant und tat so, als würde er einlenken: »Ist ja nicht so wichtig. Sie werden verstehen, dass eine Anklage gegen einen bislang unbescholtenen, ja verdienten Beamten auf handfesten Beweisen fußen muss.«

»Verdient, dass ich nicht lache! Ein Österreicher aus der Monarchie – diese Leute geben hier nicht mehr den Ton an, wenn ich Sie darauf hinweisen darf, sollten Sie das vergessen haben.«

Wer immer Delgrado gemeuchelt hat, er hat den Falschen erschossen, dachte Dizzioli. Er antwortete: »Beruhigen Sie sich bitte. Wir haben die Sache im Griff und werden den Verantwortlichen zur Rechenschaft ziehen, ohne Ansehen der Person, darauf gebe ich Ihnen mein Wort. Signor Lamprecht steht unter Beobachtung, wir wissen also immer, wo er sich gerade befindet, das ist für die Ermittlung zielführender, als wenn er in der Zelle säße. Wir glauben nämlich an ein Komplott und in Haft führt er uns nicht an die Hintermänner.«

Trecciani grinste hämisch. »Ich muss mich bei Ihnen entschuldigen, offenbar habe ich Sie unterschätzt. Ich sehe, die Angelegenheit ist bei Ihnen in guten, was heißt, in den richtigen Händen.«

Trecciani steckte noch eine Zigarette aus der offenen Schatulle ein und verabschiedete sich übertrieben jovial.

»Che bastardo!«, dachte Dizzioli, kaum dass die Tür ins Schloss gefallen war. Dann rief er nach Brisotto. Noch funktionierte ein geordnetes Staatswesen, noch konnte er sich gegen diese Usurpatoren wehren. Er würde die Untersuchung nach seinem Ermessen führen und sich von niemandem in die Suppe spucken lassen, schon gar nicht von so einem aufgeblasenen Möchtegern. Es war Zeit, diesen Leuten auf die Zehen zu steigen.

Es klopfte an der Tür.

»Avanti!«

Brisotto betrat den Raum und grüßte den Vorgesetzten.

»Haben wir schon etwas zu dem Brand in Zgonik?«

Letzte Nacht hatte dort eine Scheune Feuer gefangen. Die Feuerwehr hatte Hinweise darauf gefunden, dass der Holzverbau einer Brandstiftung zum Opfer gefallen war, und hatte die Polizei eingeschaltet.

»Zum Glück ist niemand zu Schaden gekommen, aber in der Brandruine wurden noch jede Menge an brennbaren Materialien gefunden. Und auch sonderbare Apparate, die man normalerweise nicht in einer Scheune am Land findet.«

»Dann könnte sich dort etwas selbst entzündet haben?«

»Dagegen sprechen die Brandspuren. Das Feuer wurde von außen an mehreren Punkten zugleich gelegt. Übrigens gab es auch Überreste einer Matratze. Die Hütte könnte jemandem als Lager gedient haben.«

Dizzioli nickte. »Lassen Sie das nur die Kollegen machen. Ich habe etwas anderes für Sie.«

Die Hochzeit fand in der Woche nach Ferragosto statt. Es war der 25. August, sieben Tage nach Kaisers Geburtstag, der noch immer in den Köpfen einiger ehemaliger Untertanen Kaiser Franz Josephs als Fixpunkt im Jahreskalendarium steckte. Das Standesamt war aus der sommerlichen Hitzestarre erwacht und hatte dem Brautpaar einen der ersten möglichen Termine zugeteilt.

Sie traten vor das Rathaus auf die Piazza Unità. Es war ein strahlender Tag mit blauem Himmel, der nur von einzelnen Möwen weiß gepunktet, sonst aber unendlich tief und klar war. Das Caffè im Rathaus hatte die Markisen tief hinabgezogen, wie lange Banner liefen sie fast bis zum Boden. Die Gesellschaft versammelte sich, um dann gemeinsam zur Hochzeitstafel aufzubrechen. Es waren Freunde der Familie, Bürokollegen Adinas und die große Verwandtschaft des Bräutigams. Der Vater zählte die Gäste. Von seinen Bekannten war lediglich ein Pensionist der Generali verblieben, den man nach dem Zusammenbruch Österreich-Ungarns nicht aus dem Land gejagt hatte wie die anderen.

Adinas Chef, Ruggero Berlam, hatte sich großzügig an den Kosten der Feier beteiligt, sich selbst aber entschuldigt. An seiner Stelle war sein Sohn Arduino gekommen. Von Gaetanos Kollegen waren Vinciguerra und Brisotto gekommen, Weißkopf hatte sich ebenfalls entschuldigt. Noch während der Zeremonie hatte Brisotto ihm flüsternd gesteckt, dass Dizzioli neue Untersuchungen angeordnet hatte. »Die werden einigen Leuten nicht genehm sein«, meinte er.

Dann zog Gaetano Vinciguerra zur Seite: »Wir beide haben auch noch ein Hühnchen zu rupfen. Ich dachte ja, du würdest heute im Festtagsanzug neben Adina stehen und jetzt hat meine Schwester einen anderen geehelicht und du kommst mit dieser reizenden jungen Dame an.« Gaetano deutete auf die junge Frau im hellbeigen Seidenkleid, die sich angeregt mit seiner Mutter unterhielt. Entfernt erinnerte sie ihn an jemanden, doch er wusste nicht, wo oder wie er sie einordnen sollte.

Giulio grinste. »Und wenn man noch dazu bedenkt, dass diese Begleitung früher in dich verschossen war …«

Langsam dämmerte es Lamprecht. »Nein, das ist doch nicht …«

»Doch, es ist Rosaria.«

Adinas Freundin aus der Schule, die vor dem Krieg regelmäßig bei ihnen zu Besuch gewesen war. Sie hatte sich ordentlich gemausert und war zu einer Schönheit geworden.

»Jetzt verstehe ich auch, warum du dich immer mit Adina getroffen hast, diese Schurkin hat da wohl ein wenig gekuppelt.«

»Der Gentleman schweigt. Komm, lass uns zu den anderen gehen«, schlug Vinciguerra vor.

Die Feier fand in einer Trattoria in Servola statt, wo man die Tafel unter einer mit Wein bewachsenen Pergola gerichtet hatte, eine Kapelle spielte auf.

Nachdem Franz Lamprecht den ersten Tanz mit seiner Tochter absolviert hatte, übergab er sie ihrem Ehemann, der sie zärtlich um die Hüften fasste, an sich drückte und in Kreisen über das improvisierte Tanzparkett aus Kieselsteinen führte. Gaetano musste sich erst an den Anblick gewöhnen, dass ein anderer Mann seine kleine Schwester in Armen hielt. Die Mutter hatte feuchte Augen, der Vater gerötete, was allerdings vom Terrano rührte. Sein schwaches Herz hatte ihm schon vor dem Krieg den Genuss von Alkohol und Zigarren verboten, die Geldsorgen nach dem Krieg hatten den Verzicht auf diese Laster zwingend gemacht. Doch heute war ein Tag zum Feiern, das sollte auch die Pumpe im Brustkorb einsehen.

Gaetano nahm sich eine von Vaters Zigarren und zündete sie mit einem Streichholz an. Es kam so gut wie nie vor, dass er rauchte, aber an so einem Tag wollte er kein Spielverderber sein. Seine Lungen würde er ohnehin schon am nächsten Morgen wieder gut mit Sauerstoff durchlüften, wenn er seine übliche Strecke vom Gericht hinauf bis zum Obelisken fuhr. Mittlerweile schaffte er die Strecke in knapp dreißig Minuten. Er paffte eine Rauchwolke in die Luft, die zwischen den grünen Trieben des Weines verschwand: »Ich werde meinen Beitrag zu den Kosten der Hochzeit beisteuern, Vater.« Franz Lamprecht stieß ebenfalls einen Schwall von Rauch aus und beugte sich zu ihm: »Alles gut, wir können uns das leisten. Ich war vor zwei Tagen beim Notar. Ladislaus hat uns ein wenig Geld hinterlassen, der Notar wird auch noch dich und Adina kontaktieren, euch hat er noch ein Legat ausgesetzt. Adina bekommt den Schmuck seiner Frau und du eine kleine Summe.«

Gaetano nahm nachdenklich einen Schluck Wein. »Das bedeutet ja …«

»Ja, hätte der Depp nur irgendetwas davon angedeutet und uns früher unterstützt, dann …«

»Lass gut sein, Vater. Das nutzt jetzt nichts. Wer weiß, was sich der Onkel erspart hat. Die Zeiten, die auf uns zukommen, werden sicher nicht besser für …« Er stockte, suchte nach der passenden Umschreibung, »… für Außenseiter. Ich bin übrigens froh, dass Amilcare und Adina jetzt in seine Räume einziehen können. So quält mich sein Zimmer nicht mit Leere, und wir ersparen es uns, Fremde unter unserem Dach aufzunehmen.«

»Ich hoffe, du schätzt das richtig ein, so gut kennen wir die Familie Zoffi ja noch nicht.« Der Vater deutete auf einen der Cousins des Bräutigams, der in schwarzer Uniform zur Zeremonie erschienen war.

Kinski wischte sich den Schweiß von der Stirn. Es war brütend heiß. Erschöpft ließ er sich auf die Stufen vor seiner Werkstatt fallen und klopfte eine Zigarette aus der Packung. Er hatte die letzten Nächte wieder kaum geschlafen, dafür hatte er eigentlich alles, was er noch benötigte, hierher verbracht. In der Nacht mit einem Leiterwagen, den ein Esel gezogen hatte. Das

Tier hatte er heute Morgen gleich zum Schlachter gebracht, weil er es nicht mehr benötigte. Um keinen Zeugen zu haben, hatte er alles allein machen müssen. Er trat die Zigarette aus. Den Wagen hatte er gut versteckt und mit dunklen Tüchern abgedeckt. In wenigen Tagen, am 1. September, sollte das entscheidende Rennen stattfinden. Castiglioni hatte sein Kommen angekündigt. Wie weit Tommasini wohl war, fragte er sich mit einem mulmigen Gefühl im Bauch.

Zum Glück war Elvira mit Philomena in ein Bad gegangen, also würde er sich ein wenig ausruhen können, zuvor wollte er sich noch in einer nahen Trattoria ein Bier gönnen. So würde er die nötige Bettschwere erreichen, um einen erholsamen Schlaf zu finden.

Er versperrte die Werkstatt mit der Eisenkette und verschloss auch Haustür und Gartentor. Als er aufbrach, sprach ihn ein Autofahrer an, der sich verfahren hatte. Fahrer und Beifahrer waren ausgestiegen, der Fahrer hatte einen Plan auf der Motorhaube ausgebreitet: »Scusi, aber können Sie mir bitte zeigen, wo wir uns hier befinden?«

Kinski nickte und beugte sich mit den beiden anderen über die Straßenkarte. Dass der Beifahrer sich kurz wegdrehte und einen Totschläger aus seiner Jacke holte, registrierte er erst, als es zu spät war.

44.

Gaetano fühlte sich an seine Tage als Student zurückversetzt, wenn vorlesungsfreie Zeit war. Er schlief lange, oft bis in den Vormittag hinein, dann ging er entweder Rad fahren oder er brach in eines der vielen Bäder auf, oder aber er blätterte verstohlen im Bianchi-Katalog, den er sich beim Radgeschäft in der Via Carducci bestellt hatte. Die Verlockung war groß, den unerwarteten Geldsegen aus der Verlassenschaft des Onkels in ein neues Rennrad zu investieren. Diesmal das Modell, das auch die Starter des Werksteams von Bianchi beim Giro fuhren.

Allerdings war vor wenigen Tagen die amtliche Verfügung aus der Questura eingelangt, mit der seine Suspendierung bis zum Abschluss der Untersuchung bekräftigt wurde. Dizzioli hatte zwar noch versucht, ihm einen Teil der Bezüge zu retten und eine Kürzung auf die Hälfte beantragt, doch der italienische Staat hatte nichts zu verschenken und ihm das Gehalt für die Zeit der Suspendierung zur Gänze gestrichen. Es war daher angebracht, das Geld, das der Notar ja noch gar nicht freigegeben hatte, für die Familie und wirklich notwendige Ausgaben zu reservieren.

Jetzt hatte er auch viel Zeit für seine Tochter. Regelmäßig gingen sie baden oder in den nahen Karst wandern. Manchmal fuhren sie ein Stück mit der Eisenbahn Richtung Kozina bis Sant'Antonio-Moccò, von wo aus sie ins Val di Rosandra aufbrachen. Federica hatte tausend Fragen nach ihren Eltern und er fand es angebracht, ihr so viel über Vater und Mutter zu erzählen, wie er wusste, beziehungsweise für passend hielt. Seine Liebesbeziehung zu ihrer Mutter verschwieg er. Das, so meinte er, könnte das zarte Gemüt des Kindes womöglich verwirren. Auch die näheren Umstände des Todes ihres Vaters, seines Kollegen Pietro Pirona, ließ er weg. Dafür waren seine Schilderungen reich an Anekdoten, die die beiden vor dem geistigen Augen Federicas wieder lebendig werden ließen. Etwa die Angewohnheit Alessias, den Kaffeelöffel länger im Mundwinkel zu belassen als nötig.

Doch Gaetano war bewusst, dass diese Periode auch wieder enden würde. Irgendwann würde die Behörde einen Schlussstrich ziehen und ihn anklagen und aus dem Dienst entlassen oder ihn rehabilitiert wieder seine Ermittlungen aufnehmen lassen.

Regelmäßig fragte er seine Kollegen nach dem Stand der Ermittlungen, doch Brisotto wiegelte nur ab und zuckte mit den Schultern.

»Was soll ich dir sagen? Nachdem Mosconi alle Ermittlungen im Zusammenhang mit dem Brand beim Narodni dom untersagt hat, hat Dizzioli deine bisherigen Vernehmungen und Protokolle vernichten lassen. Ich kann nicht ohne Weiteres gegen die klaren Weisungen vorgehen.«

Mosconi war letzten Sommer als Zivilkommissar für die neuen Gebiete eingesetzt worden, sein Führungsstil unterschied sich nur wenig von der bisherigen Militärverwaltung. Mittlerweile gab es nicht wenige italienischstämmige Triestiner, die mit einem weinenden Auge auf das einstige »Joch« der Habsburger zurückblickten. So hatten sie sich ihre Befreiung nicht vorgestellt.

»Aber immerhin hat Dizzioli unlängst Trecciani die Stirn geboten.«

Die Unterredung unter vier Augen war nicht unter voller Diskretion abgelaufen. Die meisten Polizisten in der Questura wussten, was ihr Commissario von den Faschisten und von Trecciani hielt. Man respektierte den Vorgesetzten dafür. Und das, obwohl es auch in den eigenen Reihen nicht wenige Sympathisanten gab. Viele sahen im Fascio die geringere Gefahr als die, die von Sozialisten oder Kommunisten ausging. Die Entwicklung in Russland nach der Revolution hatte viele das Fürchten gelehrt.

»Was anderes«, schweifte Brisotto vom Thema ab, »hast du das mitbekommen? Die Scheune, in der du diesen angeblich entführten Wiener gefunden hast, ist unlängst abgebrannt.«

»Und?«

»Alles vernichtet, was drinnen war. Komische Dinge jedenfalls, aber es hat sich zum Glück niemand im Gebäude aufgehalten.«

Lamprecht maß dem keine große Bedeutung bei. Er wusste ja, dass Kinski an einem neuartigen Antrieb für ein Automobil experimentierte. Es war gut vorstellbar, dass diese Experimente zu einem unkontrollierten Funkenschlag geführt hatten, der irgendwelche von den Chemikalien, die dort herumstanden, entzündet hatte, um sich auszubreiten und eine Feuersbrunst zu entfachen. Er dachte zurück an den Brand des Hotel Balkan und des slowenischen Volkshauses, als er Delgrado gerettet hatte. Hätte er damals nicht eingegriffen, wäre er jetzt nicht in der Bredouille. Aber wäre er dem Mann nicht zu Hilfe gekommen, würde er sich beim Rasieren nicht in den Spiegel schauen können.

Er fuhr sich über das dünne Oberlippenbärtchen, das er sich jetzt in der dienstbefreiten Zeit hatte wachsen lassen. Das Bärtchen hatte nicht die langen Spitzen wie vor dem Krieg, er fand es aber charmant und auch, dass es ihm gut passte. Das hatte auch Adina gemeint. Es handelte sich um ein Zugeständnis an die Mode, viele Schauspieler trugen einen ähnlichen Bart.

Er wollte heute ins Saturnia nach Barcola aufbrechen. Dort hatte der Ruderklub nach wie vor sein Bootshaus. Es war einer der wenigen deutschen Vereine, die nach dem Krieg weitergeführt werden durften, auch wenn man den ursprünglichen Namen von Ruderklub Hansa nun auf Saturnia geändert hatte.

Er hatte das Haus noch kaum verlassen, da sah er Elvira Kinski auf der Straße stehen. Offenbar hatte sie auf ihn gewartet, denn sie kam gleich auf ihn zu.

»Buongiorno, Signora Kinski«, grüßte er, doch die Frau nickte nur kurz, eilte ihm weiter entgegen und erklärte, noch ehe sie ihn erreicht hatte: »Mein Mann ist schon wieder verschwunden.«

Walter Kinski blinzelte, als ihn der Strahl der Lampe traf. Sein Schädel brummte furchtbar und er sehnte sich die Ohnmacht zurück, aus der er eben langsam erwacht war. Das ausgeknipste Bewusstsein hatte wenigstens den hämmernden Schmerz ausgeblendet. Er lag auf einer muffigen Matratze in einem Loch, das an ein mittelalterliches Verlies erinnerte, soweit er das im Dunklen erkennen konnte. Es gab einen Lichteinlass knapp unterhalb der gewölbten Decke, doch der war mit Brettern verrammelt. Es roch feucht und einzelne ölige Schlieren auf dem Lehmboden schillerten bunt im Schein des von oben eindringenden Lichtes. Es roch nach Petroleum. Kinski streckte sich durch und richtete sich auf.

»Hören Sie mich?«, fragte ihn eine bekannte Stimme. Die Lampe wanderte vor seinen Augen auf und ab.

»Hören Sie auf damit. Ja!« Kinski hielt sich die Hand vor die Augen, das Licht verstärkte den Schmerz im Schädel. »Und ich erkenne Sie.«

»Gut, dann wissen Sie, warum ich hier bin.«

»Ich kann es mir denken.«

»Das ist gut. Hier, unterschreiben Sie das.«

Kinski hielt sich den Bogen Papier vor die Augen, konnte aber nicht viel erkennen. »Was ist das?«

»Eine Verzichtserklärung auf Ihr Patent, sollten Sie das Rennen gewinnen.«

»Warum sollte ich das unterschreiben?«

Der Mann lachte auf. »Weil Sie keine andere Wahl haben.«

Er warf einen Federhalter zu Kinski auf die Matratze. »Morgen komme ich wieder, vielleicht sind Sie da vernünftig geworden.«

Lamprecht fiel ein, was Brisotto ihm über die abgebrannte Scheune berichtet hatte. Sofort war seine kriminalistische Neugier geweckt, der Zusammenhang mit Kinskis neuerlichem Verschwinden lag auf der Hand. Vielleicht hatte Kinski sich ja eingestehen müssen, dass er versagt hatte, und hatte dieses Mal tatsächlich seine Familie im Stich gelassen und sich abgesetzt. Er deutete diese Möglichkeit an.

»Aber nein, er fiebert doch dieser Wettfahrt in wenigen Tagen entgegen und würde das Feld niemals freiwillig räumen. Der Brand war gelegt und Walter war überzeugt, dass es sich um eine Warnung oder einen Denkzettel handelte.«

»Das heißt, er war nicht in Gefahr, als es gebrannt hat?«

»Zum Glück nicht. Er war schon wieder zu Hause, als das Feuer ausgebrochen ist.«

»Aber wichtige Unterlagen oder Bauteile könnten doch Schaden genommen haben.«

Elvira Kinski lächelte. Es war das erste Mal, dass Lamprecht sie näher betrachtete und ihm dabei die verborgene Schönheit in ihrem weichen, schmalen Gesicht auffiel, auf dessen Wangen sich jetzt sanfte Grübchen gebildet hatten. Eine Haarsträhne hatte sich aus dem Dutt am Hinterkopf gelöst und hing ihr in die linke Gesichtshälfte. Sie hatte Puder aufgetragen und Lippenstift. Offenbar schminkte sich die Hausfrau, wenn sie das Haus verließ, was jetzt auch Adina tat, wenn sie ins Büro ging. Seine Mutter pflegte sich nur früher, vor dem Krieg, zu schminken, wenn seine Eltern in die Oper oder ein Konzert gingen.

»Er hat mir zwar verboten, darüber zu reden, aber er hat seine Prototypen und alles, was er dazu braucht, rechtzeitig in Sicherheit bringen können. Es ging nur mehr um letzte Justierungen vor dem Rennen.«

»Und wo hat er den Wagen hingebracht?«

»Er hat gesagt, an einen sicheren Ort, mehr weiß ich nicht.«

»Sehen Sie? Dort wird auch er selbst sein. Ich denke, Sie müssen sich keine Sorgen machen.«

»Oh, doch, eine Nachbarin hat gesehen, wie Walter zu zwei Freunden in ein schwarzes Auto gestiegen ist.«

»Und?«

»Wir haben hier keine Freunde.«

Ganz offensichtlich gab es tatsächlich keine harmlose Erklärung für Kinskis Verschwinden, doch er musste der Frau seine Hilfe verweigern: »Es tut mir leid, Sie haben sich dieses Mal an den Falschen gewandt. Ich bin im Moment kein Polizist.«

45.

Kinskis neuerliches Verschwinden arbeitete dennoch in Lamprecht weiter. Gedanken flatterten nervös wie der Flügelschlag einer Fledermaus durch sein Hirn. Wo konnte sich der Erfinder aufhalten? Warum war er verschwunden? Vor allem, wer profitierte davon, wenn er sein Rennen versäumte? Wie so oft in letzter Zeit landeten seine Gedanken und Schlussfolgerungen bei Trecciani. Hatte Delgrado sterben müssen, weil er Tommasini geholt hatte? Wenn das der Grund gewesen wäre, hätte Trecciani eher Tommasini verschwinden lassen müssen.

Der nächste Tag führte Lamprecht mit dem Fahrrad nach Zgonik, wo er die verkohlten Reste der Scheune untersuchte. Er fuhr zum nächstgelegenen Gehöft weiter, wo man ihm bestätigte, dass der Ausländer aus der Stadt hier wiederholt eingekehrt war. Ein schweigsamer Mann, der nicht viel von sich erzählt habe. Als der Bauer das Feuer bemerkt habe, sei er sofort hin, um nachzusehen, ob der Mann Hilfe brauche, doch auf seine Rufe habe ihm niemand geantwortet.

»Die Pompieri haben dann ja auch festgestellt, dass niemand zu Schaden gekommen ist«, erläuterte er.

Das hatten ihm die Leute von sich aus bereitwillig erzählt, er hatte nicht einmal vorgeben müssen, von der Polizei zu sein. Bei der Nachbarin, die Elvira Kinski erwähnt hatte, war das etwas anderes: »Ah, der Agente von der Polizia, buongiorno!«, wurde er begrüßt.

Es war nicht schwer zu kombinieren gewesen, dass sich die Kinski auf die Signora Lupinotti bezogen hatte, die etwas von der Abreise ihres Mannes in einem Wagen gesehen hatte. Lamprecht stellte nicht klar, dass er dieses Mal als Privatmann gekommen war, schlafende Hunde sollte man nicht wecken und neugierige Nachbarn nicht mit der Wahrheit füttern.

»Sie kommen sicher wieder wegen diesem Wiener, oder?«

Er nickte. Besser, den Redeschwall der Frau nicht zu bremsen. Er schaute sie erwartungsvoll an und ließ den üblichen Wasserfall an Mutmaßungen auf sich einprasseln.

»Also mir tut die Frau ja leid. Dieser furfante bringt ihr Geld durch, verpfändet das Haus, hat Schulden wie früher die Offiziere, und dann taucht er einfach ab. Zum zweiten Mal. Also beim ersten Mal hat er sich ja auch aus dem Staub gemacht, wie man hört, und auch wenn er damals zurückgekehrt ist, würde es mich nicht wundern, wenn er diesmal für immer wegbliebe, der bekommt in Triest keinen Fuß mehr auf den Boden. Es heißt ja, er sei Ingenieur und arbeite an einem Auto – aber davon habe ich weit und breit nichts gesehen. Das letzte Mal, also vor drei Tagen«, sie zählte mit den Fingern nach, »haben ihn seine Kumpane abgeholt. Offenbar haben die vorher schon gefeiert, denn sie mussten ihn stützen, weil Kinski nicht mehr gehen konnte. Aber fragen Sie mich bitte nicht nach dem Auto. Dunkel war es, fast schwarz, aber sonst kenne ich mich da nicht aus, mi dispiace.«

Lamprecht hob eine Augenbraue. Erstaunlich, dass die Lupinotti einmal unumwunden zugab, von etwas keine Ahnung zu haben.

»Tante grazie«, sagte er, »Sie haben mir sehr geholfen.«
»Aber wieso? Sie haben ja gar nichts gefragt?«

Das war nicht notwendig gewesen, er hatte auch so alles Nötige erfahren. Kinski hatte offenbar seine Konstruktion weder in der Scheune noch bei sich zu Hause eingestellt. Er hatte sie irgendwo versteckt, wo sie keiner vermutete und sie dem Zugriff seiner Konkurrenten entzogen war. Es galt, diese Gegner ausfindig zu machen. Das mochte anfangs Delgrado gewesen sein, doch der war ja aus dem Rennen. Er deutete die Beschreibung so, dass Kinski gegen seinen Willen mit dem Auto weggebracht worden war. Wenn er nicht mehr in der Lage war zu gehen, hatte man ihn womöglich zuvor außer Gefecht gesetzt. Wie auch immer, er musste seine Kollegen um ihre Hilfe bitten.

Während Brisotto sehr reserviert reagierte und sich in dem Caffè bei der Barriera Vecchia, in dem sie sich getroffen hatten, ständig nervös umdrehte, ob sie auch ja nicht beobachtet wurden, war Weißkopf, obwohl er bei den Carabinieri Dienst versah, weitaus empfänglicher. Zumindest was Trecciani und Giunta betraf: »Den Fascio will hier in Triest niemand angreifen, nicht einmal mit der Kneifzange. Sowohl die Militärbehörden wie auch die Zivilverwaltung wollen an die nicht anstreifen und gewähren ihnen mehr oder weniger Narrenfreiheit. Wenn also einer von denen hinter der von dir vermuteten Entführung von diesem Kinski steckt, bist du allein auf weiter Flur, das musst du mir glauben. Du tust dir da im Moment vielleicht sogar leichter, weil du suspendiert bist. Weil wenn du da als Privatier nachfragst, kann man dir keinen Strick daraus drehen, aber sei trotzdem vorsichtig.«

Lamprecht hatte die letzten beiden Tage immer wieder Ausschau nach Trecciani gehalten. Oft war er im Caffè Tommaseo oder im Caffè del Municipio anzutreffen, wobei Lamprecht sich natürlich dezent im Hintergrund hielt. Doch diese Observierung hatte bislang nichts gebracht, während der Tag des entscheidenden Rennens für Kinski näherrückte. Gerade einmal zwei Tage blieben dem Autokonstrukteur, um aus dem Nichts aufzutauchen und die Strecke vom Tribunale bis zum Hotel Obelisk schneller als sein Konkurrent zurückzulegen und so Castiglionis Geldschatulle für sein Projekt zu öffnen.

Als Gaetano am Abend heimkam, wurde er erwartet.

»Gut, dass du da bist. Offenbar gedenkt der Herr nicht gegen seine Suspendierung anzukämpfen, sondern sich als Privatmann den schönen Dingen des Lebens hinzugeben. Und dabei vergisst er darauf, dass er ein Kind aus dem Waisenhaus und einen Straßenköter in mein Haus gebracht hat.«

»Wo ist das Problem, raus mit der Sprache!« Gaetano blähte den Brustkorb und ballte die Fäuste.

Adina zog ihn weg. »Hört auf zu streiten bitte! Gaetano, komm, Amilcare hat das nicht so gemeint.«

»Wenn er das nicht so gemeint hat, dann soll er es nicht so sagen.« Gaetano wollte sich aus Adinas Griff lösen, um ihrem Ehemann, der in letzter Zeit meinte, hier im Haus Lamprecht den Ton angeben zu müssen, weiter seine Meinung zu geigen. Doch er gab dem Ziehen Adinas schließlich nach und ließ sich in die Küche schieben.

»Randa hat die Pläne Amilcares zerfetzt, die er morgen hätte abgeben müssen. Jetzt muss er die ganze Nacht über den Skizzen sitzen und die Pläne neu zeichnen.«

»Wo war denn Federica?«

»Eben, die war auch weg, niemand weiß wo. Als sie zurückgekommen ist, hatte sie zerkratzte Arme und Wangen, woher, wollte sie nicht sagen. Gaetano, du musst dich besser um sie kümmern. Und um den Hund auch. Der Onkel, der das früher übernommen hat, ist leider nicht mehr.«

»Du hast recht, aber dennoch lasse ich in meinem Haus nicht so mit mir reden.«

Amilcare klopfte gegen den Türstock und trat zu ihnen in die Küche. »Es tut mir leid, Gaetano, ich wollte vorhin nicht so grob sein, aber das war es heute mit meiner Nacht.«

»Ja, verzeih du mir auch. Ich weiß nicht, warum ich vorhin so reagiert habe. Ihr habt recht, ich werde mich besser um Federica kümmern. Das bin ich dem Kind schuldig.«

»Wo hast du dich denn herumgetrieben?«

Federica schüttelte den Kopf. Ihr Gesicht war rot wie Tomatensugo. Gaetano hatte zuvor einen scharfen Ton angelegt, jetzt probierte er es mit Milde. Er legte die Hand auf Federicas vor Aufregung heiße Wange.

»Aber du weißt doch, dass du nicht allein durch die Stadt streifen darfst. Das verbieten wir dir doch nur zu deinem Schutz. Es treiben sich viele Halunken in den Straßen Triests herum.«

Federica zog auf, doch sie verweigerte weiter jede Aussage. Er streichelte sie am Kopf. Das Lächeln, das er nun zeigte, reichte nicht bis zu seinen Augen.

»Jetzt raus mit der Sprache, sag bitte, was passiert ist, sonst musst du den Rest der Ferien zu Hause bleiben. Zu deinem eigenen Schutz.«

»Aber, das wäre ja wie Hausarrest? Ich habe doch nichts getan …«

Auch wenn das Ende der Ferien bereits nah war, war die Aussicht, in den letzten Tagen der Freiheit, bevor es wieder in das Klassenzimmer ging, das Haus nicht verlassen zu dürfen, tatsächlich das Druckmittel, das die Mauer des Schweigens zum Einstürzen brachte. Federica schluchzte los. Tränen rannen ihr über die Wangen und sie presste die Worte einzeln heraus: »Im giardino … im giardino pubblico, da … da hab ich welche aus meiner Schule getroffen, also von einer höheren Klasse … die eine hatte ihren Bruder dabei …« Sie stockte. Gaetano zog seine Tochter an sich heran und umarmte sie. Er spürte, wie ihr Herz klopfte und ihr Brustkorb bebte. »Was war mit diesem Mädchen und ihrem Bruder?«

Federica schaute ihn aus geröteten Augen an. »Sie haben mich Austriacanta beschimpft, sie haben behauptet, die Habsburger hätten mich hier vergessen und sie würden mich jetzt aus Italien rauswerfen.«

»Wie kommen die denn auf diesen Unsinn?« Er war bestürzt, dass der weitverbreitete Hass gegen alles Deutsche einiger fanatischer Italiener, von denen nicht wenige erst nach dem Krieg nach Triest gezogen waren, seine Adoptivtochter getroffen hatte, die doch nicht nur wie er hier in der Stadt geboren worden war, sondern deren biologische Eltern beide echte Italiener gewesen waren.

»Ich habe eine von Opas Bekannten getroffen, die Frau Strehler, und weil ich wusste, dass sie viele Jahre in Wien gelebt hat, habe ich sie auf Deutsch gegrüßt, als die aus meiner Schule um die Ecke gebogen sind und der Ärger begonnen hat.«

»Welcher Ärger?«

»Sie haben mich in die Büsche gezerrt und wollten mir das Kleid zerschneiden, damit ich mich halb nackt verstecken muss.«

Lamprecht spürte die Wut in sich aufsteigen. Am liebsten hätte er sich Namen und Adressen geben lassen, um mit den Eltern dieser Rabauken ein ernstes Wort zu sprechen. Doch vermutlich war das in der aktuellen Situation nicht angeraten. Es wäre besser, das bei den Lehrern in der Schule anzusprechen.

»Und dann?«

»Ich konnte mich losreißen und bin durch die Sträucher davon und bin ihnen entkommen.«

Er nahm ihren rechten Arm und strich sanft über die Striemen dort. »Du solltest eine Heilsalbe draufgeben. Warte, ich gehe eine holen.«

»Das hat die Nonna schon getan.«

»Und du solltest außerhalb dieser Mauern besser nicht deutsch sprechen.«

Federica nickte. Dabei war sie so stolz gewesen, als sie unlängst von Großvater Lamprecht für ihre Fortschritte gelobt worden war. »Das Mädel spricht ja schon, als ob's eine aus Erdberg wär«, hatte der anerkennend gemeint.

Als es bereits spät war und die meisten schon im Bett lagen, ging Gaetano in den Keller zu seinem Bianchi. Im Licht der schwachen Kellerleuchte inspizierte er das Rad und befand, dass er damit noch bestens ausgestattet war, auch wenn neuere Modelle schon zum Großteil mit Freilauf versehen waren, was bei Bergabfahrten nicht nur praktisch, sondern auch sicherer war. Dennoch würde er das Geld vom Onkel sparen und nicht für ein neues Fahrrad ausgeben.

Aus einem angestaubten Regal entnahm er eine Flasche Terrano und ging damit in die Küche, um sie zu entkorken. Mit zwei Gläsern kehrte er in den Salon zurück, wo Amilcare großformatige Papierbögen auf dem Tisch ausgebreitet hatte.

»Zur Versöhnung«, sagte er und schenkte sich und seinem Schwager ein. Doch der Architekt war sehr auf seine Arbeit konzentriert und nahm nur beiläufig und wortlos einen kleinen Schluck, also zog Gaetano sich mit seinem Glas bald in sein Zimmer zurück. Der Schwager war ein verschlossener Mensch. Er wunderte sich, wieso eine lebenslustige Frau wie

Adina ihn auserkoren hatte und was sie an ihm anziehend fand. Auf ihn wirkte er manchmal wie einer, der ein Geheimnis, eine dunkle Vorgeschichte in sich birgt.

Mit diesen Gedanken nickte er auf seinem Bett ein, bevor er das Glas ausgetrunken hatte.

Als er später aus einem Traum aufschreckte, entkleidete er sich endlich und löschte das Licht neben dem Bett. Er hatte geträumt, dass er Kinski in einem mittelalterlichen Verlies gefunden hatte und dabei, um ihn aus diesem Gefängnis zu befreien, gegen einen schwarzen Zerberus hatte kämpfen müssen. Als ihn dieser Höllenhund ins Bein gebissen hatte, war er aufgewacht. Er war verdreht dagelegen und hatte einen Wadenkrampf.

46.

Am nächsten Morgen war dieser Traum in Gaetanos Erinnerung noch präsent. Er fühlte sich wie eine Warnung an und so entschied er, die Sache mit Kinski bleiben zu lassen. Sollte die Frau wieder Anzeige erstatten, dann mochten sich die Diensthabenden darum kümmern.

Er wollte eben das Haus verlassen, um sich bei Dizzioli nach dem Stand in seiner eigenen Causa zu erkundigen, da fiel ihm ein Zettel auf, der in der Tür steckte.

Er faltete ihn auf. Ausgerechnet jetzt musste das kommen! Ein anonymer Hinweis auf Kinskis Aufenthalt. Jemand hatte nur einen Satz mit der Schreibmaschine geschrieben.

»SUCHEN SIE KINSKI IN DER ROTONDA PANCERA.«

Mehr nicht. Doch das war ausreichend, er wusste, er würde sich wie in seinem Traum in die Kellergewölbe des Baus begeben müssen. Der lag ganz in der Nähe in der Via Felice Venezian, unweit der Piazza Barbacan. Es war ein Katzensprung und er machte sich sofort auf den Weg, ohne lange nachzudenken. Die vertraute Gegend ließ ihn leichtsinnig werden.

Er nahm den Weg vorbei am Arco di Riccardo und ging über den Platz, zu dem an einen antiken Tempel gemahnenden Gebäude. Der Architekt Matteo Pertsch hatte es vor über einhundert Jahren für den triestinischen Kaufmann Domenico mit einer halbrunden Fassade an der Straßenecke errichtet. Vier Säulen stützten optisch den Dachfirst ab, zwei Statuetten von Mars und Minerva schlossen an diese an und darüber fanden sich Halbreliefs mit antiken Szenen. Das Haus war Mitte des vorigen Jahrhunderts in den Besitz der Familie Machlig übergegangen, die im Ruf stand, einer Freimaurerloge anzugehören. Darauf deuteten die typischen Symbole wie Zirkel, Dreieck und Wasserwaage an den bemalten Wänden im Inneren hin. Angeblich fanden auch jetzt noch Treffen von Bünden statt, die sich nicht allzu öffentlich zeigen wollten. Kein Wunder also, wenn man auch Delgrado und andere Mitglieder des Fascio dort ein und aus gehen sah. Zudem hieß es, dass unter dem Haus ein geheimes Tunnelsystem bestünde, das mit den unterirdischen Gewölben der nahen Jesuitenkirche verbunden war.

Lamprecht dachte an einen Fall zurück, den er vor dem Einrücken in die k. u. k. Armee zu bearbeiten gehabt hatte, als er hier auf den Leichnam eines der Verdächtigen gestoßen war. Kein Wunder also, wenn ihm jetzt die Gänsehaut über den Rücken lief, als er sich daranmachte, hier einzuschleichen und erneut in Triests Unterwelt einzutauchen. Und diesmal ohne offizielle Befugnis. Er überlegte, unter welchem Vorwand er sich Zutritt verschaffen konnte. Es gab nicht einmal mehr die Drogerie, die sich bis vor wenigen Jahren hier im Erdgeschoß befunden hatte. Dort hätte er sich vielleicht unbemerkt in einen der hinteren Räume schleichen können, die vermutlich mit dem Haupthaus verbunden waren.

Er erreichte das Haus, das verlassen schien. Auch als er es durch das unverschlossene Haustor betrat, war niemand zu sehen. Es war beinahe gespenstisch, wie ruhig es in dem Gebäude war. Er ging durch die Halle und versuchte, seine Füße möglichst leise auf den Boden zu setzen. Er erreichte den Stiegenabgang und ging vorsichtig in den Keller. Konnte es sich wieder um eine Falle handeln? Aber es war zu spät, um umzukehren, jetzt musste er dem Haus seine Geheimnisse entreißen.

Was wie ein Abenteuer begonnen hatte, endete unspektakulär. Er musste sich keinen geheimen Einstieg in irgendeinen unbekannten Stollen suchen, es reichte, eine der ersten Türen im Keller zu öffnen, durch die er so etwas wie ein Lebenszeichen in Form eines leisen Stöhnens vernommen hatte.

Er suchte nach einem Lichtschalter, fand ihn, drehte ihn und kniff die Augen zusammen, als an der Decke eine Lampe anging und das Lager erhellte. Vor ihm auf einer Matratze kauerte Kinski, der sofort die Hände hochriss, um damit seine Augen zu bedecken. Er war unrasiert, wirkte etwas benommen, was an dem Aufenthalt hier in dem dunklen Keller liegen mochte, schien aber unversehrt. Es roch nach Petroleum und Benzin und Lamprecht bemerkte einige aufgetürmte Kanister, in denen wohl die brennbaren Flüssigkeiten gelagert wurden. Sofort dachte er an den Brand im Juli, doch jetzt musste er sich um Kinski kümmern: »Geht es Ihnen gut? Können Sie aufstehen?«

Kinski senkte die Hände und sah ihn an.

»Ah, Sie sind das«, stellte er fest. Er hatte ihn sofort erkannt, dachte Lamprecht, also war der Autobauer wohl bei Sinnen.

Er wiederholte: »Können Sie aufstehen? Sie haben nämlich übermorgen ein Rennen zu bestreiten.«

Kinski erhob sich schwerfällig. Die Gelenke waren vom Liegen steif, doch er stand bald neben Lamprecht und stützte sich auf dessen Schulter auf.

»Dann lassen Sie uns von hier verschwinden. Es gibt noch einiges zu tun.«

Lamprecht fragte bei seinen Kollegen an, ob sie die beiden mit einem Automobil zur Brandruine von Kinskis Scheune bringen könnten. Brisotto winkte ab, Vinciguerra war nicht im Dienst, aber Weißkopf erklärte sich bereit. Der neuerliche Lokalaugenschein bei der abgebrannten Scheune war allerdings ein Vorwand für seine Kollegen, um die Fahrt gegenüber ihren Vorgesetzten rechtfertigen zu können. Tatsächlich hatte ihm Kinski gestanden, er würde das Versteck seines Autos nur von der ehemaligen Werkstatt ausgehend finden, da er den Wagen nachts in das Versteck hatte bringen müssen.

Zwei weitere Stunden später hatte Kinski den Weg gefunden, der zum Eingang der flach abfallenden Höhle führte, in der das Auto versteckt war. Der Karst war voll von Höhlen und unterirdischen Röhren, manche Forscher hingen der These an, dass einige dieser Gänge bis Istrien reichten, wo auch der Timavo, der Fluss, der bei Sistiana an die Oberfläche trat, seinen Ursprung haben sollte. Kinski hatte den Eingang mit Ästen und Buschwerk verdeckt, und so war sein Prototyp den Augen neugieriger Spaziergänger verborgen geblieben.

»Braucht ihr vielleicht noch etwas Treibstoff?«, fragte Weißkopf bei der Verabschiedung.

»Danke, Toni, aber der wird nichts nutzen«, sagte Lamprecht, der sich erinnerte, was ihm Kinski über die Besonderheit seines Fahrzeugs erzählt hatte.

»Hoffen wir, dass die Ladung der Akkumulatoren noch ausreicht, bis wir Triest erreicht haben«, sagte Kinski.

Während der Fahrt fragte Lamprecht noch einmal nach, was

nun das Besondere an dem Gefährt war, von der Kraftquelle Strom einmal abgesehen.

»Mit den Nabenmotoren treibe ich ohne Umweg direkt die Räder an, praktisch ohne Energieverlust. Ganz anders als bei einem Verbrennungsmotor, der primär Wärme produziert, die dann wieder abgeleitet oder gekühlt werden muss.«

»Das heißt, Ihr Motor überhitzt nicht?«

»Das wäre schön. Nein, die Frage der Kühlung habe ich noch nicht befriedigend gelöst, dazu hat die Zeit nicht gereicht. Hoffen wir, dass es übermorgen nicht zu warm wird, dann reicht vielleicht der Fahrtwind zur Kühlung. Auch der Akku kann heiß laufen, wie eigentlich alles an so einem Ding.«

»Dann kann Ihr Wagen in Flammen aufgehen?«

Kinski lachte statt einer Antwort nur heiser und steckte sich eine Zigarette an.

Wenig später parkten sie vor Kinskis Haus und Kinski rannte hinein, um seine Frau zu beruhigen. Lamprecht wartete vor dem Haus im Wagen und wunderte sich. Das Auto war ganz offensichtlich ein altes Modell von Ford, wie es schon vor dem Krieg auch in Triest zu sehen gewesen war, der amerikanische Hersteller betrieb in Gretta eine Fabrik für Traktoren, Motoren und Ersatzteile. Kinski hatte Kabel und Schläuche nachträglich eingebaut, die nun aus diversen Öffnungen ragten oder hingen, auch die Fahrgastzelle war irgendwie anders, ja unförmiger als beim Original.

Der Ingenieur kehrte aus dem Haus zurück und bat ihn, ihm zu helfen, das Gefährt durch die enge Einfahrt in den Garten zu bringen, er wolle es nicht auf der Straße parken. Man habe seine Rückkehr sicher gleich bemerkt, und wie er wisse, sei Tommasini, sein Kontrahent, nicht zimperlich.

»Ich denke eher, dass Sie vor Trecciani Angst haben«, entgegnete Lamprecht. »Wieso belügen Sie mich?«

Die Frage glitt an Kinski ab, als wäre er ebenso mit Öl eingeschmiert wie die Wellen und Lager seines Wagens.

»Ich muss mich jetzt hinlegen, denn morgen werde ich noch einiges zu arbeiten haben, es ist noch lange nicht alles fertig. Übrigens, würden Sie mich bei der Wettfahrt begleiten?«

»Ist das nicht gegen die Ausschreibung?«

»Nein, Castiglioni hat nur verfügt, dass der jeweilige Konstrukteur seinen eigenen Wagen lenken muss.«

Offenbar wollte der Finanzmagnat verhindern, dass sich einer der Techniker einen Vorteil durch das Anheuern eines professionellen Rennfahrers verschafft.

»Aber mit mir an Bord haben Sie unnötigen Ballast dabei.«

Kinski betrachtete Lamprecht. »Aber bei den Rennen ist immer ein Beifahrer notwendig, der auf die Besonderheiten der Strecke hinweist. Kennen Sie die Straße?«

»Wie meine Westentasche. Meine präferierte Trainingsstrecke mit dem Fahrrad.«

»Dann sind Sie genau mein Mann. Außerdem rechne ich mit Störungen durch die Konkurrenz, da ist mir ein Zeuge nur recht.«

***

»Und warum kommen Sie damit zu mir?«

»Weil mir zu Ohren gekommen ist, dass Sie diesen Konstrukteur auch gern verschwinden lassen würden.«

»Soso, ist Ihnen das zu Ohren gekommen? Was sagt man denn noch so über mich?«

»Sie hätten wegen dieses Mannes viel Geld verloren, das zunächst gar nicht das Ihre war. Aber weil Sie Patriot sind, haben Sie es zurückgezahlt.«

»Sie sollten nicht alles glauben, was die Leute erzählen. Das kann gefährlich sein, wenn man an den Falschen gerät.«

»Aber bei Ihnen bin ich richtig, wenn es darum geht, diesen Mann ein wenig unter Druck zu setzen, hat man mir gesagt.«

Der andere hieb mit der Faust auf den Tisch, der Mann zuckte zusammen und zog den Kopf ein.

»Ich gebe Ihnen einen Rat: Lassen Sie mich in Ruhe. Gehen Sie!«

»Bitte schicken Sie mich nicht fort. Ich weiß mir nicht zu helfen!«

»Und Sie meinen, ich hätte einen gangbaren Weg für Sie?« Er kratzte sich am Kopf. »Nun gut. Dann will ich mal nicht so ein. Das ist mein Rat: Setzen Sie ihn mit seiner Familie unter Druck. Ist die Frau mit der Tochter weg, wird er bald nachfolgen.«

»Sie meinen …?«

»Nichts meine ich. Machen Sie die Tür von draußen zu!«

»Grazie, Signore.«

47.

Sie trafen einander bei Sonnenaufgang beim Foro Ulpiano, vor dem Gericht. Das Amtsgebäude, das wie so viele offizielle Stätten in Triest ebenso gut in Wien hätte stehen können, war tatsächlich noch unter österreichischer Verwaltung begonnen, nach dem Krieg allerdings von den Italienern fertiggestellt worden. Die Via Romagna ging hier in die Via Fabio Severo über, keine hundert Meter weiter lag das Ospedale Militare, wo 1911 die erste und bislang einzige Wettfahrt Trieste–Opicina gestartet worden war.

Lamprecht konnte sich noch gut daran erinnern, denn auch er hatte damals den vorbeiflitzenden Piloten zugejubelt, als sie ihre Rennwagen waghalsig durch die spitze Kurve bei der

Cava Faccanoni getrieben hatten. Nicht wenige der vierundfünfzig Starter stellten sich dort quer, wenn sie mit zu hoher Geschwindigkeit auf der wegen des Regens vom Vortag schlammigen Straße in die Kurve einfuhren. Einer war sogar umgekippt und auf dem Dach gelandet. Die Lamprechts waren damals erst vor Kurzem nach Triest zurückgekehrt. Gaetano war schon zeitig am Morgen zu der Rennstrecke gelangt, bevor die Straße von einer Hundertschaft an Sicherheitskräften für die Allgemeinheit gesperrt wurde, und hatte dort neben vielen anderen Schaulustigen Platz genommen. Damals besaß er noch kein Rennrad, sondern ein normales Sportrad. Er war sogar als kleiner Punkt neben seinem Rad auf einem der Fotos zu sehen, mit denen die Höhepunkte des Rennens festgehalten worden waren.

Kinski hatte erkennbar noch einige Modifikationen am Fahrzeug vorgenommen. Die markanteste war, dass er die Windschutzscheibe entfernt hatte. Deswegen trug er eine Brille, die seine Augen schützte und das Gesicht gut zur Hälfte abdeckte. Er hatte auch noch ein Tuch um den Kopf gewickelt und sah damit eher nach einem Beduinen aus dem Libyenkrieg aus als nach einem Verkehrsteilnehmer auf Triests Straßen. Lamprecht setzte die Fliegerbrille auf, die ihm Kinski gegeben hatte. Sie schloss fest um die Augen und schützte vor dem Staub. Kinski nutzte diesen Moment für letzte Erläuterungen: »Ich habe es leider nicht mehr geschafft, an allen vier Rädern einen Nabenmotor zu installieren. Wir müssen mit den zweien vorne auskommen, dafür sparen wir Gewicht, weil ich den Akkumulator unter gleichzeitiger Steigerung der Spannung verkleinern konnte.«

»Und wird der Strom bis oben reichen?«

»Ich hoffe es, aber ehrlich gesagt habe ich keine Ahnung. Für aussagekräftige Testfahrten fehlte mir die Zeit.«

Sie fuhren langsam an, dennoch spürte Lamprecht, dass der Wagen abgehen würde wie eine Rakete. Offenbar hatte er den Konstrukteur und sein Talent, das Beste aus Porsches Idee herauszuholen, unterschätzt. Kinski bremste abrupt ab. Lamprecht schielte auf die Straße. Sie waren an der Ecke zur Casa dei Sposi. Manche behaupteten, dass das Rennen im Jahr 1911 hier gestartet worden sei. Jedenfalls wartete ein Mann am Straßenrand, der den beiden Piloten je ein Kuvert aushändigte. Tommasinis Wagen wirkte mehr wie einer dieser Sportwagen, die mit einem straffen Fahrwerk darauf ausgerichtet waren, Kurven mit hoher Geschwindigkeit zu meistern. Die Räder standen breit ab, auf Kotfänger hatte der Italiener verzichtet. Neben Tommasini saß Trecciani als dessen Beifahrer.

Der Mann neben der Fahrbahn ging um beide Autos, um sie zu inspizieren, machte sich Notizen. Offenbar handelte es sich um eine Art Wettrichter dieses Duells, den Castiglioni geschickt hatte. Er nickte und schon brauste Tommasini davon.

Auch Kinski trat auf das Pedal, der Wagen zischte fast geräuschlos davon. Dieses Mal war die Öffentlichkeit nicht von der Straße verbannt. Kinski wurde langsamer, musste langsamer werden. Ein Fuhrwerk versperrte den Weg, zum Überholen blieb zu wenig Platz, da auf der Gegenspur ein Lastwagen der Dreher-Brauerei entgegenkam. Tommasini hatte mit Glück einen Vorsprung geschenkt bekommen.

Nun endlich rückte Kinski mit der Wahrheit heraus: dass es Trecciani gewesen war, der ihn festgesetzt hatte, der ihn bedrängt, ja erpresst hatte, ihm die Rechte an seinem Patent einzuräumen.

»Haben Sie sich Ihre Erfindung denn schützen lassen?«

»Noch nicht. Aber gestern war ich bei einem Anwalt, der das Nötige in die Wege leitet.«

Als endlich Platz war, beschleunigte Kinski wieder, das Auto machte Meter um Meter in rasender Fahrt wett.

Sie hatten bald zu Tommasini aufgeschlossen, der ungeduldig, abwechselnd links und rechts drängelnd hinter dem Linienomnibus nach Adelsberg dreinzuckelte.

In einem waghalsigen Manöver zog Kinski an beiden vorbei. Dabei drängte er einen Bauern von der Straße ab, der mit seinem Esel schnell in den Graben ausweichen musste. Dessen Fluchen begleitete sie noch bis zur nächsten Kurve. Tommasini hatte nun auch den Bus überholt, das Dröhnen seines Motors zeigte an, dass er sich wieder langsam von hinten näherte.

An der Straßenabzweigung nach Basovizza, wo die Strada Nuova per Opicina eine Kehre machte, stand ein weiterer Beobachter, der die Szenerie mit dem Fernglas verfolgte. Auf einem Bord machte er Notizen.

Lamprecht spürte, wie der Wagen ins Schlingern kam und Kinski ihn im letzten Moment noch abfangen konnte, bevor sie einen Ausflug in die Botanik machten. Doch dazu hatte er das Tempo drosseln müssen, während Tommasini seinen Wagen mit ungebremster Geschwindigkeit durch die Kehre zog. Ein paarmal setzte sein Wagen auf Steinen auf und Funken flogen. Tommasini gelang es, sie wieder zu überholen. Kinski murmelte einen Fluch, dann legte er einen Schalter auf dem Armaturenbrett um. Diesmal stoben auch bei ihnen Funken. Tommasini verschwand gerade hinter der nächsten Biegung.

»Was haben Sie gemacht?«, fragte Lamprecht besorgt.

»Eine Reserve zugeschaltet.«

Es roch nach geschmolzenem Metall und heißem Gummi.

»Ist alles in Ordnung?«

»Wenn wir Pech haben, stehen wir bald in Flammen – aber das glaube ich nicht. Jetzt passen Sie auf.«

Als Lamprecht vor dem Krieg in einem Wasserflugzeug mitgeflogen war, hatte er beim Start erlebt, wie es ist, wenn der Körper durch übergroße Beschleunigung zusammengestaucht wird. Nie hätte er gedacht, dass er so etwas noch einmal erleben würde. Doch dieses Mal war der Effekt noch unvergleichlich mächtiger, er hatte den Eindruck, von einem Katapult weggeschleudert zu werden, als Kinski den Wagen auf volles Tempo brachte. Links und rechts der Straße zogen die Büsche und einzelne Häuser und etwas weiter unten der Orto Botanico, der Stadtwald, vorbei und Lamprecht kam es vor, als risse ihn die stürmende Bora fort.

Er holte tief Luft, es entging ihm nicht, dass Kinski in den Kurven ein waghalsiges Hasardspiel betrieb, denn der Wagen blieb kaum auf der Straße, die hier trocken, aber um nichts weniger rutschig war. Sie rasten auf Tommasinis Auto zu, der aus jeder Kurve heraus röhrend beschleunigte. Doch das sollte nicht genügen. Kinskis Wagen war schneller. Viel schneller. Sie überholten den Italiener auf der Höhe von Conconello. Zur Linken, abseits der Straße, war eine Straßenbahn auf ihrem Weg nach Opicina zu sehen.

Der Wagen flog so schnell vorbei, dass sie Tommasinis vermutlich verdutztes Gesicht nicht erkennen konnten. Lamprecht sowieso nicht. Der war damit beschäftigt, nicht aus dem Wagen zu fliegen. Wenigstens herrschte wenig Verkehr, also hatten sie die Straße fast für sich allein.

Der Vorsprung auf den Konkurrenten wuchs rasant an, als Kinskis Wagen bedenklich zu ruckeln und das Chassis zu vibrieren begann.

»Falls der Wagen Feuer fängt, lässt es sich nicht löschen«, kam die beunruhigende Botschaft von Kinski.

»Sie müssen langsamer fahren!«, brüllte Lamprecht gegen den Fahrtwind.

»Niemals!« Kinski blickte auf seine Uhr. »Wir sind bei knapp fünf Minuten! Das schaffen wir!« Offenbar wollte er die damalige Siegerzeit von Laurin und Klement von sechs Minuten unterbieten. Es waren bereits nur mehr wenige Hundert Meter bis zum Obelisken und damit dem gleichnamigen Hotel, als der Wagen plötzlich wieder ruhiger über die Straße zu gleiten begann.

»Wir werden nicht abbrennen«, stellte Kinski trocken fest. Die Euphorie von vorhin war verpufft.

»Wieso sind Sie sich jetzt sicher?«

»Der Akku ist leer.«

Von hinten kam das Donnern von Tommasinis Wagen bedrohlich näher, doch schon baute sich das Hotel zur Rechten auf. Wenn der Wagen den Schwung hielt, würden sie das Ziel knapp vor Tommasini erreichen.

Doch keine fünf Meter vor dem Hotel stockte der Wagen plötzlich wie ein bockiges Muli und kam zum Stillstand. Es drückte beide nach vorne.

»Es ist fast geschafft«, brüllte Lamprecht und sprang aus dem Fahrzeug. »Wir schieben den Wagen ins Ziel.«

Kinski kam Lamprecht zu Hilfe, gemeinsam und unter Aufbietung all ihrer Kräfte brachten sie das E-Mobil dazu, bis zum Hotel vorzurollen, während Tommasini gleichzeitig mit voller Geschwindigkeit anbrauste und kurz nach dem Hotel mit quietschenden Reifen zum Halten kam.

Da hatte der Zielrichter aber bereits seine Hand auf Kinskis Auto gelegt und erklärte dem herbeieilenden Kontrahenten, dass dies der siegreiche Wagen sei.

»Ich lege Protest ein!«, brüllte Tommasini mit hochrotem Kopf und warf seine Lederhaube auf den Boden, um sie wütend wegzutreten. »Der Wagen ist defekt und hat es nicht aus Eigenem ins Ziel geschafft. Der Fahrer hat ihn geschoben.«

Der Schiedsrichter schüttelte den Kopf. »No, Signore, entscheidend ist ausschließlich, welcher Wagen zuerst ankam, und das war der hier.«

Tommasinis Augen glühten vor Hass, als er den vermummten Kinski näher in Augenschein nahm.

»Ja, aber die Ausschreibung verlangt, dass wir selbst unser Gefährt lenken mussten. Und das hier ist niemals Kinski. Ich weiß das, weil ich ihn …«

Lamprecht horchte auf. »Woher wollen Sie das wissen? Haben Sie etwas mit dessen Entführung zu schaffen? Sie sollten jetzt besser schweigen.«

Langsam schälte sich Kinski aus seinen Tüchern und dem Umhang. Der Schiedsrichter vermerkte endgültig den Sieg des Autokonstrukteurs aus Wien.

48.

»Wo ist eigentlich Signor Castiglioni?«, fragte Kinski.

»Genau, soll er doch das Rennen entscheiden«, mischte sich Tommasini aus dem Hintergrund ein.

Der Mann, der sich in der Rolle des Schiedsrichters behauptete, grinste und sagte: »Vielleicht bin ich ja Castiglioni?« Er trug einen schwarzen, leicht taillierten Anzug, wie Lamprecht ihn in Triest noch nicht gesehen hatte. Der Hut beschattete mit seiner breiten Krempe sein Gesicht fast zur Gänze. Eigentlich wirkte er wie ein Agent aus einer Staatskanzlei.

»Ich habe Herrn Castiglioni vor dem Sommer in Wien getroffen. Sie sind es nicht.«

»Nein«, gab der Zielrichter zu. »Ich bin es nicht. Aber Herr Castiglioni schickt mich. Er entbietet Ihnen seine Grüße und lässt sich entschuldigen. Bedauerlicherweise haben wichtige

Geschäfte seinen Terminplan durchkreuzt. Jedenfalls musste er nach Turin. Ich soll ihn heute vertreten.«

»Und was ist jetzt mit dem Preis?«, fragte Kinski etwas erstaunt.

»Certo«, antwortete der Vertreter. Er holte zwei Kuverts aus seiner Weste hervor und streckte sowohl Kinski wie auch Tommasini eines hin. »Das soll ich Ihnen für Ihre Unkosten geben.«

Tommasini riss das Kuvert sofort auf und holte den Scheck hervor, der ihm ein Lächeln auf die Lippen zauberte. Er wandte sich ab und verließ in seinem Wagen den Schauplatz.

Kinski war mit diesem Ausgang nicht zufrieden.

»Und was ist jetzt mit meinem Auto?«

»Natürlich. Sie mögen die Pläne bitte an sein Büro senden, ich habe hier die Adresse für Sie, seine Anwälte werden sich dann wegen der Kosten für das Patent melden.«

Der Stellvertreter tippte an seinen Hut und wollte sich umdrehen, als Lamprecht ihn aufhielt.

»Können Sie uns verraten, was Herr Castiglioni in Turin zu erledigen hat?«

»Come no? Er ist in Verhandlungen mit Herrn Agnelli, um mit diesem bei Fiat Autos für die breite Masse zu produzieren.«

Mit gesenktem Haupt ging Kinski zu seinem Wagen zurück. Seinen Triumph hatte er sich anders vorgestellt. Offenbar hatte Castiglioni seinen eigenen Weg gefunden, auf das Gebot der Stunde zu reagieren.

»Un attimo, signori«, meldete sich Trecciani. Der hatte die entscheidenden Momente im Hintergrund abgewartet und trat jetzt auf den Plan. »Den Scheck bitte!«, forderte er von Kinski.

Der reichte ihm wortlos und resigniert das Kuvert. Kaum hatte Trecciani es geöffnet, erschien ein gieriges Glitzern in seinen Augen. »Molto bene, molto bene, das sollte meine Unkosten wenigstens zum Teil decken.« Er steckte den Scheck ein.

Da schritt Lamprecht ein: »Mit welchem Recht beanspruchen Sie dieses Geld für sich, wenn ich fragen darf?«

»Mit dem Recht des Gläubigers, der seinen säumigen Schuldner dabei ertappt, wie er Vermögen auf die Seite schaffen will«, erwiderte Trecciani und fächelte mit einem Schuldschein. »Aber weil ich gnädig bin, sehe ich von einer Anzeige ab.«

»Die kommt eher auf Sie zu. Sie haben Signor Kinski zunächst entführt, weil Sie ihn so nötigen wollten, Ihnen die Rechte an seiner Erfindung dieses neuartigen Antriebs abzutreten. Als er nicht darauf einging, haben Sie Ihren Plan geändert. Ich habe mich seit vorgestern gefragt, warum Sie es mir so leicht gemacht haben, Herrn Kinski aus seinem Verlies zu befreien. Aber dann habe ich es verstanden: Sie haben trotz des Mordes an Delgrado noch nicht endgültig mit diesem abgerechnet. Sie wollten Ihren Leuten beweisen, dass er sich mit der Bestellung von Tommasini geirrt hat, dass Ihre erste Auswahl die bessere war. Deshalb musste Kinski gewinnen, damit Delgrados Projekt genauso begraben wird wie er selbst. Und am Ende«, Lamprecht deutete auf den Umschlag, den Trecciani immer noch umklammert hielt, »kamen Sie so auch zu Ihrem Geld. Sie sind ein rückgratloser Opportunist, und ich werde Sie wegen all dieser Dinge am Ende zur Strecke bringen.«

Trecciani trat an Lamprecht heran und streckte die Brust vor. Viel fehlte nicht, und er hätte ihm einen Stoß versetzt, doch noch hielt er sich zurück. Er blaffte: »Wer sagt das? Ein Rad fahrender österreichischer Privatmann, dessen Familie ohne ihren geliebten Kaiser am Hungertuch nagt. Außerdem laufen Ermittlungen wegen Mordes gegen Sie. Hört alle her! Hier steht ein mutmaßlicher Mörder. Sie sind gar kein Polizist mehr und Sie werden auch nie wieder einer sein, dafür sorge ich. Und mit ein wenig Glück wirft man Sie in einen feuchten Keller, wo Sie ganz, ganz langsam verrotten werden. Jeden Tag werden Ihnen die Ratten ein weiteres Stück abnagen.«

»Warten wir ab, wer von uns beiden am Ende verrotten wird.«

Lamprecht gab Trecciani einen Rempler, dieser stolperte nach hinten, hielt aber die zwei Schatten, die sich nun aus dem Hintergrund lösten, um einzuschreiten, mit den Worten zurück: »Hier nicht. Andiamo.«

»Meinen Triumph habe ich mir anders vorgestellt«, sagte Kinski, als sie sich zurück zu seinem Wagen begaben. »Etwas triumphaler.«

»Aber Sie haben doch gewonnen!«, antwortete Lamprecht. »Übrigens, wie bekommen wir den Wagen jetzt wieder zurück zu Ihnen nach Hause?«

»Es geht bergab. Und für kurze Streckenteile wird die Batterie vielleicht dann wieder reichen. Etwas Spannung müsste noch vorhanden sein.«

Als sie die Steigung hinabrollten, überredete Lamprecht Kinski, unterwegs eine Flasche Vino frizzante zu besorgen, um den Sieg mit seiner Frau zu feiern.

»Sie haben recht«, sagte Kinski mit bedrückter Miene. »Auch wenn die Vorzeichen jetzt nicht mehr so gut stehen für mein Auto.«

»Was meinen Sie?«

»Fiat setzt auf Verbrennermotoren. Wenn Castiglioni bei Fiat einsteigt, dann passt ein Elektromotor nicht ins Konzept.«

»Auch wenn er besser ist?«

»Ich habe Gerüchte gehört, dass der italienische Staat sich um eine bessere Verteilung von Treibstoff kümmern will. Die Entwicklung geht immer in die Richtung, wo mehr Geld winkt. Mit Benzin kann man noch gute Geschäfte machen, und in Zukunft vielleicht sogar sehr viel mehr.«

Vor dem Haus packte Kinski die Flasche Prosecco aus, die er gekühlt in einer Osteria erstanden hatte, und wandte sich an Lamprecht. »Sie kommen natürlich mit. Ausreden lasse ich nicht gelten.«

Lamprechts Einwand, er wolle nicht stören, wurde nicht angenommen. Kinski öffnete ihm die Tür und rief ins Haus: »Wir haben es geschafft! Kommt her, meine Liebsten, und lasst euch von eurem siegreichen Vater und Ehemann an seine Siegerbrust drücken!«

Er schritt über die Schwelle und zog Lamprecht hinter sich nach. »Hallo! Hört Ihr mich nicht? Wo seid ihr?«

Leiser, an Lamprecht gerichtet, rätselte er: »Vielleicht sind sie spazieren gegangen? Seltsam, sie wissen doch, dass heute mein großer Tag ist …« Dann rief er nach der Haushälterin, die mit langsamen Schritten und eingezogenem Kopf dahertrottete.

»Signor Kinski, per favore, si calmi«, bat sie ihn, ruhig zu bleiben. Sie hielt ihm mit entschuldigend hochgezogenen Schultern einen Zettel hin: »Es tut mir leid. Brutte notizie, mi dispiace.«

Lamprecht hatte verstanden, dass es eine hässliche Nachricht war, und blickte über Kinskis Schulter, um einen Blick auf den Zettel zu erheischen, den der zornig mit der Hand zerknüllte.

»Entführt! Man hat sie entführt!«, rief Kinski. Der oder die Entführer verlangten von ihm nicht weniger, als das Haus aufzugeben und mit der Familie aus Triest wegzuziehen.

»Da stecken doch sicher wieder Tommasini oder Trecciani dahinter. Sie wollen einfach keine Konkurrenz in der Stadt und hoffen, mich so verjagen zu können.« Kinski schlug sich mit der Faust in die flache Hand. Dann wandte er sich an Anna, die graue Haushälterin. »Und Sie? Wo waren Sie? Warum haben Sie nicht aufgepasst? Haben Sie wenigstens gesehen, wer es war?« Er baute sich bedrohlich vor der eingesunkenen Person auf.

»Chiedo scusa, Signore, aber ich habe Einkäufe gemacht, ich bin nicht im Haus gewesen.«

Lamprecht zog ihn weg: »Lassen Sie es gut sein, ich glaube, diesmal liegt die Sache anders, aber geben Sie mir etwas Zeit. Ich habe einen Verdacht. Ich werde sofort meine Kollegen informieren. Glauben Sie mir, bald können Sie Ihre Familie in die Arme schließen.«

49.

»Das kann doch nicht sein, dass wir immer noch nichts haben?« Dizzioli strich sich durch das an den Schläfen ergraute Haar. Vor seinem Schreibtisch hatte er die drei Vertrauten aus seiner Mannschaft versammelt, die seinen Blicken auswichen.

»Wir stoßen an eine Mauer des Schweigens«, rechtfertigte Brisotto die mangelnden Ergebnisse.

Seit zwei Wochen schon drehten sich ihre Ermittlungen im Kreis. Dizzioli war in keiner angenehmen Situation. Von Giunta bis hin zum Zivilkommissar Mosconi hatten sie alle über seine Vorgesetzten Druck auf ihn ausgeübt, bald einen Schuldigen am Mord an Delgrado zu präsentieren. Es wäre das Einfachste gewesen, Lamprecht fallen zu lassen und ihn ans Messer zu liefern. Doch so war Dizzioli nicht. Und dabei war er nicht einmal zu hundert Prozent von Lamprechts Unschuld überzeugt, er wollte einfach dem Druck nicht nachgeben – und er wollte nur zu gern Trecciani eines auswischen. Ihn als Lügner dastehen zu lassen, würde ihm größte Genugtuung verschaffen.

»Lassen Sie uns noch einmal rekapitulieren. Was wissen wir über das Opfer?«, fragte er.

Salich begann aufzuzählen, was gemeinhin vom Lebenslauf des Ermordeten bekannt war. Ein Kriegsheld, geboren 1881 in Vicenza, verwundet im Karst in der dritten großen Isonzoschlacht, einer aus dem engeren Umfeld von Italo Balbo, der wiederum zu den wichtigsten Vertrauten Mussolinis zählte. Rechte Hand von Giunta. Dizzioli unterbrach Salich in der weiteren Aufzählung.

»Das meinte ich nicht. Was wissen wir über ihn privat? Familie und so«, fragte er und erntete dafür nur verlegene Blicke oder Schulterzucken.

»Nur wenn wir das Opfer und jedes noch so intime Teil in seinem Leben kennen, werden wir seinen Mörder finden. Also los, meine Herren, fangen Sie an zu graben. Ich will jedes noch so schmutzige Detail über Delgrado wissen, egal ob Held oder nicht.«

»Es ist mir egal. Ich gehe zu Trecciani und gebe klein bei. Ich werde ihm erklären, dass ich seinen Sieg anerkenne und mit meiner Familie Triest verlassen werde, warum auch immer ihm das ein Anliegen ist. Aber ich will meine Elvira und meine Philomena zurückhaben. Das ist alles, was ich will. Triest hat uns kein Glück gebracht. Das Haus hat uns kein Glück gebracht. Die Kleine hat von Anfang an Angst gehabt und geglaubt, Gespenster zu hören. Vielleicht hatte sie recht.« Kinski wirkte am Boden zerstört, als er Lamprecht seinen Entschluss mitteilte. Der Agente in Sospensione nickte verständnisvoll.

»Tun Sie das, auch wenn ich nicht glaube, dass Trecciani dahintersteckt. Erstens hat er für die Zeit des Verschwindens ein Alibi, weil er Tommasini beim Rennen assistiert hat. Und zweitens hat er mit dem Scheck nur einen Teil seines Geldes zurück.

Was würde es ihm nützen, wenn Sie ganz aus Triest weggehen? Hier kann er leichter an Sie ran, um den Rest einzutreiben.«

»Wie kommen Sie darauf?«

Lamprecht wiegte seinen Kopf, doch statt einer Antwort fragte er: »Was wissen Sie eigentlich über Anna, Ihre Haushälterin?«

Kinski verzog die Lippen. »Nicht viel. Wir haben sie gewissermaßen mit der Erbschaft übernommen. Sie war schon die Bedienstete von Elviras Tante. Die alte Dame hat ihr ein Legat hinterlassen. Eigentlich dachten wir, dass sie sich damit zur Ruhe setzen würde, aber sie hat von sich aus angeboten, weiterhin bei uns tätig zu sein.«

Lamprecht nickte. Es war nachvollziehbar, dass Kinski Wichtigeres zu tun gehabt hatte, als eine Hausbedienstete auszukundschaften, als sie hier ankamen. Doch es gab jemand anderen, der sicher mehr Hintergrundinformation hatte.

***

Ein greller Lichtstreifen wuchs den Boden entlang, als die schwere Schiebetür einen Spalt geöffnet wurde. Mit einem Ächzen glitt sie zurück in die Verankerung und der weite Raum versank wieder in einem Halbdunkel, in dem die Schatten regierten. Auf dem Boden zwei Gestalten. Gefesselt und geknebelt.

Von der Tür näherte sich ein Mann. Er brachte einen Korb.

»Ich habe euch Brot, Salumi und etwas Hartkäse gebracht. Wenn ich euch jetzt das Tuch aus dem Mund nehme, müsst ihr mir versprechen, dass ihr nicht zu schreien beginnt.«

Er nahm Elvira Kinski den Knebel ab.

»Wasser, geben Sie meinem Kind bitte Wasser. Wir haben seit gestern nichts zu trinken gehabt.«

Der Mann zog eine Korbflasche hervor und nahm Philomena ebenfalls das Tuch vom Mund. Sofort stieß das Mädchen einen spitzen Schrei aus. Der Mann drückte ihr seine Hand auf den Mund, zog sie aber ebenso schnell zurück.

»Maledetto, jetzt hat mich das kleine Biest gebissen.« Er holte aus, doch Elvira mischte sich ein.

»Halten Sie ein, meine Tochter hat einfach Angst. Philo, lass bitte gut sein, der Mann hat uns zu essen und zu trinken gebracht.«

Philomena hörte mit dem Schreien auf, als der Mann ihr den Flaschenhals an den Mund hielt und sie trank.

»Ich nehme euch jetzt die Fesseln ab«, erklärte er dann, »damit ihr essen könnt.«

»Was wollen Sie von uns?«, fragte Elvira Kinski, während sie ein Stück Brot abbrach, das sie mit Wurst und Käse belegte und an ihre Tochter weiterreichte. Sie blickte dabei dem Mann direkt in die Augen. Seine dürre Figur war ihr schon am Vortag ins Auge gestochen, als der Mann plötzlich in ihrem Haus gestanden war und sie mit einem vorgehaltenen Küchenmesser gezwungen hatte, mitzukommen. Sie waren mit verbundenen Augen zu einem Schuppen gebracht worden, der ganz nah gewesen sein musste, und erst als es dunkel geworden war, hatte er sie von dort abgeholt und sie in eine verlassene Halle gebracht, in der sie die Nacht gefesselt hatten verbringen müssen. Jetzt fielen ihr die von dunklen Ringen und hängenden Tränensäcken umrandeten Augen auf.

Er schüttelte den Kopf: »Nichts, von Ihnen will ich gar nichts. Ich will auch nicht, dass Ihnen oder dem Kind etwas zustößt, aber ihr habt mir keine andere Wahl gelassen.«

***

»Buongiorno, Signora Lupinotti«, grüßte Lamprecht die allwissende Nachbarin, die wohl den ganzen langen Tag nichts anderes zu tun hatte, als die Nachbarschaft durch die vorgezogenen Gardinen zu beobachten. Außerdem, das wusste er ja bereits, war sie sehr mitteilungsbedürftig. Für die von ihr Ausspionierten mochte so eine Person mit ihrem besonderen Wissen eine Bedrohung oder zumindest ein Ärger sein, doch für einen Ermittler war die Frau Gold wert. Sie bat ihn ins Haus und bot ihm, nachdem er im Salotto Platz genommen hatte, einen Tee an, den Lamprecht diesmal mit Dank annahm.

»Sie kommen also noch einmal wegen dieser Familie aus Wien, diesen Kinskis, sagten Sie?«

Lamprecht rührte in seinem Tee um und hielt die Augen auf die Tasse gerichtet: »Eigentlich weniger, ich denke, über diese Familie haben Sie mir eigentlich schon alles erzählt. Aber mich würde interessieren, ob Sie auch die Dame näher kannten, die zuvor in dem Haus logierte.« Er blickte die Lupinotti jetzt mit seinem einnehmendsten Lächeln an.

»Sie meinen Signora Zagaria?«

Sie hatte vieles zu berichten. Hellhörig wurde er, als sie auf Anna, die Dienstmagd, zu sprechen kam: »Diese arme Frau. Hat sich ihr Lebtag für die alte Zagaria aufgeopfert. Wahrscheinlich hat die Signora, die ja kinderlos war, ihr in Aussicht gestellt, sie würde ihr eines Tages alles vererben. Und dann taucht plötzlich diese Nichte aus Wien auf. Die hatte gar keinen Kontakt mehr zur verstorbenen Signora. Bloß als Kind war sie öfter mal im Sommer hier gewesen, als ob das zählen würde …«

»Vermuten Sie das oder haben Sie das gehört?«

Die Lupinotti beugte sich vor und sagte gedämpft: »Die gute Seele von Anna hat mir das erzählt, als wir uns auf der Straße begegnet sind. Es war kurz nach dem Tod der Signora. Ich habe sie gefragt, wie es nun mit ihr weitergehen würde, worauf sie meinte, die Zagaria habe ihr wohl das Haus vererbt. Und keine zwei Wochen später war alles ganz anders, als der Notar das Testament eröffnete. Sie hat zwar eine schöne Summe geerbt, doch insgesamt war es eine riesige Enttäuschung für die Gute. Wenn man bedenkt, dass ihr Bruder Haus und Garten die letzten Jahre hindurch in Schuss gehalten hat. So gut er halt konnte, er ist ja nicht mehr der Jüngste.«

Lamprecht stellte die Tasse ab. »Die Haushälterin hat einen Bruder?«

»Certo, Anna e Luca Mainardi. Es sind brave Leute.«

50.

»Luca Mainardi! Ich fordere Sie auf, umgehend die von Ihnen widerrechtlich festgehaltenen Personen freizulassen!«

Als Lamprecht die Schiebetür der alten Lagerhalle in einem entlegenen Teil des Porto Nuovo öffnete, zeichnete sich für die drei Personen im Dunkeln seine Silhouette gegen das Sonnenlicht ab.

Wenig später hatten Brisotto und seine Mannen den Entführer verhaftet und in die Questura verbracht. Im Verhör gab er den Freiheitsentzug zu.

Die Nachbarn hatten Lamprecht bestätigt, dass die beiden Geschwister Mainardi nach dem Tod der bisherigen Eigentümerin bis zum Einzug der Kinskis in das Haus dieses bewohnt hatten. Dann hatte keiner mehr den Bruder der Haushälterin gesehen. Erst am Tag der Entführung hatte ihn einer der Anrainer bemerkt, wie er das Haus mit der Kinski und ihrer Tochter verließ. Am Morgen hatte dann ein Augenzeuge bei der Polizei zu Protokoll gegeben, dass er am Vorabend drei verdächtige Gestalten bei den aufgelassenen Magazinen gesehen hatte. Dann war Lamprecht mit dem Rad durch die Silos und Magazine entlang der ehemaligen Südbahnlinie zu den Lagerhäusern gefahren, bis er ein aufgebrochenes Schloss entdeckt und Brisotto samt Kollegen verständigt hatte, die ebenfalls das weitläufige Gelände absuchten.

»Da seid ihr ja! Ich hatte solche Angst um euch.« Kinski war die Erleichterung anzusehen.

»Jetzt ist ja alles wieder gut«, beruhigte Elvira ihren Mann, was ihr nicht wirklich gelang.

»Gar nichts ist gut. Ihr wurdet entführt und ich habe mich Trecciani gebeugt. Wir werden die Stadt verlassen.«

»Aber warum denn?«, fragte Elvira. »Trecciani hat doch gar nichts damit zu tun gehabt«, sagte sie und begann ihrem Mann den Ablauf der Geschehnisse zu erzählen.

»Wo ist eigentlich Anna?«, fragte Elvira Kinski schließlich, als die Haushälterin mit gesenktem Blick, einen Koffer tragend, erschien und sich anschickte, das Haus zu verlassen.

»Was machen Sie?«

»Ich nehme an, unter diesen Umständen werden Sie auf meine Dienste verzichten wollen.«

»Sie haben recht. Vielleicht ist es unter diesen Umständen besser, wenn sich unsere Wege trennen.«

Als Lamprecht das Haus der Kinskis verließ, dachte er an Federica, dass die Ferien langsam zu Ende gingen, der September hatte bereits begonnen, und er hatte doch mehr Zeit mit ihr verbringen wollen.

Vor dem Haus blickte er noch einmal zum Fenster der Signora Lupinotti und registrierte, wie sich der Vorhang sanft, wie von einem Windstoß, bewegte. Er hob den Arm, winkte und fuhr dann nach Hause.

Auf dem Heimweg legte er noch einen Stopp ein und traf Vinciguerra, mit dem er für das kommende Wochenende wieder eine gemeinsame Ausfahrt in Richtung Pirano vereinbarte. Vielleicht würden sie es sogar bis Umago schaffen. Er dachte an Viola und die Zeit vor dem Krieg zurück, als so vieles in greifbarer Nähe schien. Irgendwann würde er zupacken, wenn das Glück sich bot, er war ja noch nicht zu alt, um auch seinem Herzen etwas zu gönnen. Doch jetzt stand zunächst seine Familie an erster Stelle.

51.

Noch immer schwebten die belastenden Aussagen Treccianis über Lamprecht wie ein Damoklesschwert. Doch die Ermittlungen waren ins Stocken geraten. Der Focus der Polizisten lag nun auf der Aufrechterhaltung der Ordnung. Das Land war unruhig wie die Erdkruste, die bebte oder aus den Rissen Feuer spie. Unruhen und Konflikte standen an der Tagesordnung, Auseinandersetzungen wegen politischer Differenzen oder nationaler Streitigkeiten. Lamprecht machte aus diesem Schwebezustand noch das Beste: Er verbrachte die nächsten Tage mit Federica im Bad, wo er ihr zeigte, wie man sich beim Tauchen am besten die Luft einteilte, und er ging mit ihr sogar einkaufen. Etwas, das sonst seine Mutter oder Adina übernahmen. Doch Adina hatte im Moment viel Arbeit, sodass ihr auch die Zeit fehlte, Gaetano bei seinen Ausfahrten mit dem Rad zu begleiten. Amilcare schätzte es auch nicht, wenn seine Frau einen derart unweiblichen Sport betrieb.

Gaetano füllte seine Rolle als Vater aus, vielleicht übertrieb er es sogar ein wenig. Denn er besorgte mit ihr nicht nur Dinge, die Federica für die Schule benötigte, sondern begleitete sie auch, wenn es galt, das ein oder andere Kleidungsstück zu erwerben. Federica versuchte es diplomatisch: »Aber Papà, ich kann sehr gut auch mit der Nonna einkaufen oder ich trage das Kleid noch ein weiteres Jahr. Man kann hier noch etwas Stoff auslassen.« Was sie nicht aussprechen wollte, war die Tatsache, dass er sich gegen die Kleidungsstücke entschied, die sie glücklich gemacht hätten. Er hatte die Tendenz zu Stücken, die in eine Klosterschule, nicht aber in ein italienisches Gymnasium passten, zu dem er sie angemeldet hatte. Alle Gleichaltrigen trugen jetzt Kleider oder Röcke, die kurz unterhalb der Knie endeten, und nicht mehr diese bodenlangen Stoffbahnen, die beinahe auf den Schuhen zum Aufliegen kamen, zu denen er intuitiv griff.

Sie kauften ein marineblaues Kleid mit weißem Kragen, das als Kompromiss zwischen den Geschmäckern von Vater und Tochter die Waden zumindest nur zur Hälfte bedeckte. »Du musst bedenken, im Klassenzimmer kann es kühl sein, und wenn es zugig ist, frierst du.«

Abends, im Schatten der Bäume, roch es bereits ein wenig nach Herbst, wenn der Boden nicht mehr die Hitze des Sommers abstrahlte, langsam drang die Feuchtigkeit durch Mauerritzen wieder in die Häuser, deren Fenster nachts nun öfter geschlossen wurden.

Für Dienstag, den 8. September, hatte Lamprecht sich erneut mit Vinciguerra zu einer gemeinsamen Ausfahrt verabredet. Sie wollten mit ihren Rädern bis Palmanova fahren, über eine Strecke, die kurz nach Monfalcone vorwiegend durch Felder führte. Vinciguerra sollte dienstfrei haben, und dennoch wartete Lamprecht vergeblich auf den Freund. Mit ein wenig Zorn in den Beinen brach er an diesem Tag auf und fuhr im Alleingang die geplante Route entlang, brach aber hinter Monfalcone ab, noch bevor er die neue Brücke über den Isonzo erreicht hatte.

Erst beim Abendessen begriff Lamprecht, was der Grund für Vinciguerras Ausbleiben war, als sich bei Tisch das Gespräch nur um die Unruhen im Arbeiterviertel von San Giacomo drehte. Er kannte die Gegend, in der seine damalige Geliebte Alessia, Federicas Mutter, gewohnt hatte. Weil seine Besuche heimlich und meist nachts stattgefunden hatten, war ihm nie so wirklich bewusst geworden, wer die Bewohner dieses Riones waren. Es waren vorwiegend Arbeiter aus den Fabriken oder von den nahen Schiffswerften, die hier mit ihren Familien lebten. Viele waren Angehörige der slowenischen Volksgruppe. Die hatten sich jetzt dort versammelt, um auf soziale Missstände aufmerksam zu machen. Denn die Folgen des Krieges und der darniederliegenden Wirtschaft trafen die untersten Schichten besonders. Viele einst von Österreichern betriebene Unternehmen durften unter italienischer Regentschaft nicht weitergeführt werden, und mit den vertriebenen Unternehmern war auch das Kapital aus Triest abgewandert. Nur ein geringer Teil dieser Unternehmen konnte von den alten Kaufmannsfamilien, die jetzt das Sagen hatten, aufgefangen werden. Das italienische Königreich selbst investierte fast nichts.

Schon seit Tagen hatte es dort gegärt, immer wieder war es zu Versammlungen gekommen, die die Behörden mit Argwohn beobachteten.

»Dabei hat der *Il Piccolo* heute Morgen noch verkündet, der Streik der Arbeiterschaft sei eine Totgeburt«, brachte sich Amilcare in die Diskussion ein.

»Sei froh, dass du derzeit nicht Dienst tun musst«, sagte Gaetanos Vater, der bislang kein gutes Wort an der italienischen Verwaltung und Ordnungsmacht gelassen hatte.

»Ja, sonst müsstest du vielleicht auch auf unschuldige Kinder schießen«, ergänzte die Mutter.

Tatsächlich hatte sich rund um einen Trauerzug in dem Arbeiterviertel ein Tumult gebildet. Die Zeitungen berichteten, ein scheuendes Pferd habe für Unruhe gesorgt, wodurch sich zwei Carabinieri bedroht gefühlt und von der Waffe Gebrauch gemacht hätten. Dabei war ein Kind angeschossen worden, was die Wut der ohnehin erzürnten Menge noch weiter anheizte. Zuletzt bezog das Militär Stellung, nachdem die Protestierenden Barrikaden errichtet hatten.

»Was ist das für ein Staat, der auf seine eigenen Leute, die er angeblich befreit hat, schießen lässt!«, donnerte Franz Lamprecht. Gaetano öffnete für einen Moment den Mund, schluckte aber seinen Einwand hinunter, der doch nur wieder in einem Streit mit dem Vater geendet hätte. Er dachte an das Blutbad, das die österreichische Armee 1902, als die Familie in Wien lebte, angerichtet hatte, als sie auf der Piazza della Borsa auf die streikenden Heizer des Österreichischen Lloyd gefeuert hatte. Dabei waren diese nur für eine Reduktion der täglichen Arbeitszeit eingetreten. Vierzehn Tote hatte es damals gegeben, Gaetano hoffte, dass sich das nicht wiederholte. Kleinlaut sagte er: »Schlimm, wenn ein Staat keine bessere Antwort auf soziale Fragen hat als Gewehrsalven.«

Amilcare goss weiteres Öl ins Feuer, als er meinte, es gebe tatsächlich keine Alternative zur Waffengewalt, um diesen Pöbel im Zaum zu halten. »Zum Glück gibt es ja auch noch einige anständige Italiener, die für Zucht und Ordnung sorgen, aber das werdet ihr wohl nie verstehen.«

Vermutlich spielte er auf die Schwarzhemden an, für die er einige Sympathie hegte. Gaetano verkniff sich einen Einwand. Auch der Vater war konsterniert und sprachlos, und so gingen alle mit dem Gefühl zu Bett, etwas Ungelöstes im Raum zurückgelassen zu haben.

Dizzioli nickte zufrieden, als er die Papiere überflogen hatte, die Brisotto ihm gereicht hatte.

»Aber wieso hat das so lange gedauert?«, fragte der Commissario.

»Wie Sie sich denken können, hat Delgrado alles darangesetzt, möglichst keine Spuren zu hinterlassen.«

»Und wie habt ihr diesen Romualdo di Coccau dann aufgespürt?«

Brisotto lächelte, als er die Frage seines Vorgesetzten beantwortete: »Das ist auch ein wenig das Verdienst von Agente Lamprecht. Der hat mir vor einiger Zeit eine Liste von ehemaligen Spitzeln zukommen lassen.«

»Die haben ihr schmutziges Geschäft doch für den Kaiser verrichtet? Die werden ja jetzt wohl alle weg sein.«

»Zum überwiegenden Teil schon, aber der eine, dieser Grembi, scheint einer der größten Opportunisten zu sein. Anfänglich hat er sich als Patriot gegeben und natürlich jegliche Involvierung in frühere Spitzeldienste für den Kaiser bestritten. Als ich ihm etwas schroffer gekommen bin, wurde er durchaus kooperativ. Durch ihn sind wir auf diesen Coccau und seine Wohnung gekommen. Delgrado muss sein unmoralisches Verhältnis mit diesem Mann geschickt verborgen haben.«

»Das hat er wohl. Mir fällt es direkt schwer zu glauben, dass ein dekorierter Held solch eine dunkle Seite hat.«

»Damit«, Dizzioli hielt die Papierbögen triumphierend in die Luft, »können wir Trecciani dingfest machen.«

»Und zugleich Lamprechts Unschuld beweisen«, ergänzte Salich.

»Das sehe ich ganz genauso. Also los, bringt mir den Agente her«, erteilte Dizzioli eine allen genehme Order.

»Und diese Sache mit Delgrado und Coccau?«, wollte Brisotto wissen.

»Daran ist grundsätzlich nichts Verbotenes, zumal diese Beziehung nur im Geheimen gelebt wurde. Außerdem: De mortuis nil nisi bene«, sagte Dizzioli und schickte sich an, Lamprechts Dienstmarke und Pistole zu holen.

Die drohende Mordanklage und seine Suspendierung hatten Lamprecht bedrückt. Daran änderte auch der Umstand, dass er die Zeit der Dienstfreistellung für eigene Interessen hatte nützen können, nichts. Umso breiter war sein Lächeln, als Dizzioli ihm seine Dienstutensilien wieder aushändigte.

»Welchem Umstand habe ich meine Rehabilitation zu danken?«, fragte er, auch wenn der Uniformierte, der ihn heute Morgen geholt hatte, schon Andeutungen gemacht hatte.

»Danken Sie Ihren Kollegen. Durch minutiöse Ermittlungsarbeit sind wir in den Besitz von Dokumenten gekommen, die die Echtheit Ihres Briefes belegen. Nun haben wir Gewissheit, dass Delgrado wusste, dass ihm Trecciani nach dem Leben trachtete, um ihn als Verhinderer seiner Karriere auszuschalten.«

In der kleinen Absteige von Romualdo di Coccau hatten die Polizisten die Schreibmaschine Delgrados ebenso sicherstellen können wie Durchschläge von dessen Korrespondenz, auch jenen des Briefes, den er Lamprecht im Sterben ausgehändigt hatte.

»Und wir haben in der Absteige auch Dokumente gefunden, die belegen, dass Trecciani Unmengen an Benzin gekauft hat.«

»Haben Sie ihn schon verhaftet?«

Dizziolis Brustkorb hob sich, als er seufzend einatmete.

»Noch nicht. Wie Sie wissen, hält Mosconi weitere Nachforschungen zu den Unruhen im Sommer für nicht angebracht.«

»Und der Mord an Delgrado? Sie wollen ihn doch nicht ungeschoren davonkommen lassen?«

Auf Dizziolis Stirn zeichnete sich eine Ader ab: »Ich denke, weder ich und noch weniger Sie sollten die Entscheidungen oder Anordnungen unserer Vorgesetzten hinterfragen. Jetzt gilt es einmal, die Anschuldigungen gegen Sie endgültig aus der Welt zu schaffen. Da bin ich zuversichtlich und habe auch schon entsprechende Zusagen vom Staatsanwalt erhalten. Doch für eine Anklage von Trecciani ist ihm die Suppe zu dünn. Also gedulden Sie sich. Früher oder später wird Trecciani einen Fehler machen, und dann kriegen wir ihn dran. Buona giornata, Agente!«

52.

Lamprecht nutzte diese zweite Chance, die ihm gegeben worden war, eine Karriere bei der neuen Polizei zu machen. Er zügelte sein Temperament und verrichtete gewissenhaft seine Arbeit, auch wenn diese darin bestand, am Schreibtisch zu sitzen und nicht im Umland in der direkten Auseinandersetzung mit dem Verbrechen zu kämpfen. So löste er etwa auf unspektakuläre Weise den Fall der verschwundenen goldenen Taschenuhr des bekannten Anwalts Riccione, dem diese bei einem Besuch des Caffè Nueva York abhandengekommen war. Der Anwalt hatte festgestellt, dass ihm genügend Zeit bis zur nächsten Verhandlung blieb, hatte sich einen Kaffee bestellt und war gegangen, eine Zeitung zu holen. Zurückgekehrt zu seinem Platz, stellte er fest, dass der dampfende Kaffee dort stand, die zuvor abgelegte Uhr jedoch fehlte.

Verdächtigt wurde der Cameriere, der jedoch Stein und Bein schwor, der Tisch sei leer gewesen, als er die Tasse dort abstellte. Die anderen Gäste, fast ausschließlich Stammgäste, gaben bei der Vernehmung an, nichts wahrgenommen zu haben, da sie in ein Gespräch, die Zeitung oder eine Schachpartie vertieft waren. Der Kellner verlor seine Anstellung. Lamprecht überprüfte nicht nur die Personalien der anderen Gäste, sondern auch die Prozessakten der letzten zwei Jahre. Dabei wurde er fündig. Teodoro Bonelli, einer der Gäste, hatte einst den Verlust einer Fracht beklagt und sich, nachdem weder Frächter noch dessen Versicherung den Schaden ersetzen wollten, an das Gericht gewandt. Riccione hatte die Reederei vertreten, auf höhere Gewalt plädiert und hatte damit beim Tribunale Erfolg. Bonelli hatte also ein Rachemotiv, und darauf angesprochen knickte er schnell ein und gestand. Er retournierte die Uhr, Riccione ließ die Anzeige fallen. Der Mann habe damals einen Gutteil seines Vermögens verloren. Der Kellner erhielt seine Anstellung zurück und sogar eine kleine Remuneration als Entschädigung. Am Ende waren alle zufrieden, am meisten aber Dizzioli, als er Lamprechts Bericht las.

»Endlich einmal ein gelöster Fall, bei dem es keine Feuersbrunst, Schießerei oder Explosion gegeben hat, ich gratuliere Ihnen. So werden Sie bald Fuß bei uns fassen und vielleicht auch einmal mit einer Beförderung rechnen dürfen.«

Ein Gesicht, als hätte er in eine Zitrone gebissen, machte der Kommissar nur, wenn Lamprecht ihn wegen Trecciani drängte.

»Die Zeit dafür ist noch nicht gekommen«, tat Dizzioli es dann ab.

Trecciani und seine Mannen hatten ihre Taktik geändert. Zwar zogen sie weiterhin durchs Hinterland und schüchterten aufmüpfige Bauern, Arbeiterräte oder Gewerkschafter ein. Doch meist gab es nur eine Tracht Prügel oder man zwang die Opfer, Rizinusöl zu trinken, damit man unter Beweis stellen konnte, dass »sie die Hosen voll hatten«. Morde jedoch gab es nicht. Und den Fehler Treccianis, auf den Lamprecht nach Dizziolis Kopfwäsche hoffte, auch nicht.

Als Benito Mussolini am 20. September Triest einen Besuch abstattete und eine Rede im Politeama Rosetti hielt, gab es einen Aufruhr. Dizzioli hatte seinen Leuten aufgetragen, wie auch die anderen Polizeikräfte im Hintergrund zu bleiben und nur für Ruhe und Ordnung zu sorgen. Einige Polizisten waren schon am Vortag zu dem Empfang eingeteilt, den der örtliche Fascio dem aus Mailand angereisten Capo am Bahnhof mit einer Hundertschaft an Kämpfern bereitet hatte (zwei lange Reihen galt es zum Klang einer Fanfare, die die Hymne »Giovinezza« intonierte, abzuschreiten). Lamprecht hatte beim Hotel Savoia, wo Mussolini logierte, Stellung bezogen und wunderte sich, mit welchen Ehrerbietungen nicht wenige Würdenträger ihrem Duce huldigten. Er hatte die Polizeiakte dieses Unruhestifters gelesen, der vor dem Krieg nichts anderes als ein Brigant war. Ein Aufwiegler, der als ehemaliger Sozialist nun tosenden Beifall erhielt, wenn er gegen Bolschewismus und die »russische« Maske der Sozialisten wetterte. Erstaunlich war für ihn vor allem der Umstand, dass sich im Publikum auch Adinas Mann, Amilcare, in Begleitung seines Cousins befand, der abends begeistert von dem großartigen Redner Mussolini berichtete.

Zugleich verschärfte sich kurz danach die Lage um Fiume. Es mehrten sich die Anzeichen, dass der Staat sich nicht mehr allzu lange mit der völkerrechtswidrigen Besetzung der Stadt durch D'Annunzio und seine Legionäre abfinden würde.

Federica fiel es leicht, in der Schule mitzukommen, sie wurde auch nicht mehr belästigt, seit Gaetano ihre Peiniger in Uniform zur Rede gestellt hatte.

Seine freien Tage koordinierte er mit Adina und Vinciguerra. Trotz der spöttischen Bemerkungen, die seine Schwester von ihrem Mann dafür erntete, waren sie glücklich, wenn sie zu dritt über die Landstraßen flitzen konnten, egal, ob diese staubtrocken waren oder nach einem Regen aufgeweicht.

An diesem Sonntag, dem 10. Oktober 1920, verließen Gaetano und Adina in sportlichen Langarmtrikots das Haus und trafen auf der Straße auf Giulio Vinciguerra, der sie mit seinem Legnano-Renner erwartete. Sie bogen zu dritt ums Eck, nachdem sie die Räder über die Stufen bei der Via di Cattedrale getragen hatten, als ein Wagen langsam auf sie zukam. Der Fahrer hupte, aus dem Wagen winkten ihnen Arme entgegen.

»Ich glaube, das gilt mir«, sagte Gaetano, der den Fahrer erkannt hatte, zu den beiden anderen. »Wartet bitte am Ende der Straße auf mich, ich komme gleich nach.«

Die beiden nickten und er rollte langsam zum Wagen vor. Er beugte sich zu Kinski hinab, der ihm aus dem offenen Fenster zulächelte: »Es ist hoffentlich nicht schon wieder jemand verschwunden? Vielleicht dieses Mal Ihre Haushälterin?«

Kinski schüttelte den Kopf. »Wir wollen uns nur verabschieden und uns für alles bedanken, was Sie für uns getan haben.«

»Geben Sie jetzt wirklich auf?«, fragte Lamprecht.

Kinski schüttelte abermals den Kopf. »Es ist nicht, wie Sie denken. Mir wurde eine Stelle als Chefkonstrukteur bei Fiat angeboten. Offenbar haben meine Skizzen und Baupläne überzeugt.«

»Ihr Wagen wird also in Serie gehen?«, fragte Lamprecht, dem die Corsa zum Obelisken noch in den Knochen steckte.

Kinski seufzte und sein Blick trübte sich, als er sagte: »Ich fürchte nein. Der Staat macht wohl ernst mit seiner Absicht, das Land mit einem eigenen Tankstellennetz zu überziehen, offenbar setzt man politisch ausschließlich auf den Verbrenner. So schnell wird das mit dem Stromnetz leider ohnehin nicht gehen. Im Süden gibt es Landstriche, da sind noch nicht einmal alle Dörfer ans Netz angeschlossen. Aber warten wir ab, vielleicht setzt sich meine Idee ja irgendwann doch durch. Erinnern Sie sich? Mein Auto stinkt nicht.«

Lamprecht nickte lächelnd, die anderen Turbulenzen bei ihrer Fahrt erwähnte er jetzt besser nicht.

»Und was machen Sie mit dem Haus? Müssen Sie verkaufen?«

»Wir haben mithilfe der Bank einen Käufer gefunden und konnten die Schulden damit abtragen. Aber dennoch haben sich die Opfer bezahlt gemacht: Ich bin sicher, bei Fiat wird mir Großes gelingen. Man hat mir gegenüber angedeutet, dass ich auch beim Rennstall mein Wissen einbringen werde können.«

»Ich wünsche Ihnen einen guten Start in Turin«, sagte Lamprecht und klopfte auf das Blechdach, dann machte er sich auf den Weg und trat kräftig in die Pedale, um zu Adina und Giulio aufzuschließen.

Der Herbst brachte eine Überraschung. An einem Montag keine zwei Wochen später berief Dizzioli Lamprecht zu sich in sein Büro. An sich nichts Ungewöhnliches, Dizzioli gehörte zu den Vorgesetzten, die sich bei ihren Dienstbefohlenen auch einmal danach erkundigten, wie sie ihren Sonntag verbracht haben.

Doch dieses Mal staunte Lamprecht nicht schlecht, als er das Zimmer des Commissario betrat und auf einem der Stühle vor dem dunklen Eichenholztisch Weißkopf sitzen sah, der ihn schüchtern anlächelte.

»Den Kollegen Weißkopf brauche ich Ihnen ja wohl nicht vorstellen, wie er mir berichtet hat. Er wird ab heute Dienst bei uns verrichten und ich dachte mir, für den Anfang teile ich ihn Ihnen zu. Damit haben wir hier eine Squadra Austriaca. Hoffentlich bringen Sie mir auch die nötigen Erfolge. Haben Sie noch Fragen?«

Lamprecht verneinte und salutierte beim Verlassen des Büros.

Als sie später, nach Dienstschluss, in ein Kaffeehaus an der Piazza Dalmazia gingen, fragte Lamprecht, warum Weißkopf sich von den Carabinieri zu ihnen hatte versetzen lassen.

Er erklärte, dass er bei den Unruhen in San Giacomo im Einsatz gewesen sei. »Als man uns dann den Befehl gegeben hat, auf die Protestierenden zu schießen, war ich knapp davor, meine Stellung als Polizist ganz aufzugeben.« Er kratzte sich nervös am Handrücken, als er seine Erlebnisse schilderte. »Da waren Frauen und Kinder darunter, das hältst du nicht aus, verstehen Sie?«

Lamprecht nickte und schob ihm das Glas Terrano hin, das er bestellt hatte. »Trink einmal. Jetzt, wo wir Kollegen sind, sollten wir uns duzen. Prost Anton.«

»Prost Gaetano!«

Weißkopf fuhr fort: »Doch dann habe ich mir gedacht, dass diese neue Polizei, wo mein ehemaliger Inspektor ist, vielleicht besser für mich ist. Also habe ich mich um eine Versetzung beworben.«

»Zur österreichischen Mannschaft.«

»Viva la Squadra Austriaca!«

53.

Am 1. November 1920 versammelte sich Familie Lamprecht am Friedhof von Sant'Anna, um die Grabnischen von Onkel Ladislaus und der ehemaligen Haushälterin Luisa zu besuchen und mit Blumen zu schmücken.

Der Vater sprach ein Gebet, die anderen murmelten mit. Gaetano blickte zu Boden. Sein Glauben war ihm endgültig abhandengekommen. Was er im Krieg gesehen hatte, hatte ihm Gewissheit gegeben, dass Gott nicht existiere. Wie könnte der solche Gräuel zulassen? In die Kirche ging er nur, weil er dort Ruhe und Einkehr suchte.

Er hatte wieder seinen Platz gefunden. Im Beruf, in der Stadt, und vor allem in seiner Familie. Die nächtlichen Schmerzen am Rücken waren fast verschwunden, und auch Adina hatte unlängst angemerkt, als sie sich in seinem Zimmer unterhalten hatten, dass er offenbar schon länger nicht mehr die bewusste Holzschachtel aus der Lade geholt habe.

»Ja, es geht mit wieder gut«, hatte er ihr geantwortet.

»Das ist gut«, hatte sie schnippisch angemerkt. »Denn von dort hättest du keine Hilfe bekommen.« Sie hatte ihn angelächelt. Es war ein selbstsicheres Lächeln, wie es Eltern oft aus einer Position der Überlegenheit heraus annehmen. Sie hatte die Lade geöffnet, die Kiste hervorgeholt, in der er seine Morphiumphiolen aufbewahrt hatte, und ihm gezeigt, dass sie leer war. »Ich konnte nicht weiter zusehen, wie du dich damit vergiftest.« Sie hatten sich dann umarmt, so wie früher.

Jetzt steckte Adina Blumen in die Nische, wo ein Bild des Onkels am Marmor angebracht war. Franz Lamprecht bekreuzigte sich, die anderen folgten seinem Beispiel. Dann sagte er:

»Ich habe einen Beschluss gefasst. Ich will, dass mein Bruder in die Heimat kommt. Ich werde einen Teil der Erbschaft dafür verwenden, ihn umbetten zu lassen. Nach den Feiertagen will ich mich darum kümmern. Ich denke, Ladislaus hätte das auch gewollt.«

Und auch wenn diese Ankündigung die anderen überraschte, schwiegen sie oder nickten stumm.

Auf dem Heimweg wandte Gaetano sich mehrmals um. Die letzten Tage über hatte ihn das Gefühl nicht losgelassen, dass er verfolgt wurde. Nicht so dezent wie jemand, der einen beschattet und unentdeckt bleiben will, daher schloss er einen

Büttel aus Treccianis Umfeld aus. Wenn er stehen blieb und sich umsah, fiel ihm wiederholt ein junger Mann auf, der aber schnell das Weite suchte, sobald Lamprecht ihn entdeckt hatte.

Daheim wurden sie schon sehnsüchtig von Randa und Federica erwartet. Seit Gaetano wieder im Dienst war, konnte er beiden leider nicht so viel Zeit widmen, wie er gewollt hätte.

Die Bäume hatten das letzte Laub abgeworfen, über der Città Vecchia hing abends oft der Nebel. Auch das Meer trug nun seine graue Winterfarbe. Der Rauch der Holzöfen hatte sich auf die Straße gelegt, manchmal kroch er auch in die gewaschene Wäsche, die zwischen den Häusern an Leinen aufgehängt war. Der Advent würde bald beginnen und Gaetano dachte wehmütig daran zurück, wie er vor Jahren in leicht angetrunkenem Zustand bei einem Stand eine einfache Holzpuppe für Federica gekauft hatte und wie sie ihn an der verschlossenen Tür für den Nikolo gehalten und Alessia bedrängt hatte, ihm die Tür zu öffnen.

Die Weihnachtsfeiertage waren dieses Jahr weder ruhig noch beschaulich. Der Kampf um Fiume zwischen der königlichen Armee und den Legionären D'Annunzios war entbrannt, was man auch in Triest spürte. Der örtliche Fascio hatte sich dem Kampf angeschlossen und die Stadt mit Terror überzogen.

Zusammenrottungen und Aufmärsche der Schwarzhemden prägten das Stadtbild, was den Zivilkommissar Mosconi dazu bewog, den Ausnahmezustand und ein absolutes Versammlungsverbot auszurufen. Selbst der Autoverkehr und sogar das Radfahren waren untersagt. Lamprecht hätte bei diesen Tumulten ohnehin keine Zeit für sein Hobby gefunden. Der Kerker im Kastell von San Giusto füllte sich dieser Tage mit einigen dieser Revoluzzer, einen Teil hatte man sogar schon nach Capodistria verlegt.

Lamprecht saß bei einer Besprechung mit Kollegen in der Questura, als plötzlich Schüsse auf der Straße zu hören waren. Der Lärm und das Gebrüll wurden immer lauter und griffen auf die Gänge im Gebäude über. Es gab erste Verletzte. Zum ersten Mal erkannte er bei Dizzioli, den sonst wenig aus der Ruhe zu bringen schien, Anzeichen von Angst. Er war verkrampft, rang nach Luft und warf sich als Erster auf den Boden, als einige der ehemaligen Arditi, die sich den Faschisten angeschlossen hatten, in die Questura eindrangen und begannen, um sich zu schießen. Lamprecht drückte sich auch an die Wand. Jemand hatte die Tür aufgetreten, dann war der Lauf einer Pistole durch den Spalt gekommen und einige Schüsse hatten gekracht. Dann erschien ein Gesicht in der Tür, weitere Männer drängten von hinten herein.

»Trecciani, Sie sind verhaftet!«, rief Lamprecht, als der Faschist auf ihn anlegte und abdrückte. Doch er wurde dabei von einem seiner Hintermänner angerempelt, die Kugel verfehlte Lamprecht und zerfetzte einige Akten auf Dizziolis Schreibtisch, Papierschnitzel flogen durch die Luft.

Nun hatten Lamprecht, Weißkopf und Brisotto ihre Waffen gezogen, doch die Faschisten hatten die Tür hinter sich zugeworfen und waren davongelaufen. Man hörte ihre Stiefel über den Gang davontrampeln. Dizziolis Kopf tauchte hinter dem massiven Eichentisch auf, der wohl einige Kugeln abgefangen hatte.

»Jetzt gehört er euch. Jetzt will ich den Kerl in Ketten sehen!«

Lamprecht und die anderen liefen aus dem Büro, die Stiegen hinab auf die Straße.

»Sie sind ins Rathaus!«, rief ihnen ein Soldat zu. Mittlerweile war auch die Armee in Kampfbereitschaft versetzt worden. »Dort haben sich vorhin schon einige von denen verschanzt.«

Der Staat hatte die Soldaten in Stellung gebracht und ließ

seine Muskeln spielen, doch der Befehl, zuzuschlagen, schien auszubleiben.

Lamprecht nickte seinen Kollegen zu und sie liefen über die Piazza della Borsa zum Rathaus. Immer noch hörte man einzelne Schüsse krachen.

»Und wenn sie das auch anzünden?«, fragte Brisotto.

»Dann verbrennen sie selbst. Sie sitzen wie die Ratten in der Falle«, sagte Weißkopf und deutete auf die berittenen Soldaten, die an den Ecken aufgezogen waren.

Über einen Seiteneingang drangen sie ins Rathaus ein und schlichen nun, einander Deckung gebend, die Stiegen empor. Auf dem ersten Absatz trafen sie auf einen verletzten Carabiniere.

»Mariano!«, sagte Weißkopf erschrocken.

»Hilf ihm und bring ihn in Sicherheit, hier verblutet er nur«, befahl Lamprecht. Weißkopf griff dem Kollegen unter die Achsel und zog ihn vorsichtig zum Ausgang.

Lamprecht und Brisotto drangen tiefer ins Gebäude vor.

In einem der Gänge zischte eine Kugel unmittelbar an Lamprechts Kopf vorbei. Immer mehr Uniformierte waren nun ins Rathaus eingedrungen, sie nickten ihm zum Zeichen zu, dass sie wussten, dass er auf ihrer Seite kämpfte.

»Lass das die anderen machen«, sagte Brisotto, doch Lamprecht schüttelte den Kopf: »Heute ist der Tag der Abrechnung«, sagte er und robbte weiter den Boden entlang.

Eine Einheit von Soldaten hatte nun einen ganzen Trupp von Faschisten umzingelt, die sich ergaben. Da sah er, wie sich einer von ihnen durch deren Reihen schummelte und versuchte, über ein anderes Stiegenhaus zu entkommen.

Trecciani! Dem Kerl war zuzutrauen, dass er seine Waffenbrüder im Stich ließ und sich aus dem Staub machte.

»Polizia!«, rief Lamprecht, um zu verhindern, dass die Soldaten, als er an ihnen mit gezückter Dienstmarke vorbeilief, ihn für einen der Aufständischen hielten und auf ihn schossen.

Er erreichte einen Treppenabsatz, als ein Schuss fiel. Er warf sich zu Boden, rutschte dabei auf einer Stufe ab und verknöchelte. Er spürte einen stechenden Schmerz. Dabei glitt ihm die Pistole aus der Hand, kullerte über die Treppe und blieb in einer Nische liegen. Er hörte, wie Trecciani unten an einer Tür rüttelte, wie er sie aufriss und dann auf die Straße stürzte. Lamprecht humpelte ihm nach, fingerte seine Waffe aus der Ecke hervor, trat durch die geöffnete Tür hinaus und fand sich auf der Via della Procureria hinter dem Rathaus wieder. Die Schritte, die ihm mit Abstand gefolgt waren, bekam er nicht mit, zu sehr war er auf den Flüchtenden konzentriert.

Er sah Trecciani, wie er in der engen Androna del Pozzo verschwand und versuchte, ihm nachzulaufen, doch sein Knöchel machte das praktisch unmöglich. Er hatte noch nie auf einen Flüchtenden geschossen. Er legte an und zielte auf Treccianis Wade, um ihn zu stoppen. Doch die Pistole blockierte. Es klackte mehrmals metallisch. Er stieß einen Fluch aus. Da stoppte Trecciani plötzlich und drehte um. Mit gezogener Pistole lief er auf Lamprecht zu und hielt ihm den Lauf an die Stirn.

»Du willst es also wissen?«, brüllte Trecciani wie ein Irrer. Seine Augen traten aus den Höhlen, die Haare klebten schweißnass auf der Stirn, die ebenso rot glühte wie seine Wangen. Er drückte den kalten Lauf fester gegen Lamprechts Stirn. Der Polizist schloss die Augen.

Der Schuss krachte. Lamprecht zuckte instinktiv zusammen, doch er fiel nicht um wie ein Sack. Er öffnete die Augen und sah, wie Trecciani zur Seite kippte. Auf der Stirn hatte er ein rotes Loch, aus den Augen sprach Fassungslosigkeit. Dann klatschte er auf das Pflaster, aus dem Kopf rann jetzt Blut wie aus einer Flasche, die man irrtümlich umgestoßen hatte.

Lamprecht drehte sich um und starrte in die Augen eines jungen Mannes. »Das war für Ercole«, sagte der mit ausgestrecktem Arm, in der zitternden Hand einen Revolver umklammernd. Dann drehte er sich ansatzlos um und verschwand. Lamprecht erkannte gerade noch, dass das der Mann gewesen war, der ihn in letzter Zeit verfolgt hatte.

»Warten Sie, halt!«, rief er seinem Retter nach, doch mit seinem verletzten Knöchel war es hoffnungslos, ihm nachzusetzen.

54.

Und auch wenn das alte Jahr mit Unruhen und Turbulenzen zu Ende gegangen war, ließen es sich die Lamprechts nicht nehmen, um Mitternacht auf das beginnende Jahr 1921 anzustoßen. Der Jahreswechsel freilich ist seit jeher einer der größten Schwindler, wenn er den Menschen bessere Zeiten verspricht.

Gaetano ließ sich dieses Mal gern in die Irre führen, als er mit seiner Mutter anstieß: »Jetzt geht es bald wieder bergauf. Dieser Spuk ist ausgestanden.«

Die regulären Ordnungskräfte hatten Giunta und mit ihm über einhundert seiner Gefolgsleute gefangen genommen. Amilcare brummte zwar etwas vor sich hin, das sich nach Widerspruch anhörte, doch dann wünschte auch er der ganzen Familie ein gutes neues Jahr.« Selbst Federica hatte ein halbes Glas Spumante bekommen, um mit allen anstoßen zu können.

Das neue Jahr war noch keine Stunde alt, als der Vater mit einer unerwarteten Kunde alle verblüffte: »Ich werde nicht nur Ladislaus nach Graz bringen, ich habe beschlossen, auch selbst für eine Zeit nach Österreich, oder das, was jetzt davon geblieben ist, zu gehen.« Er wandte sich an Elodie, seine Frau, und fuhr fort: »Bitte versuch nicht, mich davon abzubringen. Ich kann in diesem neuen Italien, das mich nicht aufnehmen will, nicht glücklich sein. Lasst mich wenigstens versuchen, in der alten Heimat etwas aufzubauen, das uns als Familie nicht nur dieses neue Jahr überstehen lässt. Wenn ich hierbleibe, werde ich Ladislaus bald nachfolgen.«

Eine Woche später, an einem Freitag, verabschiedete sich die Familie von Franz Lamprecht, der mit der Urne seines Bruders im Gepäck vom Bahnhof Campo Marzio in eine ungewisse Zukunft aufbrach.

Dank an alle, die durch ihre Beiträge (Testlesen, Anmerkungen, Hinweise, Korrekturen) dieses Buch erst möglich gemacht haben.

Foto © Paul Feuersänger

Christian Klinger, 1966 in Wien geboren, Studium der Rechtswissenschaften. Seit 2017 Zweitwohnsitz in Triest. Er veröffentlichte zahlreiche Krimis und Beiträge in Anthologien, erhielt den Luitpolt-Stern-Förderungspreis und war auf der Auswahlliste des Agatha-Christie-Krimipreises (2011). Im Picus Verlag erschien sein Roman »Die Liebenden von der Piazza Oberdan« und Gaetano Lamprechts erster und sein zweiter Fall, »Ein Giro in Triest« und »Die Geister von Triest« (2023). www.christian-klinger.at